10|18
12, avenue d'Italie — Paris XIIIe

Sur l'auteur

Anne Perry, née en 1938, à Londres, est aujourd'hui célébrée dans de nombreux pays comme une « reine » du polar victorien. C'est en 1979 qu'elle publie la première enquête du couple de détectives Charlotte et Thomas Pitt, *L'Étrangleur de Cater Street*, une série qui compte aujourd'hui vingt romans. Forte de ses premiers succès, elle publie en 1990 *Un étranger dans le miroir*, qui inaugure une seconde série victorienne, menée par l'inspecteur William Monk. *Funeral in blue*, la douzième enquête de William Monk, va paraître prochainement en Angleterre. Anne Perry a par ailleurs écrit plusieurs romans fantastiques – *Tathea, Shadow Mountain.* Elle vient de publier aux États-Unis *The One Thing More*, un roman qui a pour cadre, cette fois, le Paris de la Révolution française. Elle vit au nord d'Inverness, en Écosse.

PASSÉ SOUS SILENCE

PAR

ANNE PERRY

Traduit de l'anglais
par Élisabeth KERN

10|18

INÉDIT

« Grands Détectives »
dirigé par Jean-Claude Zylberstein

Du même auteur
aux Éditions 10/18

SÉRIE « Charlotte et Thomas Pitt »

L'ÉTRANGLEUR DE CATER STREET, n° 2852
LE MYSTÈRE DE CALLANDER SQUARE, n° 2853
LE CRIME DE PARAGON WALK, n° 2877
RESURRECTION ROW, n° 2943
RUTLAND PLACE, n° 2979
LE CADAVRE DE BLUEGATE FIELDS, n° 3041
MORT À DEVIL'S ACRE, n° 3092
MEURTRES À CARDINGTON CRESCENT, n° 3196
SILENCE À HANOVER CLOSE, n° 3255
L'ÉGORGEUR DE WESTMINSTER BRIDGE, n° 3326
L'INCENDIAIRE DE HIGHGATE, n° 3370
BELGRAVE SQUARE, n° 3438
LE CRUCIFIÉ DE FARRIERS' LANE, n° 3500

SÉRIE « William Monk »

UN ÉTRANGER DANS LE MIROIR, n° 2978
UN DEUIL DANGEREUX, n° 3063
DÉFENSE ET TRAHISON, n° 3100
VOCATION FATALE, n° 3155
DES ÂMES NOIRES, n° 3224
LA MARQUE DE CAÏN, n° 3300
SCANDALE ET CALOMNIE, n° 3346
UN CRI ÉTRANGLÉ, n° 3400
MARIAGE IMPOSSIBLE, n° 3468
▶ PASSÉ SOUS SILENCE, n° 3521

Titre original :
The Twisted Root

ISBN 2-264-03515-3

À June Anderson,
pour son amitié indéfectible.

CHAPITRE PREMIER

Le jeune homme se tenait à la porte, pâle, les doigts crispés sur son chapeau qu'il faisait tourner entre ses mains.

— Mr. Monk, détective privé ?

— Lui-même, acquiesça Monk. Entrez, monsieur, je vous en prie.

— Lucius Stourbridge.

Le visiteur s'approcha, la main tendue, sans un regard pour les deux fauteuils confortables ou pour le vase rempli de fleurs odorantes, récents éléments de décoration introduits par Hester. Monk, pour sa part, s'était longtemps contenté de l'aspect terne, mais fonctionnel, que présentait naguère le bureau.

— Que puis-je faire pour vous, Mr. Stourbridge ? s'enquit le détective en désignant une chaise.

Bien élevé, Lucius Stourbridge s'assit à l'extrême bord du siège, puis il posa sur Monk un regard intense et douloureux.

— Je suis fiancé, Mr. Monk, commença-t-il. Ma future épouse est la personne la plus charmante, la plus généreuse et la plus respectable que l'on puisse imaginer.

Il baissa les yeux, pour les relever aussitôt. Un bref sourire éclaira son visage.

— J'ai bien conscience du manque d'objectivité de cette opinion et je dois vous sembler naïf, mais vous constaterez très vite que d'autres personnes portent comme moi une très haute estime à cette femme. Mes parents eux-mêmes ont pour elle une affection sincère.

— Je n'en doute pas, Mr. Stourbridge.

En réalité, Monk anticipait avec une certaine appréhension la requête du jeune homme. Même dans ses périodes de vaches maigres, il répugnait à accepter les affaires conjugales. Cette fois-ci cependant, il rentrait de trois semaines de lune de miel dans les Highlands et ce n'était pas le moment de faire la fine bouche. L'accord passé avec son amie et protectrice, Lady Callandra Daviot, stipulait certes qu'en échange de l'exposé des affaires les plus intéressantes et, quand elle le souhaitait, de sa participation active aux enquêtes, celle-ci subviendrait aux besoins du détective en lui versant de quoi subsister, mais Monk n'avait ni le désir ni l'intention de profiter plus longtemps de ce contrat d'assistance.

— Si vous me disiez ce qui vous préoccupe, Mr. Stourbridge ?

L'expression de l'homme s'assombrit, frisant le désespoir.

— Miriam... Je veux dire Mrs. Gardiner... a disparu.

Monk fronça les sourcils.

— Mrs. Gardiner ?

Stourbridge se redressa dans un mouvement d'impatience.

— Mrs. Gardiner est veuve. Elle a...

Il hésita, mi-irrité, mi-gêné.

— Elle a quelques années de plus que moi. Mais cela n'a aucune importance.

Si la promise regrettait d'avoir dit oui, il s'agissait d'une affaire personnelle. En l'absence d'infraction et si rien ne laissait supposer une quelconque malveillance, c'était à elle seule qu'il incombait de redonner signe de vie quand elle le souhaiterait. En temps normal, Monk eût refusé de s'investir dans ce type d'enquête. Cependant, il baignait lui-même dans une telle félicité qu'il se prit à ressentir pour ce jeune homme angoissé une compassion inattendue.

Jamais encore — du moins aussi loin qu'il s'en souvînt — il n'avait éprouvé cette sensation de vivre dans le meilleur des mondes possibles. Bien sûr, on était en 1860 et il ne conservait aucun souvenir, à quelques images furtives près, de ce qu'avait été sa vie avant son accident de fiacre, survenu en 1856, avant ce jour où il s'était réveillé sur un lit d'hôpital, l'esprit vide. Malgré tout, imaginer un bien-être aussi parfait que celui qui l'habitait désormais lui semblait impossible.

Lorsque Hester avait accepté de l'épouser, les périodes d'euphorie avaient alterné pour Monk avec les moments de doute et d'appréhension : un tel pas en avant n'allait-il pas détruire cette confiance mutuelle peu commune qui existait entre eux ? Pourraient-ils trouver satisfaction dans un autre type de relation que cette amitié profonde, cette quête ardente de justice qui les aiguillonnait tous deux ? Que de nuits blanches il avait passées alors, inondé de sueurs froides à l'idée qu'il risquait de perdre une chose qu'il tenait pour le bien le plus précieux au monde !

En fin de compte, son appréhension s'était dissipée comme la brume d'Écosse sous le soleil levant, à mesure qu'ils exploraient ensemble les paysages vallonnés des Highlands. Certes, il avait découvert chez Hester toute la chaleur et toute la passion qu'il eût pu désirer, mais la nouvelle mariée était malgré tout restée autoritaire, prompte à lui chercher querelle comme autrefois, capable d'obstination butée, d'ironie et d'erreurs imbéciles. À vrai dire, très peu de choses avaient changé : simplement, il existait désormais entre eux une intimité physique d'une douceur dont il n'eût jamais rêvé, et d'autant plus profonde qu'il avait fallu du temps pour l'atteindre.

Aussi n'eut-il pas un geste pour congédier Lucius, comme la raison la plus élémentaire eût dû le lui dicter.

— Peut-être pourriez-vous me raconter ce qui s'est passé exactement, suggéra-t-il.

— Oui.

Lucius prit une inspiration et fit un effort visible pour rassembler ses esprits.

— Oui, bien sûr. Naturellement. Pardonnez-moi, je me montre un peu incohérent. Cette histoire m'a beaucoup... beaucoup perturbé. Je ne sais plus que penser.

Jusque-là, le visiteur ne lui apprenait rien et Monk réprima avec difficulté l'envie de le lui faire savoir. La bienveillance n'était pas dans sa nature.

— Si vous commenciez par me dire quand vous avez vu Miss... Mrs. Gardiner pour la dernière fois, cela ferait une bonne base pour débuter.

— D'accord, acquiesça Lucius. Nous habitons Cleveland Square, à Bayswater, non loin de Kensington Gardens. Nous donnions une petite réception pour annoncer notre prochain mariage. Il faisait beau et nous avions commencé une partie de croquet lorsque, tout à coup et sans raison apparente, Miriam... Mrs. Gardiner... a été prise d'affolement et a quitté le jardin en courant. Je ne l'ai pas vue partir, sinon, je l'aurais rattrapée... pour savoir ce qui n'allait pas et si je pouvais lui être d'un quelconque secours...

— Est-elle souvent souffrante ?

Les maladies réelles étaient une chose, les vapeurs en étaient une autre : Monk n'avait pas la moindre patience avec les femmes sujettes à ces dernières. Et s'il devait aider l'infortuné jeune homme, il lui fallait connaître la vérité.

— Non, répliqua Stourbridge d'un ton plutôt sec. Elle jouit d'une excellente santé et elle est d'un naturel posé.

Monk se sentit rougir. Si l'on avait suggéré devant lui qu'Hester pût être une petite nature, il eût rétorqué non sans rudesse que son épouse était femme à mener un combat ou à encaisser un désastre mieux que quiconque. Ne l'avait-elle pas prouvé avec éclat en partant soigner les soldats en Crimée ? Toutefois, présenter des excuses à Lucius Stourbridge eût été superflu. La question devait être posée.

— Qui l'a vue partir ? interrogea-t-il.

— Mon oncle, Aiden Campbell, qui séjournait chez nous à ce moment-là. Il est encore à la maison, d'ailleurs. Je crois que ma mère l'a vue également, ainsi que deux ou trois domestiques et invités.

— Et était-elle souffrante ?

— Je ne sais pas ! C'est bien là le problème, Mr. Monk ! Nul ne l'a revue depuis. Et trois jours se sont écoulés !

— Et ces personnes qui ont assisté à son départ, demanda le détective en s'efforçant de ne pas perdre patience, que vous ont-elles dit ? Cette dame n'a tout de même pas pu sortir seule du jardin et s'en aller dans la rue, sans argent ni bagages, puis disparaître ?

— Oh... non, fit Stourbridge. Notre cocher, James Treadwell, a disparu lui aussi. Avec, bien entendu, l'une de nos voitures.

— Il semble donc que ce Mr. Treadwell l'ait conduite quelque part, conclut Monk. Sachant qu'elle a abandonné la partie de croquet de son plein gré, c'est nécessairement elle qui lui a demandé de l'emmener. Que savez-vous de Treadwell ?

Lucius haussa les épaules, sans rien perdre de sa pâleur.

— Il travaille pour notre famille depuis trois ou quatre ans. Il me semble que nous n'avons rien à lui reprocher sur le plan du travail. C'est un parent de la cuisinière, son neveu, je crois. Mais vous ne pensez pas qu'il aurait pu... lui faire du mal, n'est-ce pas ?

Monk ne pouvait répondre à cette question, mais rien ne servait d'ajouter encore à la détresse de son client.

— À mon avis, il est plus probable qu'il s'est contenté de la conduire là où elle voulait aller, hasarda-t-il, avant de s'apercevoir que cette réponse n'avait aucun sens.

Si tel était le cas, le cocher ne serait-il pas rentré après sa course ?

— Mais il semble clair qu'il a ensuite utilisé votre voiture à des fins personnelles.

D'autres pensées, plus sombres, s'imposaient à son esprit, mais il eût été prématuré de les dévoiler. Plusieurs réponses simples appartenant au domaine des petites tragédies quotidiennes devaient d'abord être envisagées, la plus probable étant que Miriam Gardiner avait changé d'avis quant à son mariage et manqué de courage pour l'annoncer à son jeune prétendant.

Lucius se pencha en avant.

— J'ai peur pour Miriam, Mr. Monk. Si elle va bien, pourquoi n'a-t-elle pas repris contact avec moi ?

Il articulait avec peine, les mots sortaient de sa bouche à demi étranglés.

— J'ai fait tout ce qui était en mon pouvoir, reprit-il sans attendre la réponse. J'ai parlé à tous les amis chez qui elle aurait pu se réfugier. J'ai fouillé ma mémoire à la recherche de mots que j'aurais prononcés ou de choses que j'aurais faites qui eussent pu la conduire à douter de moi, et je n'ai rien trouvé. Nous étions si proches l'un de l'autre, Mr. Monk ! De cela, je suis sûr plus que de toute autre chose au monde ! Nous n'étions pas seulement amoureux l'un de l'autre, nous étions aussi les meilleurs amis que l'on puisse imaginer ! Je pouvais lui parler de n'importe quoi, elle comprenait, et elle partageait même mes goûts et mes points de vue d'une façon qui faisait d'elle la personne la plus stimulante, et en même temps la plus agréable à vivre. Mais peut-être trouvez-vous mon discours absurde... conclut-il en baissant la tête.

— Pas du tout.

La réponse avait fusé, venue du cœur, et Monk s'en voulut aussitôt : il n'était pas accoutumé à se livrer ainsi, surtout face à un client éventuel qui lui soumettait une affaire qu'il n'était pas sûr de vouloir accepter et dont l'issue probable lui inspirait le plus grand pessimisme.

Lucius Stourbridge le fixait de ses grands yeux noirs pleins d'inquiétude.

— Non, répéta le détective avec moins d'emphase. Je suis convaincu qu'il est possible de ressentir de telles affinités avec une personne. Peut-être pourriez-vous à présent me dire quelques mots de votre famille et des circonstances de votre rencontre avec Mrs. Gardiner ?

Lucius sembla soulagé de cette demande précise.

— Oui, oui, tout à fait... Mon père est le major Harry Stourbridge. Il est désormais à la retraite, mais il s'est distingué en combattant en Afrique, et notamment en Égypte. Il a passé là-bas de nombreuses années, au début de sa carrière militaire. Il s'y trouvait au moment de ma naissance.

Un léger sourire effleura ses lèvres.

— J'aimerais aller là-bas un jour, ajouta-t-il. Je peux l'écouter évoquer ce pays des heures durant...

Il s'interrompit, retrouvant sa gravité.

— Notre famille est originaire du comté d'York... De la division ouest. C'est là que se trouvent nos terres. Toutes substituées, bien sûr, mais très étendues. Nous y séjournons de temps en temps, mais ma mère préfère passer la saison en ville. Je crois que beaucoup de Londoniens sont comme elle, en particulier les femmes...

— Avez-vous des frères et sœurs, Mr. Stourbridge ? coupa Monk.

— Non, malheureusement. Je suis fils unique.

Monk se garda de souligner que, dans ces conditions, Lucius hériterait des propriétés familiales, qui semblaient considérables ; à l'évidence, toutefois, son interlocuteur saisit l'allusion. Il pinça les lèvres en rougissant un peu.

— Ma famille n'a soulevé aucune objection à mon mariage, affirma-t-il sans ciller, sur la défensive. Mon père et moi sommes très proches l'un de l'autre. Il est ravi de me voir heureux et il aime beaucoup Miriam... Mrs. Gardiner. Il ne lui trouve aucun défaut, ni dans sa personnalité ni dans sa réputation. Le fait qu'elle n'ait ni dot ni biens importe peu. Je possède moi-même plus que le nécessaire pour nous faire vivre et je n'attribue aucune valeur aux richesses matérielles lorsque je songe au bonheur de passer ma vie en compagnie d'une femme courageuse, vertueuse et agréable, une femme que j'aime plus que quiconque sur cette terre.

Sa voix se brisa et il ne parvint à garder son sang-froid qu'au prix d'un effort évident.

Monk comprenait cette détresse, avec une sympathie inconcevable quelques semaines plus tôt. Malgré sa résolution de se concentrer exclusivement sur la situation de Lucius Stourbridge, il se revoyait marchant au bras d'Hester sur une longue et paisible plage baignée par les rayons du couchant. Le ciel du Nord aux dégradés orangés teintait les lointaines montagnes d'un voile mauve et conférait à l'atmosphère une luminosité radieuse. Ni Monk ni son épouse n'avaient éprouvé le besoin de parler : ils se savaient habités du même sentiment de plénitude face à la beauté du paysage et du même désir de conserver en eux cette vision, avec la conscience que c'était impossible. Et pourtant, avoir vécu ensemble une telle perfection conférait à l'instant une sorte d'immortalité.

Des moments heureux, il y en avait eu bien d'autres : un fou rire partagé en regardant un chien se livrer à mille cabrioles pour attraper un sachet de papier ballotté par le vent, le plaisir d'un excellent sandwich au fromage, savouré après une longue promenade, l'ascension jusqu'au sommet d'une colline, où la beauté de la vue leur avait coupé le souffle à tous deux, et le soulagement éprouvé en songeant qu'ils n'avaient pas à monter davantage.

Si, au cours de son existence, Lucius avait connu de tels bonheurs et qu'il devait à présent y renoncer sans en comprendre la raison, il n'y avait rien d'étonnant à ce qu'il cherchât par tous les moyens une explication. Même si la vérité se révélait odieuse et cruelle pour ses rêves, il ne pourrait commencer à panser ses blessures qu'une fois celle-ci mise au jour.

— Eh bien, je vais tâcher de découvrir ce qui s'est passé, déclara Monk. Et si votre fiancée est prête à vous revenir...

— Oh, merci ! l'interrompit Lucius. Merci, Mr. Monk ! Votre prix sera le mien, je vous le garantis. Que puis-je faire pour vous aider ?

— Racontez-moi votre rencontre et dites-moi tout ce que vous savez sur Mrs. Gardiner, répondit le détective, la mort dans l'âme.

Le visage de Lucius se détendit, comme si le seul fait de se remémorer cette première rencontre suffisait à l'emplir de bonheur.

— J'étais en visite chez l'un de mes amis, qui vit à Hampstead, et je me promenais sur la lande. C'était l'été et le paysage était magnifique. Il y avait plusieurs personnes autour de moi : des enfants qui jouaient, un couple âgé qui souriait sous le soleil. Un petit garçon s'amusait au cerceau et un chiot courait après un bâton. Je me suis arrêté pour le regarder. Il était plein de vie, il bondissait en tous sens en remuant la queue et semblait au comble de la joie quand il rapportait le bâton. Je me suis pris à rire tout seul en l'observant. Il m'a fallu un certain temps pour remarquer que c'était une jeune femme qui lançait le bâton. À un moment, celui-ci a atterri à mes pieds et je l'ai ramassé pour le lancer à mon tour, juste pour le plaisir de voir le chiot courir derrière. Bien sûr, la dame et moi avons engagé la conversation. Tout s'était passé le plus naturellement du monde. Je l'ai questionnée sur le chien et elle m'a dit qu'il appartenait à l'une de ses amies

Le regard perdu au loin, Lucius souriait.

— De fil en aiguille, nous avons bavardé près d'une heure. J'ai fait en sorte de revenir le lendemain au même endroit, et elle s'y trouvait elle aussi.

Il eut un petit haussement d'épaules ironique.

— Je ne crois pas une seconde qu'elle ait pu penser qu'il s'agissait d'un hasard et, d'ailleurs, je n'avais aucune intention de le lui suggérer. Il n'y a jamais eu d'hypocrisie entre nous. Elle semblait percevoir ce que je voulais dire aussi naturellement que si elle avait les mêmes pensées, les mêmes réactions que moi. Nous avions envie de rire, de nous extasier ou de nous désoler pour les mêmes choses, en même temps. Jamais je ne m'étais senti aussi à l'aise avec quiconque.

Monk tenta de se figurer une telle entente. Avec Hester, il ne vivait rien de tel ! Tonifié, oui, mis au supplice, furieux, amusé, admiratif, craintif même parfois, mais *à l'aise*, rarement.

Non, ce n'était pas tout à fait vrai. Depuis qu'il s'était enfin avoué qu'il était amoureux et avait accepté Hester comme elle était, sans plus chercher à la faire entrer dans le moule de la femme idéale qu'il croyait désirer, il se sentait assez souvent à l'aise avec elle.

Et bien sûr, il ne pouvait oublier cette époque où ils s'engageaient pour les mêmes causes, où elle luttait à ses côtés avec un courage, une imagination, une compassion et une ténacité qu'il ne connaissait à nulle autre femme, voire à nulle autre personne. Cette complicité-là, même Lucius Stourbridge ne pouvait la concevoir.

— Ainsi, votre amitié a évolué, reprit le détective, résumant la suite prévisible du récit. Vous avez fini par inviter cette dame chez vous afin de la présenter à votre famille, et vos parents l'ont trouvée charmante.

— Oui... Exactement.

Lucius s'apprêtait à poursuivre, mais Monk l'interrompit de nouveau. Il lui fallait recueillir des éléments susceptibles de l'aider dans ses recherches, même s'il nourrissait peu d'espoir d'aboutir à un dénouement heureux pour Lucius et son entourage. Une femme ne fuit pas un futur époux et sa maison, elle ne reste pas plusieurs jours loin de lui sans envoyer au moins un message, s'il n'existe pas un problème profond qu'elle ne parvient pas à résoudre.

— Que savez-vous du premier mari de Mrs. Gardiner ?

— Je crois qu'il était plus âgé qu'elle, répondit Lucius.

C'était un homme qui s'en sortait de manière honorable sur le plan professionnel et il lui a laissé une rente confortable. Il jouissait d'une bonne réputation et n'avait aucune dette d'honneur ni d'argent.

Il avait parlé d'un ton ferme, soucieux de convaincre. Son interlocuteur devait le croire et comprendre la valeur de telles qualités.

De ce bref résumé, Monk comprit que feu Mr. Gardiner appartenait à un milieu bien plus ordinaire que Lucius Stourbridge, auquel ses ancêtres avaient légué terres et fortune et dont le père pouvait s'enorgueillir d'une prestigieuse carrière militaire. Il eût aimé connaître les origines de Miriam Gardiner, savoir si elle se comportait en femme du monde, si elle se sentait en confiance face aux Stourbridge ou si, au contraire, elle était secrètement terrifiée par ces aristocrates. Craignait-elle, chaque fois qu'elle s'adressait à eux, de trahir ses insuffisances? Monk l'imaginait sans peine. N'était-il pas lui-même issu du petit peuple, fils de pêcheur né dans un village du Northumberland et désireux de descendre à Londres pour y mener un train de gentleman?

C'était étrange, il se souvenait de cela tout à coup, en songeant à cette Miriam Gardiner qui tentait elle aussi d'échapper à son milieu médiocre pour se glisser dans une autre classe sociale sans rien laisser paraître de l'effort que cela lui coûtait. Avait-elle redouté, chaque fois qu'elle prenait place à table, de ne pas utiliser la bonne fourchette, de faire une remarque déplacée, de révéler son ignorance en matière d'événements mondains ou de ne connaître aucun des invités présents? Il ne pouvait demander tout cela à Lucius. Si cet homme avait été capable d'entrevoir la réponse à ces questions, il ne serait pas là, à présent, en train d'observer Monk de son regard candide et plein d'espoir.

— Je pense qu'il serait utile que je rencontre vos parents, Mr. Stourbridge, déclara le détective. J'aimerais voir par moi-même où s'est produit cet événement qui a apparemment affecté Mrs. Gardiner au plus haut point et, avec leur permission, échanger également quelques mots avec vos domestiques, afin d'apprendre de leur bouche tout ce qu'ils sont susceptibles de me révéler.

— Bien entendu ! s'exclama Lucius en se levant. Oh, merci, Mr. Monk, je vous serai éternellement reconnaissant ! Je suis convaincu que si vous pouvez découvrir où se trouve Miriam, et si je puis être assuré qu'elle se porte bien, nous parviendrons à surmonter toutes les difficultés.

Une ombre passa sur son visage : sans doute la très forte éventualité que sa fiancée pût ne pas bien se porter venait-elle de lui effleurer l'esprit.

— Combien de temps vous faut-il pour vous préparer ? ajouta-t-il.

Monk n'aimait pas être bousculé ainsi mais, au fond, Lucius avait raison : le temps était compté. Peut-être même était-il déjà trop tard. S'il décidait de se charger bel et bien de l'enquête, il fallait s'y mettre tout de suite. Il laisserait un mot à Hester pour lui expliquer qu'il avait accepté une affaire et serait de retour dès qu'il aurait effectué un premier survol de la situation. Il ne pouvait lui dire tout cela de vive voix, puisqu'elle se trouvait à l'hôpital, où elle assistait Callandra Daviot. Bien sûr, il s'agissait de bénévolat : Monk s'était fermement opposé à voir son épouse contribuer à subvenir aux besoins du foyer. Le sujet avait donné lieu à une dispute très vive et, à n'en pas douter, la jeune femme remettrait le problème sur le tapis à la première occasion.

Située sur Cleveland Square, dans le quartier de Bayswater, la maison des Stourbridge était belle sans ostentation, avec cette élégance qui caractérise les biens de ceux pour qui l'argent n'est pas un problème. La façade, très sobre, datait à l'évidence d'une époque révolue et plus simple. Monk la trouva ravissante, et il se serait volontiers attardé pour l'admirer si Lucius n'avait pas pressé l'allure afin d'atteindre la porte d'entrée, qu'il ouvrit lui-même, sans attendre ni majordome ni femme de chambre.

— Entrez, commanda-t-il en s'effaçant avec un petit geste de la main qui en disait long sur sa hâte.

Monk s'exécuta. Une fois à l'intérieur, il n'eut pas davantage le loisir d'examiner les portraits de famille qui ornaient les lambris de chêne du grand vestibule. À peine aperçut-il un tableau qui dominait tous les autres et représentait un cavalier en uniforme de hussard datant de l'époque de Waterloo. Ainsi, jadis, un autre Stourbridge s'était distingué sur les champs de bataille...

Lucius traversa d'un pas vif l'entrée aux dalles sombres pour gagner la porte la plus éloignée. Monk le suivit, prenant tout juste le temps d'un coup d'œil au plafond finement ouvragé et à l'escalier monumental.

Lucius frappa, puis ouvrit après une brève hésitation. Alors seulement, il se retourna vers Monk.

— Entrez, je vous en prie, le pressa-t-il. Je suis sûr que vous souhaitez rencontrer mon père et, peut-être, comparer ses dires avec les explications que je vous ai données.

Il fit un pas de côté, le visage tendu par l'anxiété, le corps très droit.

— Père, je vous présente Mr. William Monk. Il a accepté de nous aider.

Lorsque Monk entra dans la pièce, il eut l'impression fugitive d'un lieu confortable au mobilier fonctionnel, aménagé non pour produire un quelconque effet sur le visiteur, mais pour assurer le bien-être de son occupant. Aussitôt cependant, son attention fut attirée par l'homme qui venait de se lever et se dirigeait vers lui. Il était mince, un peu plus grand que la moyenne et doté d'une énergie et d'un charme qui commandaient le respect. Il avait la même constitution que Lucius, mais c'était là leur seule ressemblance. Bien qu'il eût manifestement passé la cinquantaine, ses cheveux restaient blonds, tandis que son regard bleu était souligné d'innombrables rides très fines, comme s'il avait passé des années à cligner les yeux pour se préserver d'une luminosité intense.

— Enchanté, Mr. Monk, dit-il en tendant la main.

Harry Stourbridge. Mon fils m'assure que vous seriez susceptible de venir à notre rescousse dans notre infortune. Je suis ravi que vous ayez accepté d'essayer, et extrêmement reconnaissant.

— Enchanté, major Stourbridge, répondit Monk avec un formalisme qu'il ne prisait guère d'ordinaire. Je ferai de mon mieux.

Les deux hommes se serrèrent la main, puis Stourbridge désigna une chaise.

— Asseyez-vous, dit-il. Nous dînons dans une heure. Voudriez-vous vous joindre à nous ?

— Volontiers, merci.

Ce repas fournirait au détective l'occasion d'observer les divers membres de la famille et de se faire une idée de leurs relations. Peut-être aussi pourrait-il juger de la façon dont Miriam Gardiner eût pu trouver sa place parmi eux.

— Mais auparavant, monsieur, ajouta-t-il, j'aimerais vous parler seul à seul. Je dois vous poser un certain nombre de questions.

— Bien entendu, bien entendu, approuva Stourbridge en se mettant à arpenter la pièce de long en large. Lucius, peut-être pourrais-tu aller voir ta mère ?...

C'était une suggestion polie et dénuée de véritable objectif, sinon celui de fournir à son fils un prétexte pour sortir.

Le jeune homme hésita. Il ne faisait aucun doute qu'il éprouvait toutes les peines du monde à s'arracher à la seule chose qui importât vraiment pour lui en cet instant.

— Tu lui as manqué, insista Stourbridge. Et elle sera heureuse d'apprendre que Mr. Monk nous a donné son accord.

— Oui... oui, bien sûr, fit Lucius.

Il adressa un léger sourire à Monk, puis sortit en refermant la porte derrière lui.

Harry Stourbridge se tourna vers le détective. Sur son visage, éclairé par le soleil qui pénétrait à flots dans la pièce, les rides apparaissaient désormais avec netteté, de même que les cernes de fatigue qui entouraient ses yeux.

— Posez-moi vos questions, Mr. Monk, déclara-t-il. Je ferai tout ce qui est en mon pouvoir pour que l'on retrouve Miriam et, si elle connaît actuellement des difficultés, je lui offrirai mon aide sans la moindre hésitation. Comme vous avez dû le constater, mon fils lui porte une profonde affection. Il m'est impossible d'imaginer qu'une autre femme puisse le rendre aussi heureux.

Monk ne doutait pas de sa sincérité, qui ajoutait au fardeau émotionnel dont il se sentait déjà porteur. Pourquoi Miriam Gardiner avait-elle déserté cette maison, cette famille, sans un mot d'explication ? Y avait-il eu un événement ponctuel ou s'agissait-il d'une accumulation de petites choses qui, mises bout à bout, lui avaient soudain paru intolérables ?

Et où se trouvait James Treadwell, le cocher ?

Stourbridge attendait, les yeux rivés sur Monk, mais celui-ci ne savait par où commencer. Harry Stourbridge ne correspondait pas à l'homme qu'il s'était représenté et, étrangement, le détective se mettait à compatir à sa peine. Toutefois, Lucius Stourbridge n'avait que faire de la pitié. Monk était là pour résoudre un problème, non pour se complaire dans les bons sentiments.

— Que savez-vous de Mrs. Gardiner ? interrogea-t-il, plus brusquement qu'il ne l'eût souhaité.

— Vous voulez dire, de sa famille ? À vrai dire, elle n'en parlait jamais. J'imagine qu'il devait s'agir de gens assez ordinaires. Je crois que ses parents sont décédés alors qu'elle était encore très jeune. C'était manifestement un sujet qui la peinait, si bien qu'aucun d'entre nous n'a cherché à en savoir davantage.

— Mais quelqu'un a bien dû s'occuper d'elle après la mort de ses parents ! insista Monk.

— Bien sûr, acquiesça Stourbridge en s'asseyant enfin. Elle a été prise en charge par une certaine Mrs. Anderson, qui l'a entourée de tendresse. Aujourd'hui encore, Miriam lui rend de fréquentes visites. Elle vivait chez cette femme lorsqu'elle a rencontré son premier mari, à l'âge de dix-sept ans. Elle l'a épousé deux années plus tard. Il était nettement plus âgé qu'elle.

Il croisa les jambes, fixant Monk d'un regard soucieux.

— J'ai moi-même mené ma petite enquête, bien sûr, poursuivit-il. Lucius est mon fils unique et son bonheur revêt pour moi la plus haute importance. Toutefois, rien de ce que j'ai appris n'explique ce qui s'est produit il y a trois jours. Walter Gardiner était un homme paisible, plutôt discret, qui s'est marié sur le tard, à près de quarante ans. Mais il jouissait d'une excellente réputation. Assez timide, un peu gauche en compagnie des dames, il travaillait très dur dans son domaine... le commerce des livres. Son affaire connaissait un succès modeste et il a laissé sa veuve plutôt bien pourvue. D'après tous les témoignages, Miriam semblait heureuse avec lui. Personne n'a émis le moindre commentaire désobligeant à leur encontre.

— Ont-ils eu des enfants ? demanda Monk.

Une ombre traversa le visage de Stourbridge.

— Non, malheureusement. C'est là une bénédiction qui ne touche pas tous les ménages.

Il se tut et poussa un soupir.

— Mon épouse et moi-même n'avons eu qu'un seul enfant.

Son expression trahit le souvenir d'une souffrance aiguë. C'était un sujet auquel Monk lui-même n'avait guère réfléchi. Il ne possédait ni titres, ni biens à léguer et ne se sentait aucunement incomplet sans descendance. Il fallait toutefois reconnaître qu'Hester n'était pas une femme ordinaire. Il l'avait épousée sans envisager une seconde le confort d'une paisible vie de famille. Si tel avait été son but, sans doute en eût-il choisi une autre ! Cette idée le fit sourire en lui-même. Nul ne savait ce que réservait l'avenir. Ne s'était-il pas déjà surpris lui-même en changeant radicalement comme il l'avait fait ?

Face à lui, son interlocuteur attendait.

— Elle est un peu plus âgée que votre fils, reprit

Monk, avec tout le tact dont il était capable. De combien d'années exactement ?

L'amusement éclaira le regard de Stourbridge.

— Neuf ans, répondit-il. Si vous vous apprêtez à demander si elle est en mesure de lui donner un héritier, la réponse est que je l'ignore. Bien sûr, nous serions heureux de voir Lucius devenir père, mais ce n'est pas notre préoccupation première. Il n'existe aucune garantie pour ces choses-là, Mr. Monk, quelle que soit l'épouse choisie, et Miriam ne nous a jamais rien fait miroiter sur ce plan

Monk ne chercha pas à le contredire, mais il se promit de juger par lui-même si Mrs. Stourbridge partageait les sentiments de son époux. Jusque-là, les questions du détective n'avaient rien révélé qui pût expliquer la fuite de Miriam Gardiner. Il regrettait de ne pas avoir une image plus précise de cette dernière. Vue à travers les yeux de Lucius et de son père, elle incarnait l'épouse idéale. Le reflet qu'ils en donnaient tous deux n'en faisait pas un être de chair et de sang, et encore moins de passion. Avaient-ils distingué la moindre parcelle de la femme véritable qui se dissimulait sous cette surface qu'ils admiraient tant ? Était-il utile de poursuivre cet interrogatoire, sinon pour obtenir des détails concrets ?

— Était-ce sa première visite dans votre maison ? demanda le détective.

Stourbridge parut surpris.

— Non, répondit-il, loin de là. Elle était déjà venue une demi-douzaine de fois. Si vous imaginez que nous ne lui avons pas fait bon accueil, ou qu'elle ait pu se sentir mal à l'aise ou angoissée à l'idée de vivre parmi nous, vous faites fausse route, Mr. Monk.

— Aurait-elle vécu ici une fois mariée ? Dans cette maison ?

Le détective envisageait toutes sortes de raisons susceptibles de pousser la jeune femme à trouver une telle perspective insupportable. Ayant été maîtresse en son propre foyer, certes modeste par rapport à cette magnifique demeure, elle avait pu estimer intolérable cette perte d'intimité. Hester, pour sa part, ne l'eût pas supportée ! Monk ne pouvait imaginer son épouse passer le plus clair de son existence sous le toit d'une tierce personne. Au temps où elle acceptait des places d'infirmière à domicile, après son retour de Crimée, elle gardait sans cesse à l'esprit qu'il s'agissait d'emplois provisoires et que, quelles que fussent les difficultés rencontrées, son séjour chez le patient prendrait fin tôt ou tard. D'ailleurs, elle veillait toujours à bénéficier d'une certaine intimité dans ces maisons, tout comme elle exigeait une véritable autonomie dans les soins qu'elle prodiguait aux malades dont elle avait la charge.

Harry Stourbridge souriait.

— Non, Mr. Monk. Je possède des propriétés dans le Yorkshire et Lucius apprécie beaucoup la vie dans le Nord. Il y a quelques mois, Miriam est allée visiter nos terres — je l'avoue, à une époque de l'année où le temps était nettement moins clément qu'à présent —, mais la région lui a beaucoup plu et elle se réjouissait d'y emménager bientôt et de tenir elle-même sa maison.

Ainsi, ce n'était pas la crainte de perdre sa liberté qui avait poussé Miriam Gardiner à partir. Monk fit une nouvelle tentative.

— Par rapport aux fois précédentes, y avait-il quelque chose de différent chez vous lors de sa dernière visite, major Stourbridge ?

— Non, je ne pense pas, sinon qu'il régnait une certaine atmosphère de célébration.

La tristesse voila son visage et sa voix se fit plus rauque.

— Ils devaient se marier dans quatre semaines. Ils souhaitaient une cérémonie discrète, familiale. Miriam ne voulait ni foule ni dépenses démesurées. Elle trouvait cela indécent et inutile. Elle aimait très profondément Lucius, là-dessus, je n'ai aucun doute.

Il s'interrompit et secoua la tête, les sourcils froncés.

— Je ne comprends pas ce qui s'est passé, Mr. Monk, reprit-il. Mais une chose est sûre : elle ne s'est enfuie ni parce qu'elle avait cessé de l'aimer, ni pour vérifier à quel point lui-même était épris...

Il eût été inutile de discuter : sa conviction était totale. La douleur qu'il éprouverait si les faits venaient à lui prouver qu'il s'était fourvoyé serait immense, et ce serait le rôle de Monk de le lui annoncer. De nouveau, le détective se prit à regretter d'avoir accepté l'affaire. Il ne parvenait pas à imaginer une explication anodine à ce mystère.

— Parlez-moi de votre cocher, James Treadwell.

Stourbridge haussa les sourcils.

— Treadwell ? Ah oui, bien sûr... C'est un cocher tout ce qu'il y a de plus satisfaisant. Un bon conducteur qui connaît les chevaux. Mais je dois admettre qu'en tant qu'homme, il ne m'inspire guère de sympathie.

Il posa ses coudes sur les bras de son fauteuil et joignit les doigts.

— J'ai connu des garçons comme lui à l'armée. Ils montent à cheval mieux que personne, manient bien l'épée, avancent quel que soit le terrain, mais on ne peut se fier à eux. Ils pensent en priorité à eux-mêmes, et non au régiment. Ils décampent dès que la bataille tourne mal.

— Mais vous l'avez gardé malgré tout ?

Stourbridge eut un vague haussement d'épaules.

— On ne met pas quelqu'un à la porte parce que l'on croit connaître sa nature. Je pouvais fort bien me tromper. Je ne l'aurais jamais engagé comme valet, bien entendu, mais un cocher, c'est différent. En outre, c'est le neveu de notre cuisinière, qui est une femme de valeur. Elle travaille pour notre famille depuis bientôt trente ans. Elle a commencé comme fille de cuisine du vivant de ma mère.

Monk comprenait. Comme tout le reste, cela découlait d'une logique simple, naturelle. Il ne restait plus guère de questions à poser, sinon pour s'informer du déroulement de la journée où Miriam avait disparu.

— Je puis vous fournir une liste des invités, si vous le souhaitez, proposa Stourbridge. Mais Miriam connaissait déjà toutes les personnes qui y figurent et elle les appréciait toutes sans exception. Croyez-moi, Mr. Monk, nous avons beaucoup réfléchi pour tenter de découvrir ce qui a pu susciter chez elle une telle détresse, mais nous n'avons rien trouvé. Personne n'a connaissance de la moindre querelle, voire de la moindre parole blessante qui eût pu être prononcée devant elle !

Comme par réflexe, il jeta un coup d'œil à la fenêtre, puis se tourna de nouveau vers son hôte.

— Miriam se trouvait seule. Tout le monde jouait au croquet ou suivait la partie, lorsque, tout à coup, elle a poussé un petit cri. Elle est devenue blanche comme un linge, s'est figée quelques instants, puis a tourné les talons et s'est précipitée vers la maison en manquant à plusieurs reprises de trébucher.

Sa voix se brisa.

— Depuis, personne ne l'a revue.

Monk se pencha en avant.

— Avez-vous assisté à la scène ?

— Non, pas personnellement. Je me serais lancé à sa poursuite si je l'avais vue partir.

Défait, Stourbridge semblait s'adresser des reproches.

— Mais plusieurs personnes me l'ont décrite, et toujours en ces termes : Miriam était seule. Personne ne lui a adressé la parole, personne n'a cherché à s'approcher d'elle.

Il fronça les sourcils, dérouté.

— J'ai étudié toutes les hypothèses dictées par le bon sens, Mr. Monk. Nous avons fait appel à vous parce que nous ne savons plus que penser.

Monk se leva.

— Je vais faire tout ce qui est en mon pouvoir, monsieur, assura-t-il, non sans appréhension.

La première fois que Lucius Stourbridge lui avait exposé son problème, le détective avait estimé qu'il ne parviendrait à rien. À présent, il en était plus convaincu encore. Le comportement de la jeune femme relevait sans aucun doute d'émotions intimes dont les membres de sa future belle-famille ne sauraient jamais rien. Et même s'ils venaient à en découvrir l'explication, ils n'en seraient assurément pas plus heureux. Monk se mit à éprouver du ressentiment contre cette jeune femme, dont l'inconséquence faisait souffrir au moins deux personnes honorables, et peut-être davantage.

Stourbridge se leva à son tour.

— Avec qui souhaitez-vous vous entretenir à présent, Mr. Monk ?

— Avec Mrs. Stourbridge, si vous n'y voyez pas d'inconvénient, répondit le détective sans hésiter.

Grâce à Hester, il savait que les femmes possédaient une façon bien à elles de tirer des observations qui échappaient souvent aux hommes. Elles parvenaient à lire les expressions, comprenaient des choses informulées.

— Bien sûr, répondit Stourbridge en gagnant la porte. Elle doit être dans son boudoir, à cette heure.

Monk le suivit dans le vaste escalier où, cette fois, il put admirer à loisir les magnifiques moulages du plafond et le beau noyau d'escalier sculpté, au sommet de la rampe.

Stourbridge traversa le palier. Une longue fenêtre s'ouvrait sur la pelouse bien tondue, où Monk aperçut des arceaux de croquet encore en place. Sous le soleil d'été, le jardin avait des allures paisibles, et l'on imaginait sans peine le bonheur tranquille qui y régnait, les jeux familiaux et le thé, que l'on prenait à l'extérieur. Au loin, de grands arbres portaient leur ombre sur des massifs d'azalées dont les dernières fleurs se détachaient sur la terre brune dans une explosion de couleurs.

Stourbridge frappa à la troisième porte et, obéissant à une réponse murmurée, ouvrit pour s'effacer devant Monk.

— Ma chérie, je vous présente Mr. Monk, dit-il. Il a promis de nous aider à retrouver Miriam.

Mrs. Stourbridge était installée dans un large fauteuil tapissé de chintz. Un recueil de poésie agrémenté de photographies était ouvert près d'elle sur une petite table en bois de rose, comme si elle l'avait posé là en entendant frapper. La ressemblance avec son fils sautait d'emblée aux yeux. La dame possédait le même regard sombre, la même finesse de traits, les mêmes cheveux. Si Lucius était venu la voir comme le lui avait demandé son père, il ne s'était guère attardé. Elle posait sur Monk un œil soucieux.

— Enchantée, déclara-t-elle gravement. Entrez, je vous en prie. Dites-moi de quelle façon je puis aider mon fils.

Monk accepta le siège qu'elle lui désignait en face d'elle. La chaise se révéla plus confortable que l'austère dossier de bois ne le laissait présager. En d'autres circonstances, la pièce claire et chaleureuse eût paru reposante. À présent, le détective se concentrait pour trouver des questions à poser.

Stourbridge prit congé et s'éclipsa.

Son épouse attendit, le regard rivé sur Monk. Elle ne cillait pas.

— Pourriez-vous, je vous prie, me décrire Mrs. Gardiner ? commença le détective.

Il avait besoin de se représenter la jeune femme, non seulement pour parvenir à l'imaginer, mais aussi pour savoir comment Mrs. Stourbridge la voyait.

Son interlocutrice ne dissimula pas sa surprise.

— Où comptez-vous mener vos recherches, Mr. Monk ? Nous n'avons pas la moindre idée du lieu où elle a pu se réfugier. Naturellement, nous sommes déjà allés voir chez elle, mais elle n'y est pas retournée. Sa bonne n'en a eu aucune nouvelle depuis le départ de Miriam pour se rendre chez nous.

— J'aimerais entendre une femme parler d'elle, expliqua Monk. Cela me fournira une image moins romantique, et peut-être plus précise, que celles que l'on m'a données jusqu'ici.

— Ah, je comprends. Oui, bien sûr...

Elle s'adossa à son siège. Très mince, elle dégageait une élégance naturelle, ne fût-ce que dans sa façon de tendre la main pour arranger les plis de ses larges jupes autour du fauteuil. En observant son visage intelligent, Monk sut que le portrait qu'elle dresserait de Miriam Gardiner serait net et dénué de sentimentalisme.

— Elle est de taille moyenne, commença-t-elle d'un ton posé. Peut-être un peu plus potelée que ne le souhaiterait une jeune femme de son âge. J'imagine que mon fils vous a déjà dit qu'elle avait au moins neuf ans de plus que lui ?

— Au moins ? s'étonna Monk. Vous voulez dire qu'elle reconnaît ces neuf années d'écart, mais que vous estimez que ce pourrait être davantage ?

Mrs. Stourbridge se contenta d'un haussement d'épaules délicat.

— Elle a de très beaux cheveux, blonds et épais, naturellement ondulés, poursuivit-elle. Des yeux bleus, un joli teint, de belles dents. Dans l'ensemble, un visage généreux qui indique une bonne nature et une santé plutôt satisfaisante. Elle s'habille avec goût, mais sans dépenses inconsidérées. Peut-être en raison de ses revenus assez modestes.

— C'est un parangon de vertu que vous me décrivez là, fit remarquer Monk d'un ton sec. Je ne vois pas encore la femme de chair et de sang, la vraie femme, mais plutôt un récital de qualités admirables.

Elle haussa les sourcils et le considéra d'un regard glacial, qu'il soutint cependant. Alors, elle parut se détendre peu à peu.

— Je vois, concéda-t-elle. Effectivement. Vous m'avez demandé à quoi elle ressemblait. Elle avait un physique agréable. Son caractère aussi était agréable, ce qui ne l'empêchait pas d'avoir ses propres idées. Vous voulez donc savoir si elle avait des défauts ? Bien sûr que oui... Il lui arrivait par exemple de se montrer butée. Elle émettait des avis étranges et peu convenables sur certains problèmes de société. Elle faisait parfois preuve d'une trop grande familiarité dans ses rapports avec les domestiques, ce qui entraînait des difficultés. Elle avait encore beaucoup à apprendre sur la tenue d'une maison comme celle que mon fils se destinait à habiter. Sans doute notre choix ne se serait-il pas arrêté sur elle si nous avions été sollicités pour lui trouver une épouse, enchaîna-t-elle sans quitter son interlocuteur des yeux, mais elle ne nous a pas déçus pour autant, Mr. Monk, et je ne pense pas qu'elle ait pu se figurer le contraire.

— Peut-être ne pouvait-elle pas donner d'héritier à votre fils ?

C'était une question fort indiscrète, sur un sujet intime qui remuait des émotions souvent profondes. Plus d'une femme avait été abandonnée pour ce motif au cours de l'histoire.

Mrs. Stourbridge pâlit, mais ses mains ne se crispèrent pas.

— Bien sûr, chacun souhaite avoir des enfants, mais lorsque vous acceptez une personne, vous devez le faire sans réserve. Si je pensais que cette femme pût délibérément refuser de donner un enfant à mon fils, je ne me gênerais pas pour la blâmer ; toutefois, s'il y a une chose dont je suis parfaitement sûre, c'est qu'elle aime Lucius. J'ignore où elle se cache et pourquoi, Mr. Monk. Je donnerais cher pour que vous puissiez la retrouver et nous la ramener ici, saine et sauve, et aussi douce et aimante qu'elle l'était jusque-là.

Monk n'en doutait pas. L'émotion que véhiculait la voix de son interlocutrice trahissait un désespoir profond qu'il percevait, bien qu'il ne connût cette femme que depuis quelques minutes.

— Je mettrai tout en œuvre pour cela, Mrs. Stourbridge, promit-il. Je suppose que vous ne l'avez pas vue quitter la partie de croquet ?

— Non. Je bavardais avec Mrs. Washburne et la conversation accaparait toute mon attention.

— Mrs. Gardiner appréhendait-elle cette réception ?

— Pas le moins du monde. Elle en était ravie, au contraire.

— Connaissait-elle tous les invités ?

— Oui. Nous en avions établi la liste ensemble, toutes les deux.

— Et personne n'est venu sans avoir été invité ? Pour accompagner l'un de vos amis, par exemple ?

— Non.

— S'est-il passé quelque chose de désagréable, une dispute, une altercation ?...

— Non.

Elle secouait la tête sans quitter Monk des yeux.

— Ce fut une journée extrêmement agréable. Le temps était au beau fixe, personne ne s'est fait remarquer par une conduite inappropriée. J'ai interrogé tous les domestiques, aucun n'a ni vu ni entendu autre chose que les conversations anodines d'usage. Le moment le plus désagréable, au dire de tous, fut un désaccord entre Mr. Wall et le révérend Mr. Dabney au sujet d'un coup de croquet qui manquait de fair-play. Cela ne concernait en rien Miriam.

— Elle ne jouait pas ?

Un très léger sourire effleura les lèvres de Mrs. Stourbridge, mais il était dénué de moquerie.

— Non. Elle préférait regarder. À mon avis, elle n'a jamais appris à jouer et ne souhaitait pas le faire savoir.

Monk changea de sujet.

— Votre cocher, James Treadwell, n'a pas réapparu. Personne ne sait ce qu'il lui est arrivé à lui non plus.

Le visage de Mrs. Stourbridge s'assombrit.

— C'est exact. Un jeune homme qui ne nous satisfait qu'à demi. Nous l'avons pris à notre service parce qu'il est le neveu de la cuisinière, et celle-ci est une excellente femme. On ne choisit pas sa famille...

— Et bien sûr, l'attelage a disparu aussi ?

— Oui.

— J'irai interroger votre valet d'écurie tout à l'heure. Sans doute cette piste-là se révélerait-elle plus facile à suivre...

— Y a-t-il une bonne qui était attachée en particulier au service de Mrs. Gardiner lorsque celle-ci séjournait chez vous ?

— Oui, Amelia. Si vous souhaitez lui parler, je l'enverrai chercher.

— Merci. Et je voudrais aussi voir la cuisinière. Peut-être saura-t-elle quelque chose sur Treadwell.

On frappa un petit coup à la porte, qui s'ouvrit avant que la maîtresse de maison ait eu le temps de réagir. Le nouveau venu, grand et large d'épaules, avait la taille légèrement empâtée. Ses traits marqués révélaient une ressemblance familiale très nette.

— Mr. Monk, je vous présente mon frère, dit Mrs. Stourbridge.

— Vous devez être le détective privé que Lucius est allé chercher.

L'homme considérait Monk avec gravité. Dans sa voix, on percevait une note de tristesse qui ressemblait presque à du désespoir. Il tendit la main.

— Aiden Campbell, se présenta-t-il. Je crains fort que vous ne couriez à l'échec dans cette affaire, ajouta-t-il en jetant à sa sœur un regard d'excuse, avant de s'adresser de nouveau à Monk. Mrs. Gardiner est partie de son plein gré. D'après le peu que nous savons, ce point est indéniable. Qui sait ? Peut-être, en songeant à ce mariage, éprouvait-elle de graves doutes que, jusqu'à cet instant, elle était parvenue à masquer. Nous ne saurons jamais ce qui a fait que, soudain, elle a pris conscience de ce sentiment.

Il fronça les sourcils.

— Je ne suis pas convaincu qu'entreprendre des recherches ne causera pas plus de tristesse encore.

Il inspira profondément.

— Aucun d'entre nous ne le souhaite. Je vous en

conjure, soyez prudent, Mr. Monk. Vous pourriez être amené, en toute bonne foi, à faire des découvertes dont il eût mieux valu ne pas avoir connaissance. J'espère que vous me comprenez ?

Monk comprenait, en effet, et partageait même largement ce point de vue. Il regrettait tout à coup de ne pas avoir eu la sagesse de suivre sa première impression et de refuser l'affaire alors que Lucius se trouvait encore dans son bureau.

— J'en ai tout à fait conscience, Mr. Campbell, affirma-t-il. Je sais comme vous qu'il est fort possible que je ne retrouve jamais Mrs. Gardiner, ou que, si j'y parviens, elle campe sur ses positions. Toutefois, j'ai donné ma parole à Mr. Stourbridge et je mènerai donc mon enquête jusqu'à son terme.

Il sentit le visage de Campbell se crisper à ces mots.

— Je l'ai prévenu, ajouta Monk, que les chances de succès sont infimes et je continuerai à faire preuve de franchise avec lui tout au long de mes progrès, ou en l'absence de progrès.

Les mains dans les poches, le regard rivé au sol, Campbell demeura silencieux.

— Aiden, dit doucement sa sœur, je sais que tu penses qu'elle ne reviendra pas et que nous ne récolterons que désillusion et tristesse en continuant nos recherches. Mais ni Lucius ni Harry ne sont prêts à l'admettre. L'un comme l'autre se sentent un devoir de tout faire pour découvrir où elle se trouve, si elle va bien et pourquoi elle est partie. Je pense que nous devons les aider plutôt que de leur donner l'impression qu'ils sont isolés et que nous ne les comprenons pas.

— Bien sûr.

Il adressa à sa sœur un sourire que Monk jugea forcé.

— Bien sûr, Verona. Tu as parfaitement raison. Les choses doivent suivre leur cours. Comment puis-je vous aider, Mr. Monk ? Laissez-moi vous conduire aux écuries pour enquêter sur James Treadwell. Peut-être est-il au cœur du mystère.

Monk accepta, remercia Mrs. Stourbridge et prit congé. Les deux hommes descendirent l'escalier, puis sortirent par une petite porte. Dehors, le soleil brillait et une forte odeur de foin, de cheval et de crottin montait de la cour fermée. Monk entendit un animal hennir et frapper du sabot sur la pierre.

Un jeune garçon roux, une brosse à la main, lança un regard curieux aux nouveaux venus.

— Réponds aux questions de Mr. Monk, Billy ! ordonna Campbell. Il est là pour aider le major Stourbridge à retrouver Treadwell et la voiture manquante.

— À mon avis, vous êtes pas près de les revoir ! lança Billy avec une grimace de dégoût. Une voiture comme ça, ça vaut un beau paquet d'argent.

— Tu penses qu'il l'a vendue et qu'il est parti ? s'étonna Monk.

Billy lui jeta un coup d'œil chargé de mépris.

— Évidemment ! Qu'est-ce que vous croyez ? Il est sorti d'ici comme s'il avait le feu au derrière ! Personne ne lui avait rien demandé ! Et depuis, on l'a pas revu ! S'il l'a pas fourguée, pourquoi qu'il est pas là ?

— Il a peut-être eu un accident ?

— Ça nous dit pas pourquoi il est parti, rétorqua Billy en le défiant du regard. À moins qu'il soit mort, il aurait quand même pu nous dire qu'est-ce qui s'est passé, vous croyez pas ?

— Pas s'il est gravement blessé, persista Monk.

Billy plissa les yeux, soupçonneux.

— Vous êtes un ami à lui ?

— Je ne l'ai jamais vu. Je voudrais juste savoir quelle opinion tu avais de lui, et je devine qu'elle n'était pas fameuse.

Billy hésita.

— Ouais... Je peux pas dire que je le portais dans mon cœur... Mais d'un autre côté, je peux pas dire du mal de lui non plus : il m'a rien fait. Je sais juste qu'il est parti comme un... Enfin, reconnaissez que c'est pas une chose à faire.

— Et Mrs. Gardiner ? s'enquit Monk.

Billy poussa un soupir.

— Elle, elle était vraiment gentille ! S'il a touché à un seul cheveu de sa tête, alors j'espère qu'il est en train de manger les pissenlits par la racine à l'heure qu'il est... après avoir agonisé dans les pires souffrances...

— Crois-tu qu'elle l'ait suivi de son plein gré ?

Le garçon fronça les sourcils sans comprendre.

— Qu'est-ce que vous voulez qu'une dame comme elle aille fiche avec un gars louche comme ça ? Elle montait dans la voiture quand elle devait aller quelque part, c'est tout... Il faisait son boulot, quoi !

— Est-ce qu'elle pensait elle aussi qu'il était... louche ?

Billy réfléchit.

— Je sais pas, peut-être pas. Elle était un peu trop bonne, elle. Innocente, quoi. Vous voyez ce que je veux dire ?

— Mrs. Gardiner se montrait un peu trop familière avec le personnel, Mr. Monk, expliqua Campbell. Il se peut qu'elle n'ait pas bien pris la mesure de l'individu auquel elle avait affaire. J'imagine que personne ne lui a expliqué que Treadwell n'avait été embauché que pour faire plaisir à sa tante, qui est très appréciée dans la maison.

Il sourit et se mordit la lèvre.

— Une bonne cuisinière est une bénédiction qu'aucun foyer ne traite à la légère, et celle-ci est loyale à la famille depuis une époque antérieure à l'arrivée de ma sœur !

Il jeta un regard circulaire aux écuries et s'arrêta sur l'emplacement vide qu'aurait dû occuper l'attelage manquant.

— Le fait demeure, poursuivit-il, que Treadwell est parti et, avec lui, une voiture magnifique, deux superbes chevaux et tout le harnachement requis.

— Cette disparition a-t-elle été signalée à la police ? s'enquit le détective.

Campbell enfonça les mains dans ses poches et se balança légèrement d'avant en arrière.

— Pas encore, non. En toute franchise, Mr. Monk, je pense qu'il est peu probable que mon beau-frère en arrive à cette extrémité. Pour préserver Lucius, il prend soin de soutenir mordicus que Mrs. Gardiner n'a eu ni accident ni problème grave, et que nous découvrirons bientôt une explication très naturelle à ce mystère. J'ai bien peur de ne pas être aussi optimiste, loin de là. Il m'est difficile d'imaginer une explication indolore aux faits que nous connaissons.

Il fit quelques pas dans la cour, en direction du jardin. Monk le suivit. Ce fut seulement lorsqu'ils eurent atteint l'allée de gravier qui entourait la pelouse, loin de toute oreille indiscrète, que Campbell reprit la parole.

— Ce que je redoute le plus, c'est que l'explication ne soit extrêmement simple : par exemple, Mrs. Gardiner, qui était tout à fait charmante et séduisante à sa manière, mais ne provenait pas du même monde que Lucius, a pu craindre qu'une fois la première flamme passée, elle ne parviendrait ni à rendre son époux heureux ni à s'intégrer vraiment au milieu dans lequel il évolue. Plutôt que de devoir fournir des justifications qui feraient souffrir tout le monde, et sachant que Lucius et le major Stourbridge, par sens de l'honneur, chercheraient à influer sur sa décision, elle n'a rien demandé à personne et s'est contentée de fuir.

Il observait Monk, un voile de tristesse dans le regard.

— Ce comportement, enchaîna-t-il, n'est pas dénué de dignité. Pour elle, ce devait même être la meilleure solution. Il ne fait aucun doute qu'elle aime Lucius. C'était évident pour tout le monde. À ce qu'on m'a dit, ils semblaient avoir une communion de pensée et de goûts peu banale, et même un sens de l'humour commun. Seulement, elle est plus âgée que lui, elle est déjà veuve et ses origines sont très... très ordinaires, disons-le. En s'enfuyant de la sorte, elle préserve la beauté de leur amour, dont le souvenir ne se ternira pas, comme cela eût été le cas s'il avait subi l'usure de l'existence quotidienne. Réfléchissez-y, Mr. Monk, avant de faire basculer notre famille dans la tragédie.

Baigné du soleil radieux de la fin de matinée, dans ce jardin paisible empli de chants d'oiseaux, Monk imagina la jeune femme prenant sa difficile décision. N'était-ce pas là, en effet, l'hypothèse la plus cohérente ? Une décision de ce type pouvait certes être qualifiée d'hystérique, mais il ne fallait pas perdre de vue que Miriam Gardiner renonçait par là à son rêve le plus précieux. Et si elle n'avait même pas écrit à Lucius, sans doute était-ce de crainte qu'une lettre ne révélât le lieu où elle se cachait.

— J'ai déjà expliqué au major Stourbridge que si je retrouve Miriam Gardiner, je ne ferai rien pour la convaincre de revenir contre son gré, répondit-il. Je ne rapporterai pas non plus des révélations qu'elle me demanderait de tenir secrètes.

Campbell demeura silencieux. Enfin, il leva les yeux vers Monk, qu'il scruta un instant comme pour se forger un jugement qui revêtait une importance extrême.

— Je ne doute pas que vous saurez agir avec discrétion, sans perdre de vue que des sentiments très profonds sont en jeu et que les hommes auxquels vous avez affaire possèdent un très grand sens de l'honneur.

— Soyez-en assuré.

Campbell se tourna vers la maison.

— L'heure du repas approche, déclara-t-il. Je suppose que vous serez des nôtres ?

— Oui, répondit sombrement le détective. Et je dois m'entretenir avec les domestiques. Même si je suis à peu près sûr que je n'en tirerai rien.

CHAPITRE II

Seule dans une salle d'attente du North London Hospital, Hester ne tenait pas en place. Le chaud soleil qui pénétrait par les fenêtres fermées lui donnait une sensation proche de l'étouffement et elle regardait avec envie la lande toute proche de Hampstead. Toutefois, elle était venue avec un objectif précis. La tâche était immense et le temps, comme toujours, compté. Trop de malades souffraient, déroutés par le système de santé publique — à supposer que l'on pût le gratifier d'une appellation aussi flatteuse — et terrorisés face à l'autorité.

Hester souhaitait améliorer la qualité des soins aux malades et valoriser le métier d'infirmière pour en faire une vraie profession, qualifiée et respectée. La notoriété acquise par Florence Nightingale à son retour de Crimée avait élevé cette femme au rang d'héroïne nationale. En matière de popularité, elle venait en deuxième position, juste après la reine ! Toutefois, l'image que les gens avaient d'elle n'en demeurait pas moins idéalisée. On se la représentait une lampe à la main, parcourant l'hôpital pour éponger les fronts fiévreux et murmurer des paroles de réconfort. La réalité — dont Hester avait elle aussi fait l'expérience — se trouvait à mille lieues de cela. Aux côtés de Miss Nightingale, la jeune femme avait connu le désespoir et les morts absurdes, dues non pas aux balles ennemies, mais à la maladie et à l'incompétence. Hester connaissait l'héroïsme pur de la célèbre infirmière, sa volonté forcenée de lutter pour améliorer les conditions d'hospitalisation en appliquant le bon sens le plus élémentaire à la conception des installations et en réorganisant le fonctionnement administratif. En premier lieu, elle se battait pour faire du métier d'infirmière une profession acceptable, susceptible d'attirer des femmes convenables que l'on traiterait avec respect. Pour cela, il fallait jeter les vieilles idées au rebut, employer des méthodes nouvelles et récompenser le savoir-faire.

Maintenant qu'elle n'avait plus besoin de travailler pour subsister, Hester pouvait consacrer tout son temps à cet objectif. Dès le départ, elle avait clairement signifié à Monk qu'elle n'accepterait pas de rester à la maison, à faire de la couture et à bavarder des heures durant avec d'autres épouses guettées par l'ennui. Il n'avait opposé aucune objection : c'était, il le savait, une condition *sine qua non*.

À l'un comme à l'autre, la vie de couple avait posé certains problèmes, et en poserait encore. Hester sourit en y songeant. Il n'était aisé ni pour l'un ni pour l'autre de procéder à tous les changements nécessaires à leur adaptation. Malgré tout l'amour que lui inspirait son époux, partager une chambre à coucher — sans parler du lit — représentait une perte d'indépendance et d'intimité qu'elle avait eu peine à surmonter. Non qu'elle fût particulièrement prude : la vie d'infirmière rendait impossible toute pudibonderie. Mais elle regrettait le temps où elle pouvait ouvrir ou fermer la fenêtre à sa guise, éteindre la lumière à l'heure où elle en avait envie et choisir de dormir avec ou sans couvertures.

Cependant, avoir à ses côtés un homme qui lui prodiguait chaleur et tendresse et dont elle ne doutait pas un instant qu'il l'aimât compensait largement tous ces désagréments.

Hester avait dû renoncer à plus de choses que son époux. Ils s'étaient en effet installés dans l'appartement que le détective occupait déjà à Fitzroy Street, une décision qui tenait du bon sens. Le logement d'Hester était tout juste assez grand pour abriter les quelques biens qu'elle possédait et lui permettre de dormir entre deux emplois d'infirmière à domicile, après son licenciement de l'hôpital pour insubordination. Monk, quant à lui, s'était fait une bonne clientèle comme détective privé depuis qu'il avait été renvoyé de la police... pour insubordination lui aussi !

Il n'eût pas été raisonnable qu'il déménageât. Les gens savaient où le trouver et la maison était bien située. En outre, la logeuse s'était fait un plaisir de leur allouer une pièce supplémentaire qu'ils avaient transformée en cuisine, ravie qu'elle était de ne plus devoir préparer les repas pour son locataire.

Ainsi Hester commençait-elle, non sans difficulté, à expérimenter la vie d'épouse et s'efforçait-elle d'y mettre un minimum de bonne grâce.

Toutefois, sa véritable passion restait la réforme des soins aux malades. Lady Callandra Daviot partageait ses sentiments et c'était pourquoi Hester l'attendait là, impatiente de connaître le résultat de ses dernières démarches.

Elle entendit la porte s'ouvrir et se retourna vivement. Callandra entra, échevelée, les traits crispés par la contrariété et la colère. Il était inutile de lui demander si elle avait obtenu satisfaction.

Callandra possédait beaucoup de dignité, un immense courage et un excellent caractère. En revanche, il eût été difficile, même pour son ami le plus cher, de lui trouver la moindre féminité. Malgré tous les efforts de sa femme de chambre, la façon dont elle s'habillait lui restait indifférente : on eût dit qu'elle se contentait chaque matin de saisir au hasard dans sa garde-robe les vêtements qui lui tombaient sous la main. Ce jour-là, elle portait une jupe verte et un corsage bleu. La chaleur qui régnait dans l'hôpital l'avait sans doute dissuadée d'y ajouter une veste.

— Cet individu est un imbécile fini ! lança-t-elle d'emblée, furieuse. Comment peut-on être capable de diagnostiquer une maladie entre cent possibilités, et se montrer aussi aveugle qu'une chauve-souris lorsqu'il s'agit simplement d'analyser des faits ?

— Je ne sais pas, fit Hester. Mais ce n'est pas rare.

Déjà, son interlocutrice était ressortie. La jeune femme la suivit en réprimant un sourire affectueux.

— Combien y a-t-il d'heures dans une journée ? interrogea Callandra en ne se retournant qu'à demi.

— Vingt-quatre, répondit Hester.

Elles avaient déjà atteint l'extrémité du couloir. Elles traversèrent la salle d'opération désormais déserte, avec la table en son milieu, les paillasses où reposaient les instruments et les trois tribunes fermées qui permettaient aux étudiants de suivre les interventions.

— Exactement ! approuva Callandra. Et sur ces vingt-quatre heures, combien de temps peut-on attendre d'un chirurgien qu'il s'occupe personnellement de son patient ? Une heure, si le patient est un personnage important... et bien moins si c'est un anonyme ! Et qui prend soin du malade le reste du temps ?

Elle ouvrit une deuxième porte et déboucha sur un large couloir qui courait sur toute la longueur du rez-de-chaussée.

— L'officier médical résidant... commença Hester.

— L'apothicaire ! rectifia Callandra avec un signe de main dédaigneux.

Hester referma la porte derrière elles.

— Il porte désormais le titre d'officier médical résidant, objecta-t-elle. Et puis, il y a aussi les panseurs et les infirmières. Mais je sais ce que vous pensez : si ces derniers n'ont pas reçu une formation correcte, les efforts de tous les autres intervenants risquent de demeurer vains. Même s'il est passé entre les mains du chirurgien le plus brillant qui soit, un patient ne se rétablira que s'il reçoit des soins appropriés une fois l'intervention achevée.

— C'est évident !

Callandra s'immobilisa un instant, hésitant entre la direction de la salle des urgences et, à gauche, celle du service d'ophtalmologie, de l'administration et de la salle du conseil.

— Je le sais, poursuivit-elle en optant pour la gauche, vous le savez, le Dr Beck le sait !

Elle avait prononcé ce dernier nom avec un respect un peu craintif, comme si ce médecin n'était pas son ami depuis des années, comme s'ils n'éprouvaient pas l'un pour l'autre des sentiments qui allaient bien au-delà de la simple affinité que la bienséance les autorisait à s'avouer.

— Seulement, Mr. Ordway se satisfait pleinement des choses telles qu'elles sont ! Si cet homme était en charge de la marche du monde, il y a fort à parier que nous nous vêtirions encore de feuilles de vigne et mangerions nos aliments crus.

— Du raisin, sans doute, compléta Hester. Ou des pommes, peut-être ?

Callandra lui jeta un regard aigu.

— Du raisin ! affirma-t-elle. Il n'aurait jamais eu le courage de toucher à la pomme !

— Dans ce cas, peut-être ne porterions-nous même pas la feuille de vigne, souligna Hester en dissimulant un sourire. Le ciel nous en garde !

— Le mariage vous a décidément fait perdre toute pudeur ! s'exclama Callandra.

Une certaine satisfaction perçait dans sa voix. Depuis longtemps, elle souhaitait le bonheur d'Hester et, à une ou deux reprises, elle avait émis la vague crainte que l'esprit trop critique de la jeune femme ne lui ôtât toute chance de trouver l'âme sœur.

Elles atteignirent l'extrémité du couloir et Callandra tourna à droite pour gagner la salle du conseil. Devant la porte, elle s'immobilisa, hésita un bref instant, puis frappa.

— Entrez ! ordonna une voix masculine

Elle s'exécuta, Hester sur les talons.

L'homme installé à la large table de conférence était trapu et presque chauve. Son visage volontaire arborait une expression fermée. Sans être beau à proprement parler, il possédait une certaine distinction. Son élégant costume à fines rayures devait lui tenir chaud en cette journée de plein été, d'autant que son col blanc, très rigide, lui serrait le cou. Une grosse chaîne de montre en or ornait son large torse.

Son expression se figea à la vue de Callandra et il ne put réprimer une grimace lorsqu'il remarqua Hester derrière elle.

— Lady Callandra...

Il se souleva à demi de son siège, élan de courtoisie qui demeura à l'état d'ébauche : certes, la nouvelle venue n'était ni infirmière ni employée et il lui devait le respect, mais elle n'en restait pas moins une source d'irritation constante.

— Que puis-je faire pour vous ?

Il se tourna vers Hester pour un bref salut.

— Miss Latterly.

— Mrs. Monk, rectifia Callandra, non sans plaisir.

Il rosit et, pour la forme, adressa un léger signe de tête à l'intéressée en guise d'excuse. Puis il désigna les papiers éparpillés sur la table pour signifier à quel point il était occupé.

— Docteur Thorpe, commença aussitôt Callandra, je viens de m'entretenir sans résultat avec Mr. Ordway. Je ne suis pas parvenue à lui faire prendre conscience de la nécessité d'améliorer les conditions...

Elle ne put aller plus loin : son interlocuteur lui coupa la parole d'un ton impatient.

— Lady Callandra, dit-il, nous avons déjà évoqué cette question à maintes reprises, vous et moi. En tant que président du conseil d'administration de cet hôpital, j'ai un grand nombre de facteurs à prendre en compte dans mes décisions, et, parmi eux, les coûts ne sont pas des moindres, croyez-moi ! Il me semblait vous l'avoir expliqué de façon intelligible, mais je constate que mes efforts sont restés vains...

Il reprit son souffle pour continuer, mais, cette fois, ce fut à Callandra de l'interrompre.

— J'ai parfaitement compris vos arguments, docteur Thorpe, assura-t-elle, mais je ne partage pas votre vision des choses. Tout l'or du monde ne pourra rien s'il n'est consacré qu'à opérer des patients sans leur prodiguer les soins adéquats ensuite.

— Lady Callandra, soupira-t-il, le taux de réussite de notre hôpital n'est pas plus mauvais qu'ailleurs, je dirais même qu'il est meilleur. Si vous aviez mon expérience de la médecine, vous sauriez qu'il est malheureusement classique que les malades succombent aux suites opératoires. C'est une réalité qu'il est impossible d'éviter. Toute l'habileté chirurgicale du monde ne peut pas...

— Ce n'est pas d'habileté chirurgicale que l'on vous parle, docteur Thorpe, coupa Hester, n'y tenant plus. Tout ce qu'il faut pour soulager au moins une part de la souffrance, c'est un peu de bon sens ! L'expérience nous a démontré que...

Thorpe avait fermé les yeux.

— Ah non ! s'exclama-t-il, excédé. Vous n'allez pas recommencer avec Miss Nightingale, Miss... Mrs. Monk ! Avec les lettres que cette femme m'a envoyées, j'aurais de quoi tapisser tous les murs de mon bureau ! Elle n'a pas la moindre idée des réalités de la société anglaise ! Parce qu'elle a fait de bonnes choses dans des circonstances totalement différentes, dans un pays différent, elle est convaincue qu'une fois de retour chez nous elle va pouvoir réorganiser tout le système médical à son idée ! Elle se fait des illusions, et sur l'étendue de son savoir, et sur le degré de son importance !

— L'importance personnelle de telle ou telle personne n'a rien à voir, docteur Thorpe, répliqua Hester en le fixant d'un regard noir. Peu importe de déterminer qui mérite des louanges... du moins, c'est ainsi qu'il devrait en être. Ce qu'il faut savoir, en revanche, c'est si le patient va se rétablir ou mourir. C'est pour cela que nous sommes ici, et rien d'autre !

— C'est pour cela que *je* suis ici, madame ! protesta-t-il d'un air mauvais. Quant à ce que *vous* faites ici, je n'en ai pas la moindre idée ! Vos amis diraient sans doute que vous fréquentez l'hôpital par dévouement, par compassion pour les souffrances de vos semblables. Vos détracteurs, eux, estimeraient que vous ne cherchez en réalité qu'à remplir une trop morne existence et à vous donner un sentiment d'importance qui vous ferait défaut si vous vous contentiez de vaquer à vos occupations de maîtresse de maison.

L'indignation coupa le souffle à Hester, qui se maîtrisa toutefois. Elle savait parfaitement que perdre son sang-froid revenait à céder la victoire. Or elle refusait de faire le moindre cadeau à son interlocuteur.

— Il se trouve toujours des gens pour lancer des remarques venimeuses, répondit-elle en grimaçant tant bien que mal un sourire. Ceux-là souffrent d'ignorance et d'étroitesse d'esprit. Je suis convaincue que vous possédez assez de discernement pour ne pas leur prêter attention. Si je suis ici, c'est parce que je possède une expérience pratique des soins aux personnes souffrant de blessures graves, soit à la suite de combats dans les rangs de l'armée, soit après une opération. En conséquence, j'ai appris diverses méthodes qui fonctionnent plutôt mieux que celles actuellement pratiquées ici, chez nous.

Thorpe lui décocha un coup d'œil glacial.

— Cela, dit-il, c'est ce que vous croyez.

Hester haussa les sourcils en une expression exagéré ment surprise.

— N'est-il pas préférable qu'un patient vive plutôt qu'il meure ?

Le premier élan de Thorpe fut de se lever de son fauteuil, mais il se rassit aussitôt. Il était rouge de colère.

— N'usez pas de ce ton avec moi, madame ! Je vous rappelle que vous ne possédez pas la moindre formation médicale ! Vous êtes totalement ignorante de ces choses et, en tant que femme, inapte à appréhender la rigueur de cette science qu'est la médecine ! Ce n'est pas parce que vous vous êtes rendue utile à l'étranger au chevet de soldats agonisants qu'il faut imiter cette infortunée Miss Nightingale et vous imaginer que vous êtes en quelque sorte investie de la mission d'enseigner au reste du monde la façon de procéder !

Hester réprima la réponse cinglante qui lui montait aux lèvres. Son expérience en Crimée, avec ses épreuves et ses trop rares victoires, et surtout la ténacité qu'elle exigeait de chacun heure après heure, lui avait appris à ne songer qu'à l'objectif fixé.

— Je suis persuadée, répondit-elle avec une douceur forcée, que Miss Nightingale a le sentiment de partager le fruit d'une expérience que vous-même n'avez pas été capable de faire, puisque vous êtes resté ici, en Angleterre. Elle n'a pas imaginé un instant que ses efforts puissent ne pas être appréciés.

Le visage de Thorpe vira au rouge pivoine.

— Je suis sûr que ses intentions sont bonnes, marmonna-t-il d'un ton qu'il voulait sans doute apaisant. Seulement, elle ne se rend pas compte que ce qui est vrai à Sébastopol ne l'est pas nécessairement à Londres.

Hester prit une profonde inspiration.

— Ayant connu l'un et l'autre, déclara-t-elle, elle a pu s'imaginer qu'en matière de soins aux blessés, c'est exactement la même chose. Je souffre pour ma part de la même illusion.

Thorpe serra les lèvres, qui ne formèrent plus qu'une ligne mince semblable à une lame de rasoir.

— Ma décision est déjà prise, madame. Les femmes qui travaillent dans cet établissement sont parfaitement adaptées à nos besoins et leur rétribution est en accord avec leur compétence et leur zèle. Nous emploierons nos ressources financières limitées à la rémunération du personnel qui sert le mieux la santé des patients, c'est-à-dire les chirurgiens et les médecins. Ceux-ci sont formés, qualifiés et expérimentés. L'aide que vous nous apportez en maintenant le bon ordre dans l'hôpital, en offrant vos encouragements et vos conseils en vue d'accroître le bien-être moral des malades, est extrêmement appréciée, croyez-le. À vrai dire, ajouta-t-il avec un regard qui en disait long, on vous regretterait beaucoup si vous deviez cesser vos visites ici. Je suis convaincu que les autres administrateurs de l'hôpital partagent cet avis. Au revoir.

Il ne restait rien d'autre à faire que répondre aussi poliment que possible et battre en retraite.

— Je suppose que ce monsieur possède une vertu cachée qui le sauve, mais, jusqu'à présent, je continue à la chercher, lança Callandra dès que les deux femmes se retrouvèrent dans le couloir.

— Il est ponctuel, répondit sèchement Hester. Il est propre, poursuivit-elle après une minute de réflexion supplémentaire.

Tandis qu'elles se dirigeaient vers la salle d'opération, elles croisèrent une vieille infirmière ployant sous le poids des seaux qu'elle portait dans chaque main. Elle avait le visage bouffi et les yeux cernés de rouge.

— Et sobre, ajouta Hester.

— Je n'appelle pas cela des vertus, protesta amèrement Callandra. C'est le résultat tout à fait fortuit de l'éducation et des circonstances. Ce monsieur a la possibilité d'être propre et n'est pas tenté de s'enivrer, sinon de sa propre importance.

Elles passèrent devant le bureau de l'apothicaire et Callandra parut sur le point de dire quelque chose, mais elle se ravisa et pressa le pas.

Kristian Beck sortait de la salle de chirurgie. Le veston qu'il portait et ses manchettes de chemise propres attestaient toutefois qu'il n'avait pas opéré ce matin-là. Son visage s'éclaira lorsqu'il aperçut Callandra, mais il remarqua aussitôt l'expression qu'arborait celle-ci.

— Rien ? fit-il.

C'était un homme de taille moyenne aux tempes légèrement dégarnies et à la bouche remarquable de passion et de sensualité. Le timbre de sa voix possédait en outre une rare beauté. Hester n'ignorait pas l'amitié qui le liait à Callandra. Elle devinait qu'il existait entre ces deux êtres un sentiment plus profond que la simple confiance unissant des individus qui partageaient la même compassion et la même rage, ainsi que la volonté d'atteindre des objectifs communs. Cependant, elle n'avait jamais posé la moindre question quant à leur degré d'intimité. Elle savait Kristian marié, bien qu'il ne fît jamais allusion à son épouse. À présent, il posait un regard sérieux sur Callandra, qui lui faisait le compte rendu de l'entretien avec Thorpe.

— Il n'a rien voulu entendre, conclut-elle. Il n'est pas certain que j'aie présenté les choses de la meilleure façon possible...

Kristian sourit.

— J'imagine que non, répondit-il avec un amusement plein d'affection. Mr. Thorpe n'a pas la chance de posséder le sens de l'humour. Il n'a rien pour amortir les chocs de la réalité quotidienne !

— C'est ma faute, intervint Hester. Je crains d'avoir exagéré mes sarcasmes. Cet homme suscite ce qu'il y a de pire en moi... et je le laisse faire ! Il nous faudra réessayer, sous un autre angle d'attaque. Je ne vois pas encore lequel.

Elle s'efforça de sourire.

— Il nous a suggéré de nous cantonner au maintien de la discipline dans l'hôpital et au réconfort des patients. Peut-être aurais-je intérêt à me mettre tout de suite à l'ouvrage et à aller prononcer quelques paroles édifiantes ?

Sa véritable intention était de laisser Kristian et Callandra profiter de ce rare tête-à-tête, même si, à coup sûr, ils se contenteraient d'évoquer des sujets concrets tels que l'approvisionnement en bandages ou l'emploi du temps des infirmières.

Kristian sourit à son tour, conscient de l'absurdité de la situation. En ce qui concernait les infirmières, la discipline hospitalière était un vain mot, mais elle s'appliquait en revanche à la lettre, et de façon fort rigide, aux patients. Tout malade qui se tenait mal, usait d'un langage obscène ou blasphématoire, fraternisait avec des patients de sexe opposé ou se conduisait mal d'une façon ou d'une autre pouvait être privé de nourriture pour un repas ou plus. Quiconque était surpris à boire de l'alcool se voyait puni par la perte de privilèges, et en cas de récidive, par le renvoi pur et simple. Quant à celui qui se livrait à des jeux d'argent, il était lui aussi éjecté *manu militari,* guéri ou non.

Du côté des infirmières, c'était une tout autre histoire. Une partie de leur salaire était payée en bière brune, un mode de rétribution qui leur convenait fort bien dans la mesure où elles n'eussent rien acheté de mieux avec de l'argent. Quel autre genre de femmes eût accepté de récurer, balayer, entretenir le feu et porter des seaux d'eaux usées ? Et quelle personne sensée eût autorisé de telles souillons à tenir un rôle quelconque dans cette science de spécialistes qu'était la médecine ?

Hester prit congé, laissant Callandra et Kristian dans le couloir.

— Avez-vous des nouvelles de Miss Nightingale ? demanda ce dernier en prenant le chemin des salles de consultation des chirurgiens.

— C'est très difficile pour elle, répondit Callandra.

Tout comme Hester, elle connaissait la réalité qui se dissimulait derrière l'image traditionnelle de l'héroïne de Crimée. Il n'y avait pas de sentimentalisme chez cette femme, pas de paroles de paix ou de dévotion murmurées. Miss Nightingale était aussi pugnace que n'importe lequel des soldats qu'elle avait côtoyés, et meilleure tacticienne que la grande majorité d'entre eux, voire, sans doute, que leurs généraux, dont la scandaleuse incompétence avait entraîné maints massacres. Elle était en outre soupe au lait, émotive, hypocondriaque, mais dotée d'une énergie et d'un courage inépuisables.

Kristian considérait son amie d'un œil interrogateur. Il ne savait à peu près rien de la Crimée. Lui-même était originaire de Prague, dans la principauté autrichienne de Bohême, et, aussi irréprochable que fût son anglais, un léger accent restait décelable lorsqu'il s'exprimait. Il se dévouait corps et âme à son métier de chirurgien, de sorte que les patients qu'il traitait occupaient toutes ses pensées : la femme à la fracture du fémur, le vieil homme à la tumeur de la mâchoire, le petit garçon à l'épaule cassée par une ruade de cheval — pour l'enfant, il craignait une gangrène — et le vieillard aux calculs rénaux, qui geignait en permanence.

Grâce à Dieu, il était devenu possible depuis peu d'anesthésier les patients pendant toute la durée de l'intervention. Ainsi la rapidité avait-elle cessé d'être la nécessité première. Le chirurgien pouvait s'offrir le luxe de réaliser une opération en plusieurs minutes, et non plus en quelques secondes comme c'était le cas autrefois. Il prenait désormais le temps de respecter l'hygiène, d'envisager différentes possibilités, de réfléchir et de bien examiner le champ opératoire, au lieu de ne songer qu'à la douleur du patient et de se hâter de l'abréger.

— Oh, elle a parfaitement raison, expliqua Callandra. Tout ce qu'elle préconise devrait être accompli et certaines choses ne coûteraient même rien du tout, si ce n'est un changement d'état d'esprit.

— Pour certaines personnes, c'est précisément ce qui coûte le plus, fit remarquer Kristian avec un sourire. Je pense que le Dr Thorpe est de celles-là. Je crains qu'il ne rompe avant de plier...

— Qu'est-ce qui vous fait penser cela ?

Malgré la lenteur de leur pas, ils avaient déjà atteint l'extrémité du couloir et le service des consultations chirurgicales. Kristian ouvrit la porte et s'effaça pour laisser passer sa compagne. Deux étudiants en médecine les croisèrent. Plongés dans une conversation animée, ils adressèrent un signe de tête déférent au chirurgien, mais ne semblèrent pas remarquer Callandra.

La salle d'attente comptait une demi-douzaine de patients. Kristian leur sourit, puis traversa la pièce pour gagner son cabinet, toujours suivi de Callandra. Une fois à l'intérieur seulement, il reprit leur conversation.

— Pour qu'il accepte une suggestion, déclara-t-il avec un petit haussement d'épaules, il faudrait qu'elle vienne d'un individu qu'il considère comme son égal.

Sur le plan intellectuel autant que moral, Kristian Beck était supérieur à Thorpe, mais il eût été inutile — et embarrassant — pour Callandra de le souligner. La remarque, trop personnelle, eût trahi des sentiments encore inexprimés entre eux. Une confiance mutuelle totale, un attachement profond et passionné aux mêmes valeurs, une recherche commune du bien composaient une amitié rare dont Callandra savait qu'elle n'en trouverait pas de plus belle, même avec Hester. D'un point de vue personnel, intime, c'était une autre histoire. Callandra était amoureuse, et elle le savait. Le chirurgien lui inspirait des sentiments qu'elle n'avait jamais éprouvés, même du vivant de son époux. Pourtant, elle avait partagé avec ce dernier une véritable affection. Son mariage l'avait rendue heureuse. La jeunesse et la nature en avaient fait une relation fougueuse au début, cédant ensuite le pas à la complicité intellectuelle et à la tendresse. Vis-à-vis de Kristian Beck, toutefois, Callandra éprouvait une ardeur encore inconnue, une agitation intérieure faite à la fois de crainte et de certitude, qui ne la laissait pas un instant en repos.

Elle ignorait cependant si ses sentiments à lui allaient au-delà de l'amitié sincère, de la certitude rassurante qu'il pouvait s'appuyer sur elle dans les moments difficiles. Ensemble, ils avaient connu l'épuisement physique et moral, à l'époque où ils combattaient l'épidémie de typhus dans l'hôpital de fortune de Limehouse. Une partie de leur force intérieure avait cédé à l'horreur qu'ils côtoyaient alors, à ces jours et à ces nuits interminables qui s'enchaînaient inexorablement, au chagrin que leur inspirait chacune des morts qu'ils avaient tenté d'éviter de toute leur âme, tandis qu'ils éprouvaient le même bonheur intense à chaque malade sauvé. Et bien sûr, il y avait aussi le danger d'infection. Personne ne pouvait se considérer comme immunisé : Enid Ravensbrook n'en avait-elle pas été la terrible illustration ? Callandra espérait de tout son cœur que celle-ci avait trouvé, depuis, une certaine forme de bonheur.

Elle s'aperçut que Kristian attendait sa réponse. Ils disposaient de peu de temps, comme toujours lorsqu'ils se trouvaient ensemble. Dans la pièce voisine, des gens attendaient, apeurés, souffrants, dépendants de l'aide que l'on voudrait bien leur apporter, mais aussi des soins qu'ils recevraient après leur opération. Leur survie tiendrait peut-être à des détails aussi triviaux que la circulation de l'air dans la salle de convalescence, la propreté des bandages, la concentration et la sobriété de l'infirmière chargée de veiller sur eux. Les compétences de celle-ci et l'attention que voudrait bien prêter le médecin à ses comptes rendus pourraient faire la différence entre le rétablissement et le décès.

— Si seulement nous n'avions pas affaire à un crétin pareil ! s'exclama Callandra, envahie d'une colère soudaine. Qu'importe qui vous êtes ? Ce qui compte, c'est que vous ayez raison ! De quoi a-t-il donc si peur ?

— Du changement, répondit Kristian d'une voix douce. De perdre de son pouvoir, de ne plus être à même de comprendre.

Il ne bougeait pas. Tout autre que lui eût fourragé dans ses papiers, mis de l'ordre sur son bureau, vérifié les instruments préparés pour la consultation. Kristian, lui, possédait une admirable aptitude à l'immobilité. De nouveau,

Callandra songea avec un pincement au cœur au peu qu'elle savait de lui. Mais souhaitait-elle réellement le connaître davantage ? Avait-elle envie de l'entendre lui déclarer sa flamme ? Un tel aveu ne risquait-il pas de rompre à jamais cette précieuse entente qui les rapprochait ? Alors, qu'y aurait-il ensuite ? Un amour partagé, certes, mais qu'il faudrait contenir, parce que Kristian était marié. À aucun prix, en effet, il ne devait se rendre coupable de trahison. Une telle déloyauté, elle le savait, détruirait la haute opinion qu'elle avait de lui.

Bien sûr, rien ne serait plus doux à ses oreilles que des mots d'amour murmurés par Kristian ; mais rien ne serait plus dangereux, plus menaçant pour le bonheur qu'ils connaissaient à présent.

Était-elle lâche, le laissant seul quand il avait besoin de partager, d'être compris ? Ou discrète, quand il réclamait surtout son silence ?

Et si, après tout, il ne recherchait que l'amitié auprès d'elle ? Il avait déjà une épouse : qui sait, peut-être n'avait-il besoin, hors de son foyer, que d'une simple alliée ?

— Des médicaments ont encore disparu, lança-t-elle, changeant radicalement de sujet.

Il fronça les sourcils.

— En avez-vous parlé à Thorpe ?

— Ah non ! Il est à peu près certain que l'auteur de ces vols est une infirmière. Je préfère que nous menions l'enquête nous-mêmes et que nous réglions le problème sans l'en informer.

— De quels médicaments s'agit-il ?

— Toutes sortes, et notamment de la morphine, de la quinine, du laudanum, du protoxyde d'azote, ainsi que plusieurs préparations mercurielles.

Kristian baissa la tête, manifestement ennuyé.

— Il semble bien que ces produits soient volés pour être revendus. Le protoxyde d'azote est l'un des meilleurs anesthésiques locaux que je connaisse. Il serait étonnant qu'un seul individu soit dépendant de l'ensemble de ces produits, ou qu'il en ait besoin pour lui-même.

Il se dirigea vers la porte, tout en poursuivant :

— Il faut que je voie mes patients à présent. Je me demande si je parviendrai à les recevoir tous aujourd'hui... Avez-vous une idée de l'identité de la coupable ?

— Non.

Elle y avait beaucoup réfléchi, mais elle connaissait à peine les noms des infirmières employées à l'hôpital. Elle avait jusqu'ici concentré toute son attention sur l'amélioration de leurs conditions de travail.

— Et Hester ? Lui avez-vous posé la question ?

Callandra saisit la poignée de la porte.

— Je ne pense pas qu'elle en sache plus que moi, répondit-elle.

Il esquissa un sourire.

— C'est pourtant une bonne détective...

Callandra n'avait pas eu besoin d'informer Hester de la disparition de médicaments ; la jeune femme s'en était aperçue avant elle. Toutefois, ce n'était pas ce problème qui occupait ses pensées lorsqu'elle quitta Callandra et Kristian pour gagner la salle d'attente de médecine générale. En cet instant, elle en voulait à Fermin Thorpe de lui avoir ordonné sans ménagement d'aller offrir son réconfort aux malades et ses conseils aux infirmières. Même si ces deux tâches lui tenaient à cœur et qu'elle entendait les mener à bien, c'étaient les limites qu'il lui avait imposées, et non la nature de ce rôle, qu'elle reprochait au directeur de l'hôpital.

Elle croisa une infirmière dont le visage lui était familier. C'était une femme d'une cinquantaine d'années aux traits agréables et dont les cheveux châtains grisonnants se montraient aussi indisciplinés que ceux de Callandra. D'ailleurs, peut-être eût-elle ressemblé à cette dernière si le milieu d'origine des deux femmes n'avait pas été si différent. L'infirmière savait à peine lire et écrire — guère davantage que ses nom et prénom et quelques termes nécessaires à son travail —, mais elle était intelligente et apprenait les nouvelles tâches sans difficulté. Hester l'avait souvent vue s'occuper de patients en l'absence de médecins disponibles. Cette femme semblait avoir une aptitude pour cela, une compréhension instinctive de la façon de soulager les maux, de faire régresser la fièvre ou de déterminer si un malade avait ou non le droit de s'alimenter. Elle s'appelait Cleo quelque chose.

Elle baissa les yeux en passant à la hauteur d'Hester, qui regretta cette modestie : la jeune femme eût aimé l'encourager, ne fût-ce que d'un regard.

La salle d'attente comptait déjà plusieurs patients : cinq femmes et deux hommes. À une exception près, tous étaient âgés et regardaient autour d'eux avec angoisse, redoutant l'épreuve de la consultation et le diagnostic du médecin, terrorisés à la perspective du traitement qu'ils auraient à suivre et de la note qu'il leur faudrait payer. Leurs vêtements étaient usés jusqu'à la trame.

En réalité, une partie du traitement serait gratuit, contrairement aux repas pris durant le séjour à l'hôpital. Une fois ressortis, en revanche, les malades devraient acheter les médicaments complémentaires susceptibles de leur être prescrits.

Hester repéra le patient à l'aspect le plus misérable et se dirigea vers lui. Il leva les yeux, surpris et effrayé.

— Quel est votre nom ? s'enquit-elle avec un sourire.

Il déglutit.

— Harry Jackson, madame, articula-t-il.

— C'est la première fois que vous venez ici, Mr. Jackson ? reprit Hester à mi-voix, afin de ne pas être entendue des autres patients.

— Oui, madame, murmura-t-il à son tour en détournant le regard. Moi, je ne voulais pas venir, mais Lil m'a forcé. Elle s'occupe bien de moi, c'est une brave fille... Elle m'a dit qu'on se débrouillerait pour trouver l'argent.

Il releva la tête d'un air de défi.

— Et si elle l'a dit, elle le fera, madame ! Vous aurez votre argent, je vous le garantis !

— J'en suis sûre, acquiesça-t-elle avec douceur. Mais ce n'est pas cela qui m'inquiète.

Un spasme douloureux affecta soudain le vieil homme, qui chercha sa respiration. Hester n'avait pas besoin de l'expérience du Dr Thorpe pour constater les ravages de la maladie sur ce corps décharné. Il était à peu près certain qu'il souffrait de tuberculose, à laquelle venait sans doute s'ajouter une pleurésie, si l'on en croyait la façon dont il portait la main à sa poitrine. Il semblait avoir bien plus de soixante ans, mais peut-être était-il tout juste cinquantenaire en réalité. Pour lui, le médecin ne pourrait pas grand-chose. Le pauvre bougre avait besoin de repos, de nourriture, d'air pur, et d'une personne pour prendre soin de lui. La morphine atténuerait la douleur et le sherry additionné d'eau ferait un excellent reconstituant. Un confort qui se révélerait sans doute bien trop onéreux pour lui. Ses vêtements, et plus encore ses manières, trahissaient une pauvreté extrême.

Il la considérait à présent d'un regard incrédule.

Hester eut tôt fait de prendre une décision.

— Je vais parler au Dr Warner et voir si vous pourriez rester ici quelques jours...

Elle s'interrompit devant l'expression affolée qu'il affichait soudain.

— C'est de repos que vous avez besoin, expliqua-t-elle.

— Mais j'ai un lit chez moi !

— Bien sûr. Mais il vous faut du calme, et quelqu'un qui ait le temps de veiller sur vous.

Ses yeux s'élargirent.

— Pas une infirmière !

C'était un cri du cœur : cette perspective l'emplissait de terreur.

Hester chercha désespérément une façon de le

convaincre, mais tout ce qui lui venait aux lèvres n'était que mensonges, et elle le savait. La plupart des infirmières avaient un bon fond, mais étaient ignorantes et en butte, elles aussi, à la pauvreté et au malheur.

— Je serai là, affirma-t-elle.

— Vous ? Mais qu'est-ce que vous êtes ? s'enhardit-il à demander.

— Je suis infirmière, répondit-elle sans réfléchir, avec un accent de fierté. J'ai appris mon métier en Crimée.

Cette fois, ce fut avec stupéfaction qu'il la dévisagea.

— C'est vrai ?...

Ses yeux étaient désormais pleins d'espoir et Hester se sentit coupable de la facilité avec laquelle elle avait atteint ce résultat, sans se préoccuper de la façon dont elle pourrait ensuite tenir l'engagement qu'elle venait de prendre. Si seulement elle parvenait à persuader Thorpe de l'importance de voir toutes les infirmières inspirer aux malades cette confiance, non dans les miracles, mais dans la compétence, la douceur et la sobriété !

Mais comment pourrait-il en être ainsi tant que les infirmières continueraient à ne recevoir aucune formation, tant que les médecins n'éprouveraient pour elles que mépris ?

Harry Jackson continuait de fixer Hester. Il fallait dire quelque chose, le rassurer. Nul ne pouvait le guérir : comme pour la moitié des personnes présentes dans la pièce, il était bien trop tard pour tenter quoi que ce fût. En revanche, Hester avait les moyens de calmer la peur du vieil homme et, pour un temps au moins, d'apaiser ses souffrances.

Le médecin apparut à la porte. Vêtu d'une redingote et d'un pantalon propres, mais légèrement froissé aux genoux, il semblait frustré et las. Lui aussi connaissait, tandis qu'il appelait le premier patient, les limites de l'aide qu'il apporterait à ces malheureux.

Hester s'approcha d'un autre malade et bavarda quelque temps avec lui, l'écoutant parler de sa famille, de son logement, de la difficulté à joindre les deux bouts lorsque la maladie empêche de travailler.

Une infirmière traversa la pièce, un seau vide à la main, en faisant grincer l'anse métallique. Elle était corpulente, brune, âgée d'une quarantaine d'années. Elle ne regarda ni à droite ni à gauche en passant devant les patients et fut prise de hoquet une fois parvenue à la porte du fond. À l'évidence, elle était cantonnée dans un monde à elle, épuisée par la besogne. Le repas, et plus encore le moment de boire, représenterait l'unique plaisir de sa journée. Alors, elle éclaterait d'un rire gras avec les autres femmes et connaîtrait l'euphorie de ces brèves minutes où les effets de l'alcool parviennent à faire oublier la réalité.

Il était six heures du soir lorsque le dernier patient quitta la salle de consultation. Hester avait convaincu le médecin de faire admettre Harry Jackson pour quelques jours et elle savourait cette petite victoire, souriant malgré elle, tout en mettant de l'ordre dans la salle d'attente.

La porte s'ouvrit et la jeune femme eut le plaisir de voir Callandra apparaître, plus échevelée que jamais. Elle avait la jupe chiffonnée, le col du corsage ouvert en raison de la chaleur et les manches retroussées, ce qui indiquait qu'elle avait travaillé. Des traces de sang et d'eau maculaient ses vêtements.

D'un air absent, elle tira une épingle à cheveux et saisit une mèche, qu'elle tenta de fixer. L'effet obtenu se révéla déplorable.

Elle referma la porte derrière elle et jeta un regard circulaire pour s'assurer que la pièce était vide et les autres portes closes.

— Il est parti, assura Hester.

Callandra s'épongea le front d'un revers de main.

— Des médicaments ont encore disparu aujourd'hui, déclara-t-elle d'un air sombre. Je suis allée voir le stock ce matin, j'y suis retournée ce soir. Il ne manque pas grand-chose, mais le fait est...

Hester sentit son estomac se nouer. C'était systématique : chaque jour ou presque, quelqu'un prélevait des médicaments dans la réserve, et ce depuis des mois, des années peut-être. Certes, on s'accordait une certaine marge d'erreur dans les calculs, on escomptait quelques vols, mais pas de cette ampleur.

— Mr. Thorpe en a-t-il eu vent ? s'enquit-elle.

— Non, répondit Callandra. Mais cela s'aggrave.

L'espace d'un instant, Hester caressa l'idée extravagante d'utiliser ces vols pour démontrer à Fermin Thorpe la nécessité de former et de mieux rémunérer les infirmières. Puis elle se ravisa : une telle manœuvre ne ferait que déclencher des investigations à grande échelle dans l'hôpital, avec une probable intervention de la police. Toutes les infirmières, innocentes comme coupables, en souffriraient, risquant même le renvoi. Selon toute probabilité, aucune ne serait à même de prouver son honnêteté, et moins encore sa sobriété. Le fonctionnement de l'établissement s'enrayerait et, en fin de compte, nul bienfait n'en découlerait.

— Il finira par s'en apercevoir tôt ou tard, affirma Callandra, interrompant Hester dans ses pensées. Il va falloir renouveler le stock plus tôt que prévu.

— Avons-nous le moindre indice sur la coupable ?

La jeune femme connaissait la réponse. Elle réfléchit, s'efforçant de faire le point sur les éléments tangibles dont on disposait.

— Nous avons ici vingt-huit infirmières, poursuivit-elle, qui remplissent des fonctions diverses. Toutes sont sans le sou, ne savent lire et écrire que quelques mots, certaines étant même totalement analphabètes. La moitié dorment sur place, les autres vont et viennent en fonction des horaires qu'elles assurent. Le bureau de l'apothicaire est toujours fermé à clé. Comment la coupable s'y prend-elle : vole-t-elle la clé ? Ou croyez-vous qu'elle puisse crocheter la serrure ?

— Elle doit crocheter la serrure, répondit Callandra

sans hésitation. Ou bien se faufiler dans la pièce quand l'apothicaire a le dos tourné. Pourtant, le pauvre homme prend toutes les précautions possibles pour éviter cela.

— Il s'est donc aperçu des vols ?

— Oh oui, bien sûr. Mais lui non plus ne porte pas Thorpe dans son cœur. Il n'en soufflera pas mot avant de s'y trouver contraint. Il sait quel chaos causerait une telle révélation. Toutefois, il ne pourra pas dissimuler la vérité bien longtemps.

Un petit coup frappé à la porte interrompit la discussion. Callandra ouvrit et découvrit Cleo, souriante et polie.

— Vous avez faim ? demanda l'infirmière. Il y a de belles tranches de bœuf et des cornichons, si ça vous tente. Avec du pain frais. Et peut-être un verre de vin ? Vous venez ?

À l'évocation de la nourriture, Hester prit soudain conscience que son estomac criait famine. Elle n'avait rien mangé depuis le matin.

— Oh oui, répondit-elle. Avec plaisir !

D'un signe de main, Cleo désigna la droite du couloir.

— C'est là-bas, précisa-t-elle. Comme d'habitude...

Elle tourna les talons et les deux femmes entendirent ses pas claquer sur le sol dur.

À leur tour, elles quittèrent la pièce et se mirent en marche.

— Et si je soumettais à Thorpe une démonstration chiffres à l'appui ? suggéra Hester. Un raisonnement par A plus B qui lui ferait constater l'utilité d'avoir de bonnes infirmières ! Cela coûtera plus cher, je le sais, et il sera le premier à le souligner, mais l'argument financier n'est pour lui qu'un prétexte, j'en suis convaincue.

Elle s'interrompit pour réfléchir de nouveau.

— S'il pensait pouvoir en retirer tout l'honneur, reprit-elle, si son hôpital avait des chances d'atteindre le meilleur taux de réussite du pays...

— J'ai déjà tenté cette approche, coupa Callandra. Je

croyais pouvoir l'amadouer en titillant sa vanité. Rien au monde ne le rendrait plus heureux que de surpasser le Dr Gilman, du Guy's Hospital. Seulement, il manque de courage, il ne tentera rien sans être assuré du succès. S'il investit de l'argent et que les résultats tardent à se faire sentir...

Elle n'acheva pas sa phrase. Maintes fois déjà, les deux femmes avaient évoqué tout cela. Pouvait-on convaincre un homme qui refusait d'ouvrir les yeux ?

— J'ai l'impression que nous allons devoir nous remettre à nos plumes ! dit Hester avec lassitude.

Callandra hocha la tête sans répondre.

— Comment va William ? s'enquit-elle.

— Il s'ennuie, affirma Hester avec un sourire. Il rêve d'une enquête bien complexe pour se dégourdir les méninges...

Lorsque Hester arriva au logement de Fitzroy Street, à sept heures passées, Monk l'attendait. De légères rides de fatigue altéraient son visage, mais rien ne pouvait dissimuler le plaisir qu'il éprouvait à retrouver son épouse. Une fois de plus, la jeune femme s'en émerveilla. Elle sentait elle aussi les battements de son cœur s'accélérer et son ventre se serra à l'idée qu'elle était ici chez elle et qu'une fois la nuit venue elle n'aurait pas besoin de se lever et de prendre congé, sans savoir quand elle reverrait Monk. Lorsqu'ils étaient ensemble, désormais, ils ne jouaient plus la comédie, ne cherchaient plus de justification à la nécessité de se quitter. Peut-être iraient-ils se coucher l'un après l'autre, mais, derrière chacun de leurs gestes, il y aurait la certitude qu'ils se retrouveraient dans la chambre, passeraient la nuit ensemble et s'éveilleraient en même temps le lendemain. Hester souriait sans même s'en apercevoir en songeant à ce bonheur. Une impression de chaleur inondait son esprit, comme le soleil illumine chaque parcelle d'un paysage.

Il s'était levé pour l'accueillir et elle l'embrassa, heureuse de se sentir enlacée. Peut-être la douceur de ce contact étonnait-elle davantage encore Monk...

— Qu'y a-t-il pour le dîner?

Il l'avait lâchée et ce furent ses premières paroles.

Pas un instant la jeune femme n'avait songé qu'elle devrait préparer à manger. Elle avait dîné avec Callandra à l'hôpital, par habitude et parce que tout était prévu là-bas. Son esprit était alors accaparé par l'intransigeance de Thorpe et la disparition des médicaments.

Bien sûr, il y avait de quoi dîner dans la petite cuisine, mais il faudrait préparer et faire cuire les légumes. Le tout ne prendrait guère plus de trois quarts d'heure, et l'idée de se remettre à table dans si peu de temps lui soulevait le cœur, mais elle ne pouvait l'avouer à Monk ! Avoir oublié jusqu'à l'existence de son époux semblait inexcusable !

Elle se détourna, fouillant frénétiquement sa mémoire.

— Il y a du mouton froid. Veux-tu que je fasse des légumes en accompagnement ? Et il reste du gâteau.

— Oui, acquiesça-t-il sans grand enthousiasme.

Avait-il espéré découvrir en elle un cordon bleu ? Non, sans doute, il la connaissait suffisamment pour ne pas se faire d'illusions dans ce domaine. Avait-il cru que le mariage la transformerait, comme par magie, en une parfaite ménagère ? Peut-être, après tout...

Pour le moment, elle ne rêvait que de s'asseoir et de retirer ses bottines. Ce soir-là, elle était en tort, mais le spectre de milliers de soirs semblables à celui-ci se profilait devant elle, terrifiant. Des milliers de soirs où elle rentrerait après avoir vaqué à ses occupations, mené des combats, et où elle devrait songer à faire les courses, à négocier avec les commerçants, à dresser la liste de tout ce qui manquait à la maison, à éplucher, couper en rondelles, faire bouillir, faire cuire, débarrasser la table... Et puis, il y avait aussi la lessive, le repassage, le ménage ! Elle déglutit, glacée, en proie à une série d'émotions conflictuelles. Elle aimait son époux, l'appréciait, il lui arrivait de le haïr, de l'admirer, de le mépriser... mille sentiments différents pouvaient se succéder, mais toujours subsisterait ce lien indéfectible entre eux, plus fort que tout le reste.

— Qu'as-tu fait aujourd'hui ? s'enquit-elle.

Une idée venait de germer dans son esprit : ne serait-il pas possible d'engager une domestique, une femme qui se chargerait des tâches de base qu'elle-même se sentait si mal équipée pour accomplir ? Combien cela pourrait-il coûter ? Avaient-ils les moyens de s'offrir ce luxe ? Hester avait fait le serment de ne pas reprendre son travail d'infirmière à domicile, qui l'avait occupée jusqu'à son mariage. Son sourire s'élargit au souvenir de ce jour mémorable.

L'esprit absent, elle se lava les mains, remplit la marmite d'eau froide et la mit à bouillir sur le petit fourneau, puis alla chercher les pommes de terre, les carottes, les oignons et le chou.

Ils s'étaient mariés par un après-midi de fin de printemps. Un soleil neuf posait des reflets dorés sur le trottoir mouillé, l'air embaumait le lilas et l'on entendait le chant des oiseaux, le cliquètement des harnais, le sabot des chevaux sur les pavés et les cloches qui tintaient. L'exaltation qui emplissait sa poitrine l'empêchait presque de respirer. À l'intérieur, l'église était fraîche. Une bourrasque avait gonflé sa jupe autour d'elle.

Hester revoyait en pensée les rangées de sièges et le dallage irrégulier qui menait à l'autel, usé par les milliers de pieds qui l'avaient foulé au cours des siècles. Le verre bariolé des vitraux étincelait comme un joyau lancé au soleil. La jeune femme n'avait aucune idée des motifs représentés : elle n'avait d'yeux que pour la silhouette rigide et la chevelure sombre de Monk, puis son visage lorsque, n'y tenant plus, il s'était tourné vers elle.

Adossé au linteau de la porte, il lui parlait à présent, et elle ne l'écoutait pas.

— Je suis désolée, dit-elle. Je réfléchissais au dîner. Que disais-tu ?

Pourquoi ne pas lui avouer où l'avaient menée ses pensées ? C'était trop sentimental. Cela n'eût fait que l'embarrasser.

— Lucius Stourbridge, répéta-t-il. Sa promise a quitté la fête des fiançailles au beau milieu d'une partie de croquet et nul ne l'a revue depuis. Cela s'est passé il y a trois jours.

Une carotte dans une main, un couteau dans l'autre, elle s'immobilisa et se tourna vers lui.

— Comment cela, quitté la fête ? Et personne ne l'a retenue ?

— Les gens ont d'abord cru qu'elle se trouvait mal.

Il exposa alors l'énigme telle qu'on la lui avait présentée.

Hester tenta de s'imaginer à la place de Miriam Gardiner. Qu'avait-elle pu avoir à l'esprit en quittant le jardin au pas de course ? Pourquoi l'avait-elle fait ? Il était assez aisé d'envisager une panique soudaine à l'idée du changement d'existence radical dans lequel elle s'engageait et à toutes ces choses qui deviendraient irrévocables une fois remontée l'allée centrale de l'église et prononcés les vœux devant Dieu... et devant l'assemblée. Toutefois, un tel affolement ne durait pas, l'on surmontait cela. On revenait improviser quelques paroles d'excuses et l'on inventait un malaise passager.

Et si l'on regrettait vraiment de s'être engagée, on le disait, en éprouvant peut-être un affreux embarras, beaucoup de culpabilité et de peur, mais l'on ne se contentait pas de disparaître sans un mot.

— Qu'y a-t-il ? interrogea Monk. Tu as une idée de ce qui a pu se passer ?

Elle se souvint des carottes et se remit au travail, tout en songeant que plus la préparation serait longue, plus elle aurait de chances de pouvoir se forcer à manger. Elle ralentit ses gestes.

— Et il n'y avait personne d'autre ? demanda-t-elle.

L'eau de la casserole arrivait à ébullition. Il fallait se

hâter d'éplucher les pommes de terre et sortir un deuxième récipient pour le chou.

Monk demeura quelques instants silencieux.

— Je suppose que ce serait la seule explication plausible, déclara-t-il enfin. Treadwell doit être impliqué d'une façon ou d'une autre, sinon, pourquoi n'est-il pas revenu ?

— Il aura trouvé là une occasion de voler la voiture et l'aura saisie... hasarda-t-elle en versant carottes et pommes de terre dans la marmite, avant d'ajouter du sel, puis de couvrir.

« William ?

— Quoi ?

Comment lui exposer son idée sans risquer soit de le pousser à la conclusion qu'elle devait cesser ses activités à l'hôpital, soit de suggérer qu'elle avait escompté un meilleur niveau de vie que celui qu'il pouvait lui offrir ?

— Vas-tu accepter cette affaire ?

— Mais je te l'ai déjà dit ! Je n'aurais jamais dû, mais je me suis engagé.

— Pourquoi le regrettes-tu ? interrogea-t-elle encore, les yeux fixés sur le couteau, ses doigts et le chou.

— Parce que le résultat de mon enquête risque de déclencher une tragédie !

Elle garda le silence plusieurs minutes, s'affairant à sortir le mouton et à en couper quelques tranches avant de le replacer dans le garde-manger. Elle trouva un reste de cornichons — elle s'en voulut de ne pas en avoir acheté davantage — et mit le couvert.

— Crois-tu... commença-t-elle.

Elle s'arrêta, manquant de courage.

— Est-ce que je crois quoi ? demanda-t-il. Ton eau est en train de bouillir !

— Merci.

Elle écarta le couvercle. Il était temps de mettre le chou à cuire.

— Hester !

— Oui ?

— Jusqu'à présent, tu étais la femme la plus directe que j'aie jamais connue, et voilà que tu te mets soudain à louvoyer et à te dérober comme une...

Elle le poussa pour passer.

— S'il te plaît, ne reste pas dans le passage. Ce n'est pas pratique de devoir te contourner comme cela.

Il fit un pas de côté.

— Qu'est-ce qui, à ton avis, a poussé Miriam Gardiner à revenir aussi soudainement sur son engagement ?

La peur, pensa-t-elle. La prise de conscience brutale et accablante de la promesse qu'elle avait faite. Sa vie, son sort, bon ou mauvais, son nom, sa soumission, son corps tout entier ou presque allaient appartenir à quelqu'un. Peut-être, tandis qu'elle se tenait dans le jardin, sous le radieux soleil, cela lui avait-il semblé intolérable. *Pour toujours ! Jusqu'à ce que la mort nous sépare !*

— William, crois-tu que nous aurions les moyens d'employer une bonne dans la journée, pour faire la cuisine, le marché et tout le reste ? Ainsi, nous pourrions profiter ensemble du temps que nous avons, et nous serions sûrs de manger correctement ?

Elle évita de le regarder. Immobile, très droite, elle attendit sa réaction. Les mots avaient été dits.

Dans la cuisine, on n'entendait que le bouillonnement de l'eau et le léger tintement du couvercle qui se soulevait. Elle l'écarta un peu plus. La vapeur s'accentua.

La jeune femme eût donné cher pour savoir à quoi pensait Monk. Au coût que représenterait une employée de maison ? Ou au principe ? Une étrangère ne constituerait-elle pas une intrusion dans le logement ? Pas vraiment. Tout le monde avait des domestiques. L'argent, alors. Ils avaient déjà eu maintes discussions à ce propos. Monk avait accepté l'aide de Callandra au début, parce qu'il ne pouvait survivre autrement. À présent, les choses avaient changé. Jamais il ne souffrirait qu'une tierce personne pût subvenir aux besoins de son épouse. Ils s'étaient déjà disputés au sujet de l'indépendance d'Hester. Celle-ci l'avait emporté. C'était une condition tacite à son bonheur, la seule sur laquelle il s'était montré disposé à céder du terrain. Sans doute était-ce la preuve la plus forte de l'amour qu'il lui portait. Ce souvenir lui fit chaud au cœur.

— Ce n'est pas important, reprit-elle. Je...

Elle s'interrompit, se demandant ce qu'elle pouvait ajouter sans tout gâcher.

— Il n'y a pas de place ici pour loger une troisième personne, déclara-t-il enfin d'un ton pensif. Il faudra qu'elle vienne le matin et reparte le soir.

Hester sourit, tandis que son cœur bondissait dans sa poitrine.

— Oh, bien sûr. Ou peut-être même seulement l'après-midi...

— Cela suffirait-il ?

Voilà qu'il se montrait généreux, voire irréfléchi ! Il était impossible de savoir s'il aurait régulièrement du travail à l'avenir.

— Oh oui, certainement !

Elle saisit une broche et testa les pommes de terre. Elles n'étaient pas encore cuites.

— Serait-il possible qu'elle ait découvert sur Lucius quelque chose qui ait rendu l'idée de ce mariage intolérable ? interrogea-t-elle. Ou sur sa future belle-famille, peut-être ?

— Pas à ce moment-là, assura Monk. Il n'y avait personne avec elle. C'était juste une partie de croquet qui se jouait dans un jardin, au milieu de conversations mondaines, très ouvertes, très bon enfant. Elle n'aurait pas pu surprendre son futur fiancé avec une autre femme, si c'est à cela que tu songes. Et il n'y a eu aucune dispute. Elle ne s'est pas non plus sentie considérée comme une étrangère. Elle était venue plusieurs fois déjà et connaissait tous les invités présents. Elle avait d'ailleurs aidé à en dresser la liste.

Hester demeura silencieuse.

— Je voudrais savoir ce que tu penses, dit Monk. Tu es une femme. Est-ce que tu la comprends ?

Pouvait-elle répondre en toute franchise ? En souffrirait-il ? Avec le temps, elle avait constaté qu'il était bien plus vulnérable que sa dureté affichée le laissait croire. Il avait du courage, du tempérament, de la volonté. Il ne se laissait pas blesser aisément : il était trop sûr de lui pour permettre aux autres de l'ébranler. C'était cela, surtout, qui avait attiré Hester, cela qui la mettait parfois en colère, cela qui l'effrayait aussi.

Depuis leur mariage toutefois, elle avait découvert la tendresse qu'il dissimulait. Celle-ci se manifestait non à travers les mots, mais par le toucher, dans la façon dont il déplaçait les doigts sur le corps de la jeune femme, comme si, même dans les moments de grande passion, il n'oubliait jamais que, sous la chair, il y avait un cœur et un esprit. Ne fût-ce que pour cela, elle l'aimerait toujours et sans réserve.

Toutefois, c'était là une chose dont elle n'eût pas pu se douter avant le mariage. Miriam Gardiner ne pouvait donc pas le savoir non plus. Hester se retourna pour faire face à Monk.

— Nous ne savons pas ce que fut son premier mariage, du moins pas vraiment, dit-elle en le fixant dans les yeux. Nous ne savons pas ce qui se passait une fois les portes fermées, lorsqu'ils se retrouvaient en tête à tête. Peut-être certains aspects du mariage lui sont-ils soudain revenus en mémoire, de sorte qu'elle a eu très peur de s'engager de nouveau, irrévocablement ?

Il scruta le regard de son épouse. Elle lut des questions dans ses yeux, un vacillement d'incertitude.

— On ne peut savoir à l'avance si ce sera bien ou non, murmura-t-elle. Peut-être le couple se connaissait-il très peu, au fond...

À ces mots, elle passa les bras autour du cou de Monk, afin qu'il n'allât pas s'imaginer qu'elle-même nourrissait le plus petit doute, la plus légère appréhension. Du bout de l'index, elle lui caressa doucement les oreilles, puis enfonça les doigts dans ses cheveux, avant de l'embrasser sur la bouche.

La réaction de Monk gâta le dîner et conforta le détective dans sa décision de se mettre en quête d'une employée de maison au plus vite.

CHAPITRE III

Le lendemain matin, Monk quitta le logement de bonne heure. Il avait mis du temps à se décider, mais maintenant qu'il était résolu à aider Lucius Stourbridge, il lui fallait découvrir ce qui était arrivé à James Treadwell et à la voiture. Alors, il aurait de bien meilleures chances de déceler un indice du lieu où s'était rendue Miriam, et peut-être des raisons qui l'avaient poussée à fuir. Avec étonnement, il s'aperçut qu'il redoutait infiniment la réponse à cette dernière question.

Cela faisait à présent quatre jours qu'elle avait disparu et chaque heure qui passait rendait sa piste plus difficile à suivre. Monk prit un cab jusqu'à Bayswater et se mit en quête de témoins susceptibles d'avoir aperçu la jeune femme l'après-midi de sa disparition.

La chance ne tarda pas à lui sourire : il s'adressa à un jardinier, qui avait vu passer la voiture et connaissait à la fois la livrée et les chevaux, un bai et un brun, dont les robes étaient mal assorties, commenta-t-il, mais dont le gabarit et l'allure s'accordaient parfaitement.

— Oui, affirma-t-il en hochant vigoureusement la tête, son déplantoir à la main. Oui, elle est passée devant moi à fond de train. Seulement, je n'ai pas pu voir qui il y avait dedans. Sur le moment, je me suis posé la question. Je savais qu'ils recevaient ce jour-là. J'avais vu les attelages arriver. Je me suis dit que quelqu'un avait dû se trouver mal. C'est ce qui s'est passé ?

— On ne le sait pas, répondit Monk.

Il se refusait à raconter à quiconque la tragédie que vivaient les Stourbridge, bien qu'il ne se fît guère d'illusions : tôt ou tard, les gens l'apprendraient, à moins qu'il ne parvînt non seulement à retrouver Miriam, mais aussi à convaincre la jeune femme de revenir, et il nourrissait peu d'espoir de ce côté.

— Vous rappelez-vous quelle direction a pris la voiture ?

Le jardinier parut tout à coup réticent.

— Il semblerait que le cocher ait volé la voiture et les chevaux, ajouta Monk.

Les yeux de l'homme s'agrandirent de surprise.

— Fichtre ! s'exclama-t-il en secouant la tête. Jamais entendu une histoire pareille ! Ça alors ! Où va le monde, je vous le demande...

Puis il leva la main, brandissant son outil pour désigner l'angle de la rue.

— La voiture a tourné là-bas, reprit-il. Après ça, je l'ai plus revue. C'est la route qui monte vers le nord. S'il avait voulu aller en ville, il serait parti de l'autre côté. Il y a moins de circulation.

Monk acquiesça, remercia, puis suivit la direction indiquée. Après avoir interrogé quelques autres personnes et parcouru plusieurs kilomètres dans une chaleur poussiéreuse, il se retrouva devant la lande de Hampstead, où il perdit définitivement la piste de la voiture. Le soir tombait déjà et le détective, exténué, prit un cab pour rentrer chez lui. La perspective de réintégrer son foyer se révélait bien plus séduisante qu'elle ne l'eût été quelques mois plus tôt. Avant son mariage, il n'eût guère goûté, une fois chez lui, que la satisfaction de se déchausser pour détendre ses pieds douloureux, puis d'attendre que la logeuse vînt lui porter son dîner. À présent, le cab roulait trop lentement à son goût et Monk se tenait très droit, surveillant sa progression à travers les rues encombrées.

Le lendemain matin, il se rendit au poste de police de Hampstead. À l'époque où il travaillait comme inspecteur, obtenir l'aide de ses collègues ne lui eût posé aucune difficulté, mais désormais, c'était une faveur qu'il lui fallait demander, une différence qu'il avait peine à digérer. Sans doute n'avait-il pas toujours employé à bon escient l'autorité dont il jouissait. Il en était venu à cette conclusion lorsque son amnésie l'avait obligé à reconstituer son existence passée à travers le regard des autres. L'expérience s'était révélée pénible et douloureuse, car il s'était aperçu que bon nombre de gens le craignaient, en partie en raison de ses capacités intellectuelles supérieures, mais surtout, malheureusement, à cause de sa langue acérée. Si l'on accédait à sa demande aujourd'hui, ce ne serait que par politesse. Il faisait désormais partie du public, rien de plus.

À moins, bien entendu, qu'une mission ne l'eût amené jadis dans ce commissariat et que l'on n'eût gardé de lui un souvenir amer. Cette pensée le fit hésiter lorsqu'il s'engagea dans la rue et parcourut les derniers mètres qui le séparaient de l'entrée. Il ignorait si on le connaissait ou non, et éprouvait cette anxiété lancinante, ce sentiment de culpabilité qui ne le quittaient pas depuis son accident, depuis qu'il avait pris conscience de l'homme qu'il avait été et continuait d'être parfois. Quelque chose en lui s'était adouci, certes, mais l'intransigeance demeurait, tout comme l'intelligence aiguë et la colère que lui inspiraient la stupidité, la paresse, la lâcheté et, plus que tout, l'hypocrisie.

Il prit une profonde inspiration et gravit les marches du perron.

L'agent de faction leva les yeux vers lui, manifestement heureux de rompre la monotonie de sa matinée.

— Bonjour, m'sieur. Belle journée, hein ? Qu'est-ce que je peux faire pour vous ?

— Bonjour, sergent, répondit Monk, étudiant le visage agréable de son interlocuteur à la recherche d'un signe indiquant qu'il l'avait reconnu. Je m'occupe d'une affaire pour un ami à moi qui est très jeune et qui se sent actuellement trop abattu pour s'en charger lui-même.

— Désolé, m'sieur. De quoi s'agit-il ? Un vol, c'est ça ?

— Oui, c'est ça, acquiesça Monk avec un sourire chagrin et un léger haussement d'épaules. Mais pas le genre de vol habituel. Quelque chose de plutôt mystérieux...

Il baissa la voix pour ajouter :

— Et je crains une tragédie à venir, même si j'espère me tromper...

Le sergent fronça les sourcils.

— Ah bon ? Qu'est-ce qui a été volé, au juste ?

— Une voiture et des chevaux, répondit Monk. Un bon couple de bêtes, une baie et une brune, parfaitement assorties pour ce qui est de la taille et de l'allure. Et le cocher était excellent, lui aussi.

— Et vous êtes sûr qu'ils ont été volés, m'sieur ? s'étonna le sergent. Ce serait pas quelqu'un de la famille qui aurait perdu un peu la tête et serait parti avec ? Les jeunes gens aiment faire la course, vous savez, bien que ce soit un jeu douteux... et dangereux.

— Sûr et certain, assura Monk en hochant la tête. Cela s'est passé il y a cinq jours et la voiture n'est toujours pas rentrée. Le cocher a disparu lui aussi, de même que la fiancée de mon ami. Tout naturellement, nous craignons qu'il ne lui soit arrivé malheur. Sinon, elle aurait au moins adressé un message à la famille.

Le visage du policier s'était fait soucieux.

— Effectivement, ça n'a pas l'air très bon, tout ça...

Monk se demanda si l'homme n'était pas en train de se figurer que Miriam s'était enfuie avec Treadwell. Cela n'avait rien d'impossible. Lui-même eût été plus à même d'en juger s'il avait rencontré l'un ou l'autre. Toutefois, d'après les descriptions que les domestiques des Stourbridge lui avaient faites du cocher, ce dernier ne semblait guère de nature à séduire une veuve charmante et douce qui s'apprêtait à épouser un garçon de très bonne famille dont elle était, à en croire tous les témoignages, profondément éprise.

— Certes, répondit-il. J'ai suivi la trace de l'attelage jusqu'aux abords de la lande, mais je l'ai perdue ensuite. Si la voiture a été remarquée dans les environs, cela m'aiderait grandement de le savoir.

— Bien sûr, acquiesça le sergent. Nous avons un bon hôpital dans le quartier. Peut-être que la dame se sera sentie mal et qu'on l'y aura amenée. Le personnel y est très charitable. Ou alors, la fiancée aura changé brusquement d'avis, comme ça arrive aux jeunes femmes quelquefois.

— Vous avez raison, j'irai me renseigner dans cet hôpital, assura Monk.

En réalité, il savait que l'établissement en question était celui où travaillait Hester et il avait déjà demandé à son épouse de se renseigner. Et si la veuve avait bel et bien été admise à l'hôpital, pourquoi n'avait-elle pas tenté, depuis, d'avertir la famille Stourbridge ? À moins qu'elle n'eût totalement perdu conscience.

— Cependant, ajouta-t-il, je dois continuer à rechercher la voiture. Cela me conduira peut-être jusqu'à la dame. Et tout bien réfléchi, le vol de cet attelage est le seul aspect de l'affaire qui représente une infraction à la loi.

— C'est vrai, fit gravement le policier. C'est vrai. Le problème, c'est que le sergent Robb est très occupé en ce moment. Un meurtre... Un pauvre malheureux qui a reçu un coup sur la tête et qui a été retrouvé dans l'allée d'une maison où vit une femme seule. Mais peut-être que vous aurez de la chance, car il n'est pas encore sorti, je le sais. Je suis sûr qu'il aura au moins quelques minutes à vous consacrer.

— Merci beaucoup. De toute façon, je ne le retiendrai pas longtemps.

— Alors attendez ici, m'sieur. Je vais lui dire que vous êtes là.

Il s'éloigna et disparut. Lorsqu'il revint, un jeune homme mince au visage avenant et aux yeux sombres et intelligents l'accompagnait. Il semblait épuisé et, à l'évidence, c'était par pure courtoisie qu'il acceptait d'accorder un peu de son temps à Monk. Il avait l'esprit ailleurs.

— Bonjour, monsieur, lança-t-il d'une voix agréable. Le sergent Trebbins m'a expliqué que vous veniez de la part d'un ami dont la voiture a été volée. Nous pouvons ouvrir une enquête, à condition que vous ayez des raisons de croire que le voleur est passé par le quartier.

— J'en suis certain. J'ai recueilli des témoignages oculaires qui m'ont mené jusqu'aux abords de la lande.

— Cela s'est passé hier ?

— Non. Cela fait maintenant cinq jours que la voiture a disparu.

Monk se sentit ridicule en prononçant ces mots et il anticipa le désintérêt, voire le mépris dans le regard de son jeune interlocuteur. Sa surprise fut donc totale lorsqu'il vit ce dernier se raidir et retenir un instant son souffle.

— Pourriez-vous me décrire le conducteur de cette voiture, monsieur, ainsi que la voiture elle-même ? Et peut-être aussi les chevaux ?

Monk sentit son pouls s'accélérer.

— Vous les avez vus ?

Aussitôt, il s'en voulut pour le manque de professionnalisme que dénotait une réaction aussi émotive, mais il était trop tard pour revenir en arrière.

À son expression, il devina Robb sur ses gardes.

— Je ne sais pas, monsieur. Pourriez-vous m'en faire la description ? répéta-t-il d'une voix tendue et avec une impatience mal dissimulée.

Monk entreprit de lui décrire l'attelage en détail : sa couleur, son style, ses dimensions et le nom du fabricant. Il expliqua qu'il y avait un cheval bai et un brun, sans taches blanches, respectivement de quinze paumes et quinze paumes un pouce, âgés de sept et neuf ans.

— Et le cocher ? interrogea le policier dans un souffle.

Monk sentit son estomac se nouer.

— Taille moyenne, cheveux châtains, yeux bleus, constitution solide. La dernière fois qu'il a été vu, il portait une livrée.

Avant même d'avoir achevé sa phrase, il sut que Robb allait lui apprendre quelque chose, et que ce ne serait pas une bonne nouvelle.

— Je suis désolé, monsieur, mais je pense avoir retrouvé votre voiture et vos chevaux... ainsi que le cocher. Voulez-vous venir avec moi dans mon bureau, je vous prie ?

Le sergent de l'accueil afficha sa déception quand il comprit qu'il serait désormais exclu de la conversation.

Monk prit soin de le remercier, chose qu'il n'eût jamais faite quelque temps auparavant. L'homme hocha la tête, mais sa déception demeura.

Robb conduisit Monk dans un minuscule bureau envahi de dossiers. Là, le détective ressentit soudain une impression de familiarité, comme s'il se retrouvait projeté plusieurs années en arrière, au début de sa carrière. Combien de temps cela faisait-il au juste ? Il l'ignorait.

Robb s'empara d'une pile de livres qui occupait le fauteuil réservé aux visiteurs et la laissa tomber au sol. Il n'y avait plus de place sur son bureau, encombré de documents en équilibre précaire.

— Asseyez-vous, monsieur.

Il n'avait pas encore demandé son nom à Monk. Il prit place sur l'autre chaise. C'était un jeune homme chez qui les bonnes manières étaient si ancrées qu'elles venaient naturellement.

— William Monk, se présenta le détective, avant de constater avec un stupide soulagement l'absence de réaction de son interlocuteur.

— Je suis désolé d'avoir à vous apprendre ceci, Mr. Monk, mais j'enquête en ce moment sur un meurtre dont la victime correspond assez bien au signalement que vous venez de me donner. D'autre part, un demi-mile plus loin, nous avons trouvé une voiture et deux chevaux qui sont presque à coup sûr ceux que vous recherchez. La voiture est exactement telle que vous l'avez décrite, et il y a un cheval brun et un autre bai, bien assortis, d'environ quinze paumes.

Il pinça les lèvres, avant d'ajouter :

— Et l'homme que nous avons découvert était revêtu d'une livrée.

Monk déglutit avec difficulté.

— Quand l'avez-vous trouvé ?

— Il y a cinq jours, répondit Robb en le fixant gravement. Je suis désolé.

— Et il a été assassiné ? C'est une certitude ?

— Oui. Le médecin légiste ne voit pas comment un simple accident aurait pu occasionner les blessures qu'il portait. En outre, s'il était tombé de son siège, l'état de ses vêtements l'indiquerait. On ne peut être projeté sur la route, de façon assez violente pour se blesser de la sorte, sans que les épaules et le dos portent aucune marque, sans que les vêtements soient déchirés, froissés ou maculés de boue ou de crottin. Même si les rues sont plutôt sèches en ce moment, il y a toujours quelque chose. Et puis, son haut-de-chausses n'aurait pas été usé de la même façon après une chute.

— Comment cela ? fit Monk. Que voulez-vous dire ? Comment était-il usé ?

— Au niveau des genoux principalement. Comme si la victime s'était traînée sur une assez longue distance avant de mourir.

— En essayant de s'échapper ? interrogea Monk.

Robb se mordit la lèvre, songeur.

— Je n'en sais rien. Il n'y a pas eu de bagarre. Il n'a reçu qu'un coup unique.

Monk fronça les sourcils.

— Un seul coup a suffi à le tuer ? Dans ce cas, il s'est traîné par terre avant d'être frappé ? Pourquoi ?

— Pas nécessairement, répondit Robb en secouant la tête. Le médecin dit que cela saignait à l'intérieur du crâne. Il a pu rester en vie quelque temps et ramper sur une certaine distance en sachant qu'il était blessé, mais en ignorant à quel point, en tout cas sans se douter qu'il allait mourir.

— Alors n'a-t-il pas pu tomber en avant et se cogner à un angle de la voiture ? Ou même être projeté à terre et recevoir un coup de sabot d'un des chevaux ?

— Le médecin dit qu'il a été frappé par-derrière...

Robb tendit les deux bras sur sa droite, puis les balança violemment devant lui.

— Comme ceci... alors qu'il était debout. Il a reçu le coup sur le côté du crâne. Il n'a pas beaucoup saigné, mais le choc a été fatal.

— Ne pouvait-il pas s'agir d'une ruade ? hasarda encore Monk, se raccrochant à un dernier espoir.

— Non. L'empreinte n'a rien à voir avec ce qu'aurait laissé un sabot de cheval. C'était celle d'un objet long, arrondi, comme un pied-de-biche ou un bâton. Ce n'était pas non plus un coin de la voiture.

— Je vois.

Monk prit une profonde inspiration.

— Avez-vous une idée de l'identité de l'assassin ? Ou du mobile du crime ?

— Pas encore, avoua Robb.

Il paraissait si perplexe que Monk eut l'impression qu'il se sentait submergé par la complexité de l'affaire. Déjà, la crainte de l'échec se profilait dans son regard.

— Il est très improbable qu'on l'ait attaqué pour le voler. La seule chose de valeur qu'il avait était la voiture et les chevaux, et le ou les meurtriers ne les ont pas pris.

— Un ennemi personnel, conclut Monk.

Cette idée le troubla plus encore, pour des raisons que Robb ne pouvait connaître. Où était Miriam Gardiner ? Se trouvait-elle avec le cocher au moment de l'attaque ? Dans ce cas, elle était soit témoin, soit complice... à moins qu'elle n'eût été tuée elle aussi. Et si elle n'avait pas assisté au meurtre, où Treadwell l'avait-il déposée, et pourquoi ? Sur sa requête à elle, ou non ?

Monk hésita : que pouvait-il révéler à Robb ? S'il voulait servir les intérêts de Miriam, sans doute valait-il mieux ne rien dire du tout, du moins pour le moment.

— Pourrais je voir le corps ? demanda-t-il.

— Bien sûr.

Robb se leva. Peut-être l'identification de la victime ferait-elle avancer les choses. Elle lui donnerait tout au moins l'impression d'avoir réalisé un progrès.

Monk le remercia et le suivit dans l'escalier, puis dans la rue. Une petite brise s'était levée sur cette chaude journée d'été, mais sans parvenir à chasser les odeurs de chevaux, de cuisine familiale et de caniveaux secs. La morgue était toute proche et ils s'y rendirent à pied. Les mains enfoncées dans les poches, Robb fixait le sol, silencieux. Il était impossible de deviner ses pensées. Monk songea qu'il devait avoir nettement moins de trente ans. Peut-être n'avait-il pas vu beaucoup de morts dans sa carrière. Peut-être même était-ce son premier meurtre. Était-il effrayé, terrorisé à l'idée d'un échec, perturbé par une violence qu'il devait soudain affronter seul, une injustice qu'il lui fallait réparer ?

Monk avançait près de lui, au même pas, mais sans chercher à rompre son silence. Des voitures passaient dans la rue, rapides ; les harnais étincelaient au soleil, les sabots claquaient bruyamment. La brise s'était faite très légère, simple murmure à travers les feuilles des arbres qui se dressaient à l'extrémité de la rue, près de la lande. L'odeur de l'air qui se dégageait de l'étendue d'herbe était propre et agréable. Quelque part, on jouait de l'orgue de Barbarie.

La morgue était un bâtiment élégant, comme si l'architecte avait voulu en faire une sorte de mémorial pour les défunts, quelle que fût la brièveté de leur séjour en ce lieu.

Robb redressa les épaules et hâta le pas, comme s'il était déterminé à ne manifester ni dégoût ni hésitation dans son devoir. Monk le suivit dans l'escalier et entra derrière lui. L'odeur familière le saisit à la gorge. Toutes les morgues dont il se souvenait avaient cette odeur écœurante, à la fois sucrée et âpre, qui laissait un goût au fond de la bouche. Aucune hygiène au monde, aussi poussée fût-elle, ne pouvait estomper la conscience de la mort.

L'employé qui se présenta aux deux hommes leur demanda poliment ce qu'il pouvait faire pour eux. Il parlait avec un léger zézaiement et dévisagea Robb quelques instants avant de le reconnaître.

— Ah, fit-il en secouant la tête. C'est pour votre cocher que vous revenez, c'est ça ? Mais je ne peux rien vous dire de nouveau, vous savez.

Ils le suivirent dans une pièce carrelée où le son de leurs pas résonnait. L'eau qui coulait sans interruption conférait à l'atmosphère une humidité qu'imprégnaient des effluves tenaces de désinfectant. Ensuite venait la chambre froide, où étaient conservés les corps que l'on ne pourrait enterrer avant un jour ou deux. Cinq s'étaient déjà écoulés depuis la découverte de celui qui les intéressait.

— Inutile de l'apporter ici, dit Robb avec brusquerie. Nous l'examinerons sur place. Ce monsieur qui m'accompagne pourra peut-être nous dire de qui il s'agit.

La chambre froide était glaciale. Les deux visiteurs frissonnèrent en entrant, mais ni l'un ni l'autre ne se plaignit. Monk en fut même plutôt satisfait : il avait connu des morgues moins efficaces que celle-ci.

Il souleva le drap. Le corps était celui d'un homme bien nourri d'une trentaine d'années, tout en muscles, surtout au niveau du torse et des épaules. Il avait la peau très blanche, à l'exception des mains, du cou et du visage, brunis par le soleil et le vent. Ses cheveux étaient noirs, ses traits marqués, meurtris par un gros hématome qui couvrait toute la tempe droite, comme si un individu l'avait frappé avec toute la force de sa haine.

Monk examina le corps plusieurs minutes durant. Celui-ci portait des plaies aux genoux et sur la paume des mains, mais le détective n'en découvrit aucune autre, à l'exception d'une vieille cicatrice à la jambe, guérie depuis longtemps, et de quelques coupures, plus petites, mais tout aussi anciennes, sur les mains. Monk n'y trouva rien d'étonnant chez un homme qui s'occupait de chevaux et gagnait sa vie à conduire des attelages.

Il acheva son examen par l'étude du visage, mais avec les yeux fermés et l'animation disparue, il était difficile de se faire une idée de l'homme qu'il avait devant lui. Les traits étaient nets, aigus, les lèvres étroites, le front large. L'intelligence et le charme avaient pu le rendre séduisant, mais un mauvais caractère, la cupidité ou la cruauté en eussent tout aussi bien fait un être hideux.

S'agissait-il de James Treadwell ? Seule une personne de la maison Stourbridge pouvait donner une réponse sûre à cette question.

— Voulez-vous voir les vêtements ? demanda Robb en observant le visage de Monk.

— Volontiers, oui.

Toutefois, ceux-ci ne lui révélèrent rien de plus que les indications déjà données par Robb. Une seule conclusion s'imposait : l'homme était debout lorsqu'on lui avait asséné un coup puissant qui l'avait fait tomber sur le ventre, et peut-être assommé quelques instants. Le haut-de-chausses était taché et déchiré aux genoux, comme si l'homme avait parcouru en rampant une distance importante. Il était difficile de se faire une idée de l'auteur du coup. L'arme n'avait pas été retrouvée, mais il s'agissait à l'évidence d'un objet long, lourd et arrondi, projeté avec force.

— Une femme aurait-elle pu faire cela, à votre avis ? interrogea Monk, avant de regretter aussitôt sa question.

Ce n'était pas auprès de Robb qu'il fallait espérer trouver le réconfort qu'apporterait la certitude que Miriam ne pouvait être coupable. Pourquoi eût-elle commis un tel crime ? N'était-il pas possible qu'elle fût elle aussi victime ? Après tout, on ne l'avait pas retrouvée !

Mais si elle était en vie, où était-elle ? Si elle était libre de se manifester — et innocente —, pourquoi ne le faisait-elle pas ?

Et avant tout, pourquoi avait-elle quitté la maison des Stourbridge ?

— Puis-je voir la voiture ? ajouta-t-il sans laisser à son interlocuteur le temps de répondre.

— Bien sûr.

Monk savait sa première question stupide. Une femme de constitution solide, effrayée ou en colère, munie d'un objet lourd, pouvait évidemment avoir frappé cet homme assez violemment pour provoquer sa mort, surtout avec un coup aussi précis que celui-ci.

Ils quittèrent la morgue et retrouvèrent le soleil. Robb marchait d'un pas vif, jetant de petits coups d'œil à sa montre comme s'il était pressé. C'était apparemment autre chose que le simple désir de s'éloigner de la présence de la mort qui l'incitait à se hâter ainsi.

— Vous avez un rendez-vous ? s'enquit Monk. Vous savez, je ne suis que votre obligé, je peux attendre.

— Les chevaux se trouvent dans une écurie à un mile d'ici, répondit Robb en s'arrêtant pour traverser la rue. Ce n'est pas exactement un rendez-vous que j'ai...

Le sujet semblait l'embarrasser. Les deux hommes profitèrent d'une courte trêve dans la circulation pour passer sur l'autre trottoir. Alors, Robb prit une inspiration, le regard fixé droit devant lui.

— Mon grand-père est malade. Je passe le voir de temps en temps, pour l'aider. Il est de plus en plus...

Il n'acheva pas sa phrase et son visage se ferma. Il évitait de regarder Monk. À la vérité, il venait d'avouer qu'il prenait sur son temps de travail pour rentrer chez lui au cours de la journée.

Monk eut un sourire triste. La hiérarchie policière ne

lui avait pas laissé de bons souvenirs. Il savait que ses subalternes le craignaient autrefois, à juste titre d'ailleurs, et cette réalité lui était douloureuse. Quant à son supérieur, c'était une autre histoire. Runcorn était le seul individu qu'il n'avait pas oublié : entre eux, des liens d'amitié s'étaient tissés jadis, mais durant les quelques années qui avaient précédé leur querelle finale et la démission de Monk, ils n'avaient éprouvé l'un pour l'autre qu'hostilité et amertume.

Il sentit son corps se crisper à ce souvenir.

— Dans ce cas, mieux vaut passer le voir maintenant, dit-il. Je vais acheter une tourte ou un sandwich et je déjeunerai pendant que vous vous occuperez de lui. En chemin, je vous dirai ce que je sais de Treadwell. Si c'est bien la victime, cela vous sera peut-être utile.

Robb pesa la proposition quelques instants, puis acquiesça.

Le vieil homme et son petit-fils habitaient deux pièces dans une maison située à cinq minutes de marche rapide du commissariat de police. L'intérieur était pauvre, mais bien tenu, et, délibérément, Robb ne prononça pas une parole d'excuse. Sans doute se souciait-il fort peu de ce que pouvait penser Monk. L'ensemble de ses émotions et de son attention se concentrait sur son grand-père, qui se tenait voûté dans un confortable fauteuil. Ses épaules étaient larges, mais maigres désormais, et tendues vers l'avant comme si sa poitrine le faisait souffrir lorsqu'il respirait. Ses cheveux blancs étaient bien peignés et il était rasé, mais il avait le teint pâle et l'on sentait qu'il lui coûtait de devoir afficher un semblant de dignité face à cet étranger que Robb introduisait dans son sanctuaire.

— Enchanté, monsieur, fit gravement Monk. Je vous remercie de m'autoriser à manger ma tourte sous votre toit, tout en bavardant avec le sergent Robb de l'affaire sur laquelle nous enquêtons. C'est très aimable à vous.

— Je vous en prie, répondit le vieil homme d'une voix

rauque, contraint de s'éclaircir la gorge même pour prononcer ces quelques mots. Vous êtes le bienvenu.

Il se présenta comme John Robb, puis posa sur son petit-fils un regard inquiet.

Monk prit place à la table et se plongea dans la dégustation de sa tourte, achetée en route, veillant à ne pas la quitter des yeux afin de rester discret. Robb conduisit son grand-père aux cabinets, puis lui lava les mains dans la cuisine et lui fit chauffer de la soupe sur le poêle, resté allumé au plus fort de l'été, comme si le vieil homme souffrait du froid en permanence.

Monk se mit alors à parler, afin de couvrir les bruits que faisait le malade, qui luttait pour respirer tout en avalant sa soupe, additionnée de tranches de pain beurré que son petit-fils lui mettait dans la bouche par petits morceaux. Il avait déjà réfléchi à ce qu'il révélerait à Robb au sujet de la requête de Lucius. Pour le moment, mieux valait éviter toute référence à Miriam, même si la vérité en souffrait. Cela revenait bien sûr à tromper délibérément le policier, mais tant que lui-même n'en saurait pas davantage, parler d'elle revenait à lancer Robb à sa recherche, ce qui n'était pas dans l'intérêt de la jeune femme... du moins dans un premier temps.

— Mr. Lucius Stourbridge m'a expliqué que Treadwell avait pris la voiture sans permission en milieu d'après-midi, le jour où il semble qu'il ait été tué, commença-t-il.

Il croqua de nouveau dans sa tourte. Celle-ci était délicieuse, généreusement fourrée de viande et d'oignons, et il avait faim. Il poursuivit dès qu'il eut avalé sa bouchée :

— Il vit chez ses parents, à Bayswater.

— La voiture est-elle à lui ou à eux ? interrogea Robb en tendant à son grand-père un autre morceau de pain.

Le regard posé sur le vieil homme, il attendit avec anxiété la fin de la quinte de toux qui venait de le saisir. Lorsque le malade eut expectoré dans son mouchoir un flegme zébré de filets de sang, il lui passa un mouchoir propre et un verre d'eau, que le vieil homme but sans rien dire.

La question était judicieuse et, pour y répondre, Monk dut user de finesse.

— C'est un véhicule familial. Pas le meilleur.

Si la réponse était incomplète, elle reflétait néanmoins la vérité.

— Pourquoi s'est-il adressé à vous plutôt qu'à la police ? demanda Robb.

Monk s'attendait à cette question.

— Parce qu'il espérait le retrouver sans l'intervention des forces de l'ordre, expliqua-t-il. Treadwell était le neveu de leur cuisinière et Mr. Stourbridge ne voulait pas d'enquête policière. Bien entendu, avec le décès du cocher, s'il s'agit bien de lui, celle-ci va devenir inévitable.

Robb avait entrepris de mesurer de la poudre prélevée dans une feuille de papier pliée, attentif à ne pas en utiliser davantage qu'un tiers de la quantité totale. Puis il referma le petit sachet avec soin et le replaça sur l'étagère du buffet. Il retourna ensuite à la table, mélangea de l'eau à la dose préparée et porta le verre aux lèvres du malade.

Monk jeta un coup d'œil à l'étagère. Plusieurs récipients s'y trouvaient : un bocal de feuilles séchées, sans doute pour les infusions, une fiole de sirop, et deux autres bocaux remplis de petits sachets de papier semblables à celui qui contenait la poudre. Une telle quantité de médicaments devait représenter une belle somme. Monk se souvint soudain d'avoir remarqué les manchettes effilochées de Robb, soigneusement reprisées, les talons usés de ses bottines, une déchirure raccommodée au coude de sa veste. Alors, il sentit avec étonnement une profonde compassion l'envahir face aux difficultés et à la souffrance que ces signes indiquaient, puis une onde de joie le parcourut lorsqu'il songea à tout l'amour qui en était à l'origine. Il se surprit à sourire.

Robb essuyait à présent le visage de son grand-père à

gestes doux. Il se tourna ensuite vers son propre repas de pain et de soupe. Celle-ci avait dû refroidir.

— Savez-vous autre chose de ce Treadwell? questionna-t-il en commençant à manger en toute hâte.

Sans doute avait-il faim, mais il était probable que la conscience du temps qui passait le taraudait bien davantage.

— Apparemment, il ne donnait pas entière satisfaction, expliqua Monk. Si on le gardait, c'était surtout parce qu'il était le neveu de la cuisinière. De nombreuses familles sont prêtes à des sacrifices considérables pour conserver une bonne cuisinière, surtout si elles ont coutume de recevoir.

Il sourit en disant ces mots. Robb lui décocha un bref coup d'œil.

— Et un scandale n'arrangerait rien, bien sûr, dit-il. Mais si c'est votre homme, je crains que cela ne devienne inévitable.

Il fronça les sourcils.

— Mais tout cela ne nous éclaire pas beaucoup sur l'assassin, n'est-ce pas? Que faisait Treadwell à cet endroit? Pourquoi la personne qui l'a tué n'a-t-elle pas volé la voiture? C'est un bon attelage et les chevaux sont superbes.

— Aucune idée, reconnut Monk. Chaque nouveau fait rend cette histoire plus obscure.

Le sergent hocha la tête, puis se retourna vers son grand-père. Il s'assura que celui-ci était bien installé et pouvait atteindre tout ce dont il aurait besoin avant son retour, puis il lui toucha affectueusement l'épaule, sourit et prit congé.

Le vieil homme ne dit rien, mais la gratitude se lisait sur son visage. Il semblait se sentir mieux maintenant qu'il avait mangé et pris ses remèdes.

Ils parcoururent ensemble les trois quarts de mile qui les séparaient encore de l'écurie abritant les chevaux et l'attelage. Robb présenta Monk au palefrenier qui en avait la charge.

Il ne fallut au détective qu'un bref regard à la voiture pour chasser les quelques doutes qui subsistaient encore dans son esprit : c'était bien celle des Stourbridge. Il l'examina en détail, à la recherche de traces éventuelles ou d'objets abandonnés à l'intérieur, mais ne trouva rien. C'était un véhicule familial bien entretenu, propre, lustré et huilé. D'après les légères marques d'usure qu'il portait, il devait avoir dix ans. Le nom du fabricant était bien celui qu'avait fourni Lucius Stourbridge et la description correspondait en tout point.

Les chevaux, eux aussi, répondaient au signalement donné.

— Où ont-ils été retrouvés exactement ? demanda Monk.

— Sur Cannon Hall Road, répondit Robb. Ce sont les vôtres, n'est-ce pas ?

Ce n'était pas une question. L'expression du détective le renseignait mieux que toute parole.

— Et le corps ?

— Dans l'allée du numéro cinq, Green Man Hill. C'est une enfilade de petites maisons en bordure de la lande.

— Et, bien entendu, vous avez interrogé les habitants ?

Robb haussa les épaules.

— Bien entendu. Mais personne ne veut parler.

Monk n'en fut pas surpris. Qu'ils aient vu ou non quelque chose, rares étaient ceux qui reconnaissaient savoir quoi que ce fût sur un meurtre.

— J'aurai besoin d'une identification officielle du corps, déclara le sergent. Et je devrai également m'entretenir avec le major Stourbridge, bien sûr, afin de l'interroger sur ce Treadwell.

— Je vais aller à Cleveland Square et je vous ramènerai quelqu'un, proposa Monk.

Il voulait être le premier à informer Harry et Lucius du drame, de préférence hors de la présence de Robb.

— Merci, acquiesça Robb. Je serai à la morgue à quatre heures.

Monk gagna Bayswater en cab. Au valet qui l'accueillit, il demanda à voir le major Harry Stourbridge. Il préférait, dans la mesure du possible, parler au père, et ne pas informer Lucius de sa découverte tant que ce n'était pas indispensable. Peut-être, outre le fait qu'il répugnait à anéantir les espoirs que nourrissait encore le jeune homme quant à la sécurité de Miriam, y avait-il là une part de lâcheté.

Il fut introduit dans le petit salon, dont les portes-fenêtres s'ouvraient sur la pelouse ensoleillée. Harry Stourbridge se trouvait seul à l'intérieur, mais Monk aperçut dans le jardin la silhouette de son épouse, dont la robe claire se découpait sur les couleurs vives d'une plate-bande fleurie.

— Vous avez des nouvelles, Mr. Monk ? demanda Stourbridge avant même que le domestique eût refermé la porte.

Il semblait angoissé. Son visage était tendu et des cernes sombres soulignaient son regard, comme s'il n'avait pas dormi. Il eût été cruel de faire durer son attente. Il était déjà assez pénible d'avoir à tuer l'espoir qu'il cherchait à entretenir.

— Je suis désolé, ce n'est pas bon, déclara Monk sans ménagement.

Il vit son interlocuteur se figer, tandis que les dernières traces de couleur désertaient son visage.

— Je crois avoir retrouvé votre voiture et vos chevaux, poursuivit-il. Et le corps d'un homme dont je suis à peu près certain qu'il s'agit de Treadwell. Il n'y a en revanche aucune trace de Mrs. Gardiner.

— Aucune trace de Miriam ? fit Stourbridge, dérouté. Où était-ce, Mr. Monk ? Savez-vous ce qui est arrivé à Treadwell ?

— C'était à Hampstead, à la limite de la lande. Je suis

vraiment désolé, mais il semble que votre cocher ait été assassiné.

Les yeux de Stourbridge s'agrandirent.

— Par des bandits ?

— Peut-être, mais si c'est le cas, qu'espéraient-ils voler ? Votre cocher n'aurait pas eu de grosses sommes d'argent sur lui, n'est-ce pas ? Et vous n'avez pas constaté la disparition d'objets de valeur dans la maison ?

— Non ! Non, bien sûr que non, je vous en aurais parlé. Mais pour quelle autre raison aurait-on agressé et tué ce malheureux ?

— Nous ne le savons pas..

— Nous ?

— La police de Hampstead et moi-même. J'ai suivi la trace de la voiture jusqu'à la lande, puis je suis allé me renseigner au commissariat, expliqua Monk. Un jeune sergent du nom de Robb. Il m'a révélé qu'il travaillait sur un crime et je me suis aperçu, à la description qu'il m'en a faite, que la victime pouvait être Treadwell. La voiture et les chevaux ont été trouvés un demi-mile plus loin, intacts. Je les ai examinés et, d'après votre description, il semble que ce soit bien les vôtres. Je crains que vous ne soyez contraint d'envoyer quelqu'un pour les identifier... ainsi que le corps... afin d'en avoir la certitude.

— Bien sûr, acquiesça Stourbridge. J'irai moi-même.

Il fit un pas sur le tapis clair baigné de soleil.

— Mais pour Miriam, vous n'avez aucun indice ?

— Non, pas encore. Je suis désolé.

Tout en disant ces mots, il aperçut Verona qui traversait la pelouse pour les rejoindre. La curiosité de la maîtresse de maison avait pris le dessus, l'empêchant de demeurer plus longtemps en retrait.

Stourbridge se redressa lorsqu'elle franchit la porte-fenêtre.

— Qu'y a-t-il ? interrogea-t-elle, n'accordant qu'un rapide regard à Monk. Vous savez quelque chose. S'agit-il de Miriam ?

Le détective observa son expression, à la recherche d'un éventuel soulagement ou d'une surprise feinte, mais il ne remarqua rien de tel.

— Pas encore, répondit Stourbridge. En revanche, il semble que Mr. Monk ait retrouvé Treadwell...

— Il semble ? répéta-t-elle, avant de se tourner vers Monk. Vous ne l'avez pas abordé, vous ne lui avez pas parlé ? Pourquoi ? Que s'est-il passé ?

— Il lui est arrivé malheur, éluda Stourbridge. Je m'en vais accompagner Mr. Monk, afin de tâcher d'en apprendre davantage. Je vous dirai ce qu'il en est, bien entendu, à mon retour.

Le ton très ferme qu'il avait adopté suffit à clore la conversation. Les deux hommes quittèrent la pièce. Ils traversaient le grand hall d'entrée lorsque Lucius apparut dans l'escalier. Livide, affolé, il se précipita à leur suite.

— Qu'avez-vous trouvé ? lança-t-il d'une voix altérée par l'angoisse. Où est Miriam ? Que lui est-il arrivé ?

Stourbridge se tourna vers lui et voulut le prendre par l'épaule pour le calmer, mais Lucius recula. Trop tendu pour parler, il cherchait son souffle.

— Je ne sais rien de nouveau sur Mrs. Gardiner, expliqua Monk, mais j'ai peut-être retrouvé Treadwell. J'ai besoin de quelqu'un pour l'identifier avec certitude.

Stourbridge posa la main sur le bras de Lucius.

— Rien n'indique que Miriam se soit trouvée avec lui, dit-il avec douceur. Nous ne savons ni ce qui s'est passé ni pourquoi. Reste ici, je vais faire le nécessaire. Mais sois discret. Tant que nous ne sommes pas sûrs, il est inutile d'affliger la cuisinière.

— Treadwell est mort ?... s'exclama Lucius en se tournant vers le détective.

— Oui, je pense qu'il s'agit bien de lui, répondit Monk. Mais il était seul lorsqu'il a été retrouvé, et la voiture est vide et intacte.

— Je viens avec vous.

— Ce n'est pas nécessaire... commença Stourbridge.

Il s'interrompit aussitôt face à la détermination qu'affichait son fils.

Le trajet de Bayswater à Hampstead fut silencieux. Ils empruntèrent l'une des voitures restantes, conduite à présent par le palefrenier, et roulèrent sans rien dire. Lucius se tenait très droit, le dos tourné au sens de la marche, les yeux grands ouverts, dévoré d'appréhension. Assis près de Monk, Stourbridge fixait un point devant lui, sans rien voir ni des rues ni des maisons qui défilaient derrière les vitres. Une ou deux fois, il parut sur le point de parler, mais se ravisa.

Monk, quant à lui, réfléchissait à ce qu'il dirait à Robb après l'identification du corps. Il y avait eu meurtre, cela était indéniable. Dès lors, dissimuler des informations aussi cruciales que la présence de Miriam Gardiner dans la voiture et la fuite inexpliquée de la jeune femme s'apparentait à un délit et suggérait une possible implication de Miriam dans le meurtre. De surcroît, rien de ce que Monk et les Stourbridge pourraient affirmer ensuite ne serait plus crédible sans preuve à l'appui.

La voiture s'immobilisa à un carrefour. La circulation s'était peu à peu intensifiée et les rues étaient encombrées. Tout autour d'eux, des conducteurs pleins d'impatience s'invectivaient. Les chevaux trépignaient et hennissaient, faisant tinter leurs harnais.

Toujours silencieux, Lucius semblait plus rigide que jamais, tandis que son père ne cessait de serrer et de desserrer les poings.

Enfin, l'attelage s'ébranla de nouveau.

Monk en révélerait le moins possible à Robb. La seule chose que l'on savait avec certitude, c'était que Miriam était partie avec Treadwell. Quelle distance avaient-ils parcourue ensemble, cela demeurait un mystère.

Fallait-il demander à Lucius et à Stourbridge de ne dire que le strict minimum au sujet de Miriam ?

Monk observa les visages tendus des deux hommes. Chacun était plongé dans son univers, dans ses peurs. Il y avait fort à parier que tout conseil de sa part serait balayé par les émotions et ferait plus de tort que de bien. S'ils se souvenaient de la consigne au début, puis l'oubliaient, ils donneraient au policier l'impression d'un manque de franchise.

Monk garda le silence.

Ils parvinrent à la morgue à quatre heures dix. Robb faisait les cent pas, plein d'impatience, mais il n'émit aucun commentaire lorsqu'ils descendirent de voiture.

L'employé de la morgue souleva le drap qui recouvrait le cadavre, ne dévoilant que le visage.

Lucius prit une brutale inspiration et chancela.

Stourbridge ne laissa échapper qu'un léger soupir. C'était un militaire et il avait dû croiser la mort plus d'une fois au cours de son existence.

— Est-ce votre cocher, monsieur ? s'enquit Robb.

— C'est lui, répondit Stourbridge à mi-voix. C'est James Treadwell. Où l'avez-vous trouvé ?

L'employé recouvrit le visage du mort.

— Dans la rue, monsieur, répondit Robb en les entraînant vers la sortie. Dans l'allée d'une maison de Green Man Hill, à un demi-mile d'ici environ.

Robb ne manquait pas de compassion, mais l'enquêteur en lui avait repris le dessus.

— À votre connaissance, avait-il des amis dans ce quartier ?

— Comment ? fit Stourbridge en relevant la tête. Ah... non, je ne sais pas. C'est le neveu de notre cuisinière. Je pourrai lui poser la question. Je n'ai pas la moindre idée de ce qu'il faisait de son temps libre.

— Est-ce durant son temps libre qu'il a disparu, monsieur ?

— Non...

— Avait-il votre permission pour utiliser la voiture ?

Stourbridge hésita et jeta un bref regard à Lucius.

— Non. Je crains fort que les circonstances de son départ soient quelque peu mystérieuses, et incompréhensibles pour nous, sergent. Nous savons à quelle heure il est parti, mais c'est tout.

— Vous saviez qu'il avait pris votre voiture, souligna Robb, mais vous n'avez pas prévenu la police. C'est un très bel attelage, monsieur, avec des chevaux exceptionnels. Sa valeur est considérable.

— Le major Stourbridge a mentionné que Treadwell était un parent de sa cuisinière, interrompit Monk, qui travaille au service de la famille depuis de longues années. Il souhaitait éviter tout scandale, dans la mesure du possible. Il espérait que Treadwell recouvrerait ses esprits et rentrerait de lui-même... qui sait, en fournissant peut-être une justification crédible à son escapade.

Lucius choisit ce moment pour intervenir. Il semblait incapable d'en supporter davantage.

— Mais ma fiancée était avec lui ! s'exclama-t-il. Mrs. Miriam Gardiner. C'est pour la retrouver que nous avons fait appel à Mr. Monk. Nous ne pouvons plus rien pour ce pauvre Treadwell, mais où est Miriam ? Il importe de consacrer tous nos efforts à la rechercher ! Elle est peut-être blessée... en danger...

Son imagination, qui le torturait, lui avait fait perdre le contrôle de sa voix. Robb demeura un instant perplexe, puis sa mâchoire se durcit. Il n'accorda pas un regard à Monk.

— Dois-je comprendre que Mrs. Gardiner a quitté votre domicile à bord de cette voiture, conduite par Treadwell ? articula-t-il d'une voix blanche.

— Nous le supposons, répondit Stourbridge sans laisser à son fils le temps de parler. Personne ne les a vus partir.

Manifestement, il avait saisi les enjeux.

— Mais nous sommes sans nouvelles d'elle depuis, poursuivit-il, et nous ignorons ce qui lui est arrivé. Nous sommes dévorés d'inquiétude.

— Il faut la chercher ! renchérit Lucius. Treadwell est mort et Miriam est peut-être en danger ! Ou tout au moins, elle doit être effrayée, désespérée ! Vous devez lancer tous les hommes dont vous disposez à sa recherche !

Robb demeura un long moment immobile. Enfin, il se tourna vers Monk, les yeux plissés, le regard dur.

— Vous avez omis de mentionner qu'une jeune femme se trouvait à bord de la voiture lorsque Treadwell a été assassiné, et qu'elle a disparu depuis. Pourquoi, Mr. Monk ?

Bien qu'il eût anticipé la question, Monk savait qu'il ne pourrait opposer aucune excuse valable. D'ailleurs, Robb le savait aussi.

— Mrs. Gardiner est partie avec Treadwell, dit-il, affectant une totale bonne foi, mais nous n'avons aucune indication sur le moment où elle l'a quitté...

Lucius le dévisageait, le regard agrandi par l'horreur.

— Sophisme ! coupa Robb.

— Réalisme ! rétorqua Monk avec la même sécheresse de ton. Cela s'est passé il y a cinq jours. S'il est arrivé quelque chose à Mrs. Gardiner, il est bien trop tard pour pouvoir le réparer, sinon en réfléchissant soigneusement et en n'agissant surtout pas à la légère. Si elle aussi avait subi des violences, elle aurait été retrouvée depuis longtemps.

Il évitait de regarder Lucius et son père, dont l'émotion était palpable. Il poursuivit, les yeux rivés sur Robb.

— Si elle a été kidnappée, une rançon sera exigée, ce qui n'a pas été le cas jusqu'à présent. Si elle a assisté au meurtre, elle s'est peut-être enfuie pour se mettre à l'abri, et nous devons prendre mille précautions en menant nos recherches, afin de ne pas attirer sur elle le mal qu'elle redoute.

Il prit une inspiration pour conclure.

— Et tant que le major Stourbridge n'avait pas identifié le corps de Treadwell, nous ne savions pas si toute cette affaire ne découlait pas tout simplement d'un malheureux malentendu entre Mr. Stourbridge et Mrs. Gardiner.

Lucius tressaillit à ces mots, puis dévisagea le détective avec incrédulité.

Robb considéra tour à tour ses trois interlocuteurs.

— Nous sommes à présent fixés, déclara-t-il. La question est désormais de savoir ce que nous allons faire.

— Rassembler le plus de faits possible, répondit Monk. Puis en tirer des conclusions.

Robb se mordit la lèvre. Il était très pâle.

— Vous n'avez aucune idée, demanda-t-il à Lucius, de la raison pour laquelle Mrs. Gardiner a quitté votre domicile ?

— Pas la moindre, répondit aussitôt l'intéressé. Il n'y a eu ni dispute ni incident pour provoquer son départ.

— Et elle est partie avec Treadwell ?

— Elle est partie dans la voiture, rectifia Harry Stourbridge. Elle pouvait difficilement conduire elle-même.

L'irritation assombrit l'expression du policier pour disparaître aussitôt, comme si la détresse de ses interlocuteurs lui revenait tout à coup à l'esprit.

— Mrs. Gardiner connaissait-elle Treadwell avant de vous rencontrer ? Peut-être par le biais de la cuisinière ?

— Non, assura Lucius. Elle ne connaissait personne de chez nous avant sa première visite.

— Où l'avez-vous rencontrée ?

— Sur la lande de Hampstead ! Pourquoi ? Il était naturel que Treadwell la reconduise dans ce quartier : elle habite Lyndhurst Road.

Robb fit la moue.

— Cette rue se situe à trois quarts de mile du lieu où l'on a retrouvé la voiture. Et le corps de Treadwell gisait plus loin encore. J'imagine que vous avez vérifié à son domicile si elle n'était pas rentrée ?

— Bien entendu ! s'exclama Lucius. Ce fut notre premier réflexe ! Mais personne ne l'a vue depuis le matin de la fête. Oh, je vous en conjure, dites-nous ce que vous savez de la mort de Treadwell !

— Nous ne savons rien, sinon que cet homme a été

assassiné, répondit Robb. Nous ne connaissions même pas son nom avant votre arrivée. Nous avions seulement deviné son métier, à sa tenue.

— Et dans la voiture? s'enquit Stourbridge avec un froncement de sourcils. N'avez-vous rien trouvé? Ni marques ni souillures qui puissent nous renseigner sur leur itinéraire? Les chevaux étaient-ils blessés?

— Non. Ils étaient affolés, désorientés, mais rien n'indiquait qu'ils se soient emballés. Les harnais étaient en bon état, les rênes toujours attachées à la barre, comme si le cocher avait fait halte et était descendu de voiture. Celle-ci ne portait d'ailleurs ni rayures ni marques particulières.

Stourbridge tourna vers Monk un visage interrogateur.

— Il n'y a plus rien que vous puissiez faire ici pour le moment, affirma le détective. Je vous remercie d'être venus identifier le corps. Il vaut mieux rentrer à présent, afin de prévenir votre famille, et bien sûr la cuisinière. La nouvelle va beaucoup l'affecter. Quant à moi, je vous tiendrai informés dès que j'en aurai appris davantage.

— Mais la réponse doit être ici, à Hampstead! intervint Lucius d'un ton désespéré.

Son père lui effleura le coude.

— Mr. Monk travaillera mieux si nous lui laissons le champ libre. Allez, viens, insista-t-il avec douceur. Nous ne faisons que rendre les choses plus difficiles.

Sceptique, Lucius acquiesça à contrecœur, puis se laissa entraîner vers la voiture.

— Vous comprenez que je vais devoir rechercher cette femme, déclara alors Robb en enfonçant les mains dans ses poches.

Sombre, les épaules légèrement voûtées, il semblait sur ses gardes.

— Au mieux, elle a vu quelque chose du meurtre, au pire, elle a été victime du même assassin.

C'était indéniable. Monk ne répondit rien.

— Elle peut également être coupable, reprit le policier.

Le coup fatal peut fort bien être l'œuvre d'une femme, pour peu que celle-ci ait été effrayée ou furieuse. Alors, si vous jouiez cartes sur table, à présent, Mr. Monk, et que vous me révéliez tout ce que vous savez de cette Mrs. Gardiner? C'est pour la rechercher que Mr. Stourbridge vous a engagé. Vous devez donc en savoir bien plus long à son sujet que vous ne m'en avez dit jusqu'ici!

Il était devenu impossible de se dérober et, tout bien considéré, collaborer représentait peut-être la meilleure façon d'aider Lucius Stourbridge. Quelle que fût la vérité, ce dernier devrait l'affronter un jour, au moins en partie. Certains détails pourraient certes lui être épargnés, mais non le principal. Si Miriam Gardiner avait joué un rôle dans le meurtre, on l'apprendrait tôt ou tard. Alors, Monk ne pourrait plus protéger Lucius.

Il rapporta donc à Robb son premier entretien avec le jeune homme, puis sa visite à Bayswater. Il s'en tint au minimum nécessaire, gardant pour lui ses propres impressions, et précisant seulement qu'il accordait foi à tous les témoignages recueillis jusque-là.

Robb l'écoutait, songeur, en se mordant la lèvre.

— Et personne n'a émis la moindre suggestion sur ce qui a pu faire fuir Mrs. Gardiner de cette façon? s'enquit-il lorsque Monk se tut.

— Non.

— Où Treadwell avait-il travaillé avant d'être employé par les Stourbridge? Où est-il né?

Monk se sentit rougir. Il s'agissait là de questions fondamentales qu'il n'avait pas songé à poser. C'était un oubli stupide. Il avait concentré son attention sur Miriam, n'envisageant Treadwell que comme le conducteur de la voiture. Honteux, il fut tenté de se défendre, mais ne sut que dire pour justifier sa négligence.

— Je l'ignore.

Robb n'insista pas: c'était un garçon plein de tact. Toutefois, il semblait vaguement soulagé.

— Et Mrs. Gardiner, que savez-vous d'elle?

Cette fois, Monk pouvait répondre. Il le fit de façon exhaustive. Robb l'écouta avec la plus grande attention.

— Ainsi, déclara-t-il après quelques instants de réflexion, une liaison entre Mrs. Gardiner et ce cocher ne paraît guère probable, mais elle n'est pas exclue. C'est tout de même à lui que la dame s'est adressée lorsqu'elle a voulu partir, semble-t-il. Vous n'avez toujours pas le moindre soupçon sur le motif de son départ ?

— Non.

Robb émit une sorte de grognement contrarié.

— Écoutez, je ne puis vous empêcher de la rechercher de votre côté, bien sûr, et peut-être même la trouverez-vous le premier. Mais si elle a quelque chose à voir avec ce crime, ne serait-ce qu'en qualité de témoin, et que vous la protégez, soyez sûr que je n'hésiterai pas une seconde à vous faire inculper.

Son jeune visage affichait la plus grande détermination. Monk acquiesça.

— Bien sûr. Je ferais la même chose à votre place.

Il sourit faiblement.

— Quoi qu'il en soit, je vous sais gré de votre obligeance. Je pense que nous serons amenés à nous revoir. Bonne soirée.

Monk arriva chez lui à Fitzroy Street peu avant sept heures. Trouver le dîner prêt et Hester qui l'attendait lui procura une satisfaction intense. La maison était propre et il flottait une légère odeur de lavande et d'encaustique. Des fleurs fraîches trônaient dans un vase, sur la table recouverte d'une nappe blanche brodée au point de croix. Le couvert était dressé, avec assiettes en porcelaine et argenterie. Hester servit un pâté de gibier en croûte, fait d'une pâte croustillante et accompagné de légumes chauds, puis une crème aux œufs parsemée de muscade rapée et, enfin, du fromage et du pain frais. Il y eut même quelques fraises en dessert. Monk s'étira avec un sentiment de bien-être immense et regarda Hester débarrasser.

Son plaisir fut total lorsqu'il la vit revenir, vingt-cinq minutes plus tard, pour passer le reste de la soirée à bavarder. Il voulait lui parler de Treadwell, ainsi que de Robb et de son grand-père.

— As-tu retrouvé la voiture ? demanda la jeune femme en s'asseyant.

— Oui. Et Treadwell également.

Il lui raconta sa journée, de sa rencontre avec le sergent Robb à la visite à la morgue en compagnie de Stourbridge père et fils.

— Où a-t-on trouvé le corps ? interrogea Hester quand il eut terminé.

— Dans l'allée d'une maisonnette de Green Man Hill, en bordure de la lande.

— Mais c'est tout près de l'hôpital ! s'exclama-t-elle. Une ou deux de nos infirmières habitent là-bas.

— Je ne pense pas que Treadwell cherchait une infirmière !

Tout en prononçant ces paroles, Monk se souvint de sa visite chez Robb et il songea à la pauvreté dans laquelle vivaient le policier et son grand-père. Le retour de Robb dans son foyer avait dû être bien différent du sien : ni femme aimante, ni dîner préparé ! Et il ne passerait pas la soirée à converser paisiblement en profitant des derniers rayons du soleil. Non, il retrouvait un vieil homme malade qu'il devait soigner, laver, nourrir, nettoyer, et qui frôlait le désespoir.

— Qu'y a-t-il ? demanda doucement Hester, comme si elle avait lu dans ses pensées, ou du moins perçu son émotion.

Il lui raconta sa visite chez Robb, laissant libre cours à ses sentiments en une sorte de libération bienfaisante. La nécessité de ne rien exprimer lui avait coûté sans qu'il s'en rendît compte. À présent, il savait qu'Hester le comprenait, aussi sûrement que si elle avait répondu à chacune des phrases qu'il prononçait, bien qu'elle prît soin de ne pas l'interrompre. Elle attendit qu'il se tût.

— Je vais aller le voir, décida-t-elle. Peut-être que l'hôpital pourra...

— Non, tu n'iras pas ! s'écria-t-il sans la laisser achever.

Pourquoi avait-il réagi ainsi ? À vrai dire, il l'ignorait, mais une chose était sûre : il ne voulait pas s'immiscer dans la vie de Robb, même par épouse interposée, car le policier ne manquerait pas d'en déduire que Monk jugeait qu'il ne s'occupait pas bien du vieillard.

Hester se raidit.

— Je te demande pardon ?

À présent, il devait s'assurer qu'elle le comprenait bien et que les choses étaient claires entre eux : dans un couple, c'était l'homme qui détenait l'autorité.

— Il n'est pas question que tu interviennes, déclara-t-il d'un ton sans appel.

Il ne fournit aucune explication. Ses raisons étaient bonnes, il n'en doutait pas, mais le problème n'était pas là. S'il entreprenait de se justifier maintenant, Hester exigerait à l'avenir qu'il le fît à chaque fois.

— Ce serait inopportun.

— Pourquoi ? insista-t-elle, les yeux brillants de défi.

— Je ne souhaite pas en discuter, rétorqua-t-il. Je te l'ai dit, c'est suffisant.

Il se leva pour signifier que le débat était clos. Hester l'imita.

— Serais-tu en train de décider à ma place si je peux ou ne peux pas faire ce que j'estime juste, William ? interrogea-t-elle d'une voix profonde et précise, en détachant chaque mot.

— Tu peux faire ce qui est juste, répondit-il avec un léger sourire de soulagement, parce qu'elle venait de lui offrir une échappatoire. Toujours. Mais cela ne l'est pas.

— En d'autres termes, je suis autorisée à faire tout ce que toi, tu estimes juste, c'est ça ?

— Tu y es autorisée. Tu n'y es pas obligée. C'est à toi de décider.

Sur ces mots, il quitta la pièce pour gagner son bureau, laissant une Hester furieuse. Il n'avait pas désiré cet affrontement, mais seule la victoire comptait. Il existait toutes sortes de raisons pour lesquelles il devait rester le maître sous son propre toit, pour leur bonheur à tous deux. Quand Hester se serait apaisée, elle apprécierait cette fermeté.

Il demeura dans son bureau durant plus d'une heure, mais elle ne vint pas le rejoindre. Tout d'abord, elle lui manqua, puis il éprouva une certaine irritation. Elle se montrait puérile. Elle ne pensait tout de même pas qu'elle pourrait n'en faire qu'à sa tête dans tous les domaines !

Pourtant, elle avait toujours agi à sa guise jusque-là ! Ébranlé, il se rappela qu'avec son tempérament volontaire elle avait mené sa barque comme bon lui semblait. Du temps où elle travaillait comme infirmière à l'hôpital, ses supérieurs n'avaient pu tolérer son esprit d'indépendance... et ils l'avaient renvoyée ! Hester avait coutume d'agir avec détermination et ne craignait pas de dire haut et fort ce qu'elle pensait, même dans les moments les plus mal choisis, et avec une fougue qui ajoutait encore à la violence de ses points de vue. Il en avait ri, d'ailleurs, lorsque ce n'était pas lui qui se trouvait visé. Cela devenait moins drôle quand il l'était.

Toutefois, elle ne devait pas bouder. De tels enfantillages étaient inacceptables. Il se leva et partit à sa recherche. Cela ne pouvait durer.

Assise à la table de la salle à manger, elle écrivait. Elle leva la tête en l'entendant entrer.

— Ah, très bien, lança-t-elle avec un sourire. Tu es venu pour m'en dire un peu plus. J'étais sûre que tu reviendrais. La bouilloire est sur le feu. Veux-tu une tasse de thé ? Il y a aussi du gâteau.

Alors, il songea à la nuit à venir, s'imagina allongé près d'elle. Le corps féminin, chaud et mince, serait soit rigide et détourné de lui, soit tendre et réceptif entre ses bras. Plus encore, il se souvint de tout ce qu'ils avaient partagé et qui comptait bien davantage qu'un ridicule conflit d'autorité, que d'absurdes conventions sociales. Le problème pouvait bien attendre d'être réglé une autre fois. Il y aurait certainement d'autres batailles, des dizaines d'autres, des centaines peut-être.

— Volontiers, répondit-il en s'asseyant en face d'elle. Une tasse de thé sera la bienvenue, merci. Et je veux bien du gâteau.

Docile, avec un léger sourire, elle se leva et disparut dans la cuisine.

CHAPITRE IV

Le lendemain matin, Monk se lança à la recherche de Miriam Gardiner. Une difficulté nouvelle compliquait sa mission : il fallait agir tout en veillant à ne pas mettre Robb sur la voie. Car il se gardait bien de sous-estimer l'intelligence du policier. Leurs conversations lui avaient démontré que lui-même ne pensait pas toujours à tout, et ce souvenir restait pénible pour lui.

Les chevaux étaient des animaux sensibles aux habitudes. Si Treadwell avait coutume de les conduire à Hampstead avant le jour tragique, ils s'étaient, selon toute probabilité, dirigés vers un point qui leur était familier.

Cette paisible matinée d'été trouva donc Monk dans Lyndhurst Road dès sept heures, observant les façades proprettes des maisons, les jardinets bien entretenus, les marches blanches des perrons.

Lucius Stourbridge lui avait donné l'adresse de Miriam. Le détective s'y était bien sûr rendu dès le début de l'enquête, mais ses questions n'avaient mis en relief qu'une totale ignorance, assortie d'une inquiétude croissante. Sans doute Robb débuterait-il par là lui aussi.

Monk laissa un instant le soleil paresseux lui réchauffer les épaules, tandis que lui parvenaient les bruits du petit matin, les portes des cuisines qui s'ouvraient et se refermaient, le claquement occasionnel d'un manche à balai battant un tapis. Les garçons de courses faisaient résonner leurs talons sur les pavés, et le pas irrégulier de l'un d'eux, chargé d'un lourd seau de charbon, se distinguait dans l'animation générale de la rue. Toutefois, une seule pensée préoccupait Monk : où se trouvait Miriam au moment du meurtre de James Treadwell ? Était-elle présente ? Si oui, y avait-il eu une tierce personne ou la jeune femme avait-elle tué de ses propres mains ? D'après le médecin légiste, la victime était décédée à la suite d'un coup unique, extrêmement puissant, mais qui avait très bien pu être infligé par une femme, pour peu qu'elle disposât de l'arme adéquate. Et Treadwell n'était pas mort sur le coup : il avait rampé sur une certaine distance, sans doute pour chercher de l'aide. Ni Robb ni le médecin n'avaient émis d'hypothèses sur le lieu où s'était déroulé le meurtre, mais la distance parcourue par le blessé ne pouvait être longue.

Miriam l'avait-elle frappé, pour s'enfuir aussitôt ? Était-elle remontée dans la voiture, avait-elle pris les rênes ? Dans ce cas, pourquoi avoir abandonné l'attelage si près de la victime ?

Peut-être, sous l'emprise de la panique, avait-elle simplement couru droit devant elle, de façon instinctive. Elle ne devait guère connaître les chevaux et, selon toute probabilité, était incapable de les diriger.

Et s'il y avait eu une troisième personne ? Miriam avait-elle assisté au meurtre, puis pris la fuite pour échapper à la mort ? À moins qu'elle n'eût rien vu du tout...

Il n'apprendrait rien en demeurant inactif, à regarder le monde s'éveiller autour de lui sous le soleil. Il se dirigea donc vers la maison la plus proche et frappa. Une bonne vint lui ouvrir, surprise. Elle s'apprêtait à lui indiquer l'entrée de service, que les démarcheurs devaient utiliser au lieu d'avoir l'impertinence d'arriver par la grande porte, mais son regard descendit lentement du veston impeccable aux chaussures cirées et elle se ravisa.

— Oui, monsieur ? fit-elle en repoussant d'un geste absent une mèche de cheveux qui lui retombait sur les yeux. Je suis désolée, mais mon maître n'est pas encore réveillé. Enfin... je veux dire... il n'a pas encore pris son petit déjeuner...

Monk esquissa un sourire.

— Je suis sûr que vous pourrez m'aider sans avoir à déranger la maisonnée. Je crains de m'être perdu, je ne connais pas bien le quartier. Je cherche une certaine Mrs. Gardiner. Je crois qu'elle n'habite pas très loin d'ici.

Il savait pertinemment que Miriam vivait cinq maisons plus loin, mais il cherchait à en apprendre le maximum de la bouche d'une personne qui n'avait pu manquer de la remarquer et connaissait sans doute les rumeurs véhiculées par les domestiques au sujet des uns et des autres. Si Miriam avait été liée à Treadwell d'une manière ou d'une autre, sans doute le couple se montrait-il moins discret ici qu'à Cleveland Square.

— Mrs. Gardiner ? Oh oui ! s'exclama-t-elle avec vivacité.

Elle sortit sur le perron et désigna une maison sur la droite.

— La quatrième porte de ce côté-ci... Ou peut-être la cinquième. En tout cas, c'est au numéro huit, là-bas. Vous pouvez pas la rater.

— Savez-vous si elle est chez elle en ce moment ? demanda-t-il sans bouger d'un pouce.

— Alors là, j'en sais rien du tout ! Ça fait bien une semaine que je l'ai pas vue passer. Il paraît qu'elle se remarie, ça me fait bien plaisir pour elle !

— N'est-ce pas avec un monsieur d'un certain âge qui vit à un mile d'ici ? interrogea Monk.

— Alors ça, aucune idée ! répondit la fille. Mais je crois pas. Son amoureux vient toujours la voir en voiture. Un bel attelage, avec les chevaux les mieux assortis que j'aie jamais vus. Ils trottent exactement du même pas, au point qu'on dirait des machines.

— Ils sont de la même couleur ?

— La couleur, ce n'est pas important, rétorqua-t-elle

avec une impatience mal dissimulée. C'est la taille et l'allure qui font qu'ils vont bien ensemble.

— Vous vous y connaissez en chevaux ?

— Mon père était cocher, expliqua-t-elle. Le meilleur de tous, même si c'est pas à moi de dire ça...

Il lui sourit. La fierté avec laquelle elle évoquait son père avait quelque chose de touchant.

— J'ai l'impression que vous avez vu la voiture passer plus d'une fois, non ? Et le cocher, était-il doué ?

— Pas mal, répondit-elle après réflexion. Mais pas comme mon père, évidemment. Il avait la main un peu lourde.

— L'avez-vous vu récemment ? J'aimerais bien lui parler.

— Oh, ça fait plusieurs jours qu'il n'est pas passé, affirma-t-elle en secouant la tête, les sourcils froncés, comme si cette constatation l'étonnait soudain. Mais il vient souvent par ici. Je le vois dans la grand-rue, de temps en temps. C'est les chevaux que je reconnais, bien sûr. À chaque fois, il se dirige vers la lande.

— Vous voulez dire... Il ne va pas chez Mrs. Gardiner ? Alors il va boire un verre dans un pub, peut-être ?

— Il n'y a pas de pubs de ce côté-là, fit-elle remarquer. Non, il doit connaître quelqu'un du quartier.

— Je vous remercie. Je vous remercie beaucoup.

Il fit un pas en arrière.

— Au revoir.

Du haut du perron, elle le regarda s'éloigner en souriant, puis rentra dans la maison pour reprendre des activités bien moins intéressantes.

Monk discutait avec un jardinier occupé à arracher les mauvaises herbes lorsqu'il vit le sergent Robb apparaître à l'angle de la rue et se diriger vers lui, les sourcils froncés, plongé dans ses pensées. Il se réjouit : le policier était trop concentré pour l'avoir remarqué. Sans doute était-il aussi désireux que lui-même de retrouver Miriam. Monk devait le devancer, ne fût-ce que pour donner le temps à la jeune femme de préparer ce qu'elle dirait à la police.

Il remercia le jardinier, tourna les talons et s'éloigna à grands pas, en prenant soin de ne pas attirer l'attention sur lui. Il s'engagea dans la première rue qu'il croisa et se retourna.

Il ne vit pas passer Robb. Ciel ! Ce dernier avait dû s'arrêter pour interroger le même jardinier. C'était logique. L'homme lui expliquerait que la voiture conduite par Treadwell descendait régulièrement la rue depuis un an environ. Robb lui demanderait ensuite quel était cet individu avec lequel il venait de s'entretenir, et le jardinier raconterait qu'il venait de fournir les mêmes renseignements. Même si le policier n'avait pas reconnu Monk à sa carrure et à ses vêtements élégants, il comprendrait. De qui d'autre aurait-il pu s'agir ?

Qu'avait fait James Treadwell dans ce quartier lorsqu'il n'y venait pas pour véhiculer Miriam Gardiner sur le trajet entre son domicile et celui de Lucius Stourbridge ? Avait-il de la famille ici ? Était-ce une femme, voire *des* femmes ? Ou venait-il là pour affaires ?

Trois heures durant, Monk passa le quartier au peigne fin, interrogeant garçons de courses et petites bonnes. Il arrêta un homme qui livrait du charbon pour les cuisines, où il fallait alimenter le poêle même en cette chaude journée d'été ; la sueur qui dégoulinait en grosses gouttes traçait des sillons dans la poussière de charbon qui lui maculait le visage.

Deux fois encore, il évita Robb de justesse. Il parla à un crieur de journaux et à un garçon chargé d'un plateau de sandwiches au jambon, auquel il acheta de quoi se constituer un déjeuner tardif. La plupart des gens étaient heureux de dire qu'ils connaissaient Miriam Gardiner, au moins de vue, et ils souriaient en l'évoquant.

En revanche, tous savaient que Treadwell avait été assassiné et nul ne souhaitait être associé au crime, de près ou de loin. Oui, ils l'avaient vu par le passé, non, pas ces derniers jours, et certainement pas le soir où le cocher avait trouvé la mort. Alors, ils considéraient Monk d'un regard vide, en secouant la tête. Le détective se contenta d'espérer qu'ils adopteraient la même attitude face à Robb.

Il ne lui restait plus qu'à se rapprocher du lieu où avait été retrouvé le corps, et à tenter de nouveau sa chance. Il marcha d'un pas lent sur le trottoir ensoleillé. C'était un quartier agréable, avec des enfilades de petites maisons respectables. À l'intérieur, les salons devaient être proprets et peu aérés, rarement utilisés, surchargés de tableaux et de broderies appelant à la crainte de Dieu, auxquels s'ajoutait parfois un portrait de famille où l'on posait fièrement en habits du dimanche. C'était dans les cuisines et dans les chambres que l'on vivait surtout. On disait les prières matin et soir. Les générations étaient recensées dans la Bible familiale, que l'on ouvrait une fois par semaine. La matinée du dimanche se déroulait dans une grande sobriété, contrairement au samedi soir, très arrosé, du moins pour les hommes.

Monk s'efforça de deviner ce que pouvait faire Treadwell lorsqu'il venait là. Rencontrait-il des amis, une femme ? Pourquoi pas ? Sans doute n'était-il pas assez stupide pour se lier à une servante de la maison Stourbridge ou nouer une relation intime susceptible d'être remarquée par les autres domestiques.

Venait-il pour acheter ou payer quelque chose, ou encore pour régler ou se faire rembourser une dette ? Ou cherchait-il simplement à échapper à son quotidien de serviteur ? Ici, l'espace d'une heure ou deux, il pouvait devenir son propre maître.

Monk traversa la rue sans hâter le pas, car il n'avait encore rien décidé. Une jeune femme le croisa. Elle portait un uniforme amidonné de bonne d'enfants et tenait une fillette par la main. De temps à autre, la petite effectuait un bond sur le côté, faisant danser le ruban de ses cheveux, et la femme lui souriait. Au loin, du côté de la lande, sans doute, jouait un orgue de Barbarie.

Lorsque Treadwell venait par ici, il ne pouvait laisser

la voiture et les chevaux sans surveillance. Même s'il ne s'arrêtait que pour boire un verre, il lui fallait leur trouver un lieu adéquat. Or, un attelage comme celui-là ne passait pas inaperçu aux yeux de quiconque connaissait les chevaux et, dans le secteur, les écuries où l'on pouvait les faire garder se comptaient sur les doigts de la main. La plupart des habitants empruntaient en effet les transports publics — cabs ou même omnibus — et parcouraient les courts trajets à pied.

En face de lui, Monk aperçut un commerce. Il n'était qu'à un quart de mile de chez Miriam Gardiner et cela lui parut un point de départ idéal. Il accéléra l'allure. À présent, il avait un objectif.

Il poussa la porte et une cloche tinta quelque part dans l'arrière-boutique. Un homme d'un certain âge surgit aussitôt de derrière une tenture, tout sourire.

— Bonjour, monsieur ! Belle journée, n'est-ce pas ? Que désirez-vous ? Du thé, des bougies, une demi-livre de bonbons à la menthe, peut-être ?

D'un geste de la main, il désigna le désordre qui régnait autour de lui et qui, selon toute apparence, renfermait tous ces articles et bien d'autres.

— Ou alors une carte postale à un penny ? Une pelote de ficelle, on en a toujours besoin, ou encore de la cire à cacheter ?

— Une pelote de ficelle et de la cire à cacheter me semblent très utiles, acquiesça le détective. Et quelques bonbons à la menthe seront les bienvenus par une journée aussi chaude. Merci.

Le commerçant hocha plusieurs fois la tête, satisfait, puis se mit en quête des produits demandés.

— Mrs. Gardiner m'a assuré que je trouverais ici tout ce dont je pourrais avoir besoin, lança Monk sans quitter l'homme des yeux.

— Ah bon, c'est vrai ? répondit l'autre sans relever la tête. Ah, pour sûr, c'est une bien gentille dame ! Je suis content de la voir se remarier, pour ça, oui. Elle a été veuve trop tôt, on peut le dire. Ah, voilà la cire, ajouta-t-il en brandissant celle-ci triomphalement. Elle a une belle couleur, je trouve, pas trop orange. Je n'aime pas quand elle est trop orange. Rouge comme ça, c'est mieux !

— Cela doit faire un bon bout de temps que vous la connaissez, fit remarquer Monk d'un ton badin, tout en hochant la tête pour manifester sa satisfaction quant à la couleur de la cire.

— Mon Dieu, oui ! Depuis qu'elle est arrivée ici, quand elle était toute jeunette, pour sûr. Pauvre petite chose !

Monk tressaillit. Comment encourager les confidences sans paraître ni ignorant ni trop curieux ?

L'homme avait localisé la ficelle. Il se redressa, une pelote dans chaque main.

— Et voilà, monsieur ! s'exclama-t-il, le visage brillant de sueur. Laquelle préférez-vous ? Celle-là est très bien pour les paquets, et l'autre est plus lisse, elle convient mieux pour attacher les fleurs. Elle n'abîmera pas les tiges, vous voyez...

— Je vais prendre les deux, répondit Monk tout en cherchant désespérément le moyen de le faire parler. Et deux bâtons de cire. Vous avez raison, la couleur est belle.

— Parfait ! Parfait ! Et les bonbons à la menthe. Ne pas oublier les bonbons à la menthe !

Il posa la ficelle sur le comptoir et disparut de nouveau au-dessous. Monk espéra que c'était la cire, et non les friandises, qu'il cherchait au fond de ce poussiéreux réduit.

— Je ne m'étais pas rendu compte qu'elle était aussi jeune quand elle est arrivée ici, reprit-il en espérant que sa voix ne sonnait pas trop faux.

— Mon Dieu, guère plus de douze ou treize ans, pour sûr ! répondit l'homme, désormais à quatre pattes sous le comptoir.

Il tira de sa réserve une grande boîte remplie d'enveloppes et de papier de lin.

— Pauvre amour ! Elle était si petite. Et seule au monde, à ce qu'il semblait ! Je veux dire, à l'époque. Tout de suite, bien sûr, notre chère Cleo l'a recueillie chez elle.

Il replaça la boîte, pour en tirer une autre pleine de feuilles. Monk n'avait que faire de la cire à cacheter, mais il n'était pas question d'interrompre son interlocuteur.

— Quelle brave femme, cette Cleo Anderson ! enchaîna ce dernier avec véhémence. Un cœur d'or, personne ne vous dira le contraire.

— Je vous en prie, ne vous donnez pas tant de mal, fit Monk, confus de voir l'homme se démener. À vrai dire, je n'ai pas besoin de tant de cire, c'était surtout parce que la couleur me plaisait.

— Ne jamais s'avouer vaincu ! marmonna le commerçant des profondeurs de son réduit. C'est ce qu'on disait à Trafalgar... et j'imagine qu'on devait dire pareil à Waterloo... On ne doit jamais laisser un client repartir insatisfait.

— Je suppose que vous connaissez aussi Mr. Treadwell ? hasarda Monk.

— Non, ça ne me dit rien... Ah, la voilà ! Je savais bien qu'il m'en restait quelque part. Une demi-boîte de bâtons de cire.

Il se dégagea à reculons et se redressa, les épaules couvertes de poussière, une boîte sans couvercle à la main.

— Voilà, voilà, monsieur. Combien en désirez-vous ?

— Je vais en prendre trois, merci, répondit Monk tout en se demandant ce qu'il pourrait en faire. Y aurait-il une cour d'écurie dans le quartier ?

Le commerçant se pencha par-dessus son comptoir et désigna la gauche du magasin.

— À un demi-mile, par là, après le croisement. Vous ne pouvez pas la manquer. Justement, c'est tout près de chez Mrs. Anderson. Mais vous devez connaître, si vous êtes un ami de Mrs. Gardiner. En tout, ça fera dix pence et demi, s'il vous plaît. Ah... et voilà aussi les bonbons. Ce qui fera deux pence supplémentaires, s'il vous plaît, monsieur.

Monk prit le paquet, remercia et paya, puis se mit en marche dans la direction indiquée, ravi de ce qu'il venait d'apprendre, même si les détails de l'enfance de Miriam n'avaient de valeur que s'ils pouvaient expliquer sa conduite insolite ou révéler le lieu où elle s'était réfugiée.

Il découvrit l'écurie à l'endroit indiqué.

Il s'adressa à un vieil homme aux jambes arquées qui suçait un brin de paille et sentait l'étable, la sueur de cheval, la paille et le cuir.

— Oui, répondit ce dernier. Il venait souvent. Une belle paire de bêtes !

— Il s'en sort bien avec les chevaux ? s'enquit Monk.

— Je ne dirais pas qu'il était bon, fit le palefrenier, méditatif, mais ça pouvait aller.

Il considéra le détective à travers ses paupières plissées, attendant des explications. Monk esquissa une grimace de dégoût.

— Ce n'est pas ce qu'il m'a dit. J'ai bien fait de venir vérifier.

— Ça n'a plus guère d'importance maintenant ! lança l'homme, avant de cracher la paille. Il a passé l'arme à gauche, le sagouin. C'est pas que je le regrette, remarquez. Il me prenait de haut, ça, on peut le dire ! Il avait un sacré culot ! Mais je serais quand même pas allé jusqu'à lui souhaiter une fin pareille. Vous êtes pas du coin, vous... Sinon, vous sauriez qu'il est mort. Assassiné. Devant chez Mrs. Anderson. Une brave femme, ça, y a pas à dire. Si vous saviez comme elle s'est occupée de mon Annie, c'était quelque chose ! Rien n'était trop compliqué pour elle !

Monk saisit l'occasion offerte.

— Oui, c'est une femme très bien, approuva-t-il. C'est elle qui avait recueilli Mrs. Gardiner, non ? Quand elle était enfant.

Le palefrenier choisit un autre brin de paille, qu'il plaça entre ses lèvres.

— Ah oui. On avait trouvé la pauvre gamine en train

de traîner dans le quartier, complètement hystérique. Elle disait des choses sans queue ni tête, une vraie folle, et elle se rappelait même pas comment elle s'appelait, la malheureuse ! C'est Cleo qui l'a prise chez elle. Elle l'a lavée et elle l'a élevée comme sa fille. C'est pas de chance que ce propre-à-rien se soit fait assassiner pratiquement sur le pas de sa porte. Ça amène des ennuis et ça, on n'en a pas besoin...

— On ne peut pas éviter les accidents, déclara le détective, sentencieux.

Toutefois, sa pensée était ailleurs, occupée à imaginer ce qui avait pu arriver à la jeune Miriam pour susciter chez elle une telle souffrance mentale. Il n'avait aucune peine à se représenter cet état : il lui suffisait de se souvenir de sa propre panique, après son accident, et des horreurs qu'il avait ensuite découvertes en lui-même. Avait-elle vécu une expérience similaire ? Avait-elle également oublié qui elle était ? Était-ce cela qui l'avait terrifiée quelques jours plus tôt, et poussée à s'éloigner de Lucius, qui l'aimait tant ?

Le palefrenier cracha son bout de paille.

— C'était pas un accident, je vous ai dit ! protesta-t-il. Il a été assassiné ! Un grand coup sur la tête et c'était réglé !

Cet emportement inattendu ramena Monk à la réalité.

— Il laissait souvent ses chevaux ici ? s'enquit-il.

— Je vous l'ai déjà dit, non ? Oui, il venait souvent. C'est la meilleure écurie à des miles à la ronde, alors ! Sur les chevaux, je sais tout ce qu'il faut savoir, et même plus !

Monk lui sourit et jeta un coup d'œil à l'animal le plus proche.

— Je veux bien vous croire, dit-il d'un ton de connaisseur. Cela se voit, d'ailleurs. Et votre opinion de Treadwell rejoint ce que j'avais moi-même conclu : un petit poseur content de lui !

L'homme parut satisfait. Il hocha la tête.

— C'est exactement ce que j'ai dit à ce policier qui est venu me poser des questions tout à l'heure. Ce Treadwell, c'était pas un type bien, que je lui ai dit. Il suffit de regarder un gars tenir un cheval pour savoir ce qu'il vaut.

Monk le remercia et repartit, digérant les renseignements qu'il venait de recueillir, non seulement sur les habitudes de Treadwell, mais aussi sur la vie étrange de Miriam, et sur cette coïncidence (mais en était-ce une ?) qui avait voulu que le cocher vînt expirer devant chez celle qui avait recueilli sa passagère une vingtaine d'années auparavant. Et bien sûr, Robb avait eu la même idée.

Dans la rue, il avança de nouveau avec lenteur, mais en prenant soin de ne pas mettre les mains dans ses poches, afin de ne pas déformer son habit. Pourquoi craignait-il tant de mener Robb jusqu'à Miriam ? La réponse était douloureuse. En réalité, il redoutait de découvrir que la jeune femme était impliquée dans le meurtre, même indirectement. Car elle se cachait certes de Lucius, mais aussi de la police. Pourquoi ? Que représentait Treadwell pour elle ? Était-il autre chose que le cocher des Stourbridge ? Que savait-il, ou qu'avait-il soupçonné ?

Le moment était venu de rencontrer Cleo Anderson. Soucieux de ne pas croiser Robb, il approcha avec prudence. Il venait de s'engager dans Green Man Hill lorsqu'il vit le policier traverser la rue. Il s'immobilisa brutalement, pencha la tête et porta les deux mains devant son visage, comme pour allumer un cigare. Puis il se détourna, imitant le mouvement du fumeur qui cherche à protéger sa flamme du vent. Sans relever la tête en dépit de la tentation intense, il se remit en marche et tourna au premier croisement.

Lorsqu'il s'arrêta, il constata avec un certain agacement qu'il tremblait. C'était absurde. Avoir peur d'un sergent de police ! Quelques années plus tôt à peine, tous les sergents de Londres redoutaient son nom et prêtaient l'oreille lorsqu'ils l'entendaient. Les gens se souciaient de l'opinion qu'il avait d'eux, cherchaient à lui être agréables et craignaient son mépris, que celui-ci fût mérité ou non.

Comme les choses avaient changé ! Et comme il se sentait ridicule à présent, debout dans cette rue à faire semblant d'allumer un cigare imaginaire afin que Robb ne vît pas son visage ! Si le policier était allé chez Cleo Anderson, que ce fût parce qu'il connaissait ses liens avec Miriam ou simplement parce que Treadwell avait été découvert devant chez elle, il était inutile d'attendre son départ ici. L'entretien pouvait durer une heure ou deux. Mieux valait aller dîner, puis revenir en début de soirée, lorsque Robb serait rentré chez lui pour s'occuper de son grand-père.

Il fit un bon repas, puis tua le temps en interrogeant de nouveau les gens au hasard des rencontres, prétendant que sa sœur, jeune mariée, souhaitait s'établir dans le quartier. La récolte se révéla satisfaisante : le nom de Miriam fut prononcé alors qu'on évoquait une société de botanique, les amis d'un groupe de missionnaires en Afrique, un cercle littéraire qui se réunissait un vendredi sur deux pour parler de livres, ainsi que les bonnes œuvres de l'église. Monk s'en voulut de ne pas avoir songé plus tôt à cette dernière. Dès le lendemain, il réparerait cette omission.

Les ombres s'allongeaient entre les maisons lorsqu'il se résolut enfin à sonner à la porte de Cleo Anderson. L'infirmière l'accueillit avec une amabilité d'autant plus louable qu'elle venait de sacrifier une bonne part de sa fin d'après-midi à répondre aux questions du sergent Robb. Sans doute avait-elle pris Monk pour un patient. Après tout, soigner les malades était son métier.

— Bonsoir, mon garçon, que puis-je faire pour vous ? s'enquit-elle, tout en se préparant à claquer la porte si le visiteur tentait de pénétrer de force.

Monk prit soin de demeurer en retrait.

— Bonsoir, Mrs. Anderson, répondit-il. Je m'appelle

William Monk et Mr. Lucius Stourbridge m'a chargé de retrouver Miriam Gardiner. Comme vous le savez peut-être, celle-ci a disparu alors qu'il donnait une réception en son honneur et il est fou d'inquiétude à son sujet.

Il s'interrompit, le temps de lire l'anxiété sur son visage. La respiration de son interlocutrice s'était accélérée, son corps crispé.

— Pouvez-vous m'aider ? ajouta-t-il à mi-voix.

Cleo Anderson demeura immobile quelques instants, puis recula d'un pas et ouvrit grande la porte.

— Entrez, dit-elle.

Il la suivit dans un couloir assez étroit qui desservait trois pièces et elle ouvrit la dernière des portes. Monk se retrouva alors dans un salon propre et étonnamment clair. Des fauteuils confortables étaient disposés autour d'une cheminée et plusieurs buffets s'adossaient aux murs, équipés de serrures de cuivre sans clés.

— Alors c'est Mr. Stourbridge qui vous envoie ? lança-t-elle d'une voix hésitante.

Cette pensée ne semblait guère la réconforter. Elle était toujours aussi crispée, ses poings serrés à demi dissimulés par les plis de sa jupe.

Monk avait marché des heures et ses pieds le faisaient atrocement souffrir, mais il ne pouvait s'asseoir sans y avoir été invité.

— Il a très peur qu'il ne soit arrivé quelque chose à Mrs. Gardiner, expliqua-t-il. Surtout après ce que Treadwell, son cocher, a subi.

Cleo Anderson prit une inspiration avide, luttant visiblement pour ne rien laisser paraître de son trouble.

— Mais je ne sais pas où elle est ! affirma-t-elle. Je ne l'ai pas vue depuis le matin du jour où elle est allée à Bayswater. Elle m'avait parlé de cette fête, bien sûr...

Elle posa sur Monk un regard clair et il eut le sentiment qu'elle lui mentait. Il y avait de la peur sur ce visage tendu vers lui, mais rien, en revanche, qui ressemblât à de la culpabilité.

— Mr. Stourbridge est très attaché à elle, insista le détective. Il n'agit que dans l'intérêt de Miriam, pour son bonheur.

— Je le sais.

La voix de la femme était altérée par l'émotion. Elle prit une nouvelle inspiration, battant plusieurs fois des paupières, comme pour retenir des larmes.

— C'est un jeune homme très bien, reprit-elle. Mais cela ne change rien. Dieu m'est témoin.

Elle allait poursuivre, mais se ravisa et demeura silencieuse.

— C'est vous qui avez trouvé Miriam, la première fois, n'est-ce pas ? demanda Monk d'un ton empli de bienveillance.

Elle hésita.

— Oui, c'était il y a longtemps. Ce n'était encore qu'une enfant. Douze ou treize ans à peine...

Elle lui décocha un regard plein de douleur, mais aussi de défi.

— Elle avait eu un accident. Je ne sais pas ce qui lui était arrivé, mais elle était dans un état épouvantable. Et puis, comme personne n'est venu la réclamer, je l'ai prise chez moi, évidemment. La pauvre gosse...

Elle n'avait pas détaché les yeux du visage de Monk.

— J'ai attendu des jours, des semaines, des mois, mais personne ne semblait la rechercher. Alors j'ai pris soin d'elle comme si c'était ma propre fille. Elle était terrorisée, affolée... Et elle ne se souvenait de rien.

Cleo Anderson avait ainsi recueilli et élevé Miriam jusqu'au mariage de la jeune fille avec un voisin de réputation honorable, que la mort avait frappé quelques années plus tard. La veuve avait alors hérité de revenus qui lui assuraient une existence modeste, mais confortable... jusqu'à sa rencontre avec Lucius Stourbridge, venu profiter du soleil sur la lande de Hampstead.

— Connaissiez-vous James Treadwell ? demanda Monk.

— Non.

La réponse avait fusé trop vite. Pourtant, le détective garda pour lui son scepticisme.

— Ainsi, Miriam n'avait pas d'autre famille que vous après l'accident...

Il laissa filtrer dans sa voix l'admiration sincère qu'il éprouvait. La tendresse marquait désormais les traits de l'infirmière. Si celle-ci avait laissé libre cours à ses sentiments, sans doute eût-elle pleuré en cet instant. Mais c'était une femme courageuse, qui côtoyait la tragédie au quotidien.

— Non, confirma-t-elle à mi-voix. Et comme je n'avais jamais eu d'enfant, j'ai été comblée.

— Vous avez dû être heureuse de la voir épouser un homme comme Mr. Gardiner, conclut-il.

— Bien sûr ! Il était extrêmement gentil. Plus âgé que Miriam, c'est vrai, mais il l'adorait... Et elle aussi l'aimait bien, d'ailleurs.

— Et son nouveau foyer était tout près de chez vous. Vous deviez être contente qu'elle vive à côté...

Elle sourit.

— Bien sûr. Mais vous savez, peu importe où elle habite du moment qu'elle est heureuse. Et elle aimait Mr. Stourbridge à un point ! Je n'avais jamais vu ça ! Elle s'illuminait dès qu'elle prononçait son nom.

Cette fois, les larmes se mirent à couler sur ses joues sans qu'elle pût les contrôler davantage.

— Que s'est-il passé, Mrs. Anderson ? fit Monk dans un souffle.

— Je n'en sais rien...

Il s'y attendait. N'était-ce pas son enfant unique qu'elle s'évertuait à protéger ?

— Mais vous avez bien dû voir Treadwell, ne serait-ce que de loin, quand Miriam venait vous rendre visite durant ses séjours à Bayswater, insista-t-il.

Elle hésita un instant.

— Je voyais un cocher, reconnut-elle. C'est tout.

Peut-être disait-elle vrai. Peut-être Treadwell n'avait-il rampé jusqu'à chez elle que parce qu'il avait entendu Miriam dire que Cleo était infirmière. Cela paraissait concevable, mais était-ce la réalité ?

— Qu'avez-vous dit au sergent Robb ?

Elle se détendit quelque peu. Il vit ses épaules s'affaisser sous le tissu sombre de sa robe d'infirmière, semblable à celle que portait Hester lorsqu'elle travaillait. Il fut surpris du sentiment de familiarité que lui inspirait cet uniforme.

— La même chose qu'à vous, répondit-elle. Je n'ai pas revu Miriam depuis le jour où elle est partie chez Mr. Lucius. Je ne sais pas où elle est maintenant et je n'ai aucune idée de ce qui a pu arriver à ce cocher, ni comment il a été tué, ni pourquoi... La seule chose que je sais, c'est que je connais Miriam depuis longtemps et que je ne l'ai jamais vue se mettre en colère ni lever la main sur qui que ce soit, et je veux bien être pendue si je mens...

Monk la croyait, du moins pour ce qui concernait ces derniers mots ; Cleo Anderson était convaincue de l'innocence de Miriam. Il doutait en revanche que cette mère adoptive n'eût pas la moindre idée du lieu où se cachait sa fille. Si celle-ci n'avait aucun problème, elle ne se serait pas enfuie de la maison Stourbridge comme elle l'avait fait et aurait donné signe de vie à son fiancé. Quelle que fût la nature de ses difficultés, n'était-il pas naturel qu'elle cherchât refuge auprès de Cleo Anderson, qui l'avait déjà secourue une fois déjà et lui avait, depuis, prodigué tant d'amour ?

— J'espère que l'on n'arrivera pas à de telles extrémités, déclara-t-il gravement.

Il prit congé sans rien ajouter. Il savait qu'elle ne répondrait plus à ses questions, sinon par des mensonges.

Il prit un omnibus pour regagner Fitzroy Street et fut heureux de s'asseoir enfin, aussi inconfortable et brimbalant que fût le véhicule. Durant le trajet, il laissa vagabonder ses pensées. Où Miriam avait-elle pu aller ? Elle était terrifiée et ne faisait confiance à personne, sauf peut-être à Cleo Anderson. En tout cas, pas à Lucius.

Près de lui, une grosse dame qui transpirait abondamment s'épongeait le visage avec un mouchoir. Un petit garçon émettait un son perçant à l'aide d'un sifflet, et les admonestations de sa mère restaient sans effet. Un vieux monsieur coiffé d'un chapeau melon rongeait son frein, inspirant l'air par un trou entre ses dents. Monk jeta un regard noir au garçonnet et le son strident s'interrompit net. Reconnaissant, l'homme adressa un sourire édenté à Monk.

Miriam n'avait pu s'adresser qu'à une personne qu'elle estimait digne de confiance, quelqu'un que Cleo jugeait fiable elle aussi, peut-être en raison d'une vieille dette contractée envers elle. Cleo était infirmière. Si elle ressemblait à Hester, ne fût-ce que de loin, sans doute pouvait-elle compter sur l'amitié de bon nombre d'anciens patients, prêts à lui rendre service en toute discrétion et sans poser de questions. C'était donc par là qu'il fallait débuter : retrouver d'anciens malades soignés par Cleo Anderson. Il s'adossa à son siège et se détendit, surveillant l'enfant du coin de l'œil, au cas où lui reprendrait l'envie de siffler.

Il faisait déjà chaud le lendemain lorsqu'à neuf heures moins cinq Monk parvint en lisière de la lande, d'où il comptait recommencer ses investigations. La voix d'un chiffonnier se répercutait dans le silence de cette paisible matinée tandis que le détective marchait en direction du sud. La rosée mouillait encore le sol sous les plus grands arbres, mais, à découvert, l'herbe était poussiéreuse.

Monk élimina d'office les patients qui possédaient une nombreuse famille et, bien sûr, ceux qui n'avaient pas survécu à leur maladie. Ses visites chez les uns et chez les autres lui firent découvrir toutes sortes de malheurs. Dévouée et désintéressée, Cleo Anderson jouissait d'une cote de popularité excellente et Monk n'entendit guère que des louanges à son propos. Il découvrit que Miriam était elle aussi venue en aide aux malades nécessiteux. Assez souvent, semblait-il, elle s'était montrée disposée à aider sa mère adoptive dans les visites à domicile, surtout après son veuvage, lorsqu'elle n'avait plus été contrainte de dédier tout son temps au bien-être de Mr. Gardiner.

Monk suivit chacune des pistes susceptibles de mener à la fugitive. En fin de matinée, il avait croisé deux fois le chemin du sergent Robb et se demandait si, de son côté, le policier l'avait remarqué.

Peu après midi, alors qu'il s'engageait dans Prince Arthur Road, il s'immobilisa. À une dizaine de mètres devant lui, Robb consultait sa montre. Le policier releva la tête d'un air contrarié et son regard s'attarda sur une maison située sur le trottoir opposé. Alors il se mordit la lèvre et, après une nouvelle hésitation, s'éloigna d'un pas rapide.

Monk demeura un instant perplexe, puis il comprit : Robb devait rentrer chez lui. Resté seul depuis le matin, son grand-père avait besoin d'assistance et de nourriture à cette heure de la journée. C'était une chose que le policier ne pouvait négliger, quelles que fussent les obligations, voire les urgences, de son métier.

Monk en éprouva une immense pitié, et pour Robb et pour le vieil homme solitaire et dépendant. Toutefois, lui-même avait un devoir envers Miriam Gardiner. Lucius Stourbridge lui avait confié une mission et le détective s'était engagé à la mener à bien. Robb disposait de bien plus de ressources que lui-même : il avait une connaissance approfondie du quartier, la police lui fournissait des renseignements et il pouvait solliciter à tout moment du renfort. Et s'il visait le même objectif que Monk, retrouver Miriam, ses motivations étaient tout autres : il avait l'espoir d'élucider le meurtre de Treadwell, et peut-être d'inculper la jeune femme pour complicité d'assassinat. Il était donc impératif pour Monk d'être le plus rapide.

D'une démarche nonchalante, il s'approcha de la maison que Robb avait regardée, puis quittée à regret. Il ignorait qui vivait là et ce que le sergent avait espéré y trouver, mais le temps pressait. Il tenait peut-être une chance de prendre l'avantage. Il frappa à la porte et recula.

La servante qui ouvrit devait avoir une quinzaine d'années à peine, mais semblait déterminée à faire bonne impression.

— Oui, monsieur?

Il lui sourit.

— Bonjour, dit-il. Mrs. Gardiner m'a confié un message pour votre maîtresse, si elle est là.

Il regretta de ne pas connaître le nom de famille de cette dernière. Sa requête en eût été plus convaincante.

La jeune fille sembla perplexe.

— Vous êtes sûr que vous ne vous trompez pas de maison, monsieur? Il n'y a que Mr. Hornchurch qui habite ici.

— Ah bon...

Déçu, Monk fronça les sourcils. Que pouvait bien vouloir Robb à cet homme? Déjà, le visage de son interlocutrice s'éclairait.

— Ah... Peut-être qu'elle voulait parler de la cuisinière, Mrs. Whitbread, qui vient tous les matins préparer à manger à Mr. Hornchurch? Elle a été malade l'hiver dernier, et c'est Mrs. Gardiner qui l'a soignée.

Monk sentit le soulagement le submerger. Il déglutit et reprit ses esprits.

— Oui, bien sûr! C'est cela que j'aurais dû vous dire. Mais peut-être serait-il plus commode que je voie Mrs. Whitbread chez elle? Pourriez-vous m'expliquer comment on s'y rend d'ici?

La jeune fille parut ennuyée.

— Peut-être... Je vais lui demander. Faut dire qu'elle a horreur qu'on vienne la déranger chez elle. C'est normal, quand on a fini son travail, on aime bien rester tranquille chez soi...

— Bien sûr, approuva-t-il. Alors pourriez-vous lui transmettre un petit message, s'il vous plaît?

— Ça, il n'y a pas de problème...

Il tira de sa poche un morceau de papier et un crayon et griffonna : « Ne soufflez pas mot de Miriam au sergent Robb. » Puis il plia la feuille, qu'il tendit à la petite bonne.

— Soyez gentille de lui donner ça tout de suite, dit-il. Et si la police vient vous voir, surtout, faites attention à ce que vous dites.

Elle ouvrit des yeux ronds.

— D'accord, fit-elle. De toute façon, moi, je dis jamais rien aux condés, un bon conseil que mon père m'a donné. Ça vaut mieux. Je sais rien, j'ai rien vu, j'ai rien entendu...

— Voilà qui est sage, en effet, acquiesça Monk avec un nouveau sourire. Merci.

Il tourna les talons et s'éloigna. Il allait maintenant attendre que Mrs. Whitbread ait terminé son service, puis il la suivrait. Il avait bon espoir qu'elle le conduirait jusqu'à Miriam. Dans l'intervalle, il trouverait quelque chose à grignoter et veillerait à ne pas se trouver sur le chemin de Robb quand celui-ci reviendrait.

Il flâna d'un pas désinvolte sur le trottoir, en bordure d'une étendue d'herbe, et acheta un sandwich au bœuf et aux oignons qu'il trouva succulent. Il s'en offrit un autre, qui lui parut tout aussi délicieux. Tout en mangeant, il se demanda comment Robb était parvenu jusqu'à cette Mrs. Whitbread. C'était du bon travail d'enquête, qui commandait le respect.

Il ne fallait pas perdre de vue la maison de Mr. Hornchurch afin de voir sortir la cuisinière, tout en se postant à bonne distance pour ne pas se faire remarquer du sergent Robb.

— C'est moi que vous attendez, inspecteur Monk ?

Il sursauta, en proie à la surprise la plus totale, et se retourna. Robb se tenait à un mètre derrière lui, très sombre, le regard dur. Le détective eut l'impression d'avoir reçu une gifle. En une phrase, Robb venait de lui signifier qu'il n'ignorait plus rien de son passé dans la police, de sa réputation de fin limier et d'homme impitoyable. Tout cela se reflétait dans son visage éclairé de soleil, dans son expression à la fois circonspecte et arrogante. Monk devinait la colère qui grondait en lui, et autre chose aussi, qui ressemblait peut-être à de la peur.

Il passa d'un pied sur l'autre, simulant le détachement.

— En fait, j'espérais plutôt vous éviter, répondit-il avec un haussement de sourcils.

Les lèvres de Robb se crispèrent.

— Vous pensiez peut-être que je reviendrais par le même chemin ? C'est ce que j'aurais fait si je ne vous avais pas vu, et j'avoue que c'est tout à fait par hasard que j'ai eu cette chance. Mais je connais le secteur mieux que vous, c'est un avantage. À vrai dire, je me demandais si vous alliez me suivre. Cela me paraissait l'attitude la plus logique si vous ne saviez pas où chercher de votre côté.

Le mépris qui perçait dans sa voix blessa le détective.

— Alors pourquoi m'avez-vous attendu ici ? poursuivit-il. Parce que vous saviez que je devais rentrer voir mon grand-père, je suppose...

Monk tressaillit. Il n'avait pas mérité une telle animosité de la part de Robb. Certes, il voulait parvenir à Miriam avant lui, mais n'était-il pas payé pour cela ? Robb pouvait-il escompter une autre attitude de sa part ?

— Bien sûr que je savais où vous alliez, répondit-il en s'efforçant de chasser toute émotion de sa voix. Mais si je ne vous ai pas emboîté le pas, c'est parce que ce n'était pas vous que je suivais à l'origine. Cela vous surprend-il vraiment que mes investigations me conduisent sur les mêmes lieux que vous ?

— Non. Vous avez une réputation, inspecteur Monk.

Il n'ajouta rien, mais son regard en disait assez long. Le détective en éprouva un vif sentiment d'injustice : Robb le jugeait sur son passé !

— C'est ce qu'il semble, oui, répliqua-t-il d'une voix

blanche. Dans ce cas, cela n'a pas dû vous surprendre que je parvienne aux mêmes conclusions que vous, que je rencontre les mêmes personnes que vous sans avoir à suivre vos pas !

Robb mit les mains dans ses poches et se voûta légèrement. On lisait du mépris et de l'aversion sur son visage, mais aussi la conscience de se trouver face à un ennemi puissant, ce qui semblait le peiner et le décevoir.

— Vous avez un avantage sur moi, Mr. Monk. Vous connaissez ma vulnérabilité. Vous pouvez l'exploiter à votre guise, mais sachez que je ne me soumettrai à aucun chantage de votre part et que rien ne me fera renoncer à traquer l'assassin de James Treadwell... que cet assassin soit ou non Mrs. Gardiner.

Monk sentit la nausée l'envahir. Il n'était pas, il n'avait jamais été homme à recourir à un chantage aussi vil que celui évoqué par le policier ! Sa bouche s'était asséchée et il eut peine à articuler une réponse. De toute façon, il n'avait aucune intention de plaider pour sa défense : une telle réaction eût été, estimait-il, aussi avilissante qu'improductive.

— Ce que vous confiez à vos supérieurs de votre vie privée ne m'intéresse en aucune manière, rétorqua-t-il d'un ton glacial. Personnellement, je n'ai jamais estimé devoir me justifier de quoi que ce fût devant eux. Mes résultats parlaient pour moi.

Il savait qu'un tel discours pourrait passer pour prétentieux, mais c'était la vérité. Face à Runcorn, il n'avait jamais cherché à s'expliquer. Pas une fois une telle éventualité ne l'avait effleuré.

Il vit que Robb le comprenait et le croyait.

— Et vous pourrez découvrir bien des péchés dans mon passé, poursuivit-il. Seulement, vous ne trouverez personne qui puisse prétendre que j'aie jamais eu recours au chantage. Vous ne trouverez personne pour affirmer que j'aie pu être, ne fût-ce qu'une seule fois, réduit à une telle bassesse.

Lentement, les épaules de Robb se détendirent. Il considérait toujours Monk avec circonspection, mais l'hostilité avait déserté son regard en même temps que la peur. Il se passa la langue sur les lèvres.

— Je suis désolé. J'ai dû sous-estimer vos compétences.

Monk réprima un soupir : ce n'était pas de compétences qu'il s'agissait, mais d'honneur. Toutefois, le moment était mal choisi pour poursuivre cette discussion. De toute façon, son interlocuteur s'était excusé, et il en resterait là.

Le détective considéra encore Robb un court instant, puis lui sourit, lui dit au revoir et s'éloigna dans la direction opposée à la maison. Il lui faudrait en faire le tour et revenir, en prenant mille précautions

Mrs. Whitbread sortit à cinq heures moins le quart. Robb était alors hors de vue. Tandis qu'il la suivait à distance, Monk sentit son inquiétude s'évanouir, ses sens s'aiguiser et l'espoir renaître.

Ils n'avaient guère parcouru qu'un mile un quart lorsque Mrs. Whitbread, femme maigre au visage avenant, s'arrêta devant une petite maison de Kemplay Road, dont elle ouvrit la porte avec sa clé.

Monk attendit quelques instants, inspectant la rue avec soin, puis traversa et gagna la maison. Il frappa.

Il dut attendre une minute ou deux avant de voir la porte s'ouvrir précautionneusement et Mrs. Whitbread apparaître.

— Oui ?

Il avait eu le temps de réfléchir à ce qu'il dirait. Il était déjà clair que Miriam ne souhaitait être découverte ni par la police ni par Lucius Stourbridge. Si elle avait fait confiance à ce dernier dans sa situation actuelle, elle l'eût contacté depuis longtemps. Soit elle craignait qu'il ne la dénonçât à la police, soit elle cherchait à le protéger.

— Bonsoir, Mrs. Whitbread, commença-t-il d'une

voix ferme. J'ai un message urgent de la part de Mrs. Anderson... pour Miriam. J'ai besoin de la voir tout de suite.

La femme hésita, puis ouvrit davantage la porte.

— Il vaut mieux entrer, dit-elle très vite. On ne sait jamais s'il n'y a pas quelqu'un qui espionne. J'ai déjà eu la police, là où je travaille, pas plus tard que tout à l'heure.

Il s'exécuta et elle referma derrière lui.

— Je sais, dit-il. C'est moi qui, par mégarde, ai mis ce sergent sur votre voie. Vous ne lui avez rien dit ?

— Bien sûr que non !

Il la suivit dans le couloir, puis dans la cuisine. Debout près du poêle se trouvait la femme qu'il était venu chercher. Il sut tout de suite qu'il s'agissait de Miriam Gardiner. Elle était telle que l'avait décrite Mrs. Stourbridge, de taille moyenne, la silhouette légèrement enrobée. Son visage, admirablement proportionné, était à la fois très doux et plein de personnalité. Au premier coup d'œil, elle pouvait passer pour une femme aimable, soumise et désireuse de faire plaisir, mais on sentait en outre chez elle une dignité naturelle qui évoquait un trait de caractère bien plus noble que la simple gentillesse, quelque chose d'inaccessible, sinon à l'amour. En la découvrant, Monk comprit pourquoi Lucius Stourbridge était prêt à tout pour la retrouver, quelle que fût la vérité sur la mort de Treadwell.

— Mrs. Gardiner, commença-t-il avec douceur, je ne suis pas de la police. Mais je ne viens pas non plus de la part de Mrs. Anderson. J'ai menti là-dessus parce que j'avais peur que vous vous sauviez sans que j'aie pu vous parler si vous appreniez que j'étais envoyé par Lucius Stourbridge.

Miriam se figea. Près d'elle, sur le poêle, plusieurs casseroles avaient été mises à chauffer et leurs couvercles se soulevaient, brisant le silence de la cuisine. La terreur de la jeune femme était palpable.

Monk sentit la présence de Mrs. Whitbread près de lui. Il vit la fureur dans ses yeux, son corps tendu, ses lèvres serrées en une ligne fine. Il se félicita que le poêle fût trop loin pour qu'elle pût se saisir d'un ustensile. Dans le cas contraire, il en était sûr, elle n'eût pas hésité à s'en servir contre lui.

— Je ne suis pas venu ici pour vous convaincre de retourner à Bayswater, reprit-il, le regard posé sur Miriam, ou de vous rendre à la police. Si vous préférez que je ne révèle pas à Mr. Stourbridge où vous vous trouvez, je ne lui dirai rien. Je le préviendrai simplement que vous êtes saine et sauve. Il est fou d'inquiétude, et savoir cela lui procurera un peu de réconfort, à défaut d'éclaircissements.

Livide, Miriam soutenait son regard et, devant son angoisse, le détective se sentit coupable d'agir comme il le faisait et effrayé à la perspective de ce qu'il risquait de découvrir.

— Il ne sait que penser, enchaîna-t-il d'une voix douce, mais il est sûr d'une chose, c'est que vous êtes incapable de faire du mal intentionnellement.

Elle ouvrit la bouche et ses yeux s'emplirent de larmes, qu'elle essuya d'un geste impatient. Il lui fallut un long moment pour trouver la force de parler.

— Je ne peux pas revenir, articula-t-elle.

C'était une déclaration sans appel. Sa voix ne portait aucun espoir, aucune possibilité de revirement.

— Je peux tenter de détourner la police de vous, reprit Monk comme si c'était la réponse à ce qu'elle venait de dire. Mais je ne suis pas sûr de réussir. Elle n'est pas très loin derrière moi.

Mrs. Whitbread passa devant lui pour gagner le poêle. Elle retira les casseroles du feu afin d'éviter qu'elles débordent. Puis elle considéra Monk avec une aversion non dissimulée.

Miriam s'avança au centre de la pièce pour lui céder sa place.

— Que s'est-il passé? interrogea le détective avec toute la bienveillance dont il était capable.

Elle eut une petite toux comme pour s'éclaircir la gorge. Sa voix était rauque.

— Est-ce que Cleo... est-ce que Mrs. Anderson va bien?

— Oui.

Elle se détendit, soudain moins pâle.

— Quand avez-vous quitté Treadwell? demanda le détective.

Elle pinça les lèvres et eut un bref mouvement de tête, mais ne répondit rien.

Il poursuivit d'une voix basse, patiente, aussi dépourvue de menace que possible :

— Vous devrez répondre tôt ou tard à cette question, si ce n'est à moi, du moins à la police. Cet homme a été assassiné, frappé à la tête...

Il s'interrompit. Elle était devenue si pâle qu'il crut qu'elle allait défaillir et se précipita pour la soutenir. La prenant par les bras, il la fit asseoir.

— Sortez! s'écria alors Mrs. Whitbread. Sortez d'ici tout de suite!

Elle se saisit du poêlon, prête à l'utiliser comme arme. Il ne bougea pas d'un pouce, mais se tint sur ses gardes.

— Mettez de l'eau à chauffer, ordonna-t-il. Ce n'est pas en me renvoyant que vous résoudrez le problème. Lorsque la police viendra, et elle viendra, soyez-en sûre, elle aura moins de sollicitude que moi. Elle demandera des preuves... elle voudra faire justice... ou du moins ce qu'elle estime être la justice.

Miriam ferma les yeux. C'était tout ce qu'elle pouvait faire pour parvenir à respirer calmement et ne pas sombrer dans l'inconscience.

Avec réticence, Mrs. Whitbread se retourna pour remplir d'eau la bouilloire, qu'elle posa sur le réchaud. Puis, après avoir jeté un regard prudent à Monk, elle sortit les tasses, la théière et la boîte à thé en fer-blanc. Enfin, elle s'esquiva pour aller chercher le lait dans le garde-manger, ses talons claquant sur le sol de pierre.

Monk prit place face à Miriam.

— Que s'est-il passé? répéta-t-il. Où était Treadwell quand vous l'avez vu pour la dernière fois? Était-il en vie?

— Oui... souffla-t-elle en rouvrant les yeux.

Ceux-ci étaient remplis d'une horreur si intense que cette réponse ne réconforta nullement le détective.

— Étiez-vous présente lorsqu'il a été tué?

Elle secoua imperceptiblement la tête.

— Savez-vous qui l'a tué, et pourquoi?

Cette fois, elle ne réagit pas.

Mrs. Whitbread revint, une cruche de lait à la main. Elle jeta un regard mauvais au détective, mais ne l'interrompit pas. Elle traversa la cuisine et rinça la théière avec un peu d'eau chaude.

— Qui a tué Treadwell? insista Monk. Et pourquoi?

Miriam continua de le dévisager.

— Je ne peux pas vous le dire, murmura-t-elle. Je ne peux rien vous dire. Je ne peux pas venir avec vous. Je vous en prie, allez-vous-en. Je ne peux pas vous aider... Il n'y a rien... rien que je puisse faire.

Monk perçut dans ces paroles une telle douleur et une telle absence d'espoir que ses protestations moururent sur ses lèvres.

La bouilloire se mit à siffler. Mrs. Whitbread la souleva et se tourna vers Monk.

— Partez maintenant, lança-t-elle avec le plus grand calme. Il n'y a rien pour vous ici. Dites à Lucius Stourbridge ce que vous avez à lui dire, mais partez. Si vous revenez, Miriam ne sera plus ici. Il y en a des quantités d'autres qui sont prêts à la cacher. Si Mr. Stourbridge est vraiment l'ami qu'il prétend être, qu'il la laisse tranquille. Expliquez-lui ça.

De la bouilloire qu'elle tenait toujours à la main s'échappait un nuage de vapeur. Ce n'était pas une menace directe, mais Monk ne se méprit pas sur la détermination de son interlocutrice.

Il se leva, lança un dernier regard à Miriam et fit quelques pas vers la sortie. Alors, il se souvint de Robb et se ravisa. La porte de derrière devait donner sur une réserve à charbon ou à coke, puis sur une allée.

— Je dirai à Mr. Stourbridge que vous êtes en bonne santé, déclara-t-il. Rien d'autre que cela. Mais la police ne doit pas être très loin derrière moi, j'en ai la certitude. Cela fait deux jours que je m'évertue à l'éviter.

Mrs. Whitbread comprit aussitôt. Elle hocha la tête.

— Prenez à gauche, dit-elle en lui désignant la porte arrière. Vous déboucherez sur la rue. Mais faites attention aux poubelles.

— C'est tout ce qu'elle a dit ?

Hester demeura perplexe lorsqu'il lui eut rapporté ce qui s'était passé. Ils s'étaient installés dans le confortable bureau où Monk recevait ses clients et qui leur servait aussi de salon. Ils avaient ouvert la fenêtre pour profiter de la brise chaude du soir et le bruissement des feuillages leur parvenait, accompagné d'occasionnels claquements de sabots qui montaient de la rue.

— C'est tout, répondit-il.

Elle n'avait aucun ouvrage de couture à la main. Elle ne tirait l'aiguille qu'en cas de nécessité. Là, elle était tout à la conversation, le dos droit, les yeux posés sur son époux. Malgré sa confusion et la détresse dont il avait été témoin, Monk ressentait un plaisir intense en présence d'Hester. Certes, elle le faisait parfois sortir de ses gonds, ses défauts se comptaient sur les doigts des deux mains et leurs désaccords s'étendaient sur d'innombrables sujets, mais lorsqu'elle se trouvait près de lui, il éprouvait le sentiment qu'il ne serait jamais seul et que rien n'était impossible.

— Comment était-elle ?

Il fronça les sourcils.

— Comment était-elle ? répéta-t-il sans comprendre.

— Oui, dit-elle avec impatience. Elle ne t'a donné aucune explication ! Elle ne t'a pas dit pourquoi elle avait quitté Kensington ? Tu lui as posé la question, j'imagine ?

Non, il n'avait pas demandé cela, car, sur ce point, il avait la certitude que Miriam ne lui révélerait rien.

— Ce n'est pas vrai ! s'exclama Hester, incrédule.

— Elle refusait de me dire quoi que ce soit ! se justifia-t-il. Sinon qu'elle n'était pas là lorsque Treadwell a été tué. Je me demande même si elle savait qu'il était mort. Lorsque je le lui ai dit, elle a paru si horrifiée qu'elle est restée sans voix. Elle a manqué s'évanouir.

— Dans ce cas, elle sait quelque chose sur cette mort ! conclut la jeune femme.

La déduction semblait injustifiée et, pourtant, Monk en était lui aussi venu à la même conclusion. Il esquissa un faible sourire.

— Alors tu n'as appris aucun fait nouveau, conclut Hester.

— Si, il y a le fait que Mrs. Whitbread était prête à se battre pour la protéger et à détourner l'attention de la police sur elle-même, protesta-t-il. Et aussi le fait que Robb finira par la retrouver, tôt ou tard.

Il n'eut pas envie de lui dévoiler l'opinion que Robb avait de lui. C'était un détail douloureux, un point noir qu'il préférait garder pour lui.

— Alors comment était-elle ? répéta Hester.

— Je n'ai jamais vu une telle peur chez un individu, répondit-il. Une telle angoisse. Mais je ne pense pas qu'elle racontera ce qui s'est passé. Ni à moi ni à quiconque. Elle ne dira pas non plus pourquoi elle s'est enfuie, en tout cas certainement pas à Lucius Stourbridge.

— Que vas-tu faire à présent ?

Elle avait posé la question dans un souffle, avec un regard empreint de pitié.

— Je vais aller dire à Lucius Stourbridge que je l'ai trouvée, qu'elle est saine et sauve et qu'elle affirme n'être pour rien dans la mort de Treadwell, mais je ne lui révélerai pas où elle est. J'imagine que, de toute façon, elle aura déjà changé de cachette lorsque j'irai le voir. Je l'ai prévenue que Robb était sur mes talons.

Il était inutile de préciser qu'il avait pris un risque en confiant cela à la fugitive. Hester le savait.

— Pauvre femme, soupira-t-elle. Pauvre femme...

CHAPITRE V

Hester s'éveilla en sursaut, tremblante et si tendue qu'une douleur aiguë lui vrillait la tête. Il lui semblait qu'une peur démesurée s'était emparée de son être, l'impression qu'une chose abominable allait arriver, une catastrophe qu'elle n'avait le pouvoir ni d'empêcher ni d'affronter.

Près d'elle, Monk dormait, détendu et paisible dans la lueur blafarde du petit matin. Il ne paraissait pas sentir le moins du monde la présence de son épouse à ses côtés, comme s'ils se trouvaient dans deux chambres séparées, dans deux mondes distincts.

Ce n'était pas la première fois qu'elle s'éveillait avec ce sentiment d'impuissance et d'épuisement; cependant, elle ne gardait aucun souvenir du rêve qu'elle venait de faire, ni de ceux des autres nuits.

Elle fut tentée de tirer Monk de son sommeil, de lui parler, de l'entendre lui affirmer que tout cela n'avait pas d'importance, qu'il ne s'agissait pas de la réalité, mais du monde des rêves. Toutefois, un geste aussi égoïste de sa part eût déçu son époux et elle ne concevait pas de lui infliger ce dépit. Elle demeura donc immobile, à fixer le plafond avec un sentiment d'immense solitude.

Le rai de lumière qui filtrait par la fente des rideaux s'allongeait imperceptiblement sur le sol. Dans un peu plus d'une heure, elle devrait se lever et affronter une nouvelle journée. C'était à cela qu'il fallait penser, résolut-elle. Il était toujours préférable de s'occuper. Il existait des combats qui méritaient qu'on lutte sans relâche Ainsi, il faudrait de nouveau s'entretenir avec Fermin Thorpe, même si le médecin restait insensible à tout argument : il avait peur du changement, peur de perdre de son pouvoir, de devenir moins important.

Il faudrait aussi se remettre à rédiger d'interminables lettres, dont bien peu recevraient une réponse constructive. Comment pouvait-on aligner tant de mots qui, sortis de leur contexte, perdaient tout leur sens ?

Florence Nightingale vivait désormais confinée chez elle, certains la disaient même alitée, et elle passait l'intégralité de son temps à écrire des lettres. Bien sûr, les siennes se révélaient plus efficaces. Au cours des quatre années écoulées depuis la fin de la guerre, elle avait fait évoluer un nombre considérable de choses, notamment liées à l'architecture des hôpitaux. Au début, elle avait concentré toute son attention sur les établissements militaires et fini par remporter cette victoire, malgré un changement de gouvernement qui avait entraîné la perte d'un allié de poids. À présent, elle vouait son incroyable volonté à l'amélioration des hôpitaux publics et, comme Hester, à la formation des infirmières. Dans cette bataille, cependant, elle se heurtait à des individus butés, cramponnés à leurs intérêts. Fermin Thorpe était de ceux-là, exemple type du responsable administratif comme il en existait des centaines à travers le pays.

Depuis son retour, la santé de la pauvre Florence avait décliné. Hester avait du mal à l'admettre, voire à l'imaginer. À Scutari, la grande dame lui avait semblé infatigable. À mille lieues de ces petites natures sujettes aux vapeurs et aux palpitations, aux fièvres inexpliquées, aux maux et aux faiblesses classiques. Et voilà qu'à présent, apparemment, elle était tombée dans cette catégorie ! Plusieurs fois déjà, elle s'était trouvée à deux doigts de la mort. Sa famille n'était plus autorisée à lui rendre visite.

afin d'éviter qu'elle ne succombât à un trop-plein d'émotion. Mais des amis et des admirateurs dévoués avaient délaissé leurs propres activités pour prendre soin d'elle jusqu'à la fin et rendre ses derniers mois sur terre le plus agréables possible.

À plusieurs reprises, on avait cru sa fin proche, et, à présent, il semblait que Florence se fût rétablie. Pleine d'énergie, elle se lançait dans de nouveaux projets. Elle avait émis l'idée d'une école pour infirmières et passait son temps à lever les barrières qui se dressaient sur son chemin. On racontait que rien ne la comblait davantage qu'une série de statistiques qu'elle pouvait exploiter à l'appui de ses thèses sur la nécessité d'une eau propre et d'une bonne ventilation pour venir à bout de la maladie.

Hester sourit malgré elle en revoyant Florence baignée du soleil turc, ordonnant à un sergent de l'armée de lui présenter les chiffres relatifs aux trépassés de la semaine écoulée, avec leur date d'admission, la nature de leurs blessures et la cause du décès. Épuisé, le pauvre homme avait renoncé à protester. Pour lui, après tout, une tâche absurde en valait une autre : seules la pitié que lui inspiraient ses semblables et sa conception de la décence le faisaient hésiter à obéir. Florence avait tenté de lui expliquer que l'on pouvait tirer des enseignements inestimables de ces rapports. De nombreux blessés mouraient alors qu'ils eussent dû survivre, d'autres voyaient se prolonger des souffrances que l'on eût pu éviter.

Tout comme Fermin Thorpe, les autorités militaires faisaient la sourde oreille. C'était sa propre impuissance qui désespérait Florence : ces blessés, ces malades, ces morts qui l'entouraient, le manque de personnel, l'ignorance...

Quel gâchis monstrueux, insensé ! songea Hester. Et elle était là, allongée bien au chaud dans son lit confortable, avec Monk assoupi à ses côtés. L'avenir s'étendait devant elle, chargé de toutes les promesses de ce soleil qui brillait déjà, juste derrière le rideau. Il serait ce qu'elle en ferait. À condition qu'elle ne laissât pas le passé la submerger, les vieux souvenirs la paralyser et la rendre inutile.

Elle fut de nouveau tentée de réveiller Monk pour lui parler. Non, à la vérité, elle désirait que ce fût lui qui lui parlât. Elle avait envie d'entendre sa voix, de percevoir l'assurance qui en émanait, la volonté de se battre et de gagner.

Elle eût aimé se lever et s'occuper, afin de chasser toute pensée de son esprit, mais elle craignit de troubler le sommeil de son époux. Elle demeura donc étendue, à observer les dessins des ombres au plafond, et finit par se rendormir.

Lorsqu'elle s'éveilla pour la seconde fois, ce fut pour découvrir Monk penché sur elle, qui la secouait doucement. Elle avait le sentiment qu'elle venait d'achever l'ascension d'un puits et sa tête la faisait encore souffrir.

Elle lui rendit son sourire et se força à la bonne humeur. S'il remarqua à quel point celle-ci était artificielle, il n'en dit rien. Peut-être ses pensées étaient-elles déjà tournées vers Miriam Gardiner, ce qu'il pourrait bien faire pour l'aider et la façon dont il présenterait les choses à Lucius Stourbridge.

En milieu de matinée, Hester croisa Fermin Thorpe dans le couloir principal.

— Oh, bonjour, Miss... Mrs. Monk ! s'exclama-t-il en s'arrêtant à sa hauteur, visiblement désireux de lui parler. Comment allez-vous aujourd'hui ?

C'était une question de pure forme et il ne laissa pas à son interlocutrice le temps de répondre. Il enchaîna :

— À propos de cette idée que vous avez de former des femmes pour en faire des infirmières, je me suis procuré un exemplaire du livre du Dr J. F. South, publié il y a trois ans et qui, j'en suis sûr, va vous intéresser et vous éclairer sur le sujet...

Il lui sourit sans éviter son regard.

— Vous ne savez peut-être pas de qui il s'agit, je vais donc vous le dire, de façon que vous puissiez juger de l'importance de son opinion et lui donner tout le poids qu'elle mérite.

Il redressa les épaules et releva le menton.

— Le Dr South est le premier chirurgien conseil de l'hôpital St Thomas et, plus révélateur encore, président du Collège de chirurgie, où il est titulaire de chaire.

Il marqua une petite pause afin qu'Hester s'imprégnât bien de l'importance de ces titres, puis reprit :

— Je cite pour vous, Miss... Mrs. Monk : il n'est (là, il haussa un peu la voix et s'appliqua à détacher chaque syllabe) « pas du tout disposé à laisser dire que les infirmières travaillant dans les hôpitaux sont inefficaces et pourraient être perfectionnées dans un quelconque institut de formation ». Comme il le souligne un peu plus loin, même les sœurs qui ont en charge des salles de malades n'apprennent — et ne peuvent apprendre — que par l'expérience.

Il lui sourit avec une considérable assurance.

— Les infirmières, pour leur part, sont des subordonnées qui jouent le rôle de femmes de ménage et auxquelles on ne donne que des instructions très simples.

Deux infirmières passèrent à cet instant, le visage ravagé par la fatigue, les manches retroussées.

Hester ouvrit la bouche pour protester, mais le médecin l'en empêcha, haussant la voix pour poursuivre son monologue.

— Je suis parfaitement informé de ce Fonds Florence Nightingale pour la formation de jeunes femmes, dit-il. Mais je dois vous signaler, madame, que seuls trois chirurgiens et deux médecins figurent sur la liste de ses partisans. Vous en conviendrez, c'est là un signe incontestable du peu de considération que lui accordent les hommes de métier les plus hautement qualifiés et expérimentés du pays. À présent, Mrs. Monk (il prononça son nom avec la satisfaction de l'avoir dit sans erreur), je compte sur vous pour dédier votre considérable énergie au véritable bien-être des infirmières et des malades, en veillant à leur propreté, à leur sobriété et à leur obéissance. Au revoir.

Sans attendre sa réponse, dont il ne doutait manifestement pas qu'elle lui serait favorable, il reprit sa marche vers la salle d'opération, satisfait d'avoir enfin réglé le problème.

Pendant quelques instants, Hester fut trop furieuse pour répliquer, et lorsqu'elle recouvra l'usage de la parole, aucun mot ne lui parut adéquat pour exprimer tout son dégoût. Elle s'élança dans la direction opposée et pénétra dans la salle d'attente de consultation.

Elle trouva Cleo avec un vieil homme qui peinait à masquer sa peur. Ses jambes portaient de nombreux ulcères qui devaient le faire souffrir, visiblement depuis longtemps. Il souriait à l'infirmière, mais serrait les poings de toutes ses forces, très droit sur sa chaise.

— Il faut refaire régulièrement les pansements, disait Cleo avec douceur. Tout ça doit rester bien propre, sinon, ça ne guérira jamais. Je vous les ferai, vos bandages. Vous n'aurez qu'à me faire appeler quand vous arrivez.

— Mais je ne peux pas venir ici tous les jours ! protesta l'homme. Ce n'est pas possible, madame !

— Ah bon ?

Cleo le considéra un instant, puis baissa les yeux sur les blessures infectées, les chaussures usées et la veste informe qu'il portait.

— Bon, reprit-elle. Alors il va falloir que je vienne chez vous. C'est loin ?

— Venir chez moi ? Mais pourquoi vous feriez ça ? interrogea le malade, soupçonneux.

— Parce que ce que vous avez là ne va pas guérir tout seul, pardi !

— Je vous ai pas demandé de faveur. Et d'abord, je veux pas d'infirmière chez moi ! Qu'est-ce qu'ils vont penser, les voisins, hein ?

— Ils penseront que vous êtes un sacré veinard, à votre âge, d'attirer une belle femme comme moi !

Il sourit malgré lui.

— Mais quand même, vous ne viendrez pas.

Elle le regarda, pleine de patience.

— Ça se fait appeler soldat et ça n'accepte pas les ordres de celui qui sait de quoi il parle ! Parce qu'il ne faut pas s'y tromper : quand on parle de plaies, le sergent-chef, c'est moi !

Il prit une inspiration, puis soupira sans répondre.

— Alors ? fit Cleo. Vous allez me dire où vous habitez, ou vous voulez me faire perdre mon temps à chercher moi-même ?

— Church Row, articula-t-il à contrecœur.

— Et je n'aurai qu'à sonner à toutes les portes de la rue en vous demandant, c'est ça ? reprit-elle en haussant les sourcils.

— Numéro vingt et un.

— Parfait ! Eh ben, dites-moi, c'est un boulot d'arracheur de dents qu'il faut faire avec vous !

Il lui sourit, ne sachant trop si elle plaisantait. Elle lui rendit son sourire, puis aperçut Hester à la porte. Aussitôt, elle vint vers la jeune femme, cherchant à masquer son embarras.

— Je ne vais pas y aller pendant mes heures de travail, ne vous en faites pas ! murmura-t-elle. Ce pauvre diable s'est battu à Waterloo, et regardez-moi dans quel état il est !

Son expression s'assombrit et elle parut oublier la déférence qu'elle devait à une femme qui lui était socialement supérieure. La colère faisait briller ses yeux.

— On était tous avec eux, avec nos soldats, quand on croyait que les Français allaient nous envahir et qu'ils seraient peut-être les plus forts ! Et maintenant, quarante-cinq ans après, on a perdu la mémoire. Plus personne n'a envie de s'occuper d'un vieux plein d'ulcères qui n'a pas d'argent pour payer, et les gens se fichent pas mal de ces guerres qu'ils n'ont pas vécues...

À ces mots, Hester songea aux soldats qu'elle avait connus à Scutari, à Sébastopol et dans les tentes de chirurgie après la charge désordonnée de Balaklava. Ils étaient si jeunes et en proie à de telles souffrances ! C'étaient leurs visages blafards qui emplissaient ses rêves la nuit précédente, cela lui revenait à présent. Dans quarante ans, les survivants de cette tuerie seraient des vieillards. Se souviendrait-on de leur héroïsme ? Ou les nouvelles générations, habituées à la paix, se montreraient-elles hostiles et pleines de rancœur vis-à-vis de ces vieux soldats porteurs de cicatrices et de souffrances ?

— Veillez à ce qu'il bénéficie de soins convenables, dit Hester. C'est tout ce qui compte. Choisissez le moment que vous voudrez.

Cleo la dévisagea, surprise, se demandant peut-être s'il fallait la croire. Les deux femmes se connaissaient à peine. Ici, elles travaillaient à un même objectif, mais une fois chez elles, elles évoluaient dans des mondes aux antipodes l'un de l'autre.

— Ces dettes-là, personne ne les comprendra jamais, affirma Hester. Quant à espérer qu'elles seront payées, il ne faut pas y songer.

Silencieuse, l'infirmière fronçait les sourcils.

— J'étais à Scutari, ajouta Hester en guise d'explication.

— Ah...

Ce n'était qu'un mot, moins encore qu'un mot, mais il suffisait à exprimer compréhension et respect profond. Cleo hocha la tête et tourna les talons pour aller s'occuper d'un autre patient.

Hester quitta la pièce. Elle avait à cœur, à présent, de veiller à ce que les codes moraux fussent respectés et que chaque infirmière fût propre, correctement vêtue, ponctuelle et sobre.

L'une d'elles la croisa alors qu'elle remontait le couloir. Elle portait encore son châle.

— Vous êtes en retard, lui lança Hester d'un ton sec. Que cela ne se reproduise plus !

La femme tressaillit.

— Non, madame, répondit-elle, avant de se hâter, tête baissée, en retirant son châle.

Devant la porte de l'apothicaire, Hester aperçut un étudiant en médecine. Il n'était pas rasé et portait une veste déboutonnée.

— Vous êtes négligé, monsieur ! lui reprocha-t-elle avec la même aigreur de ton. Comment voulez-vous que des patients vous fassent confiance si vous avez l'air d'avoir dormi tout habillé et d'être arrivé par la première malle-poste ! Si vous aspirez à être un gentleman, commencez par y ressembler !

Interloqué, le jeune homme se figea et ne répondit rien. Elle ne s'attarda pas davantage et gagna le service de chirurgie.

Elle passa la matinée à tenter de rassurer les hommes et les femmes en attente de soins et de leur insuffler du courage. Elle gardait à l'esprit les critiques de Florence Nightingale, qui affirmait que les souffrances psychologiques d'un patient pouvaient égaler, voire dépasser, la douleur physique. Une bonne infirmière devait donc s'appliquer à chasser le doute et à remonter le moral. Un visage souriant pouvait faire des prodiges, tout comme un brin de conversation agréable et une oreille attentive, pleine de compassion et d'optimisme.

Au moment du déjeuner, Hester s'attabla dans la salle à manger du personnel, heureuse de pouvoir jouir d'une heure de pause. Callandra la rejoignit quinze minutes plus tard. Pour une fois, ses cheveux étaient savamment disciplinés à grand renfort de pinces, sa jupe et sa veste bien coupée étaient assorties. Toutefois, son expression gâchait l'effet de cette élégance : Callandra paraissait profondément contrariée.

— Qu'y a-t-il ? s'enquit Hester dès que son amie se fut mise à l'aise, mais avant qu'elle eût entamé sa tranche de pâté de veau, qui ne semblait guère l'intéresser.

— Il y a eu un nouveau vol de médicaments,

murmura-t-elle d'une voix à peine audible. Il n'y a aucun doute possible. Cela ne me plaît pas du tout de penser qu'une personne de l'hôpital dérobe systématiquement les produits dont nous avons besoin, mais je ne vois pas d'autre explication.

Son visage se crispa, tandis qu'elle pinçait les lèvres.

— Quand je songe aux mesures que Thorpe risque de prendre lorsqu'il constatera l'ampleur du problème ! En plus de tout le reste...

— J'ai déjà eu une petite conversation avec lui ce matin, raconta Hester, délaissant un instant son assiette de mouton froid aux pommes de terre nouvelles. Il m'a cité le Dr South et ne m'a même pas laissé répondre quoi que ce soit... De toute façon, je n'avais rien à lui dire. À présent, je voudrais lui demander si nous ne pourrions pas instituer une sorte de fonds spécifique pour les hommes qui ont combattu pour notre nation par le passé et qui sont maintenant vieux et malades.

Callandra fronça les sourcils.

— Quelle sorte de fonds ?

— Je ne sais pas. J'imagine que le moment est mal choisi pour suggérer que nous leur fournissions médicaments et bandages sur le budget de l'hôpital ?

— C'est ce que nous faisons déjà, non ?

— Seulement s'ils se déplacent jusqu'ici, expliqua Hester. Mais certains ne viennent pas tous les jours. Ils sont trop âgés ou trop malades pour prendre l'omnibus. Et le cab coûte trop cher, à supposer qu'ils soient assez fringants pour se hisser à bord.

— Mais qui leur apporterait ces médicaments ? interrogea Callandra, dont la curiosité était aiguisée et qui commençait à entrevoir le bien-fondé de la suggestion.

— Nous, répondit aussitôt Hester. Il serait inutile de faire déplacer un médecin : il suffirait d'une infirmière expérimentée et sûre d'elle... quelqu'un qui serait formé...

— Et digne de confiance, ajouta Callandra.

Hester soupira. Le spectre des remèdes volés ne disparaîtrait pas par magie. On ne pourrait pas le dissimuler à Thorpe bien longtemps. Ces vols étaient odieux, malhonnêtes, ils représentaient un abus de confiance, vis-à-vis de l'hôpital et des infirmières, qui se verraient bientôt soupçonnées de vol. C'était également déloyal pour les patients à qui ces médicaments étaient destinés.

— C'est un cercle vicieux, n'est-ce pas ? dit-elle. Tant que nous n'aurons pas des femmes formées prêtes à se dévouer dans une profession honorable, traitées avec respect et correctement rémunérées, nous ne pourrons pas éviter que ce genre de choses se produise. Et tant que ce genre de choses se produit, les gens — et en particulier les gens comme Fermin Thorpe, ce qui revient à dire toute l'administration hospitalière — traiteront les infirmières comme des servantes de dernière catégorie.

Callandra esquissa une moue écœurée.

— Et je ne connais pas une seule servante qui ne considérerait comme une insulte d'être comparée à une infirmière ! renchérit-elle.

— Ce qui résume parfaitement le combat que nous menons ! conclut Hester en prenant une demi-pomme de terre et un morceau de mouton froid.

— L'école Nightingale va ouvrir très bientôt, reprit Callandra, dans un effort patent pour paraître optimiste. Mais je crois qu'ils ont grand-peine à trouver des candidates convenables. Ils exigent des critères moraux très élevés, et un total dévouement, bien sûr. Les règles sont à peu près aussi strictes que pour entrer au couvent.

— On ne les appelle pas « sœurs » pour rien ! ironisa Hester.

Toutefois, d'autres problèmes la préoccupaient. Elle ne pouvait chasser de son esprit le grand-père du sergent Robb, seul et dépendant, qui devait attendre le retour du jeune homme pour ses moindres besoins. Robb, de son côté, était condamné à vivre dans l'inquiétude, et dans un total dévouement.

Et combien d'autres vieillards vivaient la même situation, pauvres et malades à présent, victimes de conflits dont les jeunes ne se souvenaient même plus ? Sans parler des vieilles femmes, veuves de soldats qui n'étaient pas rentrés, ou restées célibataires parce que leurs fiancés étaient morts sur les champs de bataille...

Elle se pencha au-dessus de la table.

— Ne serait-il pas possible de créer un groupe chargé d'aller voir les gens chez eux... au moins pour constater les troubles les plus évidents, et conseiller, si nécessaire, de consulter un médecin ?

Un regard à Callandra la dissuada de poursuivre.

— Vous rêvez, ma chérie, dit doucement celle-ci. Nous ne parvenons même pas à obtenir des infirmières capables de travailler correctement pour l'assistance publique, et vous voudriez déjà qu'il y en ait qui aillent effectuer des visites à domicile ? Vous avez cinquante ans d'avance sur votre temps ! Toujours est-il que c'est un beau rêve !

— Et si l'on créait des sortes de dispensaires réservés aux hommes qui ont perdu la santé en combattant dans notre armée ? insista Hester. N'est-ce pas quelque chose que l'honneur exigerait ?

— Si l'honneur obtenait toujours ce qu'il exige, le monde ne serait pas ce qu'il est.

Callandra se tut pour terminer son pâté en croûte.

— Peut-être, reprit-elle, aurions-nous plus de chances de réussir si nous invoquions un intérêt personnel éclairé ?

— Comment cela ?

— Les meilleures réformes en matière de soins aux malades ont été jusqu'ici accomplies dans les hôpitaux militaires, grâce au travail de Miss Nightingale.

Elle réfléchissait tout haut, les sourcils froncés.

— De nouveaux bâtiments ont été construits, alimentés en eau plus propre, mieux ventilés et avec des salles de malades plus petites...

— Je sais cela.

Hester ne faisait plus attention à son assiette, attendant la suggestion qui relierait les deux propositions entre elles.

— Je suis persuadée que le Dr Thorpe serait ravi d'être considéré comme un esprit éclairé... poursuivit Callandra.

Hester fit la moue, mais ne l'interrompit pas.

— ... sans pour autant prendre de véritables risques, conclut son interlocutrice. Un dispensaire pour soldats dans le besoin me semble un bon compromis.

— Bien sûr, c'est une excellente idée ! s'exclama Hester. Mais il faudrait lui trouver un nom convenable. Bon nombre de militaires aimeraient mieux mourir que d'être vus acceptant la charité. Et d'ailleurs, ils n'ont pas à le faire ! Nous leur devons au moins cela.

Repoussant sa chaise, elle se leva soudain.

— Mais j'userai de diplomatie lorsque j'en parlerai au Dr Thorpe.

— Hester ! s'écria Callandra.

La jeune femme avait déjà atteint la porte. Si elle entendit son amie l'appeler, elle n'en laissa rien paraître. Callandra se retrouva seule dans la pièce.

— C'est impossible, déclara Thorpe sans hésitation. Absolument hors de question. Il existe des hospices pour s'occuper des indigents...

— Ce n'est pas des indigents que je vous parle, docteur Thorpe, répliqua Hester sans élever la voix, au prix d'un considérable effort. Je parle des hommes qui tiennent leurs blessures ou leurs problèmes de santé des combats auxquels ils ont participé à Gallipoli ou dans les grandes batailles comme Les Quatre-Bras ou Waterloo...

Il fronça les sourcils.

— Les Quatre-Bras ? De quoi parlez-vous ? fit-il avec impatience.

— C'était juste avant Waterloo, expliqua-t-elle, se rendant compte qu'elle paraissait condescendante. On ne faisait pas la guerre pour étendre le royaume à l'époque, mais pour sauver le pays de l'invasion et pour que nous n'ayons pas à nous soumettre à une puissance étrangère...

— Je ne vous ai pas demandé un cours d'histoire, Mrs. Monk, lança-t-il avec irritation. Ils ont fait leur devoir, comme nous faisons désormais le nôtre. Je suis sûr que, pour une jeune femme, il y a un certain prestige attaché à l'uniforme. Beaucoup ont tendance à faire de ces hommes des héros...

— Personne ne fait un héros de qui que ce soit, docteur Thorpe, protesta-t-elle. Je me soucie des blessés et des malades qui ont besoin de notre aide et qui, il me semble, ont le droit de l'attendre de nous. Je suis convaincue qu'en tant que patriote et chrétien vous me rejoignez sur ce point !

Une succession d'émotions contradictoires marqua le visage du médecin, mais il ne pouvait nier ce qu'Hester venait de dire de lui, même si les paroles de la jeune femme, il n'en doutait pas, comportaient une bonne dose de sarcasme.

— Bien entendu, admit-il à contrecœur. Je vais mettre ce projet à l'étude. Je suis sûr que c'est une œuvre que nous aimerions tous mener à bien, à condition qu'elle se révèle réalisable.

Son visage s'était couvert d'un masque impassible. Il avait décidé de ne plus la prendre de front : il mentirait. Sans doute était-il bel et bien prêt à réfléchir à son idée, mais indéfiniment.

Elle comprit qu'elle était vaincue, du moins dans cette bataille. Chaque fois qu'elle viendrait lui parler de ce projet, il lui sourirait, abonderait dans son sens et répéterait qu'il avait à cœur d'explorer toutes les possibilités. Et jamais elle ne pourrait le prendre en défaut. Elle comprit tout à coup les obstacles que Florence Nightingale passait sa vie à lever, et pourquoi la grande dame avait fini par prendre le lit, vaincue par l'épuisement, la fièvre, les problèmes digestifs et un feu de l'esprit qui avait peu à peu consumé toute la force physique de son être.

Hester rendit son sourire à Fermin Thorpe.

— Je suis sûre que vous réussirez, affirma-t-elle. Un homme assez habile pour diriger aussi bien un hôpital de l'importance de celui-ci n'aura aucune peine à user de son influence et à mettre en avant les arguments moraux et sociaux, afin de convaincre de la justesse d'une telle cause. Si vous ne pouviez pas le faire, vous ne seriez pas l'homme qu'il faut à Hampstead... n'est-ce pas ?

Jamais elle ne se fût permis un tel discours si elle avait été dépendante du bon vouloir de son interlocuteur pour gagner sa vie... Mais ce n'était pas le cas ! Elle était mariée, avait un époux capable de subvenir à ses besoins. Et elle œuvrait comme bénévole, tout comme Callandra. Un merveilleux sentiment d'euphorie l'envahit. Elle était libre de se battre contre cet homme sans courir le moindre risque... et elle ne se gênerait pas pour le faire !

Thorpe avait rougi.

— Je suis heureux de constater que vous appréciez ma position à sa juste valeur, Mrs. Monk, répondit-il, les mâchoires crispées. Je n'ai pas toujours été convaincu que vous ayez conscience du travail que représente la gestion de cet hôpital.

— J'en suis désolée. Il suffit de regarder autour de soi pour constater votre efficacité.

Il cligna des yeux, conscient du double sens que renfermaient ces paroles. Lorsqu'il parla, son ton était d'une condescendance extrême.

— Je suis sûr que vous êtes une femme de cœur, madame, mais je crains que votre incompréhension des aspects financiers n'affecte votre jugement. Par exemple, le coût des médicaments est bien plus élevé que vous ne l'imaginez, et nous sommes victimes d'innombrables larcins de la part du personnel, qui se révèle indigne de confiance. Si vous pouviez diriger vos efforts vers une plus grande honnêteté chez nos infirmières, ces vols deviendraient moins nombreux, nous perdrions moins d'argent et, par conséquent, nous en aurions davantage à donner aux malades, qui comptent sur nous. Dirigez votre énergie dans ce sens, Mrs. Monk, et vous nous rendrez un fier service ! L'honnêteté ! Cela guérira nos malades de leurs maux, et les êtres moralement indigents des conséquences du péché, qu'elles soient spirituelles ou temporelles.

Il sourit, manifestement satisfait de lui.

Hester opéra une retraite tactique. Elle ne voulait pas l'entendre s'appesantir sur la question des médicaments volés.

Elle avait pris la décision de rendre visite à John Robb, afin de voir si elle pouvait lui être utile d'une manière ou d'une autre. Elle n'avait pas oublié la détresse décrite par Monk et c'était là une action qu'elle pouvait accomplir sans avoir à demander son avis à Fermin Thorpe.

C'était un bel après-midi d'été et Hester parvint vite aux abords du domicile de Robb. Monk avait mentionné le nom de la rue où vivait ce dernier, mais non le numéro, et elle dut mener sa petite enquête pour trouver la bonne maison.

Elle se demanda s'il fallait frapper. D'après le récit de Monk, le vieil homme ne pourrait pas se lever ; cependant, entrer sans s'être annoncée représenterait une intrusion dans l'intimité d'un individu trop faible pour défendre ne fût-ce que son minuscule territoire.

Elle décida d'appeler depuis l'entrée. Elle attendit quelques instants en silence, puis recommença.

Cette fois, un faible grognement lui répondit.

— Qui est-ce ?

— Je m'appelle Hester... Monk.

Elle avait failli dire « Latterly ». Elle n'était pas encore habituée à sa nouvelle identité.

— Mon époux est venu chez vous l'autre jour.

Elle ne devait pas lui donner l'impression qu'on l'avait pris en pitié et que sa situation justifiait un acte de charité.

— Il m'a si bien parlé de vous que j'ai eu envie de vous connaître.

— Votre époux ? Je ne me souviens pas...

Il se mit à tousser et la quinte devint si violente qu'abandonnant tout scrupule Hester poussa la porte et entra.

La pièce était étroite et encombrée de meubles, mais propre et aussi bien rangée que possible, sachant qu'elle restait occupée à longueur de journée et qu'une multitude d'objets nécessaires devaient rester à portée de main du malade.

Elle se dirigea droit vers l'évier et trouva une tasse, qu'elle remplit avec l'eau de l'aiguière placée sur la paillasse. Puis elle l'approcha du visage du vieil homme et attendit. Elle ne pouvait guère faire davantage pour lui. Il avait le corps parcouru de frissons tandis qu'il cherchait son souffle, et Hester entendait le flegme racler le fond de sa poitrine, trop profond pour être expectoré.

La toux se calma au bout d'une minute ou deux et le vieil homme saisit la tasse avec reconnaissance, sirotant l'eau à petites gorgées. Puis il la lui rendit.

— Désolé, Miss, fit-il d'une voix rauque. C'est la bronchite. Elle est mauvaise à cette époque de l'année.

— Elle peut arriver à n'importe quel moment de l'année, si vous y êtes sujet, objecta la jeune femme en lui souriant. Parfois, c'est en été qu'elle est la plus virulente, c'est vrai. Et il est plus difficile de s'en débarrasser.

— Vous devez avoir raison, approuva-t-il en hochant la tête.

Son visage était pâle, à l'exception des joues. Elle songea qu'il devait avoir un peu de fièvre.

— Qu'est-ce que je peux faire pour vous, Miss ? s'enquit-il. Si vous cherchez mon petit-fils, il n'est pas là. Il travaille dans la police et il est à son bureau. Il est excellent. Il est sergent.

Sa fierté faisait plaisir à voir.

— C'est à vous que je suis venue parler, lui rappela-t-elle. On m'a dit que vous étiez dans la marine et que vous avez vécu de grands événements... Quelques-unes des plus grandes batailles de l'histoire britannique.

Il lui jeta un regard en biais.

— Qu'est ce qui pourrait intéresser une jeune dame comme vous dans ces histoires de vieilles batailles, qui étaient achevées et remportées alors que vous n'étiez même pas encore née ?

— Si elles avaient été perdues, c'est le français que je parlerais aujourd'hui, répondit-elle, rencontrant son regard avec un petit rire.

— Oui... Vous devez avoir raison... Mais tout de même, vous savez cela sans avoir besoin de venir jusqu'à moi...

Hester comprit sans peine sa méfiance. Les jeunes femmes bien éduquées n'avaient pas coutume de rendre visite à un vieux marin malade qui, à en juger par l'ameublement qui l'entourait, avait toutes les peines du monde à trouver de quoi manger, se chauffer ou remplacer ses vêtements usés.

— J'ai été infirmière militaire en Crimée, expliqua-t-elle. J'en sais davantage sur la guerre que vous n'imaginez. Je ne pense pas avoir assisté à autant de batailles que vous, mais j'en ai vu ma part, et de plus près que je ne l'aurais souhaité. Moi, j'avais mon rôle à jouer lorsque tout était terminé...

À présent, elle parlait avec la fougue et la sincérité qu'appelaient ses souvenirs.

— Parmi mes connaissances, il n'y a personne avec qui je puis discuter de tout cela et évoquer les souffrances qui me reviennent encore en rêve. Personne n'attend cela d'une femme. Les gens pensent qu'il vaut mieux oublier, que c'est plus facile. Mais ça ne l'est pas toujours...

Il la considéra, bouche bée. Il avait des yeux bleu pâle. Sans doute étaient-ils plus sombres du temps de sa jeunesse.

— Eh ben... C'est vrai, sans blague ? Vous aviez l'air toute menue, comme ça !

Il observait son corps trop mince, ses épaules carrées, mais frêles, avec une admiration dénuée de désapprobation.

— Remarquez, en mer, poursuivit-il, c'était souvent les maigres qui se révélaient plus robustes que les gros costauds. En fait, la force, quand on en a besoin, c'est surtout dans la tête qu'on la trouve.

— Vous avez tout à fait raison, acquiesça-t-elle. Voudriez-vous boire quelque chose de chaud à présent ? Je peux vous préparer un thé, si vous voulez. Cela vous fera du bien. J'aimerais beaucoup bavarder avec vous, vous comprenez, et si vous vous remettez à tousser, ce ne sera pas possible...

Il semblait fort bien comprendre le stratagème de la jeune femme, mais Hester avait enrobé sa suggestion comme il fallait.

— Vous êtes une futée, Miss ! lança-t-il en souriant, avant de lui désigner le poêle. La bouilloire est là et le thé dans cette boîte. Il reste peut-être un peu de lait dans le garde-manger, mais ce n'est pas sûr. Michael doit en rapporter tout à l'heure.

— Cela ne fait rien, affirma-t-elle en se levant. Cela ira sans lait, si le thé n'est pas trop fort.

Elle était en train de réchauffer la théière lorsque la porte d'entrée s'ouvrit. Hester se retourna, pour voir apparaître un jeune homme mince, de taille moyenne, aux beaux yeux sombres. Il semblait en colère.

— Qui êtes-vous ? s'enquit-il en avançant vers elle. Et que faites-vous ici ?

Il avait laissé la porte ouverte derrière lui, comme pour faciliter la retraite de la jeune femme.

— Hester Monk, répondit-elle en le regardant droit dans les yeux. Je suis venue rendre visite à Mr. Robb. Nous avons beaucoup de choses en commun et il a eu la gentillesse de m'écouter. Pour qu'il puisse parler sans être trop gêné, il m'a autorisée à lui préparer du thé.

Le nouveau venu la dévisagea d'un regard incrédule. À son expression, on eût cru qu'il la soupçonnait d'être venue dérober les maigres provisions entreposées sur l'étagère.

— Que diable pourriez-vous avoir en commun avec mon grand-père ? interrogea-t-il.

— Tout va bien, Michael, intervint le vieil homme. Cela me ferait plaisir de la voir se bagarrer contre toi. Remarque qu'elle pourrait bien avoir le dessus, avec le bagout qu'elle a ! Une infirmière de Crimée, tu te rends compte ? Elle a vu plus de batailles que toi... comme moi. Elle n'est pas méchante, ne t'en fais pas.

Indécis, Michael considéra son grand-père, puis Hester. Celle-ci respectait l'attitude protectrice qu'il adoptait envers le vieillard et se prenait à espérer qu'elle-même eût agi de la sorte dans sa situation. Car ici, elle était une intruse. Toutefois, bien que physiquement sans défense, le vieux Robb ne devait pas être traité en enfant. La jeune femme s'interdit donc de plaider pour lui.

— Ça vous ennuierait de préparer une autre tasse de thé ? fit-il, un éclair malicieux dans le regard.

— Non, pas du tout, répondit Hester.

Elle ôta la dernière tasse de son crochet, vissé à l'étagère qui servait de vaisselier, puis acheva d'ébouillanter la théière, avant d'y introduire une maigre portion de feuilles de thé et d'y verser l'eau bouillante, le dos tourné à Michael. Elle entendit la porte se fermer et les pas du jeune homme se rapprocher.

— C'est Monk qui vous a envoyée ici ? demanda-t-il à voix basse.

— Non.

Elle allait ajouter que Monk ne « l'envoyait » nulle part mais, à la réflexion, c'était faux. Le détective l'avait à plusieurs reprises « envoyée » ici et là pour mener des enquêtes.

— Il ne sait pas que je suis venue. Il m'a parlé de Mr. Robb et j'ai eu envie de lui rendre visite. Je n'avais pas l'intention de vous dérober quoi que ce soit, sergent Robb, ni de faire du tort à votre grand-père en me mêlant de ce qui ne me regarde pas ou en le traitant avec condescendance. Je ne m'intéresse pas non plus à votre enquête sur Mrs. Gardiner.

Le sergent rougit, mais son regard demeura dur et hostile.

— Vous êtes directe à l'excès, madame.

Elle sourit.

— Je sais. Préférez-vous que je tourne encore un peu autour du pot ? Si vous le souhaitez, je puis revenir en arrière et mener une bonne dizaine de minutes d'obscure conversation. Enfin... disons cinq minutes.

— Non, pas du tout ! s'écria Michael. Je...

Il n'eut pas le loisir de développer sa pensée : une violente quinte de toux venait de saisir son grand-père. Sous l'effet de la douleur, le vieil homme se plia en deux et manqua tomber de son siège, le corps secoué et le visage rouge. Des gouttes de sueur perlaient à son front et à sa lèvre supérieure.

D'un bond, Michael fut auprès de lui. Il le prit dans ses bras et le recala dans son fauteuil. Le malade peinait à trouver son souffle, s'efforçant désespérément d'attirer l'air dans ses poumons meurtris. Son corps était parcouru de spasmes d'une violence intense, tandis qu'il crachait de grosses glaires jaune sombre injectées de sang.

Hester avait déjà jugé de la gravité de la maladie, et cet épisode confirma son diagnostic. S'ils s'étaient trouvés à l'hôpital, elle lui eût administré une petite dose de morphine afin d'apaiser la crise. Du sherry additionné d'eau eût en outre aidé le vieil homme à se remettre. Elle parcourut les étagères du regard dans l'espoir de trouver quelque chose, se demandant comment donner au malade ce dont il avait besoin sans heurter son amour-propre. Elle savait parfaitement que l'anxiété pouvait aggraver le mal, la peur, détruire l'envie de vivre. L'humiliation et la conviction d'être inutile, de représenter une charge pour des êtres aimés, avaient précipité la mort dans bien des cas où un rétablissement eût été possible.

Elle vit du pain et du fromage, trois œufs, un morceau de bœuf froid soigneusement recouvert, quelques légumes crus et un reste de pâté en croûte. Ce n'était pas grand-chose pour nourrir deux hommes, mais peut-être le policier avait-il déjeuné avant de rentrer. À moins qu'il ne fût contraint de sacrifier son propre bien-être pour mieux soigner son grand-père, en veillant à ce que ce dernier n'en eût pas conscience.

Il y avait également un placard fermé, qu'elle se refusa toutefois à ouvrir sans y avoir été invitée. N'y aurait-il pas un moyen de faire venir Kristian Beck, afin qu'il prescrivît de la morphine à Mr. Robb ? L'ancien marin était trop vieux et son mal trop avancé pour espérer autre chose qu'un soulagement de la douleur mais, après tout, cet aspect de la médecine n'était-il pas tout aussi crucial que les autres ?

Que pouvait-elle lui proposer, entre-temps ? À lui seul, le thé chaud serait bénéfique, encore fallait-il que le vieil homme se maîtrisât pour le boire. Soudain, Hester aperçut un petit pot de miel clair.

Elle versa du thé dans une tasse et ajouta le miel, ainsi qu'un peu d'eau froide. Puis elle attendit une trêve dans la quinte et, passant devant Michael, porta la tasse aux lèvres du malade.

— Prenez-en une gorgée, dit-elle. Cela vous fera du bien.

Il obéit à grand-peine. Le miel dut adoucir les spasmes dans sa gorge, car son corps se décrispa et il commença à se détendre, buvant par petites gorgées. Il semblait que la crise était passée.

Hester reprit la tasse et la posa, puis retourna à l'évier et trouva un bol qui servait pour la vaisselle, y vida le reste de l'eau bouillante et remit de l'eau à chauffer. Elle testa l'eau du bol avec la main et, munie d'un linge et d'une serviette, retourna près du vieil homme.

Il était pâle et à bout de forces, mais calme. Manifestement, son incapacité de tout à l'heure à se dominer l'embarrassait.

Mécontent et protecteur, Michael se tenait à ses côtés, posant sur lui un œil angoissé. La scène précédente eût dû se dérouler en privé : Hester n'avait rien à faire là.

L'infirmière plongea le linge dans l'eau chaude, l'essora et nettoya doucement le visage et le cou du vieil homme. Puis, voyant que celui-ci ne protestait pas, elle défit les boutons de sa chemise, qu'elle lui ôta, consciente du regard de Michael rivé sur elle. Alors, elle entreprit de laver le buste et tout le corps du malade, sans un mot. Un silence absolu régnait dans la pièce.

Lorsque Michael eut compris ce qu'elle faisait et qu'il fut certain que son grand-père n'y voyait rien à redire, il sortit un instant et revint, une chemise propre à la main. Hester aida son patient à l'enfiler, puis reprit le broc d'eau et alla le vider dehors, dans le puisard.

Lorsqu'elle revint, le vieux Robb souriait. Michael, quoique toujours sur ses gardes, semblait moins agressif.

— Merci, Miss, dit le malade. Je suis vraiment désolé de vous avoir infligé ça.

— Vous ne m'avez rien infligé du tout, répondit-elle en souriant. J'espère que nous allons bientôt pouvoir bavarder tous les deux, et que vous me raconterez des épisodes de l'histoire que jusqu'ici je n'ai pu qu'imaginer.

— Pas de problème ! acquiesça-t-il avec enthousiasme.

— Un autre jour, intervint Michael. Tu es fatigué...

— Je vais bien, insista Robb. Ne te fais pas de souci, Michael. Je te l'ai dit, cette dame faisait partie de ces infirmières de Crimée... alors je suppose qu'elle sait tout ce qu'il faut savoir sur la maladie. Retourne à ton travail, mon garçon. Je sais qu'il y a des choses importantes que tu es seul à pouvoir accomplir.

Il le considérait avec sérénité. Sa voix s'était raffermie, appelant des réminiscences de son autorité d'antan.

— Ne t'inquiète pas, ajouta-t-il.

Michael regarda Hester, les sourcils légèrement froncés, les lèvres crispées.

— J'apprécie votre gentillesse, Mrs. Monk, déclara-t-il enfin, hésitant comme s'il se livrait à un combat intérieur. Je suis sûr que mon grand-père se réjouira de votre compagnie.

— Et moi, de la sienne, répondit Hester. Je serai ravie de venir le voir dès que j'aurai un petit moment. Je suis très souvent à l'hôpital, qui est tout près d'ici. Quelques minutes de marche à peine.

— Merci.

— Il n'y a pas de quoi.

Il se dirigea vers la sortie et lui fit signe de l'accompagner.

— Au revoir, grand-père, lança-t-il. J'essaierai de ne pas rentrer trop tard.

— Ne t'en fais pas, le rassura de nouveau l'intéressé. Ça ira pour moi.

C'étaient des paroles courageuses, qu'il prononçait comme si elles pouvaient être vraies, même si chacun d'eux savait que rien n'était moins sûr.

Une fois dans le vestibule, Michael s'arrêta et fixa Hester d'un regard intense.

— Vous êtes une bonne infirmière, Mrs. Monk, murmura-t-il pour ne pas être entendu de son grand-père, et j'apprécie la façon dont vous vous êtes occupée de lui. Vous ne lui avez pas donné l'impression qu'il s'agissait d'un geste de charité. Vous savez y faire. Je suppose que cela vous vient de votre expérience de la guerre...

— Cela vient aussi du fait que je l'aime bien, protesta-t-elle, sincère.

Rien, dans le regard sombre du jeune homme, n'indiquait s'il la croyait ou non.

— Mais n'allez surtout pas vous figurer, reprit-il, que ce que vous pourrez faire ici changera quoi que ce soit ! Je n'interromprai pas mes recherches. Et lorsque j'aurai trouvé Mrs. Gardiner, car je la trouverai, si elle est coupable du meurtre de James Treadwell, je l'arrêterai et je l'inculperai, quels que soient les bienfaits que vous aurez prodigués à mon grand-père...

Ses traits se crispèrent davantage encore et sa voix se fit plus rauque pour ajouter :

— ... et que vous parliez ou non de tout cela au

commissariat, conclut-il, rougissant légèrement. Et si mes paroles vous semblent insultantes, j'en suis désolé.

— J'ai l'habitude des insultes, sergent Robb, riposta Hester, surprise de sentir à quel point cette suggestion la blessait. Mais j'avoue que c'est là une façon nouvelle de me faire savoir que mon travail est inutile, incompétent et d'une nature douteuse sur le plan moral.

— Je n'ai pas voulu dire...

— Mais vous l'avez dit! coupa la jeune femme, consciente de l'embarras de son interlocuteur. Cependant, je puis vous comprendre. Vous devez vous sentir très vulnérable, à quitter votre travail pour venir vous occuper de votre grand-père. Je vous jure que ma visite ici n'a aucun but, sinon de prendre un peu soin de lui, puisque c'est là ma profession, et d'évoquer avec lui de vieux souvenirs, que je ne puis partager qu'avec des personnes qui ont vécu des expériences similaires aux miennes. Vous devez me croire.

Sans attendre sa réaction, elle tourna les talons et repartit vers le salon, laissant la porte ouverte afin que l'air tiède pût pénétrer dans le logement. Elle entendit à peine les pas de Michael qui s'éloignaient dans la rue.

Elle resta aux côtés du vieil homme bien plus longtemps que prévu. Au début, elle parla peu, répondant à quelques questions sur la vie quotidienne à l'hôpital de Scutari et sur Florence Nightingale. Robb voulait tout savoir de cette dernière : à quoi elle ressemblait, comment elle se comportait, comment elle parlait, et même quels vêtements elle portait. Sa réputation était telle que même ces petits détails retenaient l'attention du vieil homme. Hester répondait avec plaisir, tandis que les souvenirs lui revenaient en force.

En milieu d'après-midi, le malade s'endormit et elle put se lever pour mettre un peu d'ordre dans la cuisine et refaire chauffer de l'eau, afin de pouvoir préparer du thé au besoin. Elle s'autorisa ensuite à ouvrir le placard, espérant y trouver de quoi calmer les crises du vieil homme : de la camomille, par exemple, contre les douleurs de ventre, de la grande camomille contre les maux de tête, ou même un peu de quinine pour faire baisser la fièvre. Elle fut heureuse de découvrir tous ces produits, ainsi qu'un petit paquet qui lui évoqua de la morphine. Elle y goûta du bout du doigt et vit sa première impression confirmée. Ainsi, elle avait devant elle une armoire à pharmacie tout à fait respectable, trop bien adaptée aux besoins du malade pour avoir été constituée au hasard, et trop onéreuse pour la bourse d'un simple sergent de police, à moins de se serrer la ceinture sur tout le reste.

Elle referma doucement l'armoire et demeura pensive. La morphine était l'un des principaux produits dérobés à l'hôpital. Jusque là, Hester avait supposé que les auteurs des larcins étaient des drogués à qui l'on en avait administré contre la douleur et qui, depuis, ne pouvaient survivre sans. Mais si c'était pour soigner les malades incapables de se déplacer jusqu'à l'hôpital que l'on prélevait ces médicaments ? Bien sûr, cela n'en restait pas moins du vol, mais Hester avait du mal à désapprouver de telles initiatives.

Une question lui brûlait les lèvres : qui avait apporté les médicaments et Michael Robb connaissait-il leur provenance ? Cela expliquait-il, au moins en partie, l'inquiétude qu'il avait manifestée en découvrant Hester chez lui ? Elle ne le pensait pas. Si la raison lui disait que c'était possible, son intuition le rejetait d'emblée.

Quant au vieil homme, qui dormait à présent, illuminé du soleil de l'après-midi, il devait savoir qui le fournissait en médicaments, mais avait-il conscience que ceux-ci avaient été volés ? Peut-être l'avait-il deviné, pourtant Hester n'y croyait guère. De toute façon, elle ne lui poserait pas la question. Il n'y avait aucune décision à prendre à ce sujet. Elle ne se mêlerait pas de cette affaire.

Elle s'installa sur une chaise et attendit le réveil du malade.

Lorsqu'il ouvrit les yeux, il fut ravi de découvrir

qu'elle était toujours là. Frais et dispos, il se mit à parler sans attendre, tandis qu'elle préparait le thé.

— Vous vouliez, dit-il, que je vous parle de mes années dans la marine. Eh bien, évidemment, le jour le plus mémorable entre tous a été celui de la bataille, n'est-ce pas ?

Il guetta sa réaction, plein d'impatience.

— La bataille ? répéta-t-elle en se retournant vers lui.

— Allez, ma fille ! Il n'existe qu'une bataille digne de ce nom pour un marin... qu'une seule bataille pour l'Angleterre... je dis bien pour l'Angleterre !

Elle sourit.

— Ah... Vous voulez parler de... Trafalgar ?

— Bien entendu que je parle de Trafalgar ! Vous me taquinez, hein ?

— Vous étiez à Trafalgar ! Vraiment ?

Elle ne chercha pas à dissimuler à quel point elle était impressionnée.

— Eh oui ! C'est une chose que je n'oublierai jamais, même si je dois vivre cent ans... ce qui ne sera pas le cas ! Un grand jour... un jour terrible aussi ! Il n'y en a pas eu d'autres comme celui-là, et il n'y en aura jamais plus.

Elle versa l'eau sur les feuilles de thé.

— Sur quel navire étiez-vous ?

— Mais voyons, le *Victory*, bien sûr !

Il avait prononcé ce nom avec, dans la voix, une fierté si grande et si manifeste que, l'espace d'un instant, Hester eut l'impression de se trouver face au jeune homme qu'il avait été un demi-siècle plus tôt, alors que l'Angleterre se trouvait menacée d'invasion par les armées de Napoléon et que plus rien ne s'élevait entre celles-ci et la conquête, sinon les remparts de bois de la flotte britannique et l'intelligence et le courage d'un Horatio Nelson et des hommes qui naviguaient avec lui.

Elle apporta le thé et lui en proposa une tasse, qu'il saisit. Leurs regards se croisèrent.

— J'y étais, poursuivit-il à mi-voix. Et je me souviens

de ce matin-là comme si c'était hier. Le premier signal est venu vers six heures. Nous étions le 19 octobre. L'ennemi avait hissé ses huniers. En tout cas, c'est ce qu'on a appris par la suite. Puis il est sorti du port à la voile. Il était neuf heures et demie et il faisait grand soleil quand on a entendu les bateaux depuis le *Victory*.

Il secoua la tête.

— Durant tout le jour, on a tiré des bords en direction de Gibraltar, mais on ne les a jamais vus. Il faut dire que la visibilité n'était pas bonne. Le temps empirait d'heure en heure. On avait bordé les huniers à fond et on était trop près de Cadix.

Hester acquiesça d'un signe de tête et sirota son thé sans l'interrompre.

— L'amiral nous a donné le signal pour mettre le cap sur le nord-ouest et revenir à notre position de départ. C'était le lendemain, vous comprenez ?

— Oui, je comprends. Je sais que la bataille s'est déroulée le 21.

Il hocha de nouveau la tête, satisfait.

— À l'aube du 21, l'amiral nous avait placés exactement où il voulait. À vingt et un milles au nord-ouest du cap de Trafalgar et contre le vent par rapport à l'ennemi.

Ses yeux souriaient, bleus et scintillants, telle la mer, peut-être, en ce jour historique.

— Il me semble respirer encore l'air salé, murmura-t-il en plissant le front comme si la grande luminosité l'aveuglait encore. Il nous a fait mettre sur deux colonnes et a fait hisser toutes les voiles.

Hester ne disait rien. Le vieil homme, souriant, avait oublié le thé.

— J'ai fait une entaille à mon fusil, et le gars à côté de moi aussi. C'était un Irlandais, je m'en souviens. L'amiral nous a passés en revue. Il nous a demandé ce que nous faisions. L'Irlandais lui a expliqué que c'était une entaille pour signaler une nouvelle victoire, au cas où il tomberait pendant le combat. Nelson s'est mis à rire et il a dit que nous ferions bien assez d'entailles dans les coques des vaisseaux ennemis.

« À onze heures du matin, l'amiral est descendu prier et il a écrit son journal, comme on l'a su après. Ensuite, il est remonté pour être avec nous tous. C'est à ce moment-là qu'il a fait hisser le pavillon du signal.

Toujours souriant, il secoua la tête. Une pensée semblait l'obséder.

— Il voulait dire « Nelson a toute confiance », mais le lieutenant Pascoe lui a dit que le mot « attend » était dans le code Popham, alors, que s'il disait « toute confiance », il devrait épeler lettre par lettre. Le message qu'il a envoyé fut donc « L'Angleterre attend de chaque homme qu'il fasse son devoir ».

Il eut un vague haussement d'épaules, scrutant la jeune femme pour s'assurer qu'elle n'ignorait pas que ces mots étaient devenus immortels.

— Je ne sais pas vraiment ce qui est arrivé dans l'autre colonne, enchaîna-t-il.

Il ne l'avait pas quittée des yeux, mais son regard bleu océan était déjà très loin. Sans doute revoyait-il les grands bateaux dont les voiles battaient au vent, hissées à ces hauts mâts qui chatouillaient le ciel, alors qu'on se rapprochait de l'ennemi pour attaquer, les hommes parés à faire feu, muscles bandés, silencieux, les ponts, derrière eux, peints en rouge pour ne pas que l'on vît le sang quand le massacre débuterait.

Hester devinait dans ses yeux et dans la ligne de ses lèvres le souvenir d'une lumière plus intense que celle de l'été anglais, le tangage du pont tandis que le navire frappait les vagues, l'attente, puis la rumeur et le grondement des canons qui faisaient feu, l'odeur de salpêtre, la fumée qui piquait les yeux et le nez.

— Vous n'imaginez pas le bruit qu'il y avait, murmura Robb dans un souffle. À côté, les locomotives des trains qu'on fait maintenant, c'est le silence. Moi, j'étais artilleur, et pas des plus mauvais ! Personne ne se soucie de savoir combien de bordées nous avons lâchées ce jour-là. Mais il était à peu près une heure et demie quand l'amiral a été touché. Il était sur le gaillard d'arrière, avec le capitaine. Le capitaine Hardy.

Il fit la grimace.

— Il y a des imbéciles qui racontent qu'il paradait avec toutes ses décorations sur la poitrine. On voit que ceux-là n'ont jamais assisté à un combat naval ! De toute façon, quand il était en mer, il ne se mettait jamais sur son trente et un ! Plutôt négligé, qu'il était, avec une veste bleue ce qu'il y avait de plus ordinaire, comme les autres. Il avait des copies de pacotille de ses décorations, mais il suffit d'avoir un peu navigué en mer pour savoir que ça ternit en quelques jours à peine. Et puis, de toute façon, qui aurait pu le voir, je vous le demande ? Il y avait de la fumée partout ! Impossible de reconnaître sa propre mère à trois mètres !

Il s'interrompit un long moment pour recouvrer des forces. Hester songea à lui proposer de nouveau du thé bien chaud, mais elle savait les souvenirs plus importants, aussi resta-t-elle assise.

Le vieil homme reprit bientôt son récit, évoquant le moment où les marins avaient appris leur victoire, puis la tristesse écrasante ressentie par tous à l'annonce de la mort de Nelson. Il parla aussi des autres pertes, en bâtiments et en hommes, des blessés, de la prise des navires, puis de la tempête qui s'était levée juste après, causant de nouveaux dégâts. Il décrivit tout cela en mots simples et vivants, avec une émotion aussi vive que si la bataille avait eu lieu non pas cinquante-cinq ans mais quelques semaines plus tôt.

Il expliqua comment, pour le conserver, on avait placé le corps de Nelson dans une barrique de brandy, afin de pouvoir l'enterrer en Angleterre, selon ses vœux.

— Il était tout petit, précisa-t-il. Il m'arrivait au menton. C'est drôle, tout de même... Nous avions remporté la plus grande victoire navale de tous les temps, sauvé le pays de l'invasion, et nous sommes rentrés au port avec les drapeaux en berne, comme si nous avions perdu, parce qu'il était mort.

Il demeura silencieux, plongé dans ce douloureux souvenir.

Cette fois, Hester se leva et plaça la bouilloire sur le feu. Sur un plateau, elle posa un repas léger, avec une fine tranche de pâté et du thé bien chaud.

Le vieil homme prit plaisir à se restaurer, puis évoqua les funérailles de Nelson. Toute la population de Londres avait fait le déplacement pour rendre un dernier hommage au héros.

— On l'a enterré dans un cercueil spécial, expliqua-t-il avec fierté. Tout simple, comme la mort... et la mer. Un cercueil fabriqué avec du bois prélevé sur le vaisseau amiral français coulé à la bataille du Nil. C'était Hallowell qui le lui avait donné, bien des années plus tôt, et il l'avait toujours gardé. Son corps a été exposé dans le Painted Hall du Greenwich Hospital, à partir du 4 janvier.

Il sourit avec une satisfaction extrême.

— Le prince de Galles était là en personne !

Il prit une profonde inspiration, puis chassa l'air en une toux âcre, mais leva la main pour empêcher Hester d'intervenir.

— Il est resté là quatre jours, poursuivit-il dès qu'il en fut capable. Pendant quatre jours, le monde entier est venu lui rendre hommage. Le mercredi matin, on l'a embarqué sur le fleuve. Le cercueil a été placé sur une barge royale fabriquée pour le roi Charles II, et recouvert de velours noir, avec des plumes d'autruche noires, et il a gagné Londres. Il y avait toute une flottille avec lui : onze autres barges, toutes les corporations londoniennes avec leurs bannières flottant au vent. Je n'ai jamais vu autant d'or et de couleurs. Ça soufflait bien, ce jour-là. On a tiré un coup de canon par minute, sur tout le trajet jusqu'à Whitehall Stairs.

Il s'interrompit, clignant des yeux sans pouvoir réprimer les larmes qui coulaient le long de ses joues.

— Le lendemain, on l'a emmené à la cathédrale St Paul. Une grande procession, surtout des militaires. De la marine, il n'y avait que nous... ceux du *Victory*.

Sa voix se brisa, de fierté autant que de chagrin.

— J'étais l'un de ceux qui portaient nos pavillons de combat. Nous les tendions pour que la foule voie les trous des balles ennemies dans chacun d'eux. Les gens ôtaient leur chapeau quand nous passions. Cela faisait un bruit qui ressemblait à celui de la mer.

Il se frotta la joue.

— Pour rien au monde je n'échangerais ma place contre celle d'un gars qui n'aurait pas assisté à ça.

— On comprendrait mal que vous en ayez envie, répondit-elle en lui souriant, sans se soucier des larmes qu'elle non plus ne pouvait retenir.

Il hocha la tête.

— Vous êtes une bonne fille ! dit-il. Vous savez ce que ça veut dire, vous...

Elle n'eut pas le temps de répondre, car un bruit de pas se fit entendre derrière elle. Un instant plus tard, Michael Robb entrait dans la pièce. Alors seulement, la jeune femme s'aperçut que le soir tombait. Les ombres des meubles s'étiraient sur le sol, bien plus sombres que tout à l'heure. Elle se sentit rougir, honteuse d'être restée si longtemps, et se leva comme une automate.

Michael considéra les deux visages mouillés de larmes, d'un air à la fois inquiet et désapprobateur.

— C'est le meilleur après-midi que j'aie passé depuis des années, déclara doucement son grand-père. Elle m'a bien tenu compagnie, ça, on peut le dire ! On a parlé de toutes sortes de choses. Maintenant, c'est drôle, j'ai l'impression d'être très calme à l'intérieur. Allez, viens t'asseoir et prends du thé. On dirait que tu as mal aux pieds, mon garçon, et tu as l'air mort de fatigue.

Michael hésita. Son regard passa du vieillard à Hester, puis il parut se résoudre à croire le vieil homme. Un large sourire éclaira alors son visage, chassant la fatigue et faisant ressortir sa grande jeunesse.

— D'accord, acquiesça-t-il avec enthousiasme. Volontiers. Merci, Mrs. Monk.

Il s'interrompit et une ombre passa sur son visage.

— Je suis désolé... mais j'ai retrouvé Mrs. Gardiner.

Un froid glacial envahit Hester. La douceur de l'après-midi écoulé était envolée.

— J'ai été contraint de l'arrêter pour le meurtre de Treadwell, acheva le policier.

— Pourquoi ? articula-t-elle. Pourquoi diable Miriam Gardiner aurait-elle assassiné le cocher ? Si, pour quelque raison que ce soit, elle voulait échapper à Lucius Stourbridge, il lui suffisait de demander à Treadwell de la déposer n'importe où et de continuer à pied ou en cab. Il n'aurait jamais su où elle s'était rendue ensuite. Et si elle voulait simplement rentrer dans son quartier, Lucius connaissait de toute façon son adresse et ses fréquentations, au moins aussi bien que le cocher.

Michael semblait malheureux. Il était clair que sa propre réponse à cette question ne lui donnait pas entière satisfaction. Sans doute eût-il aimé se déchausser après cette rude journée, mais la présence de la jeune femme l'en empêchait.

— L'explication qui vient naturellement à l'esprit, c'est que Treadwell savait sur elle une chose qui aurait pu faire échouer son projet de mariage avec Stourbridge, déclara-t-il. Je suppose qu'elle aimait vraiment son futur époux, mais quoi qu'il en soit, l'aspect financier du problème est à prendre en compte : cette union lui aurait fait gagner plus d'argent qu'elle n'en avait vu de toute son existence.

Hester voulut objecter que Miriam ne s'intéressait pas à l'argent, mais en fait, elle n'en savait rien. Elle n'avait sur cette femme que des impressions, des a priori.

Elle se dirigea vers la bouilloire, y ajouta l'eau de l'aiguière qui était presque vide à présent, et la remit à chauffer.

— Je suis désolé, fit Michael d'un ton las en se laissant tomber sur une chaise. L'explication est trop évidente pour être négligée. Tous deux ont quitté ensemble la maison des Stourbridge et sont arrivés sur la lande de Hampstead. On a retrouvé le corps du cocher et la femme s'est enfuie. Une innocente serait restée, non ? Ou au moins, elle serait revenue raconter ce qui s'était passé.

— Et s'ils avaient tous deux été attaqués par une tierce personne ? Dans ce cas, elle était peut-être trop terrorisée pour se confier à quiconque !

Il la considéra d'un air sceptique.

— Si terrorisée que, même une fois entre nos mains, elle refuserait encore de parler ?

— Connaissez-vous cette Mrs. Gardiner, ma fille ? intervint John Robb.

— Non... Je ne l'ai jamais rencontrée. Je... Je sais deux ou trois choses à son sujet... J'ai simplement essayé de me mettre à sa place... enfin, un peu.

— De vous mettre à sa place ? répéta Michael. Alors qu'est-ce qui vous ferait quitter un homme qui vient d'être frappé, qui est mourant, mais encore en vie, pour vous enfuir et ne plus donner de vos nouvelles alors que la police vous recherche ? Et qu'est-ce qui vous ferait refuser, une fois inculpée de meurtre, de fournir la moindre explication ?

— Je ne sais pas, admit-elle à contrecœur. Je ne vois pas... mais ça ne veut pas dire qu'il n'y a pas d'explication.

— Elle protège quelqu'un, affirma le vieil homme en secouant la tête. Les femmes feraient tout pour protéger quelqu'un qu'elles aiment. Moi, je suis prêt à parier que si elle ne l'a pas tué de ses mains, elle sait qui est l'assassin.

Michael jeta un coup d'œil à Hester.

— Ne serait-il pas possible qu'elle ait eu une liaison avec Treadwell ? hasarda-t-il. Et que celui-ci ait voulu la contraindre à rester sa maîtresse, alors qu'elle avait décidé de le quitter pour épouser Stourbridge ?

Hester ne répondit rien. La raison se trouvait de toute façon du côté du policier et elle n'avait aucun argument à lui opposer. Elle reporta toute son attention sur la préparation du thé.

Lorsqu'elle rentra, Monk était déjà là, et elle s'aperçut avec stupéfaction qu'il avait préparé de la tourte au gibier froide et des légumes et dressé le couvert pour le dîner. Consciente de l'heure tardive, elle se confondit en excuses, contrariée. Elle se sentait d'autant plus reconnaissante qu'elle était fatiguée, qu'elle avait chaud et que ses bottines lui semblaient trop petites d'une bonne pointure.

— Qu'y a-t-il ? interrogea Monk, qui la connaissait trop bien pour penser que la fatigue était seule cause de sa mine sombre.

— Ils ont trouvé Miriam, répondit-elle en s'asseyant pour délacer ses chaussures.

Debout dans l'embrasure de la porte, il s'immobilisa.

— Ils l'ont arrêtée, compléta-t-elle à mi-voix. Michael Robb pense qu'elle a tué Treadwell, soit parce que celui-ci savait sur elle quelque chose qui l'aurait empêchée d'épouser Lucius, soit parce qu'elle avait une liaison avec lui et voulait y mettre fin.

Le visage de Monk était grave, ses traits durs.

— Comment sais-tu tout cela ?

— Je suis allée voir son grand-père, parce qu'il est gravement malade, et le sergent Robb est rentré.

— Et Robb t'a raconté tout cela spontanément ?

— Il sait que je suis ta femme.

— Ah...

Il hésita.

— Et toi, crois-tu que Miriam ait tué Treadwell ?

Il semblait étrangement défait en posant cette question. Hester ôta ses bottines et détendit ses pieds endoloris, puis elle se leva et marcha vers lui. Alors elle lui sourit et lui déposa un baiser léger sur la joue.

— Merci pour le dîner.

Il eut un sourire heureux.

— Que cela ne devienne pas une habitude, répondit-il.

CHAPITRE VI

L'image de Miriam Gardiner derrière les barreaux hanta Monk toute la soirée. Le détective dormit malgré tout d'un sommeil profond mais, dès son réveil, il songea de nouveau au désespoir de la jeune femme : sa conscience lui dictait d'aller la voir.

Il n'eut aucun scrupule à mentir aux gardiens, s'attribuant sans ciller la qualité d'avocat de Mrs. Gardiner, ce qui lui ouvrit les portes de la prison où elle était détenue.

Il la trouva assise dans sa cellule, les mains croisées sur les genoux, pâle, mais si calme qu'il trouva son attitude terrifiante. Il ne décelait en elle ni volonté de se battre ni indignation face à l'injustice subie. Elle ne parut ni heureuse ni mécontente de le voir entrer.

La porte de la cellule claqua derrière lui et il entendit le lourd verrou que l'on tirait. La pièce faisait cinq pas sur cinq, avec un sol en pierres sombres et des murs blanchis à la chaux. L'unique ouverture, ménagée en hauteur, était lourdement vitrée, laissant filtrer la lumière, mais non la couleur. Au-delà, le ciel pouvait être aussi bien bleu que gris. L'air suffocant semblait porter l'odeur de décennies, voire de siècles de colère et de désespoir.

— Mrs. Gardiner... commença Monk.

Il avait répété ce qu'il souhaitait lui dire mais, à présent, ce discours préparé semblait inadapté. Il fallait de l'intelligence, voire du génie pour parvenir à aider cette femme dans la terrible situation de douleur et de confusion où elle se trouvait; toutefois, seule l'émotion lui parut de mise en cet instant.

— J'espérais que le sergent Robb ne vous retrouverait pas, mais puisque vous êtes ici, je vous en prie, laissez-moi tenter de vous aider.

Elle le contempla d'un regard vide.

— Vous ne pouvez rien pour moi, Mr. Monk. Non que je mette en doute vos compétences... mais dans ma situation, nul ne peut m'aider.

Sans répondre, il prit place sur une chaise, face à elle.

— Que s'est-il passé? interrogea-t-il d'un ton pressant. Savez-vous qui a tué Treadwell?

Elle détourna les yeux pour considérer quelque zone sombre visible d'elle seule.

— Le savez-vous? insista le détective.

— Rien de ce que je pourrais vous dire ne serait d'aucune utilité, Mr. Monk.

Sa voix ne véhiculait pas une once d'espoir. Miriam n'avait pas la volonté de se défendre.

— Est-ce vous qui l'avez tué?

Elle releva lentement la tête, les yeux grands ouverts. Avant même de l'entendre, Monk sut quelle serait sa réponse.

— Non.

— Alors qui est-ce?

Elle se détourna de nouveau.

Monk réfléchit. Si elle gardait ainsi le silence, ce ne pouvait être que pour protéger quelqu'un. Avait-elle la moindre idée des risques qu'elle courait?

— Treadwell vous a-t-il menacée?

— Non.

Elle ne semblait nullement surprise. Qui protégeait-elle? Cleo Anderson, qui avait été une mère pour elle? Un amant d'autrefois, un parent de son premier époux?

— Menaçait-il quelqu'un d'autre que vous? Vous faisait-il chanter? Exploitait-il quelque chose qu'il savait sur votre vie à Hampstead?

— Non. Je n'ai rien à cacher, il ne pouvait pas me faire chanter.

Des larmes venaient de perler à ses yeux. L'émotion avait enfin brisé la glace du désespoir. Cela ne dura toutefois qu'un court instant. Ses pleurs se tarirent.

La cellule sévère, avec son lit de bois et son matelas de paille, ses murs nus et son atmosphère étouffante, ne semblait avoir aucune réalité pour elle. Son univers se résumait à sa vie intérieure et à sa douleur. De toute évidence, elle n'avait pas songé à ce qui lui arriverait si elle persistait à ne présenter aucune défense.

Il considéra un long moment la silhouette courbée à demi tournée vers lui, qui semblait incapable de réaction.

— Miriam !

Il tendit la main et la toucha. Le corps de la jeune femme demeura de marbre.

— Miriam, que s'est-il passé ? Pourquoi avez-vous quitté la maison des Stourbridge ? Votre départ avait-il quelque chose à voir avec Treadwell ?

— Non...

Cette fois, l'émotion perçait clairement dans sa voix.

— Non, répéta-t-elle. Cela ne le concernait en rien. Son seul rôle consistait à m'emmener en voiture...

— Vous le lui avez simplement demandé, et il a accepté ? s'étonna le détective. N'avez-vous pas été obligée de lui fournir une explication ?

— Pas une explication. Une récompense.

— Vous l'avez payé ?

— Je lui ai donné mon médaillon. Mais cela importe peu.

Qu'elle fût prête à se séparer si aisément d'un bijou personnel donnait la mesure du désespoir qui l'animait au moment de sa fuite. Monk se demanda ce qu'il était advenu du médaillon. Il n'avait pas été retrouvé dans les poches de Treadwell. Le meurtrier s'en était-il emparé ?

— Où est-il à présent ? interrogea le détective. L'avez-vous repris ?

Elle fronça les sourcils.

— Où il est ? N'était-il pas sur lui... sur son corps ?

— Non.

Elle eut un vague haussement d'épaules.

— Alors je ne sais pas. Mais ce n'est pas grave. Ne perdez pas votre temps à le chercher, Mr. Monk. Peut-être a-t-il été ramassé par quelqu'un à qui il fera plaisir ! Je préférerais penser qu'il n'est pas tombé dans une bouche d'égout, mais si c'est le cas, je n'y peux plus rien à présent.

— À quoi dois-je consacrer mes efforts, Miriam ?

Elle demeura si longtemps silencieuse qu'il fut tenté de répéter la question. Il allait le faire lorsqu'elle répondit.

— À réconforter Lucius...

Elle s'effondra en larmes à ces mots, le visage dans les mains, le corps secoué par les sanglots.

Comment la secourir ? Elle était seule, vulnérable face à une épreuve terrible, et presque certainement à une mort qui figurait parmi les pires qui soient.

De nouveau, il posa une main sur le bras de la jeune femme.

— Mes paroles ne suffiront pas à le réconforter quand il vous verra sur le banc des accusés au tribunal, ni quand le juge prononcera une sentence de mort ! Dites-moi la vérité pendant que je peux encore faire quelque chose ! Pourquoi vous êtes-vous sauvée de chez les Stourbridge ? Ou, si vous ne voulez pas répondre à cette question, dites-moi au moins ce qui s'est passé à Hampstead. Qui a tué Treadwell ? Où étiez-vous au moment du meurtre ? Pourquoi vous êtes-vous cachée ensuite ? De qui aviez-vous peur ?

Il fallut un long moment à Miriam pour retrouver son calme. Elle se moucha, évitant le regard du détective, puis répondit à voix basse :

— Je ne peux pas vous dire pourquoi je suis partie, sachez seulement que je n'avais pas le choix. Ce qui s'est passé à Hampstead, c'est que Treadwell a été attaqué et assassiné. C'est sans doute ma faute, mais ce n'est pas moi qui l'ai tué, ça, je vous le jure. Je n'ai jamais fait de mal à personne de façon intentionnelle.

Elle releva la tête et, cette fois, rencontra le regard de Monk. Elle avait les yeux rougis par les pleurs.

— S'il vous plaît, dites cela à Lucius, Mr. Monk. Jamais je ne ferais de mal volontairement. Je voudrais qu'il me croie...

Sa voix s'éteignit dans un dernier sanglot.

— Il en est déjà convaincu, assura Monk. Ce n'est pas de Lucius qu'il faut vous préoccuper. Je suis sûr qu'il ne pensera jamais de mal de vous. C'est à tous les autres que vous devez songer, et en particulier au sergent Robb et au jury devant lequel il va vous placer. Car il vous fera juger, n'en doutez pas ! À moins que vous n'y mettiez du vôtre. Avez-vous vu l'assassin de Treadwell ? Au moins, répondez-moi par oui ou par non.

— Oui. Mais même si je le dénonçais, personne ne me croirait... et je ne le dénoncerai pas.

Le ton était irrévocable. Il était impossible d'imaginer qu'elle pût espérer être infléchie. Peu lui importait ce que pensait Monk, tout, dans son attitude et dans sa voix, le signifiait clairement.

— Mettez-moi à l'épreuve, la pressa-t-il. Dites-moi la vérité et laissez-moi décider si je vous crois ou non ! Si vous êtes innocente, alors une autre personne est coupable, et elle doit être arrêtée ! Dans le cas contraire, c'est vous qui serez pendue !

— Je le sais. Croyez-vous que je ne l'avais pas compris ?

— Accepteriez-vous de voir Lucius ? Ou le major Stourbridge ?

— Non !

Elle se recula vivement sur son siège. Pour la première fois, la peur altérait sa voix.

— Non, je ne veux pas... Si vous avez vraiment le désir de m'aider, je vous en prie, ne me demandez pas cela.

— D'accord...

— Vous me donnez votre parole ? insista-t-elle, posant sur lui un regard intense.

— Ma parole d'honneur. Mais une fois de plus, je vous mets en garde : personne ne pourra vous aider tant que vous refuserez de révéler la vérité. Si vous ne voulez rien me dire à moi, accepteriez-vous de vous confier à un avocat, à une personne qui serait liée par le secret professionnel, quoi que vous lui disiez ?

Un sourire effleura un instant les lèvres de la jeune femme, puis s'estompa.

— Cela ne changerait rien. C'est la vérité elle-même qui est douloureuse, Mr. Monk, non ce que vous pourriez en faire. Je vous remercie d'être venu. Je suis sûre que vos intentions étaient généreuses, mais vous ne pouvez m'aider. Je vous en prie, laissez-moi à présent.

Elle se détourna à ces mots et il se sentit contraint d'obtempérer. Il se leva, encore indécis, puis appela le geôlier.

Il venait de franchir les grilles lorsqu'il rencontra Michael Robb. Celui-ci semblait fatigué et Monk ressentit un plaisir obscur à ne rien découvrir chez lui qui évoquât un quelconque triomphalisme.

Les deux hommes s'immobilisèrent, face à face.

— Vous êtes allé la voir, fit Robb.

— Elle ne vous dira rien, répondit le détective. Elle ne veut parler à personne. Elle ne veut même pas voir Stourbridge.

Robb détailla son interlocuteur, s'attardant sur la cravate impeccable et les épaulettes de la redingote bien coupée. Son regard descendit jusqu'à la pointe des souliers brillants.

— Savez-vous ce qui s'est passé ? interrogea-t-il enfin.

— Non.

Robb mit les mains dans les poches en une attitude délibérément désinvolte, voire négligée, comparativement à Monk.

— Je le découvrirai, assura-t-il. Quel que soit le temps qu'il faudra, je comprendrai ce qui est arrivé à Treadwell... ou du moins, j'en saurai assez pour engager des poursuites. Il y a quelque chose, dans le passé de ce cocher — ou de Mrs. Gardiner — qui a conduit à ce crime.

Il scruta le visage du détective, guettant une réaction, cherchant à deviner ses pensées.

— Il le faudra, approuva sombrement Monk. Car pour le moment, vous n'avez que des soupçons. Cela ne suffit pas pour faire pendre quelqu'un.

Robb tressaillit imperceptiblement. Le mot terrible qui venait d'être prononcé évoquait une réalité chargée d'horreur.

— Comptez sur moi, souffla-t-il. Même si Treadwell était un démon qui méritait de payer pour ses actes, le jour où nous permettrons à l'homme de la rue de décider seul des sanctions à prendre, sans aucune forme de procès et sans avoir ensuite à répondre de ses crimes, nous perdrons le droit de nous estimer civilisés. En tolérant la loi du plus fort, en reniant toute notion de justice officielle, nous ne sommes plus une société digne de ce nom.

Malgré son assurance, il parut craindre un instant de voir son interlocuteur se moquer de ce discours, et Monk se prit à espérer que rien de ce que le jeune policier avait appris de son passé ne justifiait une telle appréhension. Sans doute ne le saurait-il jamais. Un haquet passa bruyamment près d'eux.

— Je ne ferai rien pour vous mettre des bâtons dans les roues, assura-t-il d'un ton neutre. Ni l'un ni l'autre, nous ne pouvons nous permettre une vengeance personnelle.

Il sourit en prononçant ces paroles, se demandant si Robb savait à quel point elles étaient justes.

— Mrs. Gardiner a tout intérêt à parler, fit remarquer le sergent. Ne pouvez-vous pas la convaincre ? Si elle persiste dans son attitude, je serai contraint d'entreprendre une enquête approfondie, d'aller fouiller sa vie, interroger ses amis, enquêter sur son premier mari... bref, de tout mettre sens dessus dessous.

— C'est le problème avec les homicides, acquiesça Monk. Ils nous obligent à apprendre sur les gens plus de choses que nécessaire, à découvrir de petits secrets sans lien avec le crime commis, en plus de ceux qui expliquent tout. Des innocents se voient retirer leurs masques, qui couvraient parfois des fautes depuis longtemps réparées. Il faut connaître de la victime tout ce qu'elle a pu faire, au cours de sa vie, pour pousser un individu à accomplir le geste terrible et définitif de tuer, il faut les épier jusqu'à interpréter le moindre tressaillement, afin de déchiffrer cette haine qui les a détruits. Bien sûr, vous connaîtrez Treadwell... et vous en viendrez à le plaindre, mais vous le haïrez sans doute tout autant.

— Avez-vous élucidé un grand nombre de meurtres ? demanda Robb.

— Oui, répondit Monk. Il y en a que j'ai compris et que j'aurais tout à fait pu accomplir moi-même. D'autres étaient si froids, si pétris d'égoïsme que j'en demeurais effaré, à me demander comment un être humain que j'avais côtoyé, avec lequel j'avais bavardé, avait pu cacher le mal derrière un visage qui me regardait comme n'importe quel autre.

Durant plusieurs secondes, les deux hommes demeurèrent immobiles, insensibles aux bruits et à l'animation de la rue.

— Je crois, déclara enfin le sergent, que ce meurtre se révélera faire partie de la première catégorie. Et je le regrette. Je voudrais ne rien découvrir dans le passé de Mrs. Gardiner qui ait pu donner lieu à un chantage. Toutefois, j'ai le devoir de chercher. Et si je trouve quelque chose, je serai contraint de le faire savoir.

Monk songea qu'il se trouvait face à un très jeune homme et il se demanda quelles preuves lui-même avait découvertes — ou laissé échapper — lorsqu'il avait cet âge. Et aussi ce qu'il ferait à présent s'il se trouvait à la place de Robb.

Mais il n'était pas à la place de Robb. Pour sa part, il n'avait plus aucune raison de s'intéresser à l'affaire. Sa mission était close.

— Bien sûr, répondit-il. Vous aurez des centaines de décisions à prendre. À vous de le faire en votre âme et conscience. Au revoir, sergent Robb.

— Au revoir, Mr. Monk. Notre rencontre fut pour moi une expérience enrichissante.

Il parut sur le point d'ajouter quelque chose, mais se ravisa et se dirigea vers la prison.

Monk songea que rien ne le liait plus à l'affaire Treadwell. Miriam avait refusé de parler, elle n'avait expliqué ni son départ précipité de Cleveland Square, ni ce qu'elle avait vu à Hampstead. Il ne pouvait plus rien faire.

Assis à son bureau, Monk rédigeait son courrier, mais son esprit était ailleurs. Aussi fut-il ravi d'entendre sonner à la porte. Son cœur se serra toutefois lorsqu'il découvrit Lucius Stourbridge sur le seuil. Fallait-il lui exprimer des condoléances? Lucius l'avait engagé pour trouver Miriam et le détective avait rempli son contrat. Le résultat s'était certes révélé catastrophique, mais il n'y était pour rien.

Lucius avait le visage hagard. Ses yeux cernés de noir et ses joues pâles, sous sa peau mate, lui donnaient un teint cireux, presque gris. C'était un homme en proie au pire des cauchemars.

— Je sais que vous avez déjà accompli tout ce pour quoi je vous avais engagé, Mr. Monk, commença-t-il sans même laisser au détective le temps de l'inviter à entrer. Et vous avez tout tenté pour protéger Mrs. Gardiner, allant jusqu'à cacher vos découvertes à la police. Seulement, on l'a retrouvée malgré tout, et elle a été arrêtée...

Ces mots avaient tant de peine à passer ses lèvres que sa voix se brisa. Il dut s'éclaircir la gorge avant d'achever sa phrase.

— ... pour le meurtre de Treadwell.

Il déglutit avec difficulté.

— Je sais qu'elle n'a pu faire une chose pareille. Je vous en prie, Mr. Monk, je suis prêt à vous donner tout ce que vous voudrez, à sacrifier tout ce que je possède s'il le faut, mais je vous en supplie, aidez-moi à le prouver !

Il se tenait toujours sur le seuil, rigide, les mains jointes, les yeux emplis de désespoir.

— Ce n'est pas une question d'argent, Mr. Stourbridge, répondit Monk d'une voix lente, luttant contre le bon sens et contre tout ce que lui soufflait sa raison. Je vous en prie, entrez. Mrs. Gardiner, continua-t-il tandis que son visiteur le suivait dans le bureau, ne me dira rien sur ce qui s'est passé. La seule chose qu'elle ait consenti à me révéler, c'est qu'elle n'a pas tué Treadwell.

— Mais bien sûr qu'elle ne l'a pas tué ! protesta-t-il, toujours debout. Nous devons la sauver du...

Il n'eut pas la force de prononcer le mot fatidique.

— Nous devons la défendre, se reprit-il. Je... J'ignore comment, sinon... Mais je connais votre réputation, Mr. Monk. S'il y a à Londres un homme qui puisse faire quelque chose, c'est vous.

— Si vous connaissez ma réputation, vous savez que je ne dissimulerai pas la vérité si je la découvre, le prévint Monk. Même si cette vérité n'est pas conforme à ce que vous souhaitez entendre.

Lucius releva le menton.

— Ce ne sera peut-être pas ce que je souhaite entendre, Mr. Monk, mais ce ne sera pas non plus que Miriam est coupable de meurtre. Ce que je crois, c'est que l'assassin est un individu qui la terrorise et qu'elle ne peut donc dénoncer.

Sa voix se mit à trembler.

— Toutefois, si c'est elle qui a provoqué la mort de Treadwell, c'est soit par accident, soit en se défendant contre une menace.

Monk se garda d'espérer que la solution fût si simple.

Si tel était le cas, pourquoi Miriam ne l'avait-elle pas simplement expliqué à la police? Nul ne la blâmerait d'avoir défendu sa vertu. L'image du cadavre de Treadwell lui revint en mémoire. Celui-ci ne portait qu'une blessure à la tête et des écorchures aux genoux et aux paumes. Il ne s'était pas battu. Il avait reçu un coup puissant qui avait provoqué une hémorragie interne, et la mort était survenue plusieurs minutes plus tard. Durant ce laps de temps, il avait rampé, sans doute pour chercher de l'aide. Il connaissait le quartier, peut-être connaissait-il aussi Cleo Anderson. Était-il possible que Miriam l'eût froidement regardé se traîner sur la route sans intervenir? Si elle n'avait rien à se reprocher, pourquoi n'avait-elle pas au moins rapporté l'accident? Une femme honorable victime d'une agression se fût comportée autrement.

En outre, et plus accablant encore, quelle arme pouvait-elle avoir en main pour infliger un tel coup, et comment Treadwell eût-il pu la menacer alors que, selon le médecin légiste, il lui tournait le dos?

— Mr. Stourbridge, fit le détective, j'ignore totalement si je pourrai découvrir la vérité. Si vous le souhaitez, j'essaierai, mais je suis bien moins optimiste que vous. Les éléments dont nous disposons jusqu'à présent ne plaident pas en faveur de l'innocence de Mrs. Gardiner.

— Dans ce cas, rétorqua Lucius, plus pâle encore, trouvez-en d'autres. Lorsque vous les aurez tous réunis, ils prouveront que Miriam est une femme d'honneur. Je la connais.

Il était sûr de son fait et son expression interdisait toute contradiction, tout appel à la raison.

Monk eût aimé pouvoir lui demander d'attendre, de prendre le temps d'envisager toutes les conséquences, mais le temps, précisément, manquait. Robb s'était déjà mis au travail. Le ministère public engagerait les poursuites dès que l'on disposerait de pièces à conviction, que le meurtre ait été élucidé ou non. Et de leur côté, les partisans de Miriam n'avaient rien pour élaborer la moindre défense.

— Vous en êtes sûr? hasarda Monk, sachant la question inutile.

— Oui, répliqua aussitôt Lucius. J'ai là vingt guinées et je vous en donnerai davantage si vous en avez besoin. Tout ce que vous voudrez. Il vous suffira de demander.

Il avait sorti de sa poche une petite bourse de cuir souple. Le détective ne la prit pas tout de suite.

— La première chose dont j'aurai besoin, c'est votre aide pratique, déclara-t-il. Si Miriam ne porte aucune responsabilité dans cette affaire, soit Treadwell a été agressé par hasard, ce que je ne crois pas, soit il a été victime d'un assassin qui lui en voulait personnellement. Je débuterai donc en enquêtant sur la vie et la personnalité de Treadwell. Cela m'évitera d'avoir à empiéter sur le terrain du sergent Robb et, par là même, de paraître faire obstruction à son enquête. En outre, si j'en viens à découvrir un élément important, je pourrai choisir soit de le révéler à la police soit de le garder pour moi, selon notre intérêt.

— Oui... approuva Lucius avec un soulagement visible. Alors que puis-je faire? Je me suis demandé, ajouta-t-il avec un petit haussement d'épaules, quel genre d'individu était Treadwell au fond, mais je me suis trouvé incapable de répondre à cette question. Pourtant, c'est un homme que je voyais tous les jours!

— Ne vous inquiétez pas, ce n'est pas de vous que j'attends des observations, assura Monk. En revanche, j'aimerais m'entretenir avec les domestiques, puis découvrir ce que faisait Treadwell de son temps libre. Je préférerais y parvenir avant la police, dans la mesure du possible.

— Bien sûr, bien sûr! Oh, merci, Mr. Monk. Je vous serai redevable toute ma vie! S'il y a quoi que ce soit que...

Monk l'arrêta d'un geste.

— Je vous en prie, ne me remerciez pas tant que je

n'ai rien accompli. Peut-être ne vais-je rien trouver ou, pis encore, vais-je découvrir quelque chose qu'il eût mieux valu que vous ignoriez.

— Il faut que je sache, répondit simplement le jeune homme. À demain, Mr. Monk.

— Au revoir, Mr. Stourbridge.

Monk se présenta à la demeure de Cleveland Square à dix heures le lendemain matin. Avec l'aide de Lucius, il interrogea tout le personnel. Les domestiques manifestèrent quelque réticence à parler du cocher, et plus encore à en dire du mal, mais Monk n'eut qu'à observer les visages et à interpréter les tournures de phrases pour comprendre que Treadwell n'était guère apprécié, mais qu'on le respectait dans la mesure où il faisait bien son travail.

Le portrait qui émergea de ces interrogatoires fut celui d'un homme qui se livrait peu, cultivait un sens de l'humour davantage ancré dans la cruauté que dans la bonne humeur, mais qui avait assez de sens de la hiérarchie pour ne pas usurper l'autorité ou blesser trop souvent les sentiments d'autrui. Il savait user de son charme et se montrer généreux lorsqu'il gagnait au jeu, ce qui n'était pas rare. Et lorsqu'il essuyait des reproches mérités, il ne cherchait pas à faire porter la faute à un autre.

Aucune servante ne se plaignit d'avances trop insistantes de sa part. Nul objet de valeur ne manquait à l'inventaire.

Monk fouilla la chambre, restée inoccupée puisque le cocher n'avait pas encore été remplacé. Tout était demeuré dans l'état où Treadwell l'avait laissé. Il régnait un ordre parfait, à l'exception d'un livre — consacré aux courses hippiques — ouvert sur la table de nuit, d'une boîte d'allumettes posée près d'une bougie sur l'appui de la fenêtre et d'un élégant gilet suspendu au dossier d'une chaise.

Monk fouilla le placard et s'étonna d'y découvrir des vêtements luxueux, dont certains lui semblèrent aussi coûteux que les siens. Un salaire de cocher ne pouvait autoriser une telle coquetterie. Si c'était au jeu que Treadwell avait gagné tout cet argent, il devait y consacrer l'intégralité de ses loisirs et bénéficier d'une chance incroyable. Il paraissait malheureusement plus logique de conclure à une autre source de revenus, plus fiable.

Par acquit de conscience, Monk demanda malgré tout à Lucius s'il ne s'agissait pas là de vêtements cédés par les maîtres de maison. Il apprit sans surprise que tel n'était pas le cas : l'on réservait ce genre de présents aux domestiques les plus anciens, et ceux-ci les gardaient pour eux.

Sur Miriam Gardiner, Monk n'apprit rien de nouveau : comme il le savait déjà, la jeune femme, peu habituée aux domestiques, ne traitait pas Treadwell avec la distance requise, mais elle se comportait de même avec tout le personnel de la maison. Personne ne l'avait vue témoigner au cocher une plus grande familiarité qu'aux autres employés.

Tous sans exception louèrent les vertus de Miriam et manifestèrent incompréhension et chagrin lorsque Monk évoqua le sort qu'elle subissait.

Le détective passa la journée suivante à Hampstead et à Kentish Town. Il parcourut des kilomètres, posa des questions jusqu'à sentir sa bouche s'assécher et sa gorge s'enrouer. Il était neuf heures passées lorsqu'il rentra chez lui. Le soleil n'était pas encore couché, mais une petite brise venait tempérer la chaleur estivale.

La première chose qu'il désirait faire en arrivant était de retirer ses chaussures pour baigner ses pieds malmenés, mais la présence d'Hester l'en dissuada. Il respectait trop son épouse pour se le permettre. Lorsqu'elle l'eut accueilli avec un entrain qu'il apprécia, il s'installa donc avec elle dans le bureau qui leur servait de salon, un verre de limonade fraîche à sa droite, ses chaussures encore bien lacées, et répondit aux questions de son épouse.

— Des goûts de luxe, au-dessus de ses moyens.

D'après mes calculs, il dépensait bien trois fois le salaire que lui versaient les Stourbridge.

Hester fronça les sourcils.

— Il jouait aux courses ?

— Un joueur ne gagne pas à tous les coups. Or, Treadwell semblait bénéficier de revenus réguliers. En outre, il ne disposait que d'un jour de congé toutes les deux semaines. Matériellement, il n'avait pas assez de temps pour gagner tout cet argent.

Hester l'observait d'un œil attentif, presque anxieux. Contre toute attente, elle ne relança pas la conversation. Cela le surprit.

— J'ai pensé à une maîtresse riche qui lui offrirait des cadeaux onéreux, poursuivit-il. Mais en rendant visite aux tailleurs chez qui il achetait ses vêtements, j'ai appris qu'il venait toujours avec de l'argent et qu'il était seul. Visiblement, il adorait dépenser, et il ne cherchait pas à rester discret.

— Alors, tu en déduis qu'il gagnait son argent par des voies honnêtes ? s'enquit Hester en haussant les sourcils.

— Non. Je pense qu'il n'avait aucune inquiétude, dans la mesure où personne ne pouvait découvrir l'origine de ces sommes, rectifia-t-il. Ce n'était pas de l'argent volé. Toutefois, il existe d'autres moyens malhonnêtes de s'enrichir...

— Pour un cocher ? Lesquels ?

La réponse était évidente. Pourquoi Hester se refusait-elle à la formuler ? Il l'interrogea du regard, s'efforçant de déchiffrer les sentiments qu'elle dissimulait. Il crut lire de la réticence et de la crainte, mais une chose était claire : elle n'était pas disposée à lui en faire part.

Il se sentit alors exclu et cela lui fut désagréable. Il éprouvait tout à coup le poids d'une solitude qui l'avait déserté depuis cette nuit extraordinaire où Hester avait accepté de l'épouser. Il se demanda comment y faire face. Pour lui, la franchise était trop instinctive pour qu'il eût recours à un quelconque stratagème.

— Le chantage, répondit-il.

— Ah...

Elle posa sur lui un regard neutre qui chassa tous ses doutes : elle lui dissimulait ses pensées et celles-ci avaient un rapport avec la discussion. Comment Hester pouvait-elle savoir quelque chose sur Treadwell ? N'avait-elle pas passé toute sa journée à l'hôpital de Hampstead ?

— C'est l'hypothèse qui me paraît la plus évidente, enchaîna-t-il, s'efforçant de ne pas s'emporter. Ça ou le vol, auquel il n'avait toutefois guère de temps à consacrer. Il vivait chez les Stourbridge, où rien n'a été dérobé. Treadwell profitait pleinement du temps libre qu'on lui accordait, il aimait la bonne chère, l'alcool et les femmes, et ne s'en privait pas ; et il allait souvent au music-hall.

Hester ne semblait pas surprise, seulement triste et, peut-être, plus accablée encore.

— Je vois.

— Tu vois ?

— Je veux dire... je suis ton raisonnement. Il paraît logique de conclure qu'il faisait chanter quelqu'un...

Cette fois, Monk n'y tint plus. Il explosa tout à coup, conscient que la réponse qu'il obtiendrait risquait de le peiner.

— Qu'est-ce qui ne va pas, Hester ?

— Qu'est-ce qui ne va pas ? répéta-t-elle d'un ton qui ne lui ressemblait pas.

Était-ce une façon de le mettre en garde, ou une simple défense ?

Il rencontra son regard, le fouilla, et n'y trouva que de l'inquiétude.

— Il t'est arrivé de te montrer arbitraire, expliqua-t-il, ou trop empressée, ou encore dogmatique, pudibonde, et souvent critique. Mais jamais tu n'as été évasive, même les fois où cela eût été plus sage ou plus délicat. Et surtout, Hester, tu ne m'as jamais menti !

Elle rougit, mais ne détourna pas les yeux.

— J'ignore qui cet homme faisait chanter, et je ne sais même pas si c'est de cette façon qu'il gagnait son argent, mais je crains de pouvoir le deviner. Il s'agit d'une chose que j'ai apprise en m'occupant de mes malades et je ne puis donc rien te dire. Je suis désolée.

Son expression confirmait en effet qu'elle était désolée, et indiquait qu'elle ne reviendrait pas sur sa décision.

Il eut mal pour elle, souffrit de ne pouvoir l'aider. Être condamné au silence lui semblait le pire des maux. Il devait la protéger, afin qu'elle-même n'en subît pas les conséquences. Le danger était plus grand qu'elle ne l'imaginait.

— Hester... As-tu eu connaissance d'un délit qui aurait été commis ? s'enquit-il.

— Rien de répréhensible sur le plan moral, affirma-t-elle aussitôt. Rien qui pourrait heurter la sensibilité d'un chrétien qui se respecte.

— Sauf si ce chrétien est policier, conclut Monk sans hésitation.

Les yeux de la jeune femme s'élargirent.

— Es-tu policier ?

— Non...

— C'est bien ce que je pensais. Non que cela change quelque chose. Ce serait un manquement à l'honneur que de t'en parler, même si tu l'étais. Je ne peux pas.

Il ne dit rien. Il était furieux. Peut-être possédait-elle la pièce manquante qui jetterait de la lumière sur toute cette confusion. Elle savait quelque chose, mais ne voulait rien dire ! Elle faisait passer sa foi en la confiance, sa conception de l'honneur avant l'amour qu'elle portait à son époux. C'était dur, et beau comme une lumière pure. Il n'en souffrait pas vraiment. En fait, il préférait qu'il en fût ainsi. Il fut presque tenté d'insister encore, afin de s'assurer qu'elle ne céderait pas. Mais une telle attitude embarrasserait Hester. Peut-être ne comprendrait-elle pas ses motivations et craindrait-elle de l'avoir déçu ou, pire, l'imaginerait-elle égoïste.

— William ?
— Oui ?
— Est-ce que tu sais tout de même quelque chose ?
— Non. Pourquoi ?
— Tu souris.
— Oh ! fit il, surpris. C'est vrai ? Non, je ne sais rien Je suppose que je suis juste... heureux...
Il se pencha en avant et, à la grande surprise d'Hester, lui donna un baiser très long et de plus en plus passionné.
Le lendemain matin, Monk prit un cab jusqu'au poste de police de Hampstead, où il arriva à neuf heures, pour s'entendre dire que le sergent Robb, qui avait travaillé tard la veille au soir, n'était pas encore arrivé. Il remercia et gagna d'un pas vif le domicile de Robb. Il n'y avait pas de temps à perdre. Il voulait transmettre quelques-unes de ses découvertes au policier, notamment les habitudes vestimentaires de Treadwell. Il s'était longtemps demandé si une telle confiance n'était pas imprudente : si Miriam subissait un chantage, elle avait un mobile puissant pour faire disparaître le cocher. Toutefois, un maître chanteur s'en prenait rarement à une seule personne. Peut-être existait-il d'autres victimes, qui feraient autant de suspects. L'une d'elles avait pu guetter la voiture et l'arrêter, auquel cas Miriam se serait enfuie, non parce qu'elle était coupable, mais parce qu'elle ne pouvait prouver son innocence. C'était un espoir bien mince et Monk n'y croyait pas lui-même.
Et si Miriam avait un enfant illégitime dont le père serait Treadwell ? À moins que ce dernier n'ait eu connaissance de l'existence d'un tel enfant issu d'un autre père ? Si le scandale s'ébruitait, Miriam ne pouvait plus espérer épouser Lucius Stourbridge.
Mais un chantage, quel qu'il fût, justifiait-il que l'on risquât le gibet ?
Peut-être Miriam, sous l'emprise de la panique, s'imaginait-elle à présent que tout était perdu ? Cette hypothèse-là restait crédible.

À lui seul, Monk ne pouvait se lancer à la poursuite de toutes les autres victimes potentielles de Treadwell. Une telle entreprise nécessitait les moyens de la police, et son autorité.

Il frappa à la porte de Robb et patienta quelques longues minutes. Lorsque le sergent vint lui ouvrir, il semblait las et déprimé. Il l'accueillit avec une courtoisie mêlée d'impatience.

— Qu'y a-t-il ? Soyez aussi bref que possible, je vous en prie, je suis en retard et je n'ai pas encore fait déjeuner mon grand-père.

Monk eût aimé l'aider. Il regretta de ne pouvoir le faire.

— J'ai appris certaines choses sur James Treadwell et j'aimerais vous en faire part. Laissez-moi vous les exposer pendant votre repas, suggéra-t-il.

Robb accepta de mauvais gré.

Monk entra, s'excusa auprès du vieil homme et, après avoir pris place à la table, relata ses découvertes des deux derniers jours. Tout en parlant, et tandis que Michael préparait le thé, beurrait les tartines et aidait son grand-père à s'alimenter, il laissa son regard errer dans la pièce. Il remarqua, par une porte ouverte du buffet, le petit stock de médicaments. Dans un bol placé près de l'évier se trouvaient des œufs et il aperçut une bouteille de sherry par terre. Michael s'occupait bien de son grand-père et cela devait lui coûter jusqu'au dernier penny de sa paie de sergent. Monk, qui savait à combien s'élevait celle-ci, douta qu'elle fût suffisante pour deux personnes, dont l'une avait besoin de soins constants et de remèdes onéreux.

Michael débarrassa l'assiette et la tasse de son grand-père et alla laver le tout à l'évier, le dos tourné à la pièce.

Le vieil homme considéra Monk.

— Votre épouse, c'est une perle rare, déclara-t-il avec douceur. Jamais je n'ai l'impression que ça lui pèse de venir ici. Elle entre, elle écoute mes histoires et je vois briller ses yeux... J'ai même vu couler des larmes sur son visage le jour où je lui ai raconté la mort de l'amiral, et comment on l'a ramené en Angleterre avec les drapeaux en berne après Trafalgar.

— Elle adore entendre ces récits, répondit Monk.

Il imaginait sans peine son épouse assise sur cette chaise, se représentant si clairement les scènes de terreur et de tristesse qu'elle en était émue aux larmes. Elle avait dû passer ici un temps considérable pour entendre un aussi long récit.

— Elle en a vu, des batailles, elle aussi, reprit le vieil homme avec un sourire. Elle m'a raconté, avec sa façon calme et tranquille, mais je voyais bien tout ce qui passait dans ses yeux. C'est vrai ! Vous savez, les gens qui ont vraiment vécu ces choses-là, ils n'en parlent pas beaucoup. Mais quelquefois, ils ont besoin de raconter. J'ai vu ça chez elle.

Disait-il vrai ? Hester éprouvait-elle le besoin d'évoquer son expérience en Crimée, encore à présent ? Et elle venait le faire auprès de ce vieillard qu'elle connaissait à peine, plutôt que d'en parler à son époux, ou même à Callandra...

— Elle a dû venir ici plusieurs fois, alors ? dit-il.

Robb hocha la tête.

— Elle passe tous les jours, parfois juste une demi-heure, pour voir comment je vais. Il n'y en a pas beaucoup, des gens qui se soucient des vieillards malades quand ce n'est pas de la famille...

— Non.

C'était sans arrière-pensée que Monk abondait dans le sens de son interlocuteur. Il se figurait la colère de son épouse, la pitié qu'inspiraient à Hester non seulement John Robb, mais aussi les milliers d'autres, semblables à lui, dont nul ne se souciait plus. Ce fut une sorte d'instinct qui lui dicta la question suivante :

— Vous a-t-elle interrogé sur d'autres marins, d'autres soldats ?

— Vous voulez dire d'autres vieux comme moi ? Oui. Elle ne vous en a pas parlé ?

— Je crains de ne pas lui avoir prêté une oreille assez attentive...

Robb hocha la tête, souriant.

— Elle est très sensible à ce problème, poursuivit Monk. C'est une bonne infirmière. Elle pense à ses patients avant de se préoccuper d'elle-même, comme un bon soldat place le devoir avant tout.

Tout en prononçant ces mots, une conversation qu'il avait eue quelques jours plus tôt avec son épouse lui revint en mémoire. Hester n'avait-elle pas évoqué des disparitions de médicaments à l'hôpital ? Sur le moment, il ne s'y était guère intéressé, mais à présent que l'hypothèse d'un chantage était plausible, il se demandait si cet incident n'avait pas son importance.

— C'est vrai, acquiesça le vieil homme, le regard brillant. C'est une excellente femme. De bonnes infirmières, on n'en rencontre pas tous les jours. Elles viennent vous voir de temps en temps pour savoir comment vous allez...

Monk avait conscience de profiter de l'ingénuité du vieil homme et cela le gênait, mais il n'avait pas le choix.

— Et elles vous apportent des médicaments ?

— Bien sûr. Je ne peux tout de même pas aller les chercher moi-même, et mon petit Michael, lui, ne saurait pas de quoi j'ai besoin, hein ?

Manifestement, il ne voyait rien à redire à cette prodigalité. C'était en toute confiance qu'il évoquait ces bontés qu'on lui témoignait.

Michael termina la vaisselle et mit tout en ordre, de manière à rester le moins de temps possible lorsqu'il parviendrait à s'esquiver à l'heure du déjeuner. Il laissa une tasse remplie d'eau et une tranche de pain à portée de main du malade et vérifia une fois encore que celui-ci était à son aise. Puis il s'adressa à Monk.

— Je dois y aller maintenant. Je vais réfléchir à ce que vous m'avez dit. Il est possible qu'une tierce personne ait été présente au moment du meurtre, mais rien ne le prouve. Et puis, pourquoi Miriam Gardiner s'est-elle enfuie, puis cachée ? Pourquoi ne nous dit-elle pas la vérité ?

Parmi toutes les réponses qu'imaginait Monk, aucune ne lui semblait crédible. Et en tout état de cause, elles ne disculpaient pas Miriam. Quant à la crainte qui se matérialisait dans son esprit, elle lui plaisait moins encore, mais il n'avait pas le droit de la refouler davantage. Il se leva et prit congé du vieil homme avec la sensation de s'être comporté en fourbe, puis suivit Michael Robb dans la rue pleine de soleil et de bruit.

Ils se séparèrent peu après et Monk se dirigea vers l'hôpital. Il était désormais convaincu de connaître la cause de l'inquiétude d'Hester et les raisons qui l'avaient empêchée d'en parler. Des médicaments manquaient régulièrement dans les réserves de l'hôpital. Les autorités supposaient soit que le voleur était un drogué, soit qu'il tirait profit de la revente. Hester, qui s'était rendue plusieurs fois chez John Robb, n'avait pu manquer de remarquer le placard à pharmacie et le vieil homme n'avait pas cherché à dissimuler l'origine des drogues. Dès lors, la conclusion s'imposait d'elle-même : les larcins n'étaient pas commis dans un but égoïste, loin de là. Une bonne âme dérobait les médicaments nécessaires aux personnes démunies. Ainsi, John Robb, par exemple, acceptait-il cette générosité sans imaginer un instant que les produits n'avaient pas été payés.

Une question se posait à présent : Treadwell pouvait-il en avoir eu connaissance ?

Pourquoi pas ? Il passait souvent son temps libre à Hampstead, et son corps avait été retrouvé devant la maison d'une infirmière, Cleo Anderson. Monk se souvenait bien de cette femme, qui avait défendu Miriam en affirmant ignorer où elle se trouvait. C'était là une piste qu'il allait suivre à contrecœur, car la conclusion serait inévitable : c'était Cleo Anderson que Treadwell faisait chanter et il avait rampé jusque chez elle à dessein. Sachant qu'il allait mourir, il avait voulu incriminer l'infirmière, afin de se faire justice et de se venger. Il espérait que son cadavre mènerait tôt ou tard la police jusqu'à elle.

En fin de compte, Miriam n'avait peut-être aucun lien avec le crime. Cependant, si elle connaissait les activités de Cleo, elle savait qu'il lui était impossible de se disculper sans faire arrêter celle qui l'avait élevée comme une mère. Voilà qui expliquait son silence ! Sa dette était trop grande.

Monk pressa l'allure, se frayant un chemin entre les passants qui flânaient au soleil, les vendeurs ambulants qui proposaient sandwiches, pommes d'amour et boissons à la menthe, et les marchands qui cherchaient à négocier de bonnes affaires. Il les voyait à peine et le bruit se muait pour lui en un brouhaha indistinct. Il voulait en finir le plus vite possible avec cette histoire.

Il gravit les marches de l'hôpital et passa la grande porte. Là, il fut accueilli par un jeune homme en gilet et chemise aux manches tachées de sang.

— Bonjour, monsieur ! lui lança celui-ci. C'est pour un médecin ou un chirurgien que vous venez ? Dites-moi ce que je peux faire pour vous.

Une vague de panique submergea Monk, qui dut se faire violence pour conserver son sang-froid. Dieu merci, il n'avait besoin ni de l'un ni de l'autre. Le stoïcisme de ceux que la souffrance conduisait ici suscitait toute son admiration.

— Je suis en parfaite santé, merci, répondit-il. Je voudrais voir Lady Callandra Daviot, si elle est là.

— Pardon ? fit l'autre, interloqué.

Manifestement, il ne lui était jamais venu à l'esprit que l'on pût souhaiter consulter une femme, quelle qu'elle fût, plutôt qu'un praticien qualifié.

— J'aimerais parler à Lady Callandra Daviot, répéta Monk très distinctement. Ou, si elle n'est pas là, à Mrs. Monk. Où dois-je attendre ?

Il détestait cet endroit. Les couloirs délabrés, qui sentaient le vinaigre et le détergent, lui rappelaient un autre hôpital, celui où il s'était réveillé un jour, privé de mémoire. L'épouvante ressentie ce jour-là s'était estompée depuis, mais il n'avait aucune peine à la faire affleurer à sa mémoire.

— Euh... essayez par là, répondit l'étudiant avec un geste évasif vers la salle d'attente de chirurgie, avant de tourner les talons pour aller vaquer à ses occupations.

Une demi-douzaine de patients étaient assis dans la pièce, raidis par l'appréhension, trop faibles ou trop apeurés pour songer à bavarder entre eux. Monk préféra patienter à l'extérieur. Heureusement, Callandra ne tarda pas à apparaître.

— William ? Que faites-vous ici ? Je présume que vous êtes venu voir Hester ? Je crains qu'elle ne soit sortie. Oui, fit-elle après une hésitation. Elle est allée voir un patient.

— Vieux, malade et pauvre, je suppose, répondit-il sèchement.

Callandra le connaissait trop bien pour ne pas être alertée par ses paroles.

— Qu'y a-t-il, William ?

Il avait beau la dépasser d'une bonne vingtaine de centimètres, elle parvenait encore à lui imposer son autorité. Il répondit sans détour.

— Il paraît que des médicaments ont disparu du stock de l'apothicaire, dit-il.

— Hester ne vous a pas demandé d'élucider cette affaire ? fit Callandra, surprise.

— Non, bien sûr que non. Pourquoi ? Vous l'avez résolue ?

— Je ne pense pas que vous ayez besoin de vous en préoccuper, rétorqua-t-elle avec sévérité. Du moins, pour le moment.

— Pourquoi ? Parce que l'auteur de ces vols est une infirmière ?

— Nous ne connaissons pas le coupable. Et dans la mesure où vous convenez qu'Hester ne vous a pas demandé d'enquêter pour nous, pourquoi en discuter? C'est une affaire qui ne vous concerne pas le moins du monde.

— Vous vous trompez. Malheureusement, elle me concerne.

Il avait baissé la voix, un sentiment de tristesse remplaçant son hostilité initiale.

— Je préférerais ne pas avoir à m'en préoccuper, expliqua-t-il. Ce n'est pas la disparition des médicaments qui me pose problème, mais la question de savoir si l'individu qui les a subtilisés ne s'est pas trouvé la cible d'un maître chanteur, même si, j'en suis convaincu, le voleur a fait le meilleur usage possible du fruit de ses larcins.

— Un maître chanteur? répéta Callandra, stupéfaite.

— Oui... qui a été assassiné. Je suis désolé.

Callandra demeura silencieuse, mais la gravité de son expression en disait long sur son inquiétude.

— Savez-vous de qui il s'agit? interrogea Monk.

Elle le fixa droit dans les yeux.

— Je n'en ai aucune idée.

Elle mentait, mais ne reviendrait pas sur cette affirmation; chacun d'eux en avait conscience

— Et Hester n'en sait pas plus long que moi! ajouta-t-elle d'une voix ferme.

— Non... C'est bien ce que je pensais, concéda-t-il avec une esquisse de sourire. Mais vous pouvez malgré tout me donner une estimation de la quantité des médicaments manquants, et de leur nature.

Elle hésita.

— Je pense que vous préférerez me fournir ces chiffres vous-même plutôt que de m'obliger à solliciter l'aide d'une tierce personne? acheva-t-il sans ciller.

La menace était à peine déguisée et Monk n'hésiterait pas à la mettre à exécution, quelle que fût la répulsion que lui inspirait cette tâche.

— Oui, capitula-t-elle. Venez avec moi, je vais vous donner une liste. Ce ne sera qu'une estimation, bien sûr.
— Bien sûr.

Le reste de la journée et une bonne partie du lendemain, Monk travailla sur les éléments fournis par Callandra et localisa quelques patients chez lesquels était allée Cleo Anderson. Il leur rendit visite à son tour et n'eut pas besoin de leur tirer les vers du nez : trop heureux de chanter les louanges d'une femme qui ne ménageait pas son temps pour prendre soin d'eux et leur apporter les médicaments prescrits par le médecin, les malades parlaient sans retenue. Aucun ne s'était demandé comment l'infirmière se procurait la quinine, la morphine et les autres poudres et infusions qu'elle leur délivrait. Ils se montraient seulement reconnaissants.

Plus Monk progressait dans ses découvertes, plus il détestait ce qu'il faisait. Bien des fois, il repartit sans avoir posé la question fatidique qui lui eût apporté une preuve formelle. Il ne prit pas de notes, ne laissa aucun témoin assister aux entretiens et n'emporta pas la moindre pièce à conviction avec lui.

L'après-midi du deuxième jour, il tourna son attention sur Cleo Anderson, sa maison et ses dépenses. Il savait que l'infirmière ne demandait aucune contrepartie pour les soins qu'elle prodiguait et les médicaments qu'elle fournissait; pourtant, il fut frappé par le mode de vie extrêmement étriqué qu'elle paraissait avoir adopté. Elle ne portait que des vêtements d'occasion, fournis par les familles reconnaissantes de patients décédés, elle se nourrissait de façon frugale, là encore chez ceux qu'elle soignait . pain, bouillie de flocons d'avoine, un peu de fromage et de légumes. Il lui arrivait également de manger à l'hôpital et ces repas semblaient la satisfaire pleinement.

Sa maison lui appartenait, héritage de temps meilleurs, mais elle était très délabrée et la toiture avait besoin d'être refaite.

Personne n'avait jamais vu Cleo Anderson boire ni jouer de l'argent.

Alors où passait son salaire ?

Pour Monk, la réponse à cette question ne faisait aucun doute : dans les poches de James Treadwell, du moins tant que le cocher était en vie. Depuis sa mort, survenue deux semaines plus tôt, Cleo Anderson avait fait l'acquisition d'une table de cuisine d'occasion et d'une nouvelle cruche, ainsi que de deux serviettes de toilette, chose qui ne lui était pas arrivée depuis des années.

Monk se trouvait devant chez elle, peu avant quatre heures et demie, lorsqu'il vit Robb venir à lui d'un pas lent, comme s'il était fatigué et souffrait des pieds. Il avait chaud et semblait déprimé. Il s'immobilisa devant le détective.

— Alliez-vous me le dire ? questionna-t-il.

Il était inutile de se répandre en explications. Monk ignorait s'il en serait venu, un jour ou l'autre, à informer le policier de sa découverte, mais savoir que celui-ci avait compris lui fit mal. Pourtant, ce dénouement était sans doute inévitable.

— Je n'ai aucune preuve de quoi que ce soit, hasarda-t-il.

— Moi, si, fit Robb d'un ton peiné. Suffisamment pour l'arrêter. Je vous demanderai de ne pas me compliquer la tâche. Au moins, nous allons relâcher Miriam Gardiner. Mr. Stourbridge est soulagé... même s'il était déjà convaincu de son innocence.

— Oui...

Monk songea que la joie de Lucius serait de courte durée. Miriam avait choisi de se laisser accuser du meurtre plutôt que d'impliquer Cleo Anderson : dès lors, son chagrin serait immense et insupportable.

Sur le chemin du commissariat, Robb expliqua que la police tenait Miriam pour un témoin essentiel et lui reprochait son obstination à dissimuler la vérité. La jeune femme, quoique innocentée, était entrée dans un état proche de l'hystérie : il semblait donc impossible de la relâcher, sinon pour la confier à une personne responsable, qui pourrait prendre soin d'elle et faire en sorte qu'elle se présentât à la barre des témoins lorsque la justice l'exigerait. Lucius et son père étaient prêts à assumer ce rôle.

Toutefois, Miriam Gardiner s'opposait farouchement à cette solution. Ils trouvèrent celle-ci dans le bureau du commissaire, très pâle. Elle se tourna vers Robb et Monk dès qu'ils entrèrent.

— Je vous en prie, Mr. Monk, s'écria-t-elle aussitôt, je veux bien promettre tout ce qu'on voudra, mais ne m'obligez pas à retourner à Cleveland Square ! Je serai heureuse de travailler à l'hôpital jour et nuit si l'on m'autorise à y loger !

Le commissaire la considérait gravement. Il jeta un coup d'œil à Robb.

— Je pense... commença ce dernier.

Toutefois, son supérieur ne souhaitait pas entendre son opinion. Il se tourna vers Miriam et lui parla d'une voix lente et distincte.

— Vous êtes évidemment bouleversée. Mr. Stourbridge est votre futur époux. C'est lui qui se trouve le mieux placé pour veiller à ce que vous bénéficiiez des soins adaptés. Il vous offrira le réconfort dont vous avez besoin. Il comprend la peine que vous éprouvez après l'arrestation de cette femme, qui vous a témoigné tant de bontés par le passé. Vous avez subi un choc. Il faut vous reposer et reprendre des forces.

Miriam se retourna vers Monk, éperdue. Elle semblait vouloir dire quelque chose, mais, à l'évidence, la présence des autres l'en empêchait.

Le détective eut beau chercher, il ne trouva aucun prétexte pour être laissé, ne fût-ce qu'un instant, en tête à tête avec elle. Le major Stourbridge et son fils patientaient déjà derrière la porte et deux agents entouraient la jeune femme. Si leur rôle consistait à la soutenir en cas de défaillance, on eût dit plutôt qu'ils la cernaient pour prévenir toute tentative d'évasion.

Impuissant, le détective la regarda quitter la pièce. La porte s'était ouverte et Lucius avait avancé d'un pas, le visage plein de joie et de tendresse. Derrière lui, Harry Stourbridge souriait, comme si la fin d'un long cauchemar se profilait.

Miriam trébucha, puis chancela, au point que les deux agents durent la porter pour la faire avancer. Elle eut un mouvement de recul lorsque Lucius la toucha.

CHAPITRE VII

Rentrée la première, Hester guettait le retour de son époux. Dès qu'elle le vit franchir le seuil, sa joie de le retrouver se mua en inquiétude : quelque chose n'allait pas. Monk semblait exténué. Il était pâle et ses cheveux noirs en désordre collaient à son front mouillé de sueur.

— Qu'y a-t-il ? interrogea-t-elle en le dévisageant.

Il vint se poster au milieu de la pièce et lui effleura la joue sans conviction.

— J'ai compris ce que tu ne pouvais pas me dire... et pourquoi. Je suis désolé, j'ai été contraint d'enquêter là-dessus.

Elle déglutit avec difficulté.

— Là-dessus ?

— Sur les médicaments volés. Qui les a pris et pourquoi. Cela fournit une cible parfaite pour un maître chanteur.

Hester lutta pour ne pas comprendre.

— Mais les médicaments ne peuvent avoir de rapport avec Miriam Gardiner !

— De rapport direct, non. Mais de fil en aiguille, les choses se rejoignent.

Il ne cillait pas. La jeune femme comprit qu'il était sûr de son fait.

— Quoi ? Qu'est-ce qui se rejoint ? demanda-t-elle. Que s'est-il passé ?

— Cleo Anderson vole des médicaments pour soigner des vieillards malades, expliqua-t-il à mi-voix. D'une manière ou d'une autre, Treadwell en a eu connaissance et il l'a soumise à un chantage. Peut-être avait-il suivi Miriam. Peut-être aussi Miriam a-t-elle involontairement laissé échapper quelque chose, et il a rassemblé les pièces du puzzle.

— En es-tu sûr ? fit Hester avec l'impression de réfléchir au ralenti. Si Treadwell faisait chanter Cleo Anderson, pourquoi Miriam l'aurait-elle tué ? Pour la protéger ? Cela ne nous explique pas pourquoi elle est partie si soudainement de Cleveland Square. Et Lucius Stourbridge ? Pourquoi n'est-elle pas retournée le voir pour tout lui expliquer ? Quelque chose...

Elle s'interrompit. Elle ne trouvait aucune logique à tous ces éléments disparates.

— Ce n'est pas Miriam qui a tué Treadwell, déclara Monk. La police l'a libérée. Miriam voulait protéger Cleo.

— Mais cela n'explique pas tout ! protesta Hester. Pourquoi a-t-elle quitté Cleveland Square au milieu de la fête ? Qu'est-ce qui l'empêchait de révéler à Lucius le lieu où elle s'était réfugiée ?

— Je ne sais pas, avoua-t-il. La police l'a remise entre les mains des Stourbridge et l'on aurait dit que cette femme marchait vers l'abattoir. Elle a supplié qu'on la laisse aller ailleurs, mais le commissaire n'a rien voulu entendre.

Une ride profonde creusait son visage et l'on sentait que la douleur l'emportait sur la contrariété.

— Un instant, enchaîna-t-il, j'ai cru qu'elle allait me demander de l'aider, mais elle ne l'a pas fait. On a dû la porter pour la faire sortir du commissariat.

Dans sa voix tendue, Hester perçut toute la pitié que Miriam inspirait à son époux. Elle-même éprouvait le même sentiment. Savoir la jeune veuve confiée aux bons soins d'une tierce personne la révoltait : n'eût-elle pas dû se voir accorder la dignité d'aller où bon lui semblait et de choisir la compagnie qu'elle souhaitait? Elle n'était plus sous le coup d'une inculpation, que diable!

Toutefois, une autre inquiétude taraudait à présent Hester, plus pressante : elle concernait Cleo Anderson.

— Qu'allons-nous faire pour l'aider? demanda-t-elle, convaincue que son époux serait prêt à coopérer.

Monk se tenait toujours au centre de la pièce, en nage, épuisé, poussiéreux et serré dans ses chaussures. Pourtant, étonnamment, il ne perdit pas son sang-froid.

— Rien. C'est une affaire privée qui ne concerne qu'eux, à présent.

— Je parle de Cleo, corrigea-t-elle. Miriam est bien entourée désormais. Et de toute façon, elle n'est pas accusée de meurtre!

— De meurtre, non, mais elle est passible d'une peine pour complicité par dissimulation de preuves. Même si elle affirme qu'elle n'était pas présente et ignorait tout du meurtre de Treadwell, il est à peu près certain qu'elle a assisté au crime. La police veut qu'elle témoigne au procès.

Hester agita la main en un geste d'impatience. Elle ne connaissait pas Miriam Gardiner, mais Cleo Anderson était une personne qu'elle estimait, ne fût-ce que pour son dévouement envers John Robb et ses semblables.

— Bon! Eh bien, elle témoignera! Ce ne sera pas très agréable, certes, mais elle survivra. Si elle a un minimum de conscience, son premier souci sera d'aider Cleo, et il doit en être de même pour nous. Que pouvons-nous faire? Par où commencer?

Le visage de Monk se crispa.

— Il n'y a rien à faire, affirma-t-il en s'éloignant pour s'asseoir. J'ai retrouvé Miriam Gardiner et elle a réintégré sa famille. Je préférerais que le coupable ne soit pas Cleo Anderson, mais c'est ainsi! La seule chose que je puisse faire à présent, c'est m'arranger pour que la police ne parvienne pas à prouver quoi que ce soit, mais je sais que

Robb trouvera des pièces à conviction. C'est un excellent enquêteur. De plus, son père est impliqué.

Restée au milieu du salon, propre et fraîche dans sa jolie robe de coton imprimé aux jupes larges et au petit col blanc, Hester eut tout à coup la sensation que son élégance était déplacée. Cela lui sembla presque un péché de se sentir bien alors que Cleo Anderson allait dormir en prison en songeant sans doute au sort qui l'attendait : une longue chute dans les ténèbres, au bout d'une corde !

— Il doit y avoir quelque chose... dit-elle. Je ne sais pas quoi. Mais si nous réfléchissons un peu... Peut-être la menaçait-il ? Peut-être, dans une certaine mesure, a-t-elle agi en état de légitime défense ? Peut-être... peut-être voulait-il l'obliger à commettre un acte illégal, ou contraire à la morale ?

— Alors elle a préféré recourir au meurtre ? rétorqua Monk, sarcastique.

Elle se sentir rougir. Elle eut envie de jurer, de laisser libre cours à sa colère en employant tout le vocabulaire qu'elle avait appris dans les baraquements de Sébastopol, mais un tel langage eût été odieux dans la bouche d'une femme mariée. Si elle s'abandonnait à son indignation, elle se sentirait honteuse et se le reprocherait par la suite ; et puis, Monk ne la regarderait plus jamais de la même façon. Chaque fois qu'il poserait les yeux sur elle, les injures proférées résonneraient dans sa mémoire.

— Très bien, d'accord, ce n'était pas une très bonne idée, concéda-t-elle. Mais il existe d'autres possibilités !

Il releva la tête vers elle, s'étonnant sans doute moins de ces paroles que de l'humilité qu'elles traduisaient. Hester rougit de plus belle. C'était ridicule et irritant.

— J'aimerais pouvoir l'aider, affirma-t-il avec douceur. Mais je ne vois pas de quelle façon m'y prendre, et toi non plus. Il faut laisser les choses suivre leur cours, Hester. Ne t'en mêle pas.

Elle le considéra un long moment, cherchant à déterminer s'il pensait vraiment ce qu'il disait. S'agissait-il d'un conseil, ou d'un ordre ?

Il n'y avait aucune colère sur le visage de Monk, mais rien ne laissait supposer qu'il pourrait changer d'avis. C'était la première fois qu'il interdisait à son épouse de faire une chose qu'elle jugeait nécessaire. Jusque-là, elle avait trouvé plutôt amusant de le voir exercer sur elle cette autorité relative que lui conférait le statut d'époux, et elle s'était prêtée au jeu de bonne grâce. Cette fois cependant, la situation était grave. Hester ne pouvait abandonner Cleo, même pour faire plaisir à Monk et éviter une dispute sérieuse avec lui. Car si le pire advenait, pourrait-elle, par la suite, vivre en paix avec sa conscience ? Toute joie se trouverait contaminée, pour lui autant que pour elle. Comment lui faire comprendre cela ? Pour la première fois, une véritable difficulté survenait entre eux, pour la première fois se creusait un fossé qu'ils ne pourraient combler avec des rires ou des gestes tendres.

Elle décela une ombre sur le visage de son époux. Ainsi, il comprenait, peut-être pas dans les détails, mais au moins dans le principe.

— Peut-être pourrais-tu mener ta petite enquête ? suggéra-t-il. Mais il faudra rester prudente si tu ne veux pas envenimer les choses. Je ne pense pas que la direction de l'hôpital témoignera une grande indulgence à Cleo Anderson.

Il venait de battre en retraite, d'une façon élégante et discrète au point qu'elle en était à peine perceptible, certes, mais c'était une retraite malgré tout. La gratitude submergea la jeune femme, si intense qu'elle fut saisie de vertige. Elle eut envie de prendre Monk dans ses bras et de le serrer, de sentir sa chaleur et la force de son corps contre elle, de promener les mains sur sa peau, mais elle s'en abstint in extremis : une telle réaction eût été maladroite, elle eût attiré l'attention sur le repli qu'il venait d'effectuer. Cela ne représentait pas une bonne façon de lui témoigner sa reconnaissance. Hester baissa les yeux.

— Oh, oui, dit-elle gravement. Je vais être très prudente... si je mène une enquête. En réalité, pour le moment, je ne sais pas trop quelles questions je pourrais poser. Je crois que je me contenterai d'écouter et d'observer... dans un premier temps.

Il sourit, satisfait.

Hester entreprit de préparer le dîner : du jambon et des légumes, puis une tarte aux pommes chaude arrosée de crème en dessert. Tandis que tous deux partageaient ce repas avec grand plaisir, elle interrogea son époux sur Miriam et la famille Stourbridge.

Il prit le temps de réfléchir avant de répondre, terminant d'abord sa part de tarte et en redemandant une autre.

— Tous les éléments que j'ai réunis ne me paraissent avoir aucune signification particulière, déclara-t-il enfin. Les Stourbridge ont accueilli Miriam à bras ouverts, bien qu'elle n'eût ni fortune ni véritable famille, ce qui semble étonnant dans la mesure où il s'agit tout de même de marier leur fils unique. D'après mes observations, tout indique qu'ils aiment beaucoup leur future bru et estiment qu'elle est la seule femme à pouvoir faire le bonheur de Lucius. Quant à savoir si elle pourra lui donner ou non un héritier, disons qu'elle est encore assez jeune pour l'espérer.

— Mais elle n'a pas eu d'enfants de son premier mariage, fit remarquer Hester. Cela réduit tout de même les chances...

— Je suis sûr qu'ils ont réfléchi à cet aspect des choses.

Il se resservit de la crème, qu'il étala généreusement sur son gâteau, avant de déguster le tout avec une satisfaction non dissimulée.

Elle l'observa, soulagée. Elle ne se sentait pas très sûre de ses talents de cuisinière et n'avait pas encore pris le temps de chercher une employée de maison. C'était une chose dont il fallait se préoccuper au plus vite. Une vie domestique bien ordonnée représentait un pas important vers le bonheur, tant pour Monk que pour elle. Elle se promit d'entamer des recherches dès le lendemain... à moins, bien sûr, qu'elle ne se trouvât accaparée par son travail à l'hôpital ou par une action à mener en faveur de Cleo Anderson. Cela lui semblait incommensurablement plus important, quitte à se contenter de sandwiches en guise de dîner.

— Cleo Anderson ? s'exclama Callandra. Vous en êtes sûre ?

Il s'agissait plus d'un cri d'indignation que d'une réelle question. Hester se trouvait seule avec elle et Kristian Beck dans la salle d'attente de chirurgie.

Kristian se tenait à quelques pas de Callandra, mais tout observateur attentif n'eût pas manqué de remarquer la communication silencieuse instaurée entre eux, même si pas une fois leurs regards ne s'étaient croisés.

— Jamais je ne l'aurais imaginé, murmura le médecin. Que de risques elle a pris... jour après jour ! Quand l'avez-vous découvert ?

— Je ne sais pas exactement, répondit Hester à voix basse, comme si elle imaginait le sergent Robb caché derrière la porte. Du moins... je n'avais aucune preuve.

— Bien sûr, fit Kristian avec une petite moue. On n'a guère envie de découvrir des preuves dans une telle affaire. Vous avez bien fait de n'en parler à personne. Pauvre femme !

Il serra les poings, avant d'ajouter :

— Il est inadmissible qu'une personne soit contrainte de courir de tels risques pour venir en aide à des malades dans le besoin !

— Oui, c'est monstrueux ! renchérit Callandra. Nous devons faire quelque chose. Il doit exister un moyen ! Qu'en dit William ?

— Que nous devons nous montrer prudents si nous enquêtons, répondit Hester, peu désireuse de rapporter toute la conversation de la veille.

— Et même plus que prudents, acquiesça Kristian.

Thorpe serait trop heureux de pouvoir accuser de vol l'ensemble de nos infirmières...

— Il ne se gênera pas pour le faire, l'interrompit Callandra, le visage tendu. Tôt ou tard, il apprendra ce qui s'est passé. Il est évident que la police va venir mener des interrogatoires ici.

— Y a-t-il moyen de dissimuler quelques faits ? s'enquit Hester.

Elle considéra tour à tour ses deux interlocuteurs. En réalité, elle savait qu'une telle attitude ne mènerait à rien et sa question avait été plus instinctive que rationnelle. Si l'on déclarait Cleo Anderson coupable du meurtre, un flacon de morphine de plus ou de moins ne changerait pas grand-chose.

— Sur quelles preuves se fondent-ils pour l'accuser ? s'enquit Kristian. Il est possible que le cocher l'ait fait chanter, mais dans ce cas, il a pu aussi bien s'en prendre à d'autres. Elle ne gagnait qu'un salaire de misère.

— À moins qu'elle ne lui ait fourni de la morphine en plus de l'argent, suggéra Callandra d'une voix sombre. La revente d'un tel produit pouvait améliorer notablement les fins de mois de ce triste individu.

Hester n'avait pas songé à cette possibilité. Elle était sûre que Cleo ne se livrait pas elle-même à un tel trafic, mais l'on pouvait comprendre que, mise au pied du mur par Treadwell, l'infirmière eût cédé à la menace. Que s'était-il passé pour que subitement, ce jour-là, elle ait eu recours au meurtre ? Le désespoir l'avait-il emporté sur la prudence... ou avait-elle saisi une occasion qui lui était donnée ?

— Mais où sont les preuves ? insista Kristian. A-t-elle été vue par un témoin ? A-t-elle oublié un objet personnel derrière elle ? Dispose-t-on d'un indice propre à exclure tout autre suspect ?

— Non... C'est simplement que le corps a été retrouvé devant chez elle. Treadwell s'est traîné jusque-là de l'endroit où il a été attaqué.

Hester ne suivait que trop clairement le raisonnement qui avait prévalu.

— Au début, la police a pensé qu'il cherchait du secours. À présent, elle doit estimer que la coïncidence est trop forte et qu'en réalité Treadwell se dirigeait délibérément vers Cleo Anderson.

Kristian fronça les sourcils.

— Vous voulez dire qu'ils se seraient retrouvés non loin de chez elle, qu'elle l'aurait frappé et qu'elle serait partie en le laissant pour mort, mais qu'il restait encore assez de forces à Treadwell pour qu'il la suive en rampant sur le trottoir?

Callandra fit la moue.

— Pourquoi pas? répondit Hester à contrecœur. Il venait pour la faire chanter et elle avait atteint le seuil du désespoir... ou peut-être n'avait-elle plus d'argent pour le payer. Soit elle avait prémédité son geste, soit elle a frappé sans réfléchir, sur une impulsion...

— Et où était Miriam à ce moment-là? interrogea Callandra. Treadwell l'avait-il déposée quelque part avant de rencontrer Cleo Anderson? Cela expliquerait que Miriam n'ait pas su qu'il était mort!

Hester secoua la tête.

— Quelle que soit la réponse à cette question, elle n'aide pas Cleo dans l'état actuel des choses.

Ils demeurèrent tous trois silencieux, accablés et à court d'idées.

La situation s'aggrava encore lorsqu'une heure plus tard Hester et Callandra furent convoquées par un Fermin Thorpe au comble de l'irritation, qui leur ordonna d'assister le sergent Robb dans ses investigations.

Visiblement mal à l'aise, ce dernier se tenait près du bureau de Thorpe. Il regarda Callandra entrer, puis décocha un coup d'œil malheureux à Hester.

— Je suis désolé, madame, déclara-t-il, semblant s'adresser aux deux nouvelles venues. J'aurais préféré ne pas avoir à vous placer dans cette position, mais j'ai besoin d'en apprendre davantage sur les médicaments qui ont disparu de la réserve de l'apothicaire.

— Je ne l'ai appris que ce matin, ajouta Thorpe, furieux, le visage rouge. J'aurais dû en être informé dès le premier incident. Je vous préviens, il faudra que quelqu'un en réponde !

— Je pense qu'il faut d'abord déterminer avec précision ce qui est démontrable, docteur Thorpe, répliqua Callandra avec froideur. On ne répand pas des accusations à tort et à travers avant d'être certain des faits sur lesquels on se fonde. Il est trop aisé de ruiner une réputation, et trop difficile de revenir en arrière une fois que le mal est fait.

Elle le défia du regard, prête à riposter à toute contradiction.

S'il avait pleinement conscience de sa position de gouverneur de l'hôpital et de sa supériorité innée, Thorpe n'en était pas moins sensible aux différences de statut social et, avec son titre de noblesse, Callandra était une personne à respecter. Il opta donc pour la prudence, du moins dans un premier temps.

— Bien sûr, Lady Callandra. Nous ne connaissons pas encore toute la situation.

Il jeta à Robb un regard en biais.

— Je vous garantis, sergent, que je ferai tout ce qui est en mon pouvoir pour vous faciliter la tâche. Nous devons rassembler les éléments dont nous disposons et mettre un terme à ces actes de malhonnêteté. Je vous assisterai personnellement.

C'était bien ce que craignait Hester. Il eût été plus aisé de réduire l'importance des vols, voire d'induire quelque peu Robb en erreur, hors de la présence de Thorpe. La jeune femme ignorait quelles seraient l'attitude de l'apothicaire, l'étendue de son dévouement vis-à-vis du gouverneur de l'hôpital et ses craintes face au risque qu'il courait de perdre sa place.

Thorpe hésita, de sorte qu'Hester reprit espoir : il était clair qu'il n'en savait pas assez sur la gestion des stocks de médicaments pour mener sans aide les recherches et l'inventaire.

— Peut-être l'une de nous deux pourrait-elle aller chercher Mr. Phillips ? suggéra-t-elle très vite. Et aussi vous escorter pour prendre des notes... ce qui nous sera utile par la suite. Après tout, nous devons nous préoccuper de ce problème et veiller à ce qu'il ne se reproduise plus. Découvrir la vérité est encore plus important pour nous que pour le sergent Robb !

— Tout à fait, Mrs. Monk, approuva Thorpe, s'empressant de saisir la perche tendue.

Réprimant un sourire, la jeune femme lança un regard significatif à Callandra. Celle-ci devait à présent trouver Mr. Phillips et s'arranger pour l'entretenir en particulier des conséquences qu'aurait son attitude sur l'ensemble du personnel de l'hôpital. Sans doute ignorait-il tout des charges qui pesaient contre Cleo Anderson et des motivations qui avaient conduit l'infirmière à voler.

Hester entraîna Thorpe et le sergent dans le large couloir qui menait à la réserve de médicaments, devant laquelle elle s'immobilisa. Thorpe en avait la clé, bien sûr, comme il détenait celles de toutes les portes. Il ouvrit et entra dans la petite pièce, suivi de Robb et d'Hester. Sur toute leur hauteur, les murs étaient tapissés de placards, tous équipés de serrures de cuivre, de même que les tiroirs situés sous le comptoir.

— Je crains de ne pas avoir les clés de tous ces casiers, marmonna Thorpe, contrarié. Mais comme vous pouvez le constater, nos produits sont conservés ici dans les meilleures conditions de sécurité. Je ne vois pas ce que nous pourrions faire de plus, à moins d'embaucher un second apothicaire de façon qu'il y en ait toujours un sur place. Bien évidemment, il arrive que nous ayons besoin de médicaments aussi bien la nuit que le jour, et aucun employé, aussi consciencieux soit-il, ne serait prêt à travailler ici vingt-quatre heures sur vingt-quatre.

— Qui conserve les clés durant la nuit ? s'enquit Robb

— Quand Mr. Phillips quitte l'hôpital, il me les laisse, expliqua Thorpe, mal à l'aise, et je les confie au médecin responsable des gardes de nuit.

— À vous entendre, j'en déduis qu'il ne s'agit pas tous les soirs de la même personne, conclut le policier.

— Non. L'hôpital ne fonctionne que la journée. Il arrive assez rarement qu'un de nos chirurgiens reste ici la nuit. Le Dr Beck le fait, à l'occasion, lorsqu'il a opéré des patients dont l'état continue de poser problème. Mais la plupart du temps, ce sont des étudiants qui assurent les gardes de nuit.

Il parut sur le point d'ajouter quelque chose, mais se ravisa. Sans doute avait-il le sentiment que l'hôpital tout entier se retrouvait sur la sellette.

— Qui administre les médicaments aux malades durant la nuit ? demanda Robb.

L'embarras de Thorpe s'accentua.

— Le médecin de garde.

— Ce ne sont pas les infirmières ? s'étonna le sergent.

— Les infirmières ? Pas du tout. Le rôle d'une infirmière se limite à veiller au confort et à la propreté des malades, répliqua le gouverneur d'un ton sec. Elles n'ont ni formation médicale ni expérience et on ne leur confie aucune responsabilité, sinon celle de faire exactement ce qu'on leur demande.

Il n'eut pas un regard pour Hester en prononçant ces mots.

Robb enregistra pensivement l'information. Avant qu'il ait pu formuler une nouvelle question, l'apothicaire fit son apparition, suivi de près par Callandra.

— Ah ! fit Thorpe, soulagé. Voilà Phillips ! Le sergent Robb ici présent pense qu'une quantité considérable de remèdes manque à notre stock, volée par l'une de nos infirmières, méfait qui aurait incité un maître chanteur à menacer cette femme pour lui soutirer de l'argent.

Il s'éclaircit la gorge.

— Nous venons vérifier cette hypothèse et, si elle se révèle exacte, nous devons savoir quelle quantité de médicaments a disparu et comment les vols ont eu lieu.

Phillips ne répondit pas tout de suite. C'était un individu assez corpulent, à la chevelure noire ébouriffée et à la barbe peu soignée. Hester avait toujours trouvé sa conversation agréable et elle appréciait son sens de l'humour un peu grinçant. Elle espérait qu'on ne ferait pas porter à cet homme le blâme des vols commis, mais elle eût été fort déçue de l'entendre accuser Cleo.

— Allons, mon ami, vous n'avez rien à dire ? s'impatienta Thorpe.

— Non, répondit Phillips. Du moins pas avant d'avoir bien réfléchi à la chose. Docteur, ajouta-t-il, s'il s'agit réellement de vols, et non d'un simple gaspillage ou d'erreurs de calcul, ou encore de personnes qui auraient mal noté ce qu'elles ont pris, nous nous trouvons devant un problème grave.

— Mais bien sûr que le problème est grave ! explosa Thorpe. C'est de chantage et de meurtre que nous parlons !

— De meurtre ? fit l'apothicaire avec une très légère surprise dans la voix. À cause de nos médicaments ? Il n'y a pas eu de vol de cette ampleur, je peux vous l'assurer !

— Cela s'est passé sur une assez longue période, rectifia Thorpe. C'est du moins ce que pense le sergent.

Phillips fouilla dans la poche de sa blouse et en sortit un énorme trousseau de clés. Il commença par ouvrir un tiroir, d'où il tira un livre de comptes imposant.

— Une période qui a débuté quand, monsieur ? demanda-t-il poliment à Robb.

— Je l'ignore, répondit ce dernier. Essayez l'année dernière à la même époque. Cela devrait suffire.

— Je ne vois pas bien comment je pourrais le constater, déclara Phillips en ouvrant le registre à la page recherchée, qu'il examina quelques instants. Tout a l'air en ordre ici, et je n'ai aucun moyen de savoir si les chiffres correspondent à ce que nous avions en réserve à l'époque. Je n'ai pas l'impression que quelqu'un ait modifié quoi que ce soit. Si c'était le cas, de toute façon, je m'en serais rendu compte et j'en aurais averti le Dr Thorpe.

Ce dernier se pencha sur le livre, dont il tourna lentement les pages jusqu'à la date du jour. À l'évidence, aucun chiffre n'avait été ni effacé ni altéré. L'examen ne révéla rien. L'entrée des médicaments était toujours notée de la même écriture, tandis que, pour les sorties, les lettres étaient plus ou moins bien formées, parfois avec des fautes d'orthographe.

— Ce sont uniquement des médecins qui ont écrit cela ? interrogea Robb.

— Bien entendu, répondit sèchement Thorpe. Vous ne pensez tout de même pas que nous donnons les clés aux infirmières ! Si une femme malhonnête a bel et bien dérobé des médicaments, elle l'a fait en catimini, pendant que le médecin de service avait le dos tourné, peut-être alors qu'il s'occupait de malades ou vaquait à d'autres occupations. C'est un acte ignoble. Je suis sûr que la justice lui infligera la sanction qu'elle mérite, afin de dissuader toute personne tentée de l'imiter pour s'enrichir aux dépens des malades dont nous avons la charge !

— Peut-être ne s'agit-il que d'un simple gaspillage, suggéra Phillips, dont le regard passa de Thorpe à Robb. Il n'est pas aisé de mesurer la poudre avec une réelle exactitude. C'est toujours de l'à-peu-près, assez proche de la quantité requise, bien sûr, mais sur quelques dizaines de doses, la marge d'erreur peut être assez étendue. Vous y avez pensé, monsieur ?

— Pas assez étendue pour justifier un chantage, répondit Robb avec une réticence évidente. Les quantités doivent être conséquentes. S'il n'y a rien dans le passé qui soit démontrable aujourd'hui, pourriez-vous vérifier votre stock actuel afin de procéder à une comparaison rigoureuse avec vos registres ?

— Bien sûr.

Phillips n'avait guère le choix.

Dans le plus grand silence, l'apothicaire commença : il ouvrit ses placards, pesa, mesura et effectua ses calculs, surveillé par un Thorpe très impatient, une Callandra anxieuse et un Robb mal à l'aise.

— J'ai l'impression qu'il manque un peu de quinine, déclara-t-il enfin d'un ton désinvolte. On a pu se tromper dans les pesées, sans doute. Ou alors, plusieurs doses ont été prélevées pour des malades qui étaient en crise, et le médecin n'aura pas pris le temps de noter.

— Combien en manque-t-il ? le pressa Thorpe. Voyons, mon garçon, vous pourriez tout de même vous montrer plus précis que cela ! Qu'est-ce que cela veut dire, « un peu » ? Vous êtes apothicaire, que diable ! On ne mesure pas des doses de quinine avec des « un peu » !

— Une trentaine de grammes, docteur, répondit Phillips d'une voix tout juste audible.

Le visage de Thorpe vira au rouge écarlate.

— Dieu du ciel ! Mais cela représente de quoi traiter une bonne douzaine de malades ! C'est une affaire gravissime, assurément ! Vous avez intérêt à vérifier ce qu'il vous manque d'autre ! Pesez la morphine !

L'apothicaire s'exécuta. La quantité manquante se révéla encore plus importante. Hester n'en fut pas surprise. La morphine était le traitement le plus efficace contre la douleur. La quinine, quant à elle, servait en cas de fièvre. Cleo avait dû administrer ces traitements, supervisée par un médecin, assez souvent au cours des ans pour savoir quelle quantité prescrire et dans quelles circonstances. Hester elle-même n'en ignorait rien.

Thorpe se tourna vers Robb.

— Je le regrette, sergent, mais il semble que vous ne vous soyez pas trompé. Il nous manque une quantité considérable de produits et il est impossible qu'un voleur ait pris tout cela au petit bonheur la chance. Il ne peut s'agir que d'une infirmière.

Hester fut tentée de faire remarquer qu'à la vérité le coupable pouvait être n'importe quel membre du personnel de l'hôpital, mais elle s'en abstint. Elle savait que c'était inutile : Thorpe se refuserait à mettre en cause un médecin et elle ne voulait surtout pas attirer les soupçons sur Phillips.

Peut-être était-ce bien Cleo Anderson, après tout... Pour être franche, Hester n'avait pas le moindre doute à ce sujet. Et maintenant que l'infirmière se trouvait derrière les barreaux, qui prendrait soin de ses malheureux patients ? Que deviendrait John Robb ?

Callandra tendit au sergent la feuille où elle avait noté les remèdes manquants avec les quantités. Il la glissa dans sa poche en la remerciant, puis se tourna de nouveau vers l'apothicaire.

— Depuis combien de temps ces vols se produisent-ils, Mr. Phillips ?

— Je ne pourrais pas vous le dire, monsieur, répondit aussitôt l'intéressé. Cela fait un bout de temps que je n'ai pas eu l'occasion de faire des vérifications approfondies. Et puis, il se peut qu'on ait mal pesé, ou même que quelqu'un ait renversé des produits.

Son regard était vide, sa voix calme. Il se tourna pour s'adresser également à Thorpe.

— Ce qui me paraît le plus probable, c'est que les médecins n'ont pas bien noté tout ce qu'ils prenaient... Vous savez, dans la nuit, quand il fait chaud et qu'il y a urgence... On peut tolérer une certaine marge d'erreur. La médecine est un art, docteur Thorpe, pas une science exacte !

— Mais bon sang, qu'est-ce que vous me chantez ? explosa le gouverneur. Vous n'allez pas m'enseigner la pratique de la médecine dans mon propre hôpital, tout de même !

Phillips ne répondit pas. Il ne semblait pas importuné outre mesure par la colère de son supérieur. Ce silence eut pour effet d'augmenter la fureur de Thorpe et en même temps de l'embarrasser. De la part d'un simple apothicaire, une telle attitude à son égard avait de quoi l'interloquer.

— Si je peux faire quoi que ce soit pour vous être utile, sergent, reprit Phillips à l'intention du policier, je suis sûr que le Dr Thorpe ne verra pas d'inconvénient à ce que je vous aide. Vous n'aurez qu'à venir me trouver. Et avant que vous ne me posiez la question, je peux vous dire que je ne soupçonne aucune infirmière en particulier... Je n'en vois aucune qui pourrait faire cela. Certaines d'entre elles ont tendance à boire le ventre vide, c'est sûr, mais ça doit être aussi le cas d'une bonne moitié de la population de Londres ! D'autant que la bière brune est incluse dans leur salaire... Vous me trouverez ici tous les jours, sauf le dimanche.

Puis, sans poser d'autre question, il tendit le trousseau de clés à Thorpe et sortit dans le couloir.

— Quelle impertinence ! souffla Thorpe dans sa barbe.

— Mais c'est un homme honnête, n'est-ce pas ? fit Robb.

Hester lut l'aversion dans les yeux du gouverneur. Celui-ci eût donné cher, manifestement, pour faire payer à Phillips son arrogance, et l'occasion était belle. La jeune femme s'empressa donc de répondre à sa place.

— Bien sûr, sergent, déclara-t-elle avec un sourire. Vous n'imaginez pas que le Dr Thorpe aurait pu permettre à cet homme d'occuper un poste d'une telle importance s'il n'avait pas une absolue confiance en lui ! Qu'une infirmière soit parfois un peu éméchée est une chose. Elle peut renverser un seau d'eaux souillées ou oublier de balayer une salle, cela ne porte pas trop à conséquence. Mais si un apothicaire commet une bévue, ce sont des vies humaines qui se trouvent menacées !

— Tout à fait ! approuva aussitôt Thorpe en la gratifiant d'un regard venimeux, puis en faisant un effort visible pour modifier son expression avant de se tourner vers le policier. Je vous en prie, questionnez qui bon vous semblera dans mon établissement. Mais je doute que vous récoltiez des preuves que cette femme ignoble ait dérobé de la quinine et de la morphine. Si ces preuves existaient, nous en aurions déjà eu connaissance nous-même. Je présume que vous l'avez déjà fait arrêter ?

— Oui, docteur. Je vous remercie.

Sur ces mots, Robb salua et sortit. Hester jeta un coup d'œil à Callandra, puis prit congé à son tour. D'autres affaires l'attendaient, et elles étaient urgentes.

Hester obtint sans peine la permission de rendre visite à Cleo Anderson dans sa cellule. Elle raconta au gardien qu'elle était envoyée par l'hôpital où travaillait l'infirmière, en vue de recueillir certains renseignements sur des traitements que les patients devraient poursuivre en son absence.

Il se trouva que le gardien connaissait Cleo, qui avait soigné sa mère à la fin de sa vie, et il se montra trop heureux de pouvoir lui témoigner sa reconnaissance de quelque façon que ce fût. À la vérité, il semblait fort ennuyé par la situation. Hester ne put deviner s'il estimait Cleo coupable ou non.

La porte claqua avec un bruit métallique qui se répercuta dans le cerveau d'Hester, apportant avec lui le douloureux souvenir d'un séjour à Édimbourg. La jeune femme se trouvait alors à la place qu'occupait à présent Cleo, solitaire dans l'attente de son procès et, peut-être, de son exécution.

Cleo parut surprise de la voir. Très pâle, elle avait le regard cerné et fixe d'une personne en état de choc, mais son attitude était calme, voire résignée. Hester ne se rappelait pas avoir eu un tel état d'esprit en prison. Il lui semblait que pas une seconde elle n'avait renoncé à se battre : à l'intérieur d'elle-même, elle hurlait contre l'injustice. Il y avait trop de choses à vivre pour ne pas lutter, beaucoup trop.

Cependant, elle se savait innocente du meurtre de Mary Farraline.

Même en admettant que Cleo eût tué Treadwell, un tel acte était compréhensible dans la mesure où le cocher la faisait chanter. Non pas excusable, certes, mais quel Dieu digne d'être vénéré n'appellerait pas la compassion plutôt que le blâme sur une telle femme ?

Peut-être Cleo n'avait-elle pas la même vision des choses ? Du moins en cet instant, alors qu'elle s'apprêtait à affronter la justice des hommes...

— Est-ce que je peux vous aider ? commença Hester. Je pourrais vous apporter quelque chose. Des vêtements, du savon, une serviette propre, de quoi manger un peu mieux qu'ici ? Une cuillère à vous, peut-être ? Ou une tasse ?

Cleo esquissa un sourire. Sans doute ne s'attendait-elle pas à des suggestions aussi pratiques. Elle leva vers Hester un regard interrogateur.

— J'ai déjà séjourné en prison, expliqua la jeune femme. Je détestais le savon et les serviettes rêches que l'on me donnait. Ce sont de petits détails, c'est vrai... Et puis, j'aurais aimé avoir ma propre cuillère. Je me souviens de cela.

— Mais ils vous ont laissée sortir... articula Cleo avec une angoisse si sensible qu'Hester crut un instant qu'elle allait perdre son sang-froid. Et ils ont libéré Miriam, hein ? Est-ce qu'elle va bien ?

Hester prit place sur la chaise restante et se pencha un peu en avant. À chaque rencontre, elle appréciait Cleo davantage. Elle ne parvenait ni à regarder cette femme avec impartialité, ni à penser qu'il fallait se résoudre à accepter le sort qui lui était probablement réservé.

— Oui, ils l'ont laissée partir.

— Elle est rentrée chez elle ?

— Non... Lucius et le major Stourbridge l'ont emmenée chez eux.

Elle scruta le visage de Cleo dans l'espoir d'y découvrir un indice qui l'aiderait à comprendre l'aversion éprouvée par Miriam, mais son interlocutrice ne réagit pas.

— Est-ce qu'elle allait bien ? répéta-t-elle, pleine d'appréhension.

Il semblait cruel de lui révéler la vérité, mais Hester n'en savait pas assez pour déterminer quels mensonges feraient le moins de mal.

— Non, répondit-elle. Je ne crois pas. D'après ce que m'a dit mon époux, qui était présent, elle aurait préféré aller n'importe où, et même rester en prison, plutôt que de partir avec eux, mais on ne lui a pas laissé le choix. La police ne pouvait pas la garder parce qu'il n'y avait plus aucune charge contre elle, mais il était clair pour tout le monde qu'elle était profondément bouleversée et, sachant que c'est un témoin important dans l'affaire, les autorités ont jugé préférable de décider elles-mêmes où elle irait.

Cleo ne répondit rien. Elle se contenta de baisser les yeux sur ses mains, qu'elle tenait croisées sur les genoux.

Hester l'observa avec attention.

— Savez-vous pourquoi elle s'est enfuie de Cleveland Square et pourquoi elle redoutait tant d'y être ramenée ?

Cleo releva aussitôt les yeux.

— Non... Non, je ne sais pas. Elle ne m'a rien dit.

Hester la crut. La confusion et la détresse qu'exprimait son regard étaient très réelles.

— Je ne vous demanderai pas si, oui ou non, vous avez pris les médicaments, reprit-elle avec douceur. Je connais la réponse, et je sais pourquoi vous l'avez fait.

Cleo la considéra pensivement avant de prendre la parole.

— Qu'est-ce qu'ils vont devenir ? Il n'y a plus personne pour prendre soin d'eux maintenant. Pour ceux qui ont une famille, passe encore, mais ceux qui n'ont personne et qui n'ont pas les moyens de se payer les remèdes qui les soulagent, hein ? Ils ne savent même pas ce qu'ils doivent prendre ! Ils se font vieux et leurs enfants s'en vont en les laissant seuls... Aujourd'hui, les jeunes se fichent bien de ce qui s'est passé à Trafalgar ou à Waterloo ! Dans quelques années, on aura même oublié la Crimée ! Ces braves soldats, on s'occupe d'eux maintenant parce qu'ils sont jeunes et encore beaux. Ça nous fend le cœur de voir un beau gosse sans bras ou sans jambes, mais quand ils vieillissent, on ne s'en soucie plus. On se dit que, de toute façon, ils vont bientôt mourir, alors quel intérêt de dépenser de l'argent pour eux ?

Il était impossible de la contredire. Bien sûr, cela n'était pas vrai partout mais, dans la plupart des cas, les choses se passaient ainsi.

— Et John Robb, ce marin qui s'est battu à Trafalgar ? demanda Hester. À en juger par sa toux, c'est une phtisie.

Cleo fronça les sourcils, avant de hocher la tête.

— Je ne crois pas qu'il en ait pour bien longtemps. Son petit-fils fait des pieds et des mains pour l'aider à vivre, mais sans morphine, il ne pourra plus le soulager.

Elle n'en dit pas davantage, mais la requête était là, dans le regard qu'elle posait sur Hester.

Celle-ci comprit. Ce serait désormais à elle de se procurer le remède, c'est-à-dire de se rendre coupable de vol. Refuser revenait à condamner le vieillard à de terribles souffrances.

— Oui, souffla-t-elle. Bien sûr.

Les mots avaient franchi ses lèvres malgré elle.

— Merci, murmura Cleo, dont le visage s'éclaira un bref instant, comme si elle venait d'apercevoir une lueur dans les ténèbres. Et pour le savon et la cuillère, je ne dis pas non, si ça ne vous dérange pas trop.

— Aucun problème.

Hester, toutefois, était résolue à ne pas s'en tenir là. Elle voulait trouver un moyen de défendre Cleo, mais cela était-il possible ? Elle s'aperçut avec amertume qu'elle était déjà à demi convaincue de la culpabilité de l'infirmière.

— Avez-vous un avocat ? interrogea-t-elle.

— Un avocat ? Pour dire quoi ? Ça ne changera rien.

Le ton de sa voix était catégorique, comme si elle refaisait soudain surface dans une pénible réalité qui la concernait, elle et non plus John Robb. Son expression s'était fermée, excluant Hester de ses émotions au point que celle-ci se sentit repoussée, indésirable. Cleo cherchait-elle encore à défendre Miriam Gardiner ? Ou était-elle coupable et estimait-elle mériter la mort ?

— Avez-vous tué Treadwell ?

Cette brusque question surprit Cleo, qui hésita, parut sur le point de parler, puis changea d'avis et demeura silencieuse. Hester eut l'impression très forte que sa première réaction avait été de répondre par la négative, mais il était trop tard à présent : reposer la question ne servirait à rien. Le visage de l'infirmière était de marbre.

— Vous faisait-il chanter ? interrogea-t-elle plutôt.

Cleo poussa un soupir.

— Oui... Évidemment ! Tout ce qu'il faisait, celui-là, c'était pour l'argent...

— Je vois.

Elle se demanda ce qu'elle pourrait bien ajouter. Elle avait déjà résolu de déployer des trésors d'énergie pour aider Cleo ; restait à déterminer comment agir. Le nom d'Oliver Rathbone lui vint à l'esprit.

Elle sentit soudain Cleo lui saisir le poignet et le serrer entre ses doigts.

— Surtout, ne dites rien à la police ! lança-t-elle avec fougue. Ça ne changera rien de toute façon et...

Elle cligna des yeux, le visage crispé.

— ... Et ne dites pas au vieux Robb pourquoi je ne viens plus le voir. Racontez-lui quelque chose, ce que vous voulez... Peut-être qu'au moment du procès, il... enfin, il n'a pas besoin de savoir. De toute façon, il est bien possible qu'il ne soit plus de ce monde quand tout sera fini...

— Je lui dirai quelque chose, assura Hester. Par exemple, que vous êtes partie pour vous occuper d'un parent souffrant...

— Merci.

Sa gratitude était si intense qu'Hester se sentit coupable. Elle voulut ajouter qu'elle avait l'intention d'en faire bien plus, mais n'ayant pas la moindre idée de ce que pourrait englober ce « bien plus », elle jugea préférable d'en rester là. Éveiller des espoirs qu'elle ne pourrait matérialiser se révélerait trop cruel.

— Je reviendrai avec le savon, promit-elle. Et la cuillère.

Puis elle gagna la porte et frappa pour appeler le gardien.

Ce qu'elle avait à faire ensuite s'annonçait comme l'action la plus difficile, et en tout cas celle qui l'effrayait le plus. Elle se sentait déjà coupable en gravissant les marches, puis en franchissant le grand portail de l'hôpital. Elle soutint le regard de deux jeunes étudiants, comme pour chasser toute suspicion qu'ils eussent pu avoir à son égard, mais se sentit aussitôt ridicule, certaine qu'elle avait rougi jusqu'aux oreilles. Elle n'avait encore rien fait. Elle n'était en rien différente de la personne qu'elle était la veille, ou même le matin, lorsqu'elle avait affronté sans complexe Fermin Thorpe dans son bureau et s'était creusé la cervelle pour défendre Cleo Anderson. Callandra se trouverait-elle contrainte de faire de même, le lendemain, pour la défendre, elle ?

Et cependant, elle ne pouvait se dérober. Outre son affection pour John Robb, elle avait donné sa parole à Cleo. Elle avait donc tenté d'élaborer un plan d'action, mais tout dépendrait des occasions qui se présenteraient. Il semblait irréaliste d'espérer subtiliser le trousseau de clés de Phillips et, de toute façon, elle ne voulait pas causer le moindre embarras à l'apothicaire. D'ailleurs, ce dernier était un homme soigneux et ordonné en temps ordinaire, et sans doute redoublerait-il d'attention désormais.

Combien de temps faudrait-il attendre pour qu'une crise quelconque survînt, afin de trouver la porte ouverte et sans surveillance, ou encore Phillips affairé à des pesées, c'est-à-dire le dos tourné au placard de morphine ?

Elle s'en voulut tout à coup : elle avait passé de longues minutes en tête à tête avec Cleo, pourquoi n'avait-elle pas eu la présence d'esprit de lui demander comment elle s'y prenait ? Elle s'était contentée de promettre de suivre son exemple, sans avoir la moindre idée de la façon d'y parvenir. Qu'il était humiliant de constater sa propre stupidité !

Elle se tenait encore au milieu du couloir lorsque Kristian Beck parvint à sa hauteur.

— Hester ? lança-t-il d'un ton inquiet. Est-ce que tout va bien ?

Elle reprit aussitôt ses esprits et se mit à parler, suivant une idée qui commençait à peine à se former dans son esprit.

— J'étais en train de me demander comment Cleo Anderson parvenait à dérober la morphine. Phillips est quelqu'un de très consciencieux. Enfin, comment croyez-vous que cela se passait, dans la pratique ?

Il fronça les sourcils.

— Cela a-t-il une quelconque importance ?

Pourquoi posait-il cette question ? Était-il indifférent aux vols commis ? Était-il si sûr de la culpabilité de Cleo, qu'il estimait les détails de ces vols dénués d'importance ? Ou pouvait-on imaginer qu'il éprouvait une certaine compréhension à l'égard de l'infirmière ?

— Je ne cherche pas à prouver quoi que ce soit, assura-t-elle en le regardant avec une belle candeur. J'aimerais plus que tout pouvoir prouver au contraire qu'elle n'a rien volé, mais si c'est impossible, je voudrais au moins comprendre.

— Elle est accusée du meurtre de Treadwell, déclara-t-il à mi-voix. Les jurés ne pourront pas excuser ce crime, quels que soient les sentiments que cette brave femme leur inspire. Il n'existe aucune loi prévoyant des circonstances atténuantes pour le meurtre de maîtres chanteurs ou pour le vol de médicaments à l'intention de vieux malades indigents et délaissés.

La révolte perçait dans sa voix, trahissant tous les sentiments qu'il ressentait.

— Je sais, fit Hester dans un souffle. Mais j'aimerais tout de même savoir comment elle s'y prenait exactement.

Il garda le silence quelques instants.

Elle attendit, se demandant s'il ne valait pas mieux partir avant qu'il ne fût trop tard. Toutefois, la fuite ne pouvait être que physique. Sur les plans moral et psychologique, elle se trouvait piégée. Et de toute façon, son embarras restait trivial, comparé à la situation de Cleo... et aux souffrances de John Robb.

— Quels médicaments pensez-vous qu'elle prenait? interrogea enfin Kristian.

Elle déglutit.

— De la morphine, pour un vieux monsieur atteint de phtisie. Cela ne le guérira pas, mais ça lui procure quelques heures de répit dans ses souffrances.

— C'est fort compréhensible, répondit-il. J'espère qu'elle lui donnait aussi un peu de sherry additionné d'eau?

— Je crois, oui.

— Bien. J'ai besoin de quelques produits chez l'apothicaire. Je vais aller chercher les clés. Si vous pouviez m'aider, cela me rendrait service.

Il s'éloigna sans attendre de réponse.

Il revint quelques minutes plus tard, muni du trousseau de clés, et ouvrit la porte. Hester le suivit à l'intérieur et il entreprit de déverrouiller plusieurs placards, dans lesquels il prit des feuilles pour infusions, du cordial, ainsi que diverses poudres. Il en passa une partie à la jeune femme tandis qu'il ouvrait des flacons et des bocaux, puis les refermait. Lorsqu'il eut terminé, il se hâta de sortir avec elle, reverrouilla la porte, lui reprit quelques-uns des remèdes, puis la remercia. Elle se retrouva bientôt seule dans le couloir, tenant à la main une petite fiole de cordial et de la morphine pour une semaine, ainsi que plusieurs doses de quinine.

Elle s'empressa de glisser le tout dans ses poches et gagna la sortie. Il lui semblait que des dizaines de regards lui criblaient le dos. En fait, elle ne croisa qu'une infirmière chargée d'un seau et d'une serpillière, et Fermin Thorpe, si absorbé dans ses pensées qu'il la reconnut à peine.

John Robb se montra ravi de la visite d'Hester. Il avait passé une mauvaise nuit et commençait à se sentir un peu mieux en cette fin d'après-midi. Cette journée de solitude dans la maison vide lui avait pesé plus qu'à l'ordinaire, malgré le soleil qui entrait à flots par la fenêtre, et il se sentait mélancolique. Il s'éclaira lorsqu'il reconnut le pas d'Hester dans le couloir. Quand elle le vit, il faisait de l'ordre dans le petit espace qui entourait son fauteuil, afin de mieux la recevoir.

— Comment allez-vous ? lança-t-il au moment où elle franchissait la porte.

— Très bien ! répondit-elle d'un ton plein d'entrain.

Tant que cela restait possible, il ne devait pas savoir où était Cleo, mais combien de temps l'ignorerait-il ? Hester ne pouvait expliquer cette nécessité à Michael sans lui en dévoiler la raison, puisque cela placerait le jeune homme dans une situation impossible. Il comprendrait alors qu'il était un bénéficiaire indirect des vols, ce qu'il trouverait intolérable, et cette prise de conscience risquait de le pousser à témoigner contre Cleo.

— Et vous, comment allez-vous ? enchaîna-t-elle. J'espère que vous vous sentez assez en forme pour prendre le thé avec moi ? Je vous en ai apporté une variété que vous aurez peut-être envie de goûter, et aussi quelques biscuits. Bien sûr, ajouta-t-elle avec un sourire, ce n'est là qu'un prétexte pour que vous consentiez à me raconter vos aventures en mer et à me décrire les pays où vous êtes allé. Vous m'avez promis de me parler des Indes la dernière fois. Vous avez évoqué la mer qui scintillait comme une cascade de diamants, et affirmé avoir vu des poissons voler !

— Oh, Dieu vous bénisse, ma fille, tout ça est vrai ! acquiesça-t-il, souriant lui aussi. Et il y a encore bien d'autres choses... Mettez la bouilloire sur le feu et je vous raconte tout ce que vous voudrez !

— À vos ordres !

Elle traversa la pièce et sortit les biscuits et le thé de son sac, remplit la bouilloire, qu'elle plaça sur le réchaud, puis, le dos tourné au malade, prit la fiole de cordial et la posa sur l'étagère, à demi dissimulée par un paquet bleu rempli de sucre. Elle tira ensuite la morphine de sa poche et la plaça au-dessous de deux fins sachets qui dataient de la dernière visite de Cleo.

— Il faisait très chaud aux Indes ? interrogea-t-elle.

— Vous ne pourriez pas le croire, ma fille ! répondit-il. On avait l'impression que la mer allait se mettre à bouillir à tout instant. L'air était si épais qu'il vous prenait à la gorge, comme si on pouvait le boire.

— Ici aussi, on peut boire dans la rue, quand il commence à faire vraiment froid ! ironisa Hester avec un petit rire.

— C'est vrai ! D'ailleurs, je suis allé dans le grand Nord aussi ! ajouta-t-il avec enthousiasme. Il y avait de gigantesques murs de glace qui sortaient de la mer ! Jamais vous ne verrez une chose pareille, ma fille ! C'était à la fois beau et terrifiant. Et ça vous gelait le souffle, on avait en permanence un petit nuage blanc devant la bouche.

Elle se retourna pour lui sourire, puis commença à préparer le thé.

— Mrs. Anderson a dû partir quelque temps, lança-t-elle. Une personne de sa famille est tombée malade, je crois. Elle m'a demandé de venir vous voir pendant son absence. Elle devait savoir que cela me ferait plaisir. J'espère que cela ne vous ennuie pas ?

Il se détendit, la considérant avec un plaisir non dissimulé.

— Bien sûr que non ! affirma-t-il. Comme ça, vous pourrez vous aussi me raconter tous les endroits où vous êtes allée. Chez les Turcs, et tout ça... Mais c'est vrai que Miss Cleo va me manquer... C'est une femme formidable. Avec elle, tout est simple ! Et pourtant, il y a des jours où je la vois si fatiguée que j'ai l'impression qu'elle va s'écrouler sur place ! J'espère que sa famille lui sera reconnaissante.

— J'en suis sûre, répondit Hester avec naturel. Et je lui ferai parvenir un message pour lui dire que vous allez bien.

— Bonne idée, ma fille. Dites-lui aussi que j'ai demandé après elle.

— Promis.

Tout à coup, Hester eut du mal à maîtriser son émotion. Il était ridicule d'avoir envie de pleurer maintenant ! Après tout, rien n'avait changé ! Elle renifla et se moucha, puis acheva de préparer le plateau du thé et ouvrit le sachet de biscuits. Elle avait acheté les meilleurs qu'elle ait pu trouver et elle les disposa joliment sur l'assiette. Elle était déterminée à faire de cette fin d'après-midi une véritable fête !

Hester attendit la fin du dîner pour aborder le sujet avec Monk. Installés dans le salon, face à la fenêtre, ils voyaient disparaître les derniers rayons du soleil, retardant le moment d'allumer le gaz pour laisser la pénombre emplir peu à peu la pièce.

Bien entendu, la jeune femme n'avait pas l'intention de mentionner John Robb, et moins encore d'expliquer qu'elle avait pris le relais de Cleo pour procurer au vieil homme le traitement qui le soulageait. Outre la façon dont il accueillerait l'information, lui faire un tel aveu revenait à le compromettre. Or, il était inutile qu'ils fussent deux à devoir mentir.

— Que pourrions-nous faire pour aider Cleo Anderson ?

Il releva vivement la tête. Elle attendit.

— Tout ce que nous avons accompli jusqu'à présent a eu pour seul effet d'aggraver les choses, remarqua-t-il avec mauvaise humeur. Le meilleur service que nous puissions rendre à cette malheureuse, c'est de ne plus nous mêler de l'affaire !

— Mais si nous ne faisons rien, elle risque la pendaison ! protesta Hester. Ce serait affreux ! Treadwell la faisait chanter. Elle est certes coupable d'un crime puni par la loi, mais elle n'a commis aucun péché. Nous devons l'aider, ne serait-ce que par humanité !

— Écoute, Hester, rétorqua Monk à mi-voix. Mon métier consiste à découvrir des faits. Et jusqu'à présent, tous les faits que j'ai recueillis indiquent que c'est Cleo l'assassin. Je peux éprouver de la compassion pour cette femme, et il est vrai que je la comprends. Dieu sait que dans sa situation j'aurais très bien pu agir comme elle...

Hester vit le souvenir du passé assombrir le visage de son époux, et elle sut à quoi il pensait. Elle se souvenait elle aussi de Joscelin Grey et de l'appartement de Mecklenburgh Square : Monk avait été tout près de commettre un meurtre, alors.

— Mais vis-à-vis de la loi, poursuivit-il, cela ne la dédouane pas. Rien ne pourra infléchir la décision d'un juge ou d'un jury. Si elle a tué Treadwell, elle pourra peut-être bénéficier de circonstances atténuantes, mais à condition de tout avouer. Si elle le faisait, je pourrais rechercher des preuves à l'appui de ses affirmations, en espérant qu'il y en ait.

Hester se demanda comment évoquer Oliver Rathbone. Tant d'émotions restaient liées à ce nom ! Une vieille amitié, un amour ancien, et peut-être de la peine, mais elle ignorait combien... Depuis son mariage, elle n'avait pas revu l'avocat, mais elle se rappelait avec une étonnante netteté la bougie allumée entre eux et la douce chaleur qui régnait dans la salle à manger de l'auberge le soir où Rathbone s'était trouvé à deux doigts de la demander en mariage. Il s'était arrêté à temps, parce qu'elle lui avait signifié, de façon tacite, qu'elle n'accepterait pas, du moins pas encore. Il avait laissé passer l'occasion.

— Mais ce qui compte, ce n'est pas seulement ce qui s'est passé, allégua-t-elle. C'est l'interprétation de l'événement, ses motivations...

Monk la considéra d'un œil grave avant de répondre. Il n'y avait aucune critique dans son regard, mais une infinie tristesse.

— Tu comptes solliciter la compassion du jury ? Tu ne crois pas que ce serait donner de faux espoirs à cette pauvre femme ?

Sans doute avait-il raison.

— Mais il faut essayer malgré tout... Tu ne crois pas ? Nous ne pouvons tout de même pas abandonner sans même avoir tenté de nous battre !

— Que voudrais-tu faire ?

— Nous pourrions demander à Oliver... Au moins lui parler de l'affaire, pour connaître son opinion...

Elle ne vit aucun changement dans l'expression de son époux, ni colère, ni raidissement.

— Bien sûr, acquiesça-t-il. Mais ne te fais pas trop d'illusions.

Elle sourit.

— Non... C'est juste pour ne pas baisser les bras...

Hester s'éveilla dans l'obscurité et vit Monk se lever. En bas, quelqu'un frappait à la porte d'entrée, sans violence, mais avec insistance.

Monk enfila sa veste par-dessus sa chemise de nuit et Hester se redressa sur le lit. Il quitta la chambre pieds nus. Elle entendit bientôt la porte s'ouvrir, puis se refermer quelques instants plus tard.

La lumière du hall d'entrée se réfléchit soudain sur le plafond du palier.

N'y tenant plus, Hester se glissa hors du lit et passa sa robe de chambre. Monk remontait l'escalier, une feuille de papier à la main. Il était très pâle, choqué, le regard sombre.

— Qu'y a-t-il ? demanda Hester, retenant son souffle.

— Verona Stourbridge, répondit-il d'une voix altérée. Elle a été assassinée. Exactement de la même façon que Treadwell. Un coup puissant sur la tête... avec un maillet de croquet.

Son poing se referma sur le papier blanc.

— Robb me demande d'y aller.

CHAPITRE VIII

Il fallut un bon quart d'heure à Monk pour trouver un cab. Il commença par descendre à pied jusqu'à Tottenham Court Road, puis se dirigea vers Oxford Street, au sud.

Il avait laissé une Hester furieuse de se voir exclue, mais il eût été inapproprié de l'emmener avec lui. La présence de la jeune femme n'eût été d'aucune utilité, sinon celle de satisfaire une curiosité personnelle, ce qui l'eût fait apparaître comme une intruse. Elle n'avait pas protesté, mais il était clair qu'elle bouillait intérieurement.

La nuit était belle. De légers nuages voilaient par instants une lune claire. L'air était tiède, car les pavés avaient emmagasiné la chaleur de la journée. Les pas de Monk résonnaient dans le silence. Une voiture émergea soudain de Percy Street et s'engouffra dans Bedford Square, et la lune se refléta quelques instants sur les portes rutilantes et les flancs brillants des chevaux. L'assassin de Verona Stourbridge n'était pas Cleo Anderson. Celle-ci se trouvait enfermée dans une cellule du poste de police de Hampstead.

Fallait-il chercher un lien entre cet événement dramatique et inattendu et la mort de James Treadwell ?

À l'angle d'Oxford Street, Monk aperçut deux hommes et une femme qui flânaient, d'humeur joyeuse.

Il chercha dans sa mémoire le visage de Mrs. Stourbridge, mais sans succès. Il ne se souvenait ni de ses traits ni de la couleur de ses yeux et gardait seulement le sentiment d'une certaine vulnérabilité. Sous ses manières posées et sa mise coquette, se dissimulait une femme qui vivait au quotidien avec la peur. Mais peut-être n'était-ce qu'une impression, qui se manifestait maintenant que cette femme était morte... assassinée.

L'auteur du crime ne pouvait être qu'un membre de la famille ou un domestique... Ou encore Miriam. Mais quel mobile cette dernière pouvait-elle avoir ? À moins qu'elle n'eût bel et bien perdu la raison...

Il suivit Oxford Street en restant au bord du trottoir, à l'affût d'un cab. Il gardait par contre un souvenir très net de Miriam, avec ses grands yeux, ses cheveux ondulés, sa bouche large. Elle s'était conduite d'une façon incompréhensible ; pourtant, Monk éprouvait face à elle le sentiment d'avoir affaire à une personne totalement maîtresse d'elle-même et de sa raison, à une femme d'une plénitude qu'aucune force au monde ne pouvait entamer.

Mais peut-être était-ce précisément cela, la folie... quelque chose, à l'intérieur de l'être, que nulle réalité ne pouvait atteindre ?

Il vit un cab ralentir et le héla, puis donna l'adresse des Stourbridge, à Cleveland Square. Le cocher bougonna, peu désireux de se rendre aussi loin, mais Monk n'en eut cure et monta à bord pour se replonger dans ses pensées.

Parvenu à destination, il paya la course et gravit les marches du perron. Il était plus d'une heure du matin et toutes les maisons environnantes étaient noyées dans l'obscurité. Chez les Stourbridge, les lumières du grand hall et d'au moins quatre pièces filtraient à travers les rideaux mal tirés. Devant la maison, une voiture attendait ; ce devait être celle du médecin.

Le majordome ouvrit dès que Monk eut frappé et, d'une voix altérée par l'émotion, il invita le visiteur à le suivre. Il était décomposé et son corps rigide semblait parcouru d'un léger tremblement. Sans doute lui avait-on ordonné d'attendre le détective, car il l'introduisit aussitôt dans le petit salon.

Robb arriva trois minutes plus tard et referma la porte derrière lui. On eût dit que lui-même était en deuil. La vue de Monk sembla le rasséréner quelque peu.

— Merci d'être venu, déclara-t-il simplement. Je... je m'attendais à tout, sauf à ça ! Pourquoi s'en prendre à Mrs. Stourbridge ?

Il paraissait épuisé et il y avait chez lui une sorte de tension que le détective reconnut comme de l'appréhension. Ce n'était pas le genre de crime dont il avait l'habitude et ce milieu social ne lui était pas familier.

— Il faut partir des faits concrets, répondit Monk avec un calme qu'il était loin de ressentir. Dites-moi exactement ce que vous savez. Qui vous a appelé ? À quelle heure ? Que vous a-t-on dit ?

Robb eut un regard surpris. Sans doute s'attendait-il à des questions concernant le corps et les alibis des protagonistes.

— C'était un peu avant minuit, commença-t-il. Peut-être minuit moins le quart. Un brigadier est venu chez moi m'avertir qu'il y avait eu à Bayswater un meurtre qui entrait dans le cadre de mon enquête. La police locale avait demandé que je vienne sur-le-champ. Un cab m'attendait. J'étais en route moins de cinq minutes plus tard.

Il se mit à marcher de long en large, jetant de petits coups d'œil à Monk.

— Quand le brigadier m'a dit que la victime était Mrs. Stourbridge, j'ai aussitôt envoyé un agent vous chercher.

Il secoua la tête.

— Je ne comprends pas ! Cette fois-ci, le coupable ne peut être Cleo Anderson. Me suis-je trompé sur Mrs. Gardiner ? Aurait-elle commis ce meurtre, ainsi que le premier ? Mais pourquoi ? Cela n'a aucun sens !

— Si la police du quartier a été prévenue et que l'on

est ensuite venu vous chercher, le corps a dû être découvert vers onze heures. C'est-à-dire il y a deux heures. Qui l'a trouvée et comment était-elle ?

— C'est le major Stourbridge. Elle était dans sa chambre. En fait, c'est un pur hasard qu'il soit retourné la voir. Il avait oublié de lui dire quelque chose, alors que toute la famille s'était déjà retirée pour la nuit. Il devait lui parler d'un cousin qui prévoyait de leur rendre visite. Le pauvre homme est entré dans la chambre et l'a découverte recroquevillée sur le sol. Le tapis était baigné de sang.

— L'a-t-il touchée ?

— Il dit qu'il l'a à demi soulevée.

La voix de Robb se fit rauque, comme si sa gorge serrée l'empêchait de parler correctement.

— Il l'a prise dans ses bras. Je suppose qu'au début il espérait qu'elle n'était pas morte... La blessure est assez horrible à voir. Le coup a dû être très puissant. Le maillet de croquet était encore là, posé à côté d'elle, par terre. Enfin, on m'a expliqué que c'était un maillet de croquet. Pour tout vous dire, je n'en avais jamais vu...

Monk chercha un instant à se représenter la scène, mais préféra y renoncer.

— Il affirme l'avoir reposée comme elle était, ajouta Robb d'une voix misérable.

— Quels vêtements portait-elle ? demanda Monk.

— Euh...

— Était-elle en chemise de nuit, ou en robe ? insista le détective.

Robb rougit légèrement.

— Une sorte de grande robe blanche, assez fine. Cela doit être une chemise de nuit, je présume.

De toute évidence, parler de ces choses l'indisposait. Sans doute se voyait-il lui-même comme un intrus dans cet univers à mille lieues du sien.

— Où se trouvait-elle exactement ? reprit Monk. Que pensez-vous qu'elle faisait lorsqu'elle a été frappée ? Était-ce par-derrière ou de face ?

Robb réfléchit un moment.

— Elle était allongée sur le côté, à environ deux mètres du lit. J'ai l'impression qu'elle était en train de parler à quelqu'un et qu'elle s'est détournée, et qu'elle a alors été frappée par-derrière. En tout cas, c'est l'impression que j'en ai.

— Elle tournait le dos à son agresseur ? Vous en êtes sûr ?

— Si le major n'a pas trop modifié la position du corps, oui. La blessure se trouve à l'arrière, légèrement sur le côté. On ne peut pas donner un coup comme celui-ci de face.

Ses yeux s'élargirent.

— Alors, sachant qu'elle était dans sa chambre, il est difficile d'imaginer qu'elle ait pu tourner le dos à une personne dont elle aurait eu peur. De toute façon, ajouta-t-il avec une petite moue, ce n'était pas un cambrioleur. Il n'y a aucun signe d'effraction. Rien n'a été cassé. Et puis, il était trop tôt. Un malfaiteur ne s'introduit pas dans une demeure alors que la moitié de la maisonnée est encore éveillée. C'est l'un d'entre eux, n'est-ce pas ?

Il s'agissait plus d'une affirmation que d'une question.

— On dirait que la police locale a déjà tiré cette déduction, répondit Monk d'un ton sec. Pas étonnant qu'elle ait préféré se décharger de l'affaire. Avez-vous interrogé les gens sur ce qu'ils faisaient quand c'est arrivé ?

— Je ne l'ai demandé qu'au major Stourbridge. Il se maîtrise à merveille, mais il est blanc comme un linge et il me semble très affecté. Il m'a expliqué qu'il s'était mis au lit et avait renvoyé son valet pour la nuit, mais qu'il a rallumé la lumière lorsqu'il s'est souvenu de ce cousin qui devait venir. Mrs. Stourbridge ne l'appréciait guère et il se proposait de lui écrire pour lui suggérer de remettre sa visite à plus tard.

— À quelle heure a-t-on vu Mrs. Stourbridge vivante pour la dernière fois ?

— Je ne sais pas. Sa femme de chambre est hystérique, la gouvernante s'occupe d'elle. Je n'ai pas encore pu lui parler.

Il jeta un regard circulaire à la vaste pièce dans laquelle ils se trouvaient. Même sous le faible éclairage d'une lampe unique, l'atmosphère avait quelque chose de chaleureux. La lumière se reflétait sur les cadres d'argent et miroitait dans le cristal à facettes d'une rangée de carafons.

— Je n'ai pas l'habitude de voir des personnes de cette catégorie sociale confrontées à la violence, avoua-t-il. Il n'est pas facile pour moi de les questionner. D'ordinaire, elles sont victimes de cambriolages et il suffit de demander aux domestiques s'ils ont remarqué des rôdeurs et s'ils ont bien verrouillé toutes les serrures...

— Ce genre de drame ne se produit pas très souvent, quel que soit le milieu, fit remarquer Monk. Mais mieux vaut mener vos interrogatoires maintenant, avant que les gens n'aient eu le temps d'oublier, de parler entre eux ou d'élaborer des mensonges.

— Mais il n'y en a qu'un qui va mentir... commença Robb.

Monk l'interrompit d'une exclamation.

— Mais les gens mentent pour toutes sortes de raisons ! lança-t-il. Et sur des choses qui, selon eux, n'ont aucun rapport avec le crime commis. Voyez la femme de chambre, hystérique ou pas. Vous devez savoir à quelle heure Mrs. Stourbridge a été laissée seule dans sa chambre et si elle attendait quelqu'un. Ce qu'elle a dit, quelle impression elle donnait, bref, tout ce que cette femme pourra vous révéler.

— Pouvez-vous rester ?

— Si vous voulez.

Ils envoyèrent chercher la servante, qui arriva bientôt, soutenue par le majordome. Elle semblait prête à défaillir à tout instant. Elle avait les yeux rouges et ne cessait de se tamponner le visage avec un mouchoir qui n'était plus guère qu'un chiffon froissé.

Le majordome la fit asseoir dans l'un des fauteuils et fut autorisé à rester. Robb commença l'interrogatoire, qu'il mena avec une grande douceur.

— Oui, monsieur, fit-elle. Mrs. Stourbridge s'est couchée vers dix heures, peut-être un peu plus. J'ai préparé ses vêtements pour demain. Une robe verte et blanche pour le matin. Elle avait l'intention de visiter une galerie de peinture.

Ses yeux s'emplirent à nouveau de larmes à ces mots.

— À quelle heure l'avez-vous quittée ?

Elle renifla bruyamment et tenta sans succès de s'essuyer les joues à l'aide du mouchoir humide.

— À onze heures moins le quart.

— Était-elle déjà au lit ? intervint Monk.

Elle le regarda, surprise.

— Je suis sûr que vous parviendrez à vous en souvenir si vous réfléchissez un peu, l'encouragea-t-il. C'est assez important.

— C'est vrai ?

— Oui. C'est important de savoir si elle s'attendait à une visite ou non.

— Ah oui. D'accord... Mais non, je ne comprends pas ! Elle ne pouvait tout de même pas se douter qu'un voleur allait entrer par la fenêtre et la tuer.

— Personne n'est entré par la fenêtre, Pearl.

— Qu'est-ce que vous dites ?

Interloquée, elle tordit son mouchoir au point de le déchirer.

Robb prit le relais.

— Nous disons que la personne qui a tué Mrs. Stourbridge se trouvait dans la maison, expliqua-t-il.

— Non... Non, ça, ce n'est pas possible ! Personne ici ne pourrait faire une chose pareille. Nous ne sommes pas des assassins !

— Et pourtant, c'est la vérité, insista le sergent. La police locale a mené une recherche approfondie dans toute la maison avec l'aide du majordome et du valet de pied. Personne ne s'est introduit par effraction. À présent, dites-moi ce que vous savez des allées et venues des uns et des autres entre le moment où vous avez fini de dîner et maintenant.

Elle répondit de bonne grâce, en détail, mais son récit n'orienta pas les soupçons sur qui que ce fût, de même qu'il ne permit de disculper personne.

La femme de chambre que l'on avait assignée à Miriam ne les aida pas davantage. Elle avait quitté sa maîtresse plus tôt encore, alors que celle-ci était au lit, et elle ignorait si la jeune femme s'était relevée ou non. Elle-même était aussitôt montée dans sa chambre, au grenier. Elle affirma prendre plaisir à travailler au service de Mrs. Gardiner et se refusa à imaginer que cette femme eût pu vouloir du mal à quiconque. Et il ne fallait pas s'aviser de médire de sa maîtresse devant elle !

Aucun des autres domestiques ne put se porter garant des allées et venues des différents membres de la famille. Toutefois, chaque bonne savait à quelle heure les autres domestiques s'étaient retirés. La cuisinière, dont la chambre donnait sur l'escalier, avait le sommeil léger, et comme la deuxième et la troisième marche craquaient, elle assura avec une certitude absolue que personne n'était descendu après qu'elle se fut couchée, à onze heures moins le quart.

Monk dut se résoudre à aller voir le corps. Un agent de la police locale était posté devant la chambre, apparemment épuisé et de mauvaise humeur. Il leur ouvrit la porte sans regarder à l'intérieur.

Verona Stourbridge gisait sur le dos, à mi-chemin entre la commode et le lit. C'était là que son époux l'avait reposée lorsqu'il s'était aperçu qu'il ne pouvait plus rien pour elle. À quelques centimètres de sa tête, le tapis mouillé de sang indiquait avec précision l'endroit où elle s'était effondrée.

Ses mains étaient flasques et ne tenaient rien. Pardessus sa chemise de nuit, elle portait une robe de chambre qui avait l'aspect de la soie. Lorsqu'il toucha le tissu, Monk comprit qu'il s'agissait bel et bien de soie : douce, coûteuse, superbe. Il se demanda s'il aurait un jour les moyens d'offrir à Hester un vêtement comme celui-ci. Cette robe de chambre serait sans doute jetée aux ordures une fois l'enquête achevée. Personne n'aurait envie de la porter.

Le détective se releva et se tourna vers Robb.

— C'est quelqu'un de la famille ? interrogea ce dernier d'une voix enrouée.

— Oui, acquiesça Monk.

— Pourquoi ? Pourquoi un membre de la famille aurait-il fait ça ? Pensez-vous que ce soit son mari ? Ou Lucius ? Ou Miriam Gardiner ? Mais pourquoi ?

— Nous chercherons les mobiles plus tard, répondit Monk. Allons voir le major Stourbridge.

À contrecœur, Robb le suivit dans le couloir.

Harry Stourbridge les rejoignit à la bibliothèque. Il avait revêtu un costume noir. Ses cheveux décoiffés se dressaient sur sa tête en petites touffes et ses yeux étaient enfoncés dans leurs orbites, comme si, en une nuit, la chair avait perdu de sa fermeté. Il ne dit rien, se contentant de regarder les deux hommes tour à tour.

— Asseyez-vous, je vous en prie, major Stourbridge, commença le sergent, mal à l'aise.

Sans doute se demandait-il s'il avait affaire à un époux en deuil qu'il fallait plaindre ou à un suspect qui ne méritait qu'hostilité et mépris.

Stourbridge obéit. Ses jambes semblèrent se dérober sous lui et il heurta la chaise avec un peu trop de violence.

Robb prit place face à lui et Monk s'installa sur une troisième chaise.

D'une voix grave et rocailleuse, Stourbridge répéta l'histoire du message oublié. Il avait quitté sa chambre, traversé le couloir sans croiser ni entendre personne, frappé à la porte de son épouse et était entré.

Monk l'arrêta.

— La lumière était-elle allumée, monsieur?

— Non... Du moins, pas la principale. Mais il y avait la petite applique du mur.

Il se tourna vers lui. Une lueur d'intérêt brillait dans son regard.

— Est-ce que cela signifie quelque chose? Elle dort toujours avec cette lumière. Elle n'aime pas l'obscurité. Cette applique est tout juste suffisante pour voir, c'est une veilleuse, pas plus.

— Mais cela suffit pour discuter avec quelqu'un? insista Monk.

— Oui, je pense. À condition que ce soit avec... avec une personne qu'elle connaît bien. Elle ne pourrait pas recevoir quelqu'un...

Il s'interrompit, tandis que l'incertitude s'inscrivait de nouveau sur son visage.

— Nous avons déjà établi qu'il ne peut s'agir d'un domestique, déclara Robb avec douceur. Il ne reste donc que la famille, ainsi que Mrs. Gardiner.

Stourbridge parut recevoir un choc à ces mots.

— Ce n'est pas... ce n'est pas possible, balbutia-t-il. Personne ne...

Il se tut, renonçant à poursuivre, et se tourna vers Monk.

— Nous allons nous entretenir avec chacun d'entre vous, expliqua ce dernier, croisant son regard. Une fois que nous aurons éliminé les impossibilités, nous obtiendrons une idée plus précise de ce qui a pu se passer.

— Quoi? Ah oui, je comprends. Mais je ne pense pas vous être d'un très grand secours.

Il parut faire un effort sur lui-même pour se concentrer.

— Je crois, reprit-il, qu'Aiden est monté d'assez bonne heure dans sa chambre. Il avait du courrier à écrire. Cela fait assez longtemps qu'il s'est absenté de chez lui. Verona... Verona trouvait beaucoup de réconfort auprès de lui. Ils ont toujours été très proches. Je...

Il prit une profonde inspiration, luttant pour conserver son sang-froid.

— Je suis resté très longtemps loin d'elle au début de notre mariage. Les obligations militaires...

Son regard quitta Monk pour fixer un point au loin. Stourbridge était happé par les souvenirs.

— La vie n'est pas facile pour une jeune épouse de militaire. J'étais affecté dans des lieux où il n'était guère possible qu'elle me suive. Rien n'était prévu pour les femmes, vous comprenez ? Il y avait des combats, nous bougions sans cesse. Elle ne manquait pas de courage, mais la résistance physique lui faisait défaut. Elle... elle a perdu plusieurs bébés... en début de grossesse. Lucius... Lucius s'est fait longtemps attendre. Elle avait trente-cinq ans lorsqu'il est né. Nous avions presque renoncé.

Sa voix se brisa.

— Elle désirait tant avoir un enfant !

Il déviait nettement du sujet, mais Monk répugnait à l'interrompre. Peut-être avait-il besoin de faire revivre son épouse à travers les souvenirs, de la présenter sous un jour que ses interlocuteurs ne pouvaient soupçonner, telle que lui-même l'avait connue et aimée.

— Quand j'étais en Égypte et au Soudan, poursuivit-il, c'est-à-dire pendant une très longue période, Aiden a vécu à ses côtés.

— Et... Mrs. Gardiner ?... intervint Robb.

Stourbridge se tourna vivement vers lui.

— Non ! C'est impossible ! Je... je ne peux pas croire qu'elle ait fait cela.

Monk partageait son avis et, cependant, il n'envisageait guère d'autres possibilités. Bien sûr, l'on pouvait imaginer que Stourbridge mentait, mais, dans ce cas, il en était de même pour tous les autres.

— À quelle heure est-elle montée se coucher ? demanda-t-il. Peut-être pourriez-vous me décrire le déroulement de la soirée, depuis le moment où vous vous êtes assis à la table du dîner ?

Une fois de plus, Stourbridge fixa son regard au loin, entre ses deux interlocuteurs.

— Miriam n'a pas dîné avec nous, commença-t-il. Elle a dit qu'elle se sentait souffrante et qu'elle se ferait monter un plateau dans sa chambre. Je ne pense pas qu'elle avait envie de manger quoi que ce soit, mais elle a demandé le repas pour nous obliger, et peut-être aussi pour éviter une discussion à ce sujet et ne pas avoir à écouter Lucius tenter de la convaincre de s'alimenter. À vrai dire, elle ne lui parlait jamais, sauf en présence d'autres personnes.

— Ils s'étaient disputés ?

— Non, répondit le major en secouant la tête. C'est bien ce que je ne comprends pas. Lucius non plus, d'ailleurs. Il n'y a eu aucune dispute entre eux. Elle lui parle avec beaucoup de douceur, mais refuse d'expliquer pourquoi elle est partie et ce qui est arrivé à Treadwell. Et depuis que cette Mrs. Anderson a été arrêtée, la question n'est même plus évoquée.

Il fronça les sourcils, creusant les rides de son visage.

— Elle passe le plus clair de son temps dans sa chambre et refuse de faire ou de dire quoi que ce soit, sinon pour respecter les règles élémentaires de la bienséance.

— Elle est bouleversée par l'arrestation de Mrs. Anderson, expliqua Monk. Il faut comprendre que cette femme a joué pour elle le rôle d'une mère. C'est peut-être l'unique mère qu'elle ait connue, d'ailleurs...

Stourbridge baissa les yeux.

— Je l'avais oublié. Bien sûr, elle doit être indiciblement peinée. Mais j'aurais aimé qu'elle se tourne vers nous pour trouver du réconfort, au lieu de souffrir en silence, dans son coin. Nous ne savons plus quoi faire pour lui porter secours.

— Nul ne peut l'aider, affirma Monk. Elle doit apprendre à supporter sa peine. S'il vous plaît, décrivez-nous ce qui s'est passé au dîner, les sujets de conversation qui ont pu avoir une importance, en particulier les divergences d'opinions, aussi anodines soient-elles.

Stourbridge releva la tête vers lui.

— Justement, il n'y a eu aucune divergence d'opinions. La conversation a été des plus agréables. Aucune ombre ne pesait sur notre vie, à l'exception du silence de Miriam.

— De quoi avez-vous parlé ?

Stourbridge esquissa un bref haussement d'épaules.

— De l'Égypte, je crois. Verona est venue me voir là-bas une fois. C'était merveilleux. Nous sommes allés visiter beaucoup de sites ensemble. Elle a adoré son séjour, même la chaleur lui plaisait, tout comme la nourriture, qui est pourtant bien différente de la nôtre, et le mode de vie des autochtones.

Il sourit.

— Elle a tenu un journal durant son séjour là-bas, en particulier tout au long de la descente du Nil. Elle m'a autorisé à en lire certains passages à mon retour en Angleterre. Elle l'a également montré à Lucius. Si elle avait pu rester davantage, Lucius serait d'ailleurs né en Égypte. Je pense que c'est pour cela qu'il désire tellement visiter ce pays. Il a l'impression de le connaître déjà, comme s'il l'avait vu à travers les yeux de sa mère.

Il se tut brusquement et le rouge lui monta aux joues.

— Je suis désolé, ajouta-t-il. Il est évident que vous n'avez pas besoin de connaître tous ces détails. Je me souviens simplement... que nous étions très proches l'un de l'autre à l'époque... Tout était si... si naturel...

— Rien d'autre ? interrogea Monk, espérant toujours un détail susceptible d'avoir provoqué la terrible violence dont il avait vu le résultat dans la chambre à coucher.

L'Égypte lui paraissait un sujet sans conséquence, quelque chose d'impersonnel dont aurait pu discuter n'importe quelle famille cultivée autour de la table du dîner.

— Si je me souviens bien, Aiden a également abordé

un sujet politique, mais il n'a fait qu'une simple observation concernant le ministre des Affaires étrangères, et ce que lui inspirait l'unification de l'Allemagne. C'était... c'était sans importance, conclut-il en secouant la tête. Ensuite, Verona est montée se coucher, Aiden s'est retiré pour écrire son courrier, Lucius est allé prendre l'air dans le jardin. Je ne sais pas à quelle heure il est rentré, mais le valet de pied pourra certainement vous le dire.

Ils poursuivirent l'interrogatoire, mais Stourbridge ne put rien ajouter qui expliquât les émotions qui avaient provoqué un tel assassinat, ou qui permît d'incriminer ou de disculper quiconque.

Robb ne formula pas la question qui le taraudait, mais il suffisait de le regarder pour comprendre qu'il était en proie à mille interrogations concernant la culpabilité de l'homme qui lui faisait face : Stourbridge pouvait-il être l'assassin de son épouse ?

Monk se posait la même question. Au fond de lui, il ne parvenait pas à le croire, mais il craignait que ce jugement ne lui vînt d'une sorte de loyauté envers un homme qui avait été son client ou de la sympathie naturelle que lui inspirait Stourbridge. Rien de ce qu'il avait vu et entendu au cours de la nuit ne l'autorisait à innocenter ce dernier de façon définitive.

On frappa à la porte. Ce fut Robb qui se leva pour aller ouvrir.

Aiden Campbell fit son entrée. Très pâle, les mains tremblantes et les yeux brillant d'un éclat peu naturel, il avait une attitude rigide et gauche.

Son regard se posa sur Monk.

— Je ne pense pas que ce soit Harry qui vous ait demandé de venir, cette fois ? fit-il.

— Non, répondit Monk. C'est le sergent Robb. Il savait que j'avais déjà une bonne connaissance des épreuves qu'a traversées votre famille.

— Ah... Je vois. Eh bien, ce doit être une bonne idée, concéda-t-il en avançant dans la pièce. Il faut faire le maximum pour que cette affaire soit résolue dans les meilleurs délais. Ma famille est profondément affectée. Tout d'abord, la conduite inexplicable de Mrs. Gardiner, et à présent, ce... cette tragédie avec ma pauvre sœur... Nous ne savons plus que faire. Lucius est...

Il s'interrompit.

— Worsnip m'a dit que vous n'avez décelé aucune trace d'effraction dans la maison. Est-ce vrai ?

— Oui, monsieur, répondit Robb. Et j'ai le regret de vous dire que tout le personnel a été mis hors de cause.

— Comment ? s'écria Aiden, se tournant vers Monk comme pour obtenir confirmation.

— C'est exact, Mr. Campbell, approuva le détective. C'est un membre de la famille qui a tué Mrs. Stourbridge. Je suis désolé.

— Ou bien Mrs. Gardiner, ajouta Aiden à la hâte. Elle ne fait pas partie de la famille, Mr. Monk, du moins pas encore, et je crains qu'après les événements de ces deux dernières semaines il ne soit devenu préférable qu'elle n'y entre pas. Il est vraiment regrettable que la police ait estimé judicieux de la confier à la garde de Lucius. Il eût mieux valu la renvoyer parmi les siens.

— Elle n'a pas d'autre famille que Mrs. Anderson, fit remarquer Monk. Et celle-ci se trouve actuellement dans une cellule de Hampstead, accusée du meurtre de James Treadwell.

— Eh bien, on aurait pu trouver quelqu'un d'autre, protesta Aiden. Cela fait vingt ans qu'elle vit à Hampstead ! Elle doit bien y avoir des amis !

Un silence suivit ces paroles.

— Je vous présente mes excuses, reprit-il à mi-voix en baissant les yeux. Je ne sais pas ce qui m'a pris. Nous venons de vivre des moments très pénibles... Je... J'étais très proche de ma sœur, ajouta-t-il d'une voix brisée. Depuis tout petit. À présent, mon beau-frère et mon neveu se trouvent dans la plus grande détresse et je ne peux rien faire pour les soutenir.

Il releva la tête.

— Sinon vous aider à résoudre cette affaire le plus rapidement possible, afin que nous puissions porter le deuil en toute sérénité.

— Nous ferons tout ce qui est en notre pouvoir pour découvrir le meurtrier au plus vite, assura Monk. Toutefois, nous devons procéder conformément à la loi et ne pas nous tromper de coupable. À présent, si vous voulez nous faire le compte rendu de la soirée telle que vous vous en souvenez, monsieur...

— Bien sûr. À partir de quelle heure ?

— Depuis le moment où vous vous êtes mis à table pour le dîner.

Aiden se laissa tomber dans un large fauteuil, face à Robb et à Monk, qui s'assirent également. Son récit fut similaire à celui de Harry Stourbridge, à l'exception de quelques descriptions ici ou là. Il était endormi lorsque son beau-frère avait frappé à la porte de sa chambre pour lui annoncer la terrible nouvelle. Il estimait que Gibbons, son valet, pouvait confirmer ses propos.

— Bien ? fit Robb après le départ de Campbell. Nous ne sommes guère plus avancés, n'est-ce pas ?

— Non, concéda le détective. Je ne vois pas pourquoi cet homme mentirait. D'après Stourbridge, il était dans les meilleurs termes possibles avec sa sœur, et ce depuis toujours.

— Je ne pense pas non plus que le mobile puisse être financier, ajouta Robb d'un ton soucieux. Si Mrs. Stourbridge avait de l'argent à elle avant son mariage, il appartient à son époux depuis leur union et c'est seulement à la mort de son père que Lucius en héritera... avec la propriété et les terres.

Monk ne prit pas la peine de répondre.

— Et ne peut-on pas imaginer que Mrs. Stourbridge accordait à son frère un soutien financier qui prendrait fin à la mort de celle-ci ? Non, étant donné la fortune de Stourbridge et l'amour qu'il semble porter à son épouse, ce ne peut constituer un mobile de meurtre... Allons voir Lucius.

C'était l'entretien que Monk redoutait le plus. Lucius avait été son client à l'origine et le détective ne lui avait apporté que des tragédies, désastre sur désastre. À présent, il risquait de paraître soupçonner le jeune homme, voire Miriam. Aux yeux de Lucius, cette dernière hypothèse paraîtrait pire encore. Cependant, Monk avait-il le choix ? L'assassin se trouvait dans la maison et ce n'était pas un domestique.

Le Lucius qui se présenta à eux dans le petit salon était un homme défait. Les yeux bouffis et cernés, le regard fixe, il avait perdu toute couleur, au point que sa peau paraissait grise. Il s'assit aussitôt, comme s'il craignait de voir ses jambes se dérober sous lui. Il demeura silencieux, fixant Monk après un bref coup d'œil au sergent Robb.

Jamais le détective n'avait reculé devant son devoir, aussi déplaisant fût-il. Il débuta sans attendre.

— Pouvez-vous nous raconter ce qui s'est passé hier soir depuis le moment où vous vous êtes mis à table, ou avant si vous avez remarqué quelque chose qui pourrait nous éclairer ?

— Oui, répondit Lucius d'une voix un peu aiguë, comme s'il avait la gorge serrée. C'était le dîner le plus ordinaire que l'on puisse imaginer. Nous avons parlé de choses et d'autres, de façon très impersonnelle. La conversation a surtout porté sur l'Égypte. Mon père nous a décrit Karnak et la Vallée des Rois. Il a affirmé que c'était un lieu qui obligeait à réfléchir à Dieu et à l'éternité, que l'on soit croyant ou pas. Tous ces pharaons antiques allongés dans leurs gigantesques sarcophages, entourés de leurs trésors, qui attendent depuis des millénaires de se réveiller au paradis... ou en enfer... Il connaissait un peu leurs croyances. C'était une conversation étrange, mystique. Ma mère était allée le voir là-bas, avant ma naissance. Elle se sentait si seule sans lui, en Angleterre.

Les sanglots qui entrecoupaient sa voix l'obligèrent à s'interrompre.

Robb patienta quelques instants, puis interrogea :

— Et il n'y a eu aucune dispute ?

Lucius déglutit.

— Non, aucune. À quel sujet aurions-nous pu nous disputer ?

— Et Mrs. Gardiner n'était pas avec vous à table ?

Le visage de Lucius se crispa.

— Non. Elle ne se sentait pas bien. Elle est terriblement affectée par ce qui arrive à Mrs. Anderson, qu'elle considère comme sa mère. Comment pourrait il en être autrement ? Oh, comme j'aimerais pouvoir l'aider ! Bien sûr, nous trouverons pour cette femme le meilleur avocat, mais, malheureusement, tout porte à croire à sa culpabilité. Je suis prêt à tout pour protéger Miriam, mais que faire ?

Il considéra de nouveau Monk, comme si ce dernier pouvait avoir une suggestion à lui apporter.

— Vous avez déjà beaucoup fait, assura le détective. Mais ce soir, nous avons un autre problème à résoudre, et il ne concerne pas Mrs. Anderson.

Il vit Lucius tressaillir.

— Continuez, je vous en prie, ajouta-t-il. Vous êtes restés tous ensemble jusqu'au moment où votre mère a quitté la table, assez tôt dans la soirée, c'est cela ?

— Oui, répondit le jeune homme, se reprenant. Personne n'avait envie de se lever. Il n'y avait aucune raison de nous séparer. Nous avons un peu parlé politique, je ne me souviens plus exactement de quoi il était question. Cela concernait l'Allemagne, il me semble. Personne n'était particulièrement intéressé. C'était juste pour dire quelque chose. Ensuite, je suis allé me promener dans le jardin. Il faisait bon et j'avais envie d'être un peu seul. Je... Je réfléchissais.

— Vous n'avez vu personne quand vous êtes rentré et monté vous coucher ?

— Seulement des domestiques... Et Miriam. Je suis allé dans sa chambre, mais elle a tout juste consenti à me souhaiter bonne nuit. Je n'ai rencontré personne.

— Votre valet de chambre vous a-t-il aidé à vous déshabiller, ou a-t-il préparé vos vêtements pour le lendemain ?

— Non. Je l'ai envoyé se coucher. Je n'avais pas besoin de lui et je préférais rester seul.

— Très bien. Avez-vous entendu quoi que ce soit après cela ? Un bruit suspect, un mouvement dans la maison, un cri, des pas ?

— Non. En tout cas, je ne m'en souviens pas.

Monk le remercia. Lucius parut sur le point de poser une question, mais il se ravisa et se leva, très raide.

Lorsqu'il fut sorti, Robb se passa la main dans les cheveux, accablé. Ils n'avaient rien appris de nouveau.

— L'un d'eux l'a tuée ! Cela ne pouvait pas être un accident, et il est impossible de se suicider de cette manière !

— Nous ferions bien de rencontrer Miriam Gardiner.

Robb lui lança un regard empreint de désespoir et de frustration, puis se leva et gagna la porte pour envoyer chercher Miriam.

Celle-ci n'était plus que l'ombre de la femme qu'elle avait été, même le jour où Monk l'avait retrouvée, cachée dans une cuisine de Hampstead. Son corps n'avait rien gardé de ses rondeurs ; à travers l'étoffe de la robe qui lui tombait mollement sur les épaules, on devinait les os qui pointaient. Son teint avait perdu toute coloration et ses beaux cheveux étaient coiffés à la va-vite. Elle semblait étrangère à toute forme de repos du corps ou de l'esprit.

Elle refusa le siège que lui désignait Robb. Ses mains tremblaient et elle serrait les poings. Elle ne cillait pas et avait le regard fixe d'une personne dont l'attention était ailleurs.

D'un coup d'œil, Robb appela Monk à l'aide, mais celui-ci demeura de marbre, de sorte que le policier dut commencer l'interrogatoire.

D'une voix anormalement calme, Miriam répondit qu'elle ne savait rien. Elle avait dîné dans sa chambre, dont elle n'était sortie que pour se rendre dans la salle de bains. Au cours de la soirée, elle n'avait vu que la femme de chambre affectée à son service. Elle n'avait aucune idée de ce qui avait pu se passer. Elle ne s'était jamais disputée avec Mrs. Stourbridge... ni avec quiconque, d'ailleurs. Elle refusa d'en dire davantage.

Robb et Monk eurent beau insister, elle ne proféra pas un mot de plus. Elle sortit d'une démarche très raide, chancelant légèrement comme si elle allait perdre l'équilibre.

— C'est elle qui a tué ? interrogea Robb dès que la porte se fut refermée.

— Je n'en ai aucune idée, confessa Monk.

Même si cette constatation ne lui plaisait guère, force était de reconnaître que la jeune femme paraissait être dans un état d'hystérie réprimée, comme si elle évoluait dans une transe, dans un monde à elle détaché de la réalité. Monk estima qu'il suffisait d'une pression supplémentaire, même infime, pour lui faire perdre le contrôle d'elle-même.

Était-ce ce qui s'était produit ? Était-elle allée voir Mrs. Stourbridge dans sa chambre pour une raison ou pour une autre, et là, quelque chose l'avait-il fait basculer dans la folie ? Verona Stourbridge avait-elle, par exemple, émis une remarque au sujet de Cleo Anderson, suggérant à Miriam de laisser derrière elle le passé et ses souffrances, de sorte que la jeune femme avait réagi en assénant un coup fatal, porteur de toutes les peurs enfermées jusque-là en elle, de toute une violence trop longtemps contenue ?

Cependant, d'où venait le maillet de croquet ? Ce n'était pas un objet que l'on conservait dans une chambre à coucher ! Celui ou celle qui avait tué Verona Stourbridge était arrivé avec, en vue de s'en servir comme d'une arme.

Ainsi, le meurtre était prémédité. Monk exprima cette conclusion à haute voix.

— Je sais, reconnut Robb. Je sais. Mais il n'en reste pas moins que Mrs. Gardiner est notre suspect numéro un. Peut-être aurions-nous intérêt à remonter plus en arrière. Je vais commencer à interroger les domestiques. Tout se trouve ici, il n'y a pas de doute : le mobile, la jalousie ou la peur, ou la rage. Tout est dans cette maison. Tout *doit* y être !

Ils travaillèrent toute la nuit, posant des questions, recoupant les informations, reprenant détail après détail. Tous deux étaient si épuisés que la maison leur apparaissait comme un dédale dans lequel ils cherchaient sans cesse leur chemin, à l'image de la confusion qui les habitait. Monk avait la gorge sèche et il lui semblait que des grains de sable collés à ses yeux lui brouillaient la vue. La cuisinière leur porta un plateau de thé vers trois heures du matin, un autre à cinq heures moins le quart, cette fois accompagné de sandwiches au rosbif.

Ils soumirent la femme de chambre de Mrs. Stourbridge à une nouvelle série de questions. La domestique semblait exténuée et terrifiée, mais son discours restait cohérent.

— Il n'y a rien à dire contre elle, assura-t-elle lorsque Robb lui parla de Miriam. Enfin, pratiquement rien. Elle a toujours été très polie, en tout cas, d'après ce que je sais d'elle.

Derrière ces affirmations, Monk perçut une légère réserve, qu'il discerna également sur le visage de son interlocutrice.

— Il faut parler en toute franchise, la prévint-il d'un ton grave. Vous devez bien cela à Mrs. Stourbridge. Que voulez-vous dire par « pratiquement rien » ? À quoi pensiez-vous en disant cela ?

Elle demeura réticente. Monk l'observa fixement, jusqu'au moment où elle rougit et finit par répondre.

— Eh bien... En fait, je pensais au jour où je suis

entrée dans la chambre de Mrs. Stourbridge pour rapporter des jupons propres et les ranger. Je... j'ai trouvé Mrs. Gardiner assise devant la coiffeuse... en train d'essayer un collier de Mrs. Stourbridge... Elle m'a affirmé que Mrs. Stourbridge lui avait permis de l'emprunter... mais ma maîtresse ne m'avait rien dit de tel. Et... Et le journal intime de Mrs. Stourbridge était sur le lit, ouvert, et ça, ça n'était jamais arrivé auparavant !

— Vous a-t-elle fourni aussi une explication pour cela ?

— Non... Je n'ai rien demandé.

— Je vois.

Cet aveu l'avait dévastée. Elle quitta la pièce à la hâte dès que les deux hommes l'y autorisèrent.

Il était cinq heures et demie. Dehors, le soleil s'était levé et les premiers sons de la matinée montaient de la rue. Plongé dans ses pensées, Robb regardait par la fenêtre la ville qui s'éveillait. Il se tourna enfin vers le centre de la pièce. Il était livide, exténué et malheureux.

— Je vais devoir l'arrêter, déclara-t-il d'une voix sans timbre. Il semble bien qu'elle n'ait pas eu la patience d'attendre pour s'emparer de toutes ces belles choses... ou pour aller fourrer son nez dans les affaires de Mrs. Stourbridge. Cela me coûte, croyez-moi ! L'argent a parfois des effets étranges sur les gens.

— Elle n'avait pas besoin de s'en prendre à Verona Stourbridge pour avoir accès à tout cela, fit remarquer Monk. Personne ne s'opposait à son mariage.

— Peut-être Mrs. Stourbridge avait-elle des objections, rétorqua sèchement Robb, le dos très droit, la tête haute.

Convaincu de ce qu'il avançait, il était déterminé à résister à Monk sur cette affaire. C'était une sorte d'épreuve de force entre eux, il avait besoin d'affirmer son autorité.

— Peut-être Mrs. Stourbridge savait-elle la même chose que Treadwell, ou peut-être même avait-elle la preuve que Miriam avait tué le cocher.

Monk prit une inspiration pour répondre, mais ses protestations moururent sur ses lèvres. Elles ne se fondaient sur rien et il le savait. Aucun des trois hommes de la maison n'avait de raison de s'en prendre à Verona Stourbridge et rien ne suggérait que l'un d'eux fût coupable. Miriam, pour sa part, s'était déjà trouvée impliquée dans le meurtre de James Treadwell et, étrangement, elle n'avait pas cherché à s'en défendre de façon cohérente. Un jury, quel qu'il fût, en viendrait vite à penser que la jeune femme avait tout mis en œuvre pour séduire Lucius, garçon riche et naïf, beau et intelligent, mais manquant de maturité, qui s'était laissé duper par une femme plus âgée que lui et rompue aux jeux de la séduction.

Ensuite, elle avait vu le train de vie qu'elle pouvait escompter. Malheureusement, une incroyable malchance s'en était mêlée, puisque le cocher savait sur son existence passée des secrets susceptibles de détruire ses rêves de bonheur. Il l'avait fait chanter.

Complice, sa mère adoptive, soumise elle aussi au chantage pour des vols commis à l'hôpital, l'avait aidée, soit en tuant elle-même le cocher, soit en dissimulant la coupable après le meurtre et en faisant disparaître des indices.

Robb n'avait pas le choix : il devait l'inculper.

À cette nouvelle, la famille fut anéantie. Harry balbutia des promesses incohérentes, assurant qu'il ferait tout pour la disculper. Il était blême et semblait ne plus très bien savoir ce qu'il disait. Il ne cessait de se tourner vers Lucius, comme pour le protéger, puis baissait la tête, prenant conscience de son impuissance.

Jamais encore Monk n'avait éprouvé tant de pitié pour un homme, mais il savait qu'Oliver Rathbone lui-même ne serait pas en mesure d'alléger cette tragédie. Il ne restait plus désormais qu'à traiter l'affaire avec diligence, afin de ne pas prolonger les souffrances.

Quant à Miriam, elle se laissa arrêter sans manifester ni surprise ni tristesse. On eût dit qu'elle s'y attendait. Elle n'émit aucune protestation et ne tenta même pas de se disculper. Elle remercia Harry Stourbridge pour tout ce qu'il avait fait pour elle et gagna la sortie avec dignité et d'une démarche assurée. Parvenue à la porte, elle s'immobilisa un instant devant Lucius, hésitante, mais ne dit rien.

Sur le seuil, Monk se tourna vers les trois hommes demeurés dans le vestibule. Harry et Lucius semblaient pétrifiés. Aiden Campbell avait passé un bras autour des épaules de son neveu.

Il était plus de sept heures lorsque le détective rentra chez lui. Il faisait grand jour et la circulation avait repris, intense, avec ses grincements de roues, ses martèlements de sabots et les cris des cochers qui s'interpellaient d'une voiture à l'autre.

Il referma la porte derrière lui. Il n'avait qu'une envie : se débarrasser de toute sa crasse et se coucher pour dormir jusqu'au soir.

Il traversa la pièce et vit apparaître Hester, vêtue de mousseline bleue et blanche. Manifestement, elle était levée depuis longtemps.

— Que s'est-il passé ? s'enquit-elle. Tu as l'air épuisé. La bouilloire est sur le feu. Veux-tu déjeuner ou préfères-tu te coucher tout de suite ?

— Je prendrai juste une tasse de thé, répondit-il en la suivant dans la cuisine.

Il s'assit à la table. Ses jambes ne le portaient plus, ses pieds le faisaient souffrir et il avait l'impression que sa tête allait éclater. Il rêvait de s'allonger dans une pièce sombre, fraîche et silencieuse.

Hester prépara le thé et le lui servit avant de le questionner, ce qu'elle fit d'un simple regard.

— Elle a reçu un coup, un seul, asséné avec un maillet de croquet, raconta Monk. Tout porte à croire que l'assassin est quelqu'un de la famille... ou Miriam Gardiner. Il n'y a pas lieu de soupçonner les domestiques.

Elle s'assit face à lui, très grave.

— Mais Miriam, si ?

— Tout l'accuse. Verona devait savoir ce que Treadwell savait... à moins qu'elle ne l'ait déduit d'une parole prononcée par Miriam. Je suis désolé. Pour elle, la meilleure défense consistera à plaider le déséquilibre mental. Dans le pire des cas, on peut l'accuser d'avoir manigancé le mariage avec Lucius Stourbridge en vue de jouir de la fortune et du statut social de celui-ci... et d'en faire profiter Cleo Anderson. Lorsque Treadwell a menacé ses projets, elle l'a assassiné, soit seule, soit avec l'aide de Cleo. Plus tard, Verona a dû s'y opposer à son tour et Miriam l'a tuée elle aussi. C'est horrible, mais c'est cohérent.

— Mais toi, crois-tu à cette version des faits ? s'enquit Hester en scrutant son visage.

— Je ne sais pas. Spontanément, non. Mais la logique m'oblige à l'accréditer.

Hester garda le silence, sirotant son thé jusqu'à la dernière goutte.

— Je me refuse à croire que Cleo Anderson ait pu tuer quiconque par appât du gain, lança-t-elle enfin. Et je continue de penser que nous devons l'aider.

— Vraiment ?

Il l'observa aussi attentivement que son état d'épuisement le lui permettait et lut la perplexité sur son visage, la confusion des idées et des sentiments. Il comprenait tout cela.

— Es-tu sûre de ne pas espérer que ce procès sera spectaculaire, afin de montrer au public le calvaire que vivent des anciens soldats comme John Robb, vieux, malades et oubliés maintenant que les guerres ont été gagnées et que nous vivons en sécurité ?

Elle prit son souffle pour protester, mais se ravisa. Sans doute venait-elle de comprendre que son époux avait poussé la réflexion plus loin qu'elle-même.

— Il est vrai que je ne serais pas fâchée que d'une façon ou d'une autre on attire l'attention des gens sur ce problème, concéda-t-elle. Mais je n'irais pas jusqu'à chercher cette tribune aux dépens de Cleo. Je suis convaincue qu'elle s'est procuré ces drogues pour les donner à ceux qui en avaient besoin, non pour en tirer profit, et que si elle a bel et bien tué James Treadwell, c'est qu'il le méritait.

— Et depuis quand est-ce à nous de décider qu'une personne mérite de mourir ?

Elle lui décocha un regard noir.

Il sourit et, au prix d'un immense effort, se leva lentement. Après ces quelques minutes de détente, il était plus exténué encore qu'il ne l'avait cru.

— Qu'allons-nous faire ? demanda Hester en se levant pour venir à sa rencontre, lui bloquant du même coup l'accès à l'escalier. Cleo n'a pas d'argent. Elle ne peut pas payer d'avocat, et encore moins un bon avocat ! Et maintenant que Miriam a été arrêtée elle aussi, il n'y a plus personne pour lui porter secours. Je ne pense pas que Lucius se souciera d'elle désormais !

Monk savait où elle souhaitait en venir : elle voulait qu'ils sollicitent Oliver Rathbone et tentent de le persuader de mettre gratuitement ses compétences professionnelles au service de Cleo Anderson. En raison de leur amitié passée — fallait-il dire de leur *amour*, du moins en ce qui concernait Rathbone —, Hester préférerait sans doute voir Monk se charger de la démarche. Elle répugnait en effet à sembler tirer parti de l'affection que l'avocat lui portait.

Oliver Rathbone était la dernière personne à laquelle Monk avait envie de réclamer une faveur. Était-ce parce qu'il se sentait coupable d'avoir demandé la main d'Hester avant l'avocat ?

C'était ridicule ! Rathbone avait eu l'occasion de faire sa déclaration à la jeune femme, mais il l'avait laissée passer. Monk n'était en rien responsable.

Sans doute existait-il malgré tout une certaine culpabilité chez le détective. Ne s'était-il pas emparé d'un bonheur que Rathbone eût chéri, et dont ce dernier eût été, dans une certaine mesure, plus digne que lui ? Souvent, Monk songeait avec angoisse que l'avocat eût rendu Hester plus heureuse, qu'il lui eût donné des choses que lui-même ne pourrait jamais lui offrir : non des possessions matérielles, ni la sécurité, ni le statut social, mais des certitudes en matière de sentiments. Il ne l'eût pas aimée davantage, certes, mais eût fait un meilleur partenaire de vie, un époux plus facile avec lequel elle n'eût pas vécu dans le doute, l'appréhension ou l'anxiété. En premier lieu, elle n'eût rien ignoré du passé de l'homme qu'il était. Rathbone pouvait regarder derrière lui sans redouter les fantômes, sans s'interroger sur une infinité de régions inexplorées.

Les sourcils froncés, le menton relevé, Hester attendait une réponse.

Il ne laisserait pas Rathbone avoir le dessus.

— Je pense que nous pourrions demander à Rathbone son opinion, dit-il avec lenteur et d'une voix claire. Et s'il est d'accord, son aide. Il lui arrive de plaider les causes perdues à l'occasion, pour peu que le jeu en vaille la chandelle. Je suis sûr que nous parviendrons à le convaincre que celle-ci mérite d'être défendue.

Il eut un sourire ironique.

— Et puis, ajouta-t-il, dans un tribunal, la présence d'Oliver Rathbone en défenseur d'une infirmière accusée de vol et de meurtre nous garantira toute l'attention de la presse !

Il vit Hester se détendre lentement et sourire à son tour.

— Merci, William. Je savais que tu dirais cela.

Il ne chercha pas à la détromper. Elle avait une si bonne opinion de lui que cela eût été dommage.

— À présent, monte te coucher, le pressa-t-elle. Je te réveillerai avant la fin de la journée pour aller voir Oliver à son cabinet de Vere Street.

Il grommela, trop las pour lui faire remarquer que cela pouvait bien attendre le lendemain, puis gravit les marches d'un pas lourd.

Pour Monk, rien n'était plus déplaisant que de se présenter sans rendez-vous au cabinet de l'avocat. S'il était reçu, il ne devrait cette faveur qu'à la présence d'Hester à ses côtés. Il eût préféré dissuader son épouse de l'accompagner, mais il comprenait son insistance. Si elle tenait à être là, ce n'était pas seulement pour ajouter ses arguments à ceux de Monk au cas où celui-ci manquerait de force de persuasion, mais surtout parce que envoyer Monk seul eût semblé lâche de sa part. Cela revenait à solliciter une faveur sans avoir le courage d'aller le faire en face.

Ils se présentèrent donc ensemble dans le vestibule et expliquèrent au secrétaire qu'ils n'avaient pas pris rendez-vous, mais qu'ils connaissaient bien Sir Oliver (ce que leur interlocuteur savait déjà) et avaient une affaire urgente à lui soumettre. On était en fin d'après-midi et l'avocat recevait son dernier client. Le moment était bien choisi.

Ils durent patienter une bonne vingtaine de minutes dans le petit salon d'attente. Lorsque Rathbone apparut enfin, la surprise s'affichait sur son visage. Son regard alla aussitôt à Hester et se chargea de tendresse tandis qu'il s'approchait avec un sourire qui semblait forcé.

— Hester ! s'exclama-t-il. Quel plaisir de vous voir ici ! Vous avez une mine superbe !

— Nous sommes désolés de vous importuner ainsi, répondit la jeune femme avec un sourire tout aussi hésitant, mais nous nous occupons d'un cas désespéré et vous êtes la seule personne qui ait des chances de succès dans cette affaire.

Rathbone se tourna à demi vers Monk. Pour la première fois depuis le mariage, leurs regards se croisèrent. À l'époque, Monk était le marié. À présent, il tenait le rôle de l'époux. La dernière barrière avait été franchie et il existait désormais une intimité nouvelle de laquelle Rathbone était exclu pour toujours. Les yeux de l'avocat brillaient d'un éclat sombre, étonnamment beau, et Monk y lut toutes les réflexions qui lui étaient venues à l'esprit le matin, dans la cuisine.

Les deux hommes échangèrent une poignée de main.

— Venez dans mon bureau et racontez-moi tout, suggéra Rathbone d'une voix calme et exempte d'émotion.

Le couple le suivit dans la pièce désormais familière et ils prirent place dans des fauteuils disposés autour d'une petite table basse. Il s'agissait certes d'une visite formelle, mais pas encore officielle. Le soleil du soir traçait des motifs lumineux sur le sol et faisait briller les lettres d'or sur les livres dans la bibliothèque d'acajou.

Rathbone s'assit confortablement et croisa les jambes. Comme à son habitude, il était vêtu avec une élégance étudiée, mais dénuée d'ostentation, et affichait l'aisance d'un homme qui n'a plus à faire ses preuves.

— De quoi s'agit-il? interrogea-t-il en considérant tour à tour les visiteurs.

Monk prit la parole, résolu à ne pas laisser s'installer entre la jeune femme et Rathbone un dialogue dont il eût été exclu.

— Une infirmière, Cleo Anderson, a volé des remèdes au North London Hospital, où Hester assiste désormais Lady Callandra.

Il était inutile d'en dire davantage : l'avocat connaissait et admirait Callandra.

— Ce n'est pas pour son usage personnel qu'elle s'est procuré ces produits, ni pour les vendre, mais pour les distribuer à de vieilles personnes indigentes auxquelles elle rend visite et qui en ont besoin. La plupart sont mourantes.

— Très louable, mais illégal, fit Rathbone avec un froncement de sourcils.

— Précisément, confirma Monk. D'une manière ou d'une autre, un cocher nommé James Treadwell a eu connaissance de ces vols et a soumis l'infirmière à un chantage. Peu importe comment il l'a su. Il est originaire d'un quartier voisin et peut-être connaissait-il l'un des malades dont elle s'occupait. Il a été découvert mort devant chez cette femme, qui s'est retrouvée accusée du meurtre.

Le visage de Rathbone s'assombrit.

— A-t-on des preuves concrètes ? interrogea-t-il.

— Non. Tout est fondé sur le mobile et l'opportunité. L'arme du crime n'a pas été retrouvée. Mais ce n'est pas tout...

Les yeux de l'avocat s'élargirent d'incrédulité.

— Il y a plus ?

— Et pire, acquiesça Monk. Il y a une vingtaine d'années, Mrs. Anderson a trouvé une enfant de douze ou treize ans dans un état de détresse intense. Elle l'a recueillie chez elle et traitée comme sa propre fille.

Il remarqua l'expression réservée de Rathbone et la lueur d'intérêt qui brillait dans ses yeux.

— Miriam a grandi et fait un bon mariage, poursuivit-il. Mais elle est devenue veuve et a rencontré Lucius Stourbridge, un très jeune homme issu d'une famille respectable et extrêmement fortunée. Ils sont tombés amoureux l'un de l'autre et ont décidé de se marier, avec l'assentiment des parents du garçon. Et puis un jour, sans raison apparente, la jeune femme a pris la fuite avec le cocher en question pour retourner à Hampstead.

— Le jour où il est mort, je présume ? s'enquit l'avocat avec un demi-sourire.

— Oui. Au début, elle a été accusée du meurtre. Elle n'a rien voulu dire de sa fuite, n'a expliqué ni pourquoi elle était partie, ni ce qui s'était passé ensuite. Elle a seulement nié avoir tué Treadwell.

— Et elle n'a pas été inculpée ? s'étonna Rathbone.

— Si ! Ce n'est qu'ensuite qu'un mobile bien plus crédible a été découvert pour l'infirmière. Miriam Gardiner a donc été relâchée.

— Et le pire que vous vouliez ajouter ? s'enquit l'avocat.

Les épaules de Monk se crispèrent.

— La nuit dernière, j'ai reçu un message du jeune policier en charge de l'affaire. Il se trouve, soit dit en passant, que son grand-père est l'un des malades auxquels l'infirmière procurait des remèdes. Il me demandait de le rejoindre chez la famille Stourbridge, à Cleveland Square, où la mère du fiancé de Miriam venait d'être retrouvée assassinée... exactement de la même façon que le cocher.

Rathbone ferma les yeux et poussa un long soupir.

— J'espère qu'il n'y a rien d'autre ?

— C'est presque terminé, répondit Monk. Miriam a été arrêtée et inculpée du meurtre de Mrs. Stourbridge. Miriam et Cleo sont désormais considérées comme complices, accusées d'avoir tué pour de l'argent. Cette famille possède une fortune considérable, et également des terres.

Rathbone rouvrit les yeux et examina Monk.

— Avez-vous terminé ?

— Oui.

Hester se pencha légèrement en avant et, d'une voix pressante, prit la parole pour la première fois.

— Je vous en prie, Oliver, il faut nous aider. Je sais qu'il est sans doute impossible de faire quoi que ce soit pour Miriam, sinon plaider la démence, mais Cleo Anderson est une femme de bien. Elle prenait ces médicaments pour soigner des vieillards malades qui possèdent à peine de quoi survivre. John Robb, le grand-père du policier, a combattu à Trafalgar... sur le *Victory* ! Lui et d'autres hommes comme lui ne méritent pas qu'on les laisse mourir dans des souffrances que nous avons les moyens de soulager ! Nous leur avons demandé l'impossible quand le pays était en danger ! Quand nous pensions que Napoléon allait nous envahir et nous conquérir, nous avons compté sur eux pour se battre et mourir pour nous, au risque de perdre un bras ou une jambe...

— Je sais ! l'interrompit Rathbone en levant sa main fine. Je sais, ma chère. Vous n'avez pas à me convaincre. Et un jury pourrait être ébranlé par de tels arguments, mais pas un juge. Un juge ne demandera pas aux jurés de décider si un maître chanteur a plus ou moins de valeur qu'une infirmière ou un ancien soldat, mais simplement de déterminer si, oui ou non, elle a tué cet homme. Et qu'en est-il de cette autre femme, la plus jeune ? Quel mobile ou quelle excuse pouvait-elle avoir pour assassiner sa future belle-mère ?

— Nous l'ignorons, répondit Hester d'un ton où perçait l'impuissance. Elle ne veut rien dire.

— A-t-elle conscience du risque qu'elle court ? Sait-elle que, si elle est déclarée coupable, elle sera pendue ?

— Dans le principe, oui, intervint Monk. Mais je ne suis pas certain qu'elle comprenne bien ce que cela signifie. J'étais présent lors de son arrestation : elle n'a pas réagi. Elle a suivi la police avec une dignité que je n'avais encore vue chez personne.

Il regretta aussitôt cette dernière remarque. Il avait exprimé une réaction à fleur de peau et il ne souhaitait pas que Rathbone le vît sous un tel jour. Il se sentit vulnérable et fut tenté d'ajouter quelque chose pour nuancer son propos et se défendre mais, déjà, l'avocat s'était tourné vers Hester.

— Connaissez-vous cette infirmière ? interrogea-t-il.

— Oui. Et je connais John Robb. Je suis allée voir quelques-uns des patients auxquels elle rendait visite. Je puis témoigner sous serment que les remèdes étaient bel et bien destinés à ces vieillards et qu'elle n'exigeait rien en retour.

Rathbone se garda de remarquer qu'un tel témoignage ne serait d'aucune utilité légale. La compassion d'un jury n'altérerait en rien la culpabilité de l'infirmière et il ne fallait guère compter sur des circonstances atténuantes. En outre, la pendaison ne représentait-elle pas un sort plus enviable qu'une vie entière passée à Coldbath Fields ou dans une prison similaire ? Il demeura un long moment plongé dans la réflexion. Monk et Hester attendirent.

— Je présume que cette infirmière n'a pas de quoi

payer? s'enquit-il enfin. Et il est peu probable que la famille Stourbridge souhaite prendre sa défense en charge.

Monk sentit la colère l'envahir. Ainsi, cet individu ne songeait qu'à l'argent!

— Il est tout aussi peu probable qu'elle ait déjà engagé un avocat pour sa défense, enchaîna Rathbone. Je ne violerai donc pas l'éthique professionnelle en lui rendant visite à la prison. Je pourrai au moins lui proposer mes services. À elle, ensuite, d'accepter ou de refuser.

— Mais qui va vous rétribuer? interrogea Monk avec un haussement de sourcils.

Rathbone le fixa droit dans les yeux.

— J'ai suffisamment bien gagné ma vie ces derniers temps pour me permettre de prendre ce dossier sans exiger d'honoraires, rétorqua-t-il. J'imagine que cette dame n'a pas les moyens de vous rétribuer non plus.

Monk sentit une chaleur inhabituelle lui brûler les joues, mais la riposte était de bonne guerre. Il l'avait méritée.

— Merci, fit Hester en se levant. Cleo Anderson est détenue au poste de police de Hampstead.

Rathbone sourit.

— Ne me remerciez pas, déclara-t-il avec douceur. Cette affaire m'apparaît comme un défi digne d'être relevé et je ne connais aucune autre personne assez insensée pour s'y atteler!

CHAPITRE IX

Rathbone demeura dans son bureau longtemps après le départ du couple. Il avait pris une décision impétueuse et cela ne lui ressemblait pas. Il n'était pas homme à agir inconsidérément, ce qui expliquait en partie qu'il fût le plus brillant avocat du barreau de Londres. Peut-être était-ce également pour cette raison qu'il avait laissé Monk demander Hester en mariage avant lui.

Non, ce n'était pas tout à fait vrai. Il s'était trouvé sur le point de faire sa demande mais, avec une délicatesse extrême, la jeune femme lui avait signifié qu'elle refuserait. Il avait alors préféré ne rien dire, soucieux de préserver leur relation d'un malaise qui n'eût pas manqué de s'installer entre eux.

Pour être honnête, toutefois, ne fallait-il pas imputer les réticences d'Hester à cette indécision qui le caractérisait ? Jamais Monk n'eût laissé sa raison gouverner son cœur. C'était un aspect de sa personnalité que Rathbone admirait — et méprisait également — chez cet homme. Le caractère de Monk renfermait un élément obscur, quelque chose d'indomptable.

Et pourtant, le détective était venu avec son épouse en vue de le convaincre d'accepter ce cas désespéré. La démarche n'avait pas dû être aisée pour lui. Rathbone s'enfonça dans son fauteuil et sourit au souvenir d'Hester entrant dans son bureau.

Il avait ressenti une douleur inattendue en la retrouvant, puis en l'écoutant plaider sa cause avec passion. Elle n'avait pas changé : toujours prompte à s'émouvoir et à s'enflammer, résolue à se battre, attachée à des causes perdues et refusant de se laisser décourager.

Ainsi avait-il accepté de s'engager à ses côtés pour défendre cette femme ! Il ne pouvait plus reculer à présent et, de toute façon, il n'en avait pas l'intention ! Jamais, devant Monk, il n'abandonnerait un combat avant de l'avoir remporté ou perdu. Monk pourrait comprendre une défaite et ne lui en tiendrait pas rigueur, respectant le vainqueur autant que le vaincu. Il avait trop goûté l'amertume dans son existence pour ne pas comprendre. En revanche, il se montrerait intransigeant face à une abdication.

Et puis, il y avait Hester, qu'il n'était pas question de décevoir.

Rathbone commença donc à réfléchir, à explorer les possibilités, à établir un programme d'action, à élaborer des tactiques.

Les deux femmes étaient accusées de conspiration et de meurtre, de sorte qu'une sentence de mort conclurait inévitablement leur procès. Même si Rathbone avait, à juste titre, une très haute opinion de ses propres compétences, il voyait mal comment surmonter les obstacles qui se dressaient devant lui. Quelle bêtise d'avoir accepté l'affaire ! Il retrouvait soudain en lui l'exemple type de l'individu soumis à ses émotions au point d'en perdre tout esprit critique !

Il convoqua son secrétaire et s'informa des rendez-vous prévus pour les deux prochains jours. Il n'y avait rien qui ne pût être soit remis à plus tard, soit traité par ses assistants. Il donna donc ses instructions, puis quitta son cabinet, l'esprit absorbé par Cleo Anderson, Miriam Gardiner et les crimes dont elles étaient accusées.

Le lendemain matin, Rathbone se présenta au poste de

police de Hampstead. Il informa le sergent posté à l'entrée qu'il était chargé de la défense de Cleo Anderson et souhaitait parler sans retard à sa cliente.

— Sir Oliver Rathbone ? s'exclama le sergent, stupéfait, en découvrant le nom de l'avocat sur la carte de visite.

Rathbone ne prit pas la peine de répondre. L'homme s'éclaircit la voix.

— Oui, maître. Si vous voulez bien me suivre, je vais vous conduire aux cellules... maître.

Il secouait encore la tête en précédant Rathbone dans l'étroit couloir, puis dans l'escalier, jusqu'à une grande porte en fer munie de verrous. Les clés grincèrent dans les serrures, puis le policier poussa le battant.

— C'est votre avocat ! lança-t-il, une pointe d'incrédulité dans la voix.

Rathbone le remercia et attendit qu'il eût refermé la porte.

Cleo Anderson était une belle femme aux traits doux et au regard profond. Toutefois, les tourments qui la ravageaient lui donnaient un teint gris et creusaient son visage. Elle observait le nouveau venu sans comprendre et — ce qui inquiéta l'avocat — sans la moindre lueur d'intérêt.

— Je m'appelle Oliver Rathbone, commença-t-il. Je suis venu voir si je pouvais vous être utile dans votre situation. Tout ce que vous me confierez restera strictement confidentiel, mais il faut me dire la vérité, sinon, je ne pourrai rien faire.

Elle ébaucha un signe de dénégation. Il prit place sur la chaise, en face du lit où elle était assise.

— Je suis envoyé par Miss Hester Latterly.

Il s'aperçut trop tard qu'il eût fallu dire « Mrs. Monk » et sentit le rouge lui monter aux joues. Il rectifia son erreur.

— Elle n'aurait pas dû, déclara Cleo avec tristesse, le visage crispé, la voix rauque d'émotion. C'est bien gentil de sa part, mais elle n'a pas d'argent à dépenser pour payer des gens comme vous... Je suis désolée que vous vous soyez dérangé, mais il n'y a pas de travail pour vous ici.

Il s'était préparé à cette réponse.

— Elle m'a expliqué que vous aviez pris certaines drogues à l'hôpital pour les donner à des patients qui en avaient besoin mais n'avaient pas de quoi les payer.

Cleo le regarda fixement sans répondre. Il n'avait pas espéré une confession.

— Si c'était le cas, ce serait du vol, bien sûr, ce qui est illégal, poursuivit-il. Mais ce serait aussi un acte que beaucoup de gens admireraient et voudraient peut-être avoir le courage d'accomplir eux-mêmes.

— C'est possible, acquiesça-t-elle avec un sourire hésitant. N'empêche que ça reste du vol, comme vous l'avez dit. Vous voulez que je le reconnaisse ? Est-ce que ça aidera Miriam si je le reconnais ?

— Je ne suis pas venu ici pour parler de cela, Mrs. Anderson, affirma Rathbone en soutenant son regard. Mais un individu qui agirait ainsi serait de toute évidence quelqu'un qui fait passer le bien-être d'autrui avant le sien. En échange de cet acte, cette personne n'espérerait tirer aucun profit personnel, si ce n'est la satisfaction d'avoir accompli une chose qu'elle estime être juste et bonne pour ceux dont le bien-être lui tient à cœur. Peut-être parce qu'elle croirait en une cause.

Elle fronça les sourcils.

— Pourquoi vous dites tout ça ? Vous parlez avec des « si » et des « peut-être ». Qu'est-ce que vous voulez ?

Il sourit malgré lui.

— Je veux que vous compreniez que, de temps à autre, il y a des gens qui agissent sans rien attendre en retour, parce qu'une cause leur tient à cœur. Ce ne sont pas seulement des personnes comme vous... Ce peut être aussi des gens comme moi.

L'embarras s'inscrivit sur le visage de son interlocutrice, qui parut se détendre un peu.

— Je suis désolée, Mr. Rathbone, je ne voulais pas vous faire injure. Mais avec la meilleure volonté du monde, vous ne pourrez pas me disculper de ce vol de médicaments, sauf si vous trouvez une façon d'en faire porter la responsabilité à une pauvre âme innocente... et si vous faisiez cela, comment pourrais-je aller en paix vers mon Créateur ?

— Ce n'est pas là ma façon de travailler, Mrs. Anderson. Si vous avez effectivement pris ces médicaments, deux options s'offrent à nous : soit nous plaidons les circonstances atténuantes en espérant que l'on vous jugera sur la bonté de votre acte plutôt que sur son illégalité, soit nous tentons de détourner l'attention de manière que les jurés se concentrent sur d'autres problèmes.

— D'autres problèmes ? répéta Cleo en secouant la tête. Ils disent que j'ai tué Treadwell parce qu'il me faisait chanter à cause des médicaments. Je ne vois pas comment on pourrait détourner leur attention de ça !

— Est-il vrai qu'il vous faisait chanter ?

Elle hésita, puis poussa un profond soupir.

— Oui, souffla-t-elle.

Il attendit, espérant qu'elle en dirait davantage, mais elle garda le silence.

— Comment s'est-il aperçu que vous preniez ces médicaments ?

— Je suppose que ce n'était pas bien sorcier. N'importe qui aurait pu le comprendre, il suffisait de regarder et de réfléchir deux minutes ! J'ai donné ces remèdes à des dizaines de pauvres vieux qui n'allaient pas fort. D'ailleurs, je ne sais pas pourquoi j'en parle au passé : ils sont toujours aussi mal en point, et moi, je me retrouve ici, complètement inutile !

Elle releva la tête vers Rathbone.

— Vous ne pouvez rien faire pour moi, mon bon monsieur. Même si vous me posez toutes les questions du monde, ça ne changera rien à rien. J'ai volé ces médicaments et ce sera facile à prouver. Treadwell s'en est rendu compte. Je ne sais pas comment.

Il était difficile de la contredire sur ce point. Il entendit des pas derrière la porte, mais personne ne vint les déranger.

— Je vous en prie, Mr. Rathbone, reprit Cleo, si vous pouviez éviter qu'on parle de cette histoire à tous ces vieux que je soigne... C'est déjà assez triste comme ça de penser qu'ils n'ont plus personne pour s'occuper d'eux ! Je ne voudrais pas qu'ils apprennent qu'ils m'ont fait faire des choses malhonnêtes... même sans le savoir.

Il eût aimé la rassurer sur ce point, mais c'eût été mentir : tôt ou tard, l'affaire serait sur toutes les bouches. Les reporters qui assisteraient au procès s'empresseraient d'écrire des articles détaillés, que reprendraient ensuite les bonimenteurs des rues et qui alimenteraient les conversations. Que pouvait-il lui dire ?

Elle attendait, pleine d'espoir.

Il la considéra soudain d'un œil nouveau. Cette femme avait risqué sa liberté et bousculé sa conception de l'honnêteté pour venir en aide aux vieillards et aux malades qui ne pouvaient s'en sortir seuls. Elle s'était trouvée confrontée aux situations les plus douloureuses et avait cherché à y remédier. Elle ne méritait pas de se voir traitée avec condescendance : il ne devait pas lui mentir. De toute façon, elle finirait par apprendre la vérité.

— Je ne peux pas les en préserver, Mrs. Anderson, répondit-il avec douceur, étonné du respect qu'il percevait dans sa propre voix. Les gens sauront tout lorsque le procès s'ouvrira. C'est peut-être la seule chose positive de l'affaire. Tout Londres apprendra le calvaire de ces anciens soldats à qui nous devons tant et que nous avons choisi de ne pas dédommager. Nous pouvons même espérer que quelques personnes prendront ce combat en main pour faire changer les choses.

Elle le regarda, hésitant entre espoir et incrédulité.

— Vous croyez ?

— Cela vaut la peine de se battre pour cela, en tout cas, affirma-t-il en esquissant un sourire. Mais mon combat principal sera pour vous. Depuis quand payiez-vous Treadwell et quelles sommes lui versiez-vous ?

— Ça faisait cinq ans, répondit-elle d'une voix dure, tandis que la compassion s'effaçait de son visage. Je lui donnais tout ce que j'avais. Je gardais juste quelques shillings pour pouvoir vivre.

Rathbone sentit son cœur se serrer.

— Et le jour de sa mort, il est venu exiger davantage ? Combien ?

Elle hésita un moment.

— Je ne l'ai pas vu le jour de sa mort, déclara-t-elle enfin d'une voix faible. Dieu m'en est témoin, c'est la vérité.

Il se résigna alors à poser la question dont il ne voulait pas entendre la réponse.

— Savez-vous qui il a vu, alors ?

— Non, pas du tout, rétorqua-t-elle instantanément d'un ton sec. Miriam ne m'a rien dit, seulement qu'elle ne l'avait pas tué. Mais elle était dans un état épouvantable, terrifiée, presque folle. On aurait dit que pour elle le monde s'était arrêté de tourner !

Elle se pencha en avant et tendit la main, mais stoppa son geste avant d'avoir touché Rathbone.

— Ce qui m'arrive à moi, monsieur, ça m'est bien égal ! affirma-t-elle. Je me suis servie en médicaments, vous ne pouvez rien faire pour moi. Mais je vous en prie, sauvez Miriam ! C'est ça que je veux ! Si vous êtes mon avocat, comme vous dites, vous parlerez pour elle. Elle n'a pas tué. Je la connais... Je l'ai élevée depuis qu'elle a treize ans. Elle a un cœur d'or et elle ne ferait pas de mal à une mouche ! Seulement, quelqu'un lui a fait mal, très mal. Si mal qu'il y a quelque chose de mort tout au fond d'elle ! Aidez-la, je vous en supplie ! Je marcherai vers le gibet le cœur léger si je sais qu'elle va s'en tirer...

Il rencontra son regard implorant et eut un pincement au cœur. Il la croyait, même si elle avait parlé sans réfléchir. Sans doute ne se figurait-elle pas encore le moment où le juge mettrait sa coiffe noire, où, plus tard, elle se retrouverait seule, marchant dans le court corridor qui menait à la trappe, avant la chute finale... Alors, il serait trop tard. Cependant, il la croyait. Elle s'était trouvée confrontée plus d'une fois à la mort. La solitude et la souffrance lui étaient depuis longtemps familières.

— Mrs. Anderson, je ne suis pas sûr de pouvoir faire grand-chose, mais je vous promets au moins de ne pas chercher à gagner une quelconque clémence pour vous aux dépens de Mrs. Gardiner. Et je vous garantis que je mettrai tout en œuvre pour obtenir son acquittement, si elle le souhaite, et si vous êtes d'accord...

— Bien sûr que je suis d'accord ! s'écria Cleo avec fougue. Et si elle refuse — pour moi — dites-lui que c'est moi qui le veux. J'ai eu une belle vie, beaucoup de bons moments, j'ai fait les choses que j'avais envie de faire. Elle, elle est encore très jeune. C'est votre métier de convaincre les gens. Alors allez la convaincre de vous laisser l'aider. Vous voulez bien ?

— Je ne peux travailler que sur les faits, mais j'essaierai, promit-il. À présent, si vous pouvez m'en dire davantage sur ce fameux jour, faites-le, s'il vous plaît.

— Mais je ne sais rien de plus sur ce jour ! protesta-t-elle. J'aimerais bien savoir ce qui s'est passé, croyez-moi ! Je ne me doutais de rien jusqu'à ce que la police vienne frapper à ma porte pour me dire qu'on avait trouvé un cadavre dans mon allée...

— Quelle heure était-il ?

— C'était un peu après la tombée de la nuit, je n'ai pas regardé l'heure. Je suppose que Miriam avait dû quitter la fête en fin d'après-midi, et que le soir devait déjà tomber quand la voiture est arrivée à la lande. Je ne sais pas où il a été agressé, mais il paraît qu'il aurait rampé jusqu'à l'endroit où on l'a retrouvé.

— Et quand avez-vous vu Miriam Gardiner ?

— Le lendemain matin, vers six heures. Elle avait passé toute la nuit sur la lande. On aurait dit que le diable en personne était à ses trousses.

— S'était-elle battue? Ses vêtements étaient-ils déchirés, sales, tachés de boue ou d'herbe?

Il vit le visage de Cleo se fermer. Sans doute craignait-elle qu'il ne cherchât à incriminer Miriam.

— Non, dit-elle. On voyait qu'elle avait couru, peut-être, et qu'elle avait peur, mais c'est tout.

Était-ce la vérité? Il n'avait aucun moyen de le vérifier. Il comprit qu'elle ne lui en dirait pas davantage. Il se leva.

— Je vais aller voir Mrs. Gardiner, déclara-t-il. S'il vous plaît, ne parlez de tout cela à personne. Je reviendrai ici dès que j'aurai du nouveau, ou si j'ai d'autres questions à vous poser. Je vous promets de ne rien entreprendre sans votre permission.

— Merci, répondit-elle. Je... vous avez toute ma reconnaissance, Mr. Rathbone. Pourriez-vous dire ça aussi à Mrs. Monk et... et...

— Oui?

— Non. Rien d'autre.

Rathbone appela le gardien et quitta la cellule. Il suivit le couloir sombre, en proie à une crainte insidieuse : qu'avait voulu ajouter Cleo avant de lui dire au revoir? N'était-ce pas à Hester que devait s'adresser son dernier message? Pour défendre ses convictions et sauver les êtres qui lui étaient chers, Cleo avait consenti à tous les sacrifices. Rien d'étonnant, dès lors, qu'Hester tînt à lui garantir la meilleure défense possible. Car, à sa place, cette dernière n'eût-elle pas agi exactement de la même façon? L'avocat se représentait sans peine Hester, mue par une loyauté aveugle, préférant se sacrifier que renier ses principes! Était-ce cela que Cleo était sur le point de lui livrer : des consignes ou des mises en garde destinées à Hester et concernant les remèdes? S'apprêtait-elle à lui demander de transmettre une requête à la jeune femme, ou celle-ci avait-elle déjà pris la relève?

À cette pensée, Rathbone sentit son estomac se nouer et la sueur mouiller son dos. Pourrait-il aider Hester si celle-ci se faisait prendre ? Il avait déjà tant de difficulté à réfléchir sereinement au cas de Cleo Anderson, qu'il connaissait à peine !

Il s'efforça de concentrer ses pensées sur Miriam Gardiner. C'était par elle qu'il fallait commencer. Dans toute autre affaire, il eût pensé que la vérité était sa seule alliée et qu'avant toute chose il fallait la découvrir. À présent, il se demandait s'il ne valait pas mieux, parfois, demeurer dans l'ignorance...

Miriam ne ressemblait en rien à la femme que Rathbone s'attendait à rencontrer. Loin de la créature à la beauté insolente et au regard audacieux, sûre de son charme et prompte à le rallier à sa cause, c'était une petite femme au visage clair qui lui parut à la fois lasse et résignée, mais dotée d'une étonnante force intérieure. Même lorsqu'il lui eut expliqué qui il était et les circonstances qui l'amenaient à la prison, elle demeura extrêmement réservée.

— C'est très gentil de votre part de prendre le temps de venir ici, Sir Oliver, déclara-t-elle d'une voix si faible qu'il dut se pencher pour l'entendre, mais je ne pense pas que vous puissiez m'aider.

Elle ne chercha pas à croiser son regard et il comprit que, dans un sens, elle l'avait déjà congédié.

Conscient qu'elle ferait la sourde oreille à tout appel à la raison, il résolut de l'amadouer par les sentiments. Il s'assit en face d'elle et croisa les jambes, comme s'il s'installait pour longtemps.

— Vous a-t-on dit que Mrs. Anderson et vous-même allez être inculpées d'association de malfaiteurs et de conspiration en vue de tuer Treadwell et Mrs. Stourbridge ?

Elle le regarda, abasourdie.

— Mais c'est absurde ! Comment peut-on imaginer que Cleo puisse avoir quelque chose à voir avec la mort de Mrs. Stourbridge ? Elle était en prison quand le crime a été commis ! Vous devez faire erreur !

— Non, c'est la vérité. Ils savent qu'elle n'a pas pu la tuer de ses mains, mais ils pensent qu'elle et vous avez manigancé depuis le départ votre mariage avec Lucius Stourbridge en vue de vous assurer une fortune conséquente, dont une partie vous reviendrait tout de suite, tandis que l'autre vous serait versée à la mort du major Stourbridge...

— Mais pourquoi le major Stourbridge mourrait-il ? protesta-t-elle. Il est encore jeune, et en excellente santé ! Il peut vivre encore une bonne trentaine d'années !

L'avocat poussa un soupir.

— Le taux de mortalité parmi les individus qui semblent se dresser en travers de vos projets est extrêmement élevé, Mrs. Gardiner. Les autorités ne considéreront pas l'âge et la santé du major comme des éléments susceptibles de vous dissuader.

Elle ferma les yeux, effondrée.

— C'est épouvantable ! murmura-t-elle.

En étudiant les rides d'expression de son visage, la tristesse, la surprise et la colère qu'elles mettaient en relief, il eut la certitude qu'elle n'avait pas songé à la mort de Harry Stourbridge avant cet instant. Toutefois, il ne pouvait s'offrir le luxe de la prévenance.

— C'est de cela que l'on vous accuse, Mrs. Anderson et vous-même. À moins que l'une de vous ne rejette tous les torts sur l'autre, ce que vous n'avez pas fait jusqu'à présent, votre sort reste lié : vous serez deux à vous en sortir, ou deux à chuter.

Avec lenteur, elle releva les yeux vers lui et fouilla son regard.

— Vous voulez dire que si je ne veux pas que Cleo tombe avec moi, je dois me défendre ?

— Exactement.

— Mais toutes ces accusations sont totalement infondées ! Je... J'aimais Lucius.

Elle déglutit et Rathbone eut l'impression de percevoir sa douleur.

— Je ne rêvais que d'une seule chose, enchaîna-t-elle, l'épouser pour vivre avec lui, tout simplement. Même s'il avait été sans le sou, cela n'aurait rien changé pour moi.

Il ne pouvait douter de sa sincérité, mais pourquoi s'était-elle reprise ? Pourquoi avait-elle parlé au passé de son amour pour Lucius ? Cet amour s'était-il éteint ?

— James Treadwell faisait chanter Mrs. Anderson parce qu'il savait qu'elle volait des médicaments à l'hôpital. Vous faisait-il chanter vous aussi ?

Elle releva vivement la tête, bouche bée. Il crut un instant qu'elle allait nier avec véhémence, mais elle demeura silencieuse. Rathbone se fit pressant.

— Mrs. Gardiner, dit-il en se penchant vers elle. Pour vous aider, je dois connaître la vérité. Mon but est d'agir dans votre intérêt et pour vous deux, croyez-moi, l'affaire ne pourrait pas se présenter sous un plus mauvais jour ! Des aveux, quels qu'ils soient, ne vous feront pas souffrir davantage aujourd'hui, et peut-être se révéleraient-ils précieux. À la fin, quand arrivera le procès, je me plierai à votre volonté ou, au pire, je me déchargerai de l'affaire. De toute façon, sachez que je ne peux pas vous trahir. Si je le faisais, je serais rayé du barreau et perdrais non seulement ma réputation, mais aussi mon gagne-pain, et ce sont là deux choses auxquelles je tiens infiniment. À présent... James Treadwell vous faisait-il chanter ?

— Non, souffla-t-elle, résignée. Je ne vois pas à partir de quoi il aurait pu me faire du tort. Ou alors, peut-être, s'il connaissait mes liens avec Cleo et les médicaments, mais il n'y a jamais fait allusion devant moi. D'ailleurs, j'ignorais qu'il la faisait chanter. Si je l'avais su, j'aurais tenté quelque chose pour y remédier.

— Que pouviez-vous faire ?

Elle ébaucha un haussement d'épaules.

— Je ne sais pas. J'en aurais parlé à Lucius, ou au major Stourbridge. Ils l'auraient congédié et auraient fait en sorte qu'il lui soit ensuite très difficile de retrouver du travail.

— Cela ne risquait-il pas de l'inciter à se venger sur Mrs. Anderson ?

— Peut-être.

Elle se raidit et se tourna à demi pour lui faire face, livide.

— Vous vous imaginez que j'ai tué cet homme pour protéger Cleo ?

— C'est le cas ?

— Non, répondit-elle d'un ton passionné, plein de colère et de souffrance. Je ne l'ai pas tué. Et Cleo non plus !

— Alors qui est coupable ?

Le visage de Miriam se ferma de nouveau et elle détourna le regard.

— Qui protégez-vous, si ce n'est pas Mrs. Anderson ? insista l'avocat avec douceur. Lucius ?

Elle tressaillit et lui lança un bref coup d'œil.

— Treadwell vous a-t-il offensée d'une manière ou d'une autre, reprit-il, et cela a-t-il poussé Lucius à se battre avec lui ? Une lutte qui se serait soldée par un drame qu'il n'avait pas prévu ?

— Non !

Il était clair que l'idée la surprenait.

L'hypothèse avait semblé si plausible à Rathbone qu'il fut déçu, contraint qu'il était de croire la jeune femme sur parole : l'intonation de sa voix et la tension de son corps en disaient long sur sa sincérité.

— Savez-vous qui l'a tué, Mrs. Gardiner ? interrogea-t-il avec une soudaine brusquerie.

Elle ne répondit pas. Pour l'avocat, ce silence avait valeur d'aveu. Rathbone se sentit frustré au-delà du supportable. Jamais il n'avait éprouvé une telle impuissance. Pourtant, ce n'était pas la première fois qu'il se trouvait confronté à des accusés qui refusaient de parler et dont l'innocence finissait pourtant par éclater au grand jour. Rien, dans son expérience, ne lui permettait de trouver une explication à l'attitude de Miriam.

Plus déterminé que jamais, il résolut d'aller jusqu'au bout. Il assurerait la défense de Miriam et de Cleo, non plus pour faire plaisir à Hester ou en vue de prouver sa valeur à Monk, mais pour l'affaire elle-même, pour ces deux femmes extraordinaires, dévouées et mues par une obstination aveugle, et sans doute aussi parce qu'il savait qu'il ne trouverait pas le sommeil tant qu'il ne connaîtrait pas la vérité. Et peut-être, enfin, pour le principe.

— Mrs. Stourbridge avait-elle appris quelque chose sur Treadwell ou sur Cleo Anderson ?

Une fois encore, la surprise marqua les traits de la jeune femme.

— Non... Je ne vois pas comment elle aurait pu apprendre quoi que ce soit ! Pour ma part, je ne lui ai jamais rien dit et j'imagine mal Treadwell lui faire des confidences ! C'était un...

Elle s'interrompit, manifestement ravagée par des émotions contradictoires qui semaient le désordre dans son esprit : la colère, la pitié, l'horreur et le désespoir.

— C'était un homme qui se comportait mal, reprit-elle doucement, comme pour elle-même. Mais il n'était pas dénué de vertus. À présent, il est mort, Dieu ait son âme. Je ne pense pas que Mrs. Stourbridge ait su quoi que ce soit sur lui, sinon que c'était un bon cocher et, bien sûr, qu'il était le neveu de la cuisinière.

— Pourquoi a-t-elle été assassinée ?

Elle tressaillit.

— Je ne sais pas, répondit-elle sans le regarder.

Le ton était neutre, différent. Rathbone comprit qu'elle mentait.

— Qui l'a tuée ?

— Je ne sais pas, répéta-t-elle.

— Lucius ?

— Non !

Cette fois, elle se tourna vers lui, furieuse, pour lui jeter un regard noir.

— Était-il avec vous ?

Elle ne dit rien.

— Non. Dans ce cas, comment savez-vous qu'il n'est pas coupable ?

Là encore, elle garda le silence.

— C'est la même personne qui a commis les deux meurtres ?

Elle esquissa un vague mouvement qu'il interpréta comme un assentiment.

— Les meurtres ont-ils un quelconque rapport avec les vols de médicaments ?

— Non ! s'écria-t-elle, hors d'elle cette fois. Non ! Tout cela n'a rien à voir avec Cleo ! Je vous en supplie, Sir Oliver, tirez-la de ce cauchemar ! C'est la meilleure personne que je connaisse. Le seul acte illégal qu'elle ait jamais commis a été de prendre ces médicaments pour des malades qui n'avaient pas les moyens de se soigner ! Elle n'en a tiré aucun profit personnel !

Elle s'interrompit un instant pour reprendre son souffle. Elle était rouge d'indignation.

— Doit-on vraiment mourir pour cela ? reprit-elle plus calmement. Je vous en conjure, ne la laissez pas souffrir pour avoir été trop bonne ! Toute cette histoire ne la concerne en rien. Elle n'a pas tué Treadwell et elle ne peut avoir tué Mrs. Stourbridge !

Il y avait tant de peur et de véhémence dans sa voix que les mots s'étranglaient dans sa gorge.

— Je suis prête à m'accuser des deux meurtres si cela peut la faire libérer, je vous le jure !

Il lui posa une main sur le bras.

— Non... Surtout, ne faites pas cela. Vous seriez condamnées toutes les deux. Ne dites rien. Si vous refusez de me confier la vérité, au moins, ne mentez pas. Je ferai tout ce qui est en mon pouvoir pour vous aider toutes les deux. Je reconnais que Mrs. Anderson n'a pas pu tuer Mrs. Stourbridge et je crois que vous n'avez pas tué Treadwell. S'il existe une autre réponse, je mettrai tout en œuvre pour la découvrir.

Elle secoua la tête.

— Vous ne pourrez pas, murmura-t-elle. Sauvez Cleo du gibet, c'est tout ce que je vous demande. Elle n'a fait que prendre des médicaments... rien d'autre.

Rathbone déjeuna à son club, où il put jouir de la tranquillité dont il avait besoin. Puis il prit un cab pour se rendre au North London Hospital. Même si cette perspective ne le réjouissait guère, il devait s'entretenir avec Hester. Il n'avait pas revu la jeune femme en tête à tête depuis son mariage et savait que cette première rencontre le ferait souffrir.

Assis dans le cab, il s'absorba dans la réflexion. Que dirait-il à Hester? Quelle attitude adopterait-il face à elle? Chaque fois qu'il prenait une décision, il la repoussait la seconde suivante, insatisfait.

Lorsque la voiture s'arrêta devant l'hôpital, il paya le cocher et descendit. À peine avait-il gravi les marches et passé le portail qu'il aperçut la jeune femme. Il n'avait pas eu le temps de se préparer.

Hester portait une robe bleue très simple agrémentée d'un petit col de dentelle blanche qui lui faisait une sorte d'uniforme. Sur toute autre femme, cette tenue eût semblé rébarbative. C'était toujours ainsi, pourtant, que l'avocat se représentait Hester : une infirmière déterminée dans ses entreprises, toujours prête à s'engager dans une bataille. La familiarité de cette silhouette lui coupa le souffle.

— Oliver ! s'exclama-t-elle.

Elle semblait à la fois surprise et heureuse de le voir et il ne détecta chez elle aucune des émotions qui l'étreignaient lui-même. Bien sûr, cette sérénité était prévisible : Hester était heureuse ! D'ailleurs, il le lui souhaitait... même s'il ne pouvait le supporter !

Il s'obligea à sourire. Pour lui comme pour elle, il ne devait rien perdre de sa dignité.

— J'espérais vous trouver ici, dit-il. Je pense que je ne vous dérange pas ?

— Vous avez du nouveau ?

Elle le scrutait. Il s'efforça de ne penser qu'à l'affaire Ils avaient une cause en commun, une cause qui comptait au moins autant que toutes celles pour lesquelles ils avaient lutté ensemble par le passé. La vie de deux femmes était entre leurs mains.

— Pas grand-chose, répondit-il en faisant un pas vers elle.

Il perçut une chaleur, un léger parfum qui émanait d'elle. Au prix d'un effort, il s'approcha encore pour lui faire face. Elle était si différente désormais, beaucoup moins vulnérable qu'autrefois.

Elle avait rosi ; il se demanda si elle ne devinait pas une partie des pensées qui l'assaillaient malgré lui.

Il se détourna, évitant le regard d'Hester, et fit mine de réfléchir à des problèmes juridiques ardus.

— Je suis allé rendre visite à Cleo Anderson et à Miriam Gardiner, reprit-il. Toutes deux nient la conspiration et le meurtre, mais Miriam au moins ment au sujet des meurtres. Elle sait qui les a commis, mais je la crois lorsqu'elle affirme que ce n'est pas elle. Je n'ai pas encore rencontré Lucius Stourbridge.

— Vous croyez qu'il aurait pu assassiner sa propre mère ? s'étonna-t-elle.

— Je ne le pense pas, mais il faut garder en tête que l'assassin est soit quelqu'un de la famille, soit Miriam Gardiner...

La jeune femme jeta un coup d'œil dans le vestibule.

— Il y a là une salle d'attente qui doit être vide à cette heure, dit-elle en désignant une porte. Nous y serons plus à l'aise pour bavarder.

Ils se dirigèrent vers la porte indiquée et entrèrent dans la pièce.

Il referma derrière lui tout en s'efforçant de refouler ses émotions hors du champ de sa conscience.

— Le major Stourbridge ? suggéra-t-il. Ou le frère, Aiden Campbell ?

— Je ne sais pas, fit Hester d'un ton soucieux. Je ne vois pas pourquoi l'un ou l'autre s'en serait pris à Mrs. Stourbridge ou à Treadwell. Mais c'était un maître chanteur ! S'il faisait chanter Cleo, il pouvait tout aussi bien menacer n'importe qui. William dit qu'il semblait dépenser plus d'argent que ne lui en procurait Cleo : il devait donc avoir d'autres victimes.

— Lucius ?

— Peut-être, acquiesça-t-elle à mi-voix. Cela expliquerait que Miriam soit prête à le protéger, quitte à se laisser condamner.

C'était plausible. Dans ces conditions, il était compréhensible que Miriam refusât de dire la vérité. Toutefois, Rathbone avait peine à le croire.

— Je ne sais pas comment nous pourrions nous y prendre pour soutenir cette version des faits devant un jury, surtout si Miriam la nie, dit-il en regardant Hester. D'ailleurs, elle ne me laisserait même pas m'engager sur cette voie. Je lui ai promis de ne rien faire contre sa volonté.

Un léger sourire étira les lèvres de la jeune femme, puis s'estompa.

— Je n'en attendais pas moins de vous. J'aimerais que vous puissiez assurer la défense de Miriam, mais c'est surtout Cleo Anderson qui me préoccupe. J'espère qu'elle n'a pas tué Treadwell et, quoi qu'il en soit, elle ne peut avoir assassiné Mrs. Stourbridge. Je suis intimement persuadée que jamais elle n'aurait manigancé le mariage de Miriam avec Lucius, ni avec quiconque d'ailleurs, pour de l'argent. Cela est tout bonnement impossible.

— Même en vue de mettre l'argent au service d'une bonne cause ?

— Quelle que soit la cause ! Pour elle, ce serait révoltant. Elle aime Miriam. Quelle sorte de femme obligerait sa fille à se marier pour de l'argent ? Cela s'apparenterait à de la prostitution !

— Mais ma chère Hester ! C'est la pratique la plus

répandue de notre civilisation ! À se demander si nous sommes si civilisés que cela, d'ailleurs ! Les parents vendent leurs filles en les mariant et estiment que le contrat profite aux deux parties. Cela se fait depuis des temps immémoriaux... et même plus ! Depuis la préhistoire !

— N'est-ce pas la même chose ? interrogea-t-elle d'un ton sec.

— À vrai dire, non. Pour moi, les « temps immémoriaux » remontent au milieu du XIIe siècle. Mais c'est sans importance...

— Quoi qu'il en soit, je sais que Cleo ne vendrait pas sa fille et que jamais elle n'envisagerait un meurtre sous prétexte qu'une personne fait obstacle à ses projets. Si vous la connaissiez comme moi, l'idée ne vous effleurerait même pas !

Rathbone répugnait lui aussi à accréditer une telle hypothèse, mais n'était-ce pas l'opinion des jurés qui importait ? Il le lui fit remarquer.

— Je sais, répondit-elle en baissant la tête. Mais nous devons faire quelque chose pour l'aider. Je refuse de me réfugier derrière une argutie juridique pour éviter de me battre.

Il eut un sourire involontaire, mais sans joie.

— Le meurtre n'est pas une argutie juridique, ma chère Hester.

Elle posa sur lui un regard franc où brillait toute la chaleur de leur ancienne amitié et il en eut le souffle coupé. Il sentit alors les défenses qu'il était parvenu à ériger contre ses émotions l'abandonner. Il fit un immense effort pour ne plus penser qu'à la justice, et à Cleo Anderson.

— Quelle quantité de médicaments manque-t-il et de quels produits s'agit-il exactement ? demanda-t-il.

— Nous ne savons pas, répondit-elle en semblant s'excuser, mais il y en a beaucoup. Quelques dixièmes de gramme par jour, je pense. Je n'ai pas les chiffres exacts et même si je pouvais vous les donner, je ne le ferais pas. Mieux vaut que vous ne sachiez pas.

— Peut-être avez-vous raison, reconnut-il. Je ne reposerai pas la question. Quand l'affaire arrivera devant le tribunal, qui viendra témoigner de ces vols, à votre avis ?

— Seulement Fermin Thorpe, de son plein gré... ou peut-être contre son gré, se reprit-elle, mais pour l'accusation. Cela ne va pas beaucoup l'amuser de devoir admettre que des vols ont été commis dans son hôpital. Il se demandera sans doute s'il vaut mieux traiter l'affaire à la légère, au risque de se voir accusé de couvrir ces vols, ou condamner ceux-ci pour se mettre du côté de la loi, tremblant d'indignation devant l'iniquité des infirmières. Quelle que soit l'attitude qu'il adoptera, il sera furieux de se retrouver mêlé à cette affaire !

— Ne prendra-t-il pas plutôt la défense de son employée ?

Un coup d'œil à Hester lui donna la réponse : une telle perspective n'était pas envisageable.

— Je vois, conclut-il. Et l'apothicaire ?

— Phillips ? Il s'arrangera pour minimiser les vols... au risque de se mettre lui-même en danger. Toutefois, il ne pourra pas faire grand-chose.

— Bon. Je vais parler à quelques infirmières, si cela est possible, et peut-être également à Mr. Phillips. Ensuite, j'irai trouver le sergent Robb.

En début de soirée, Rathbone avait procédé à une analyse approfondie du fonctionnement de l'hôpital au quotidien et était parvenu à la regrettable conclusion qu'il fallait des trésors d'ingéniosité, d'habileté et de courage pour dérober des médicaments de façon régulière. En dépit d'une apparence peu soignée et d'un caractère fantasque à la limite de l'absurde, l'apothicaire était un homme très méticuleux. Pour tromper sa vigilance, l'idéal consistait à profiter de la visite à la réserve de médecins novices pressés par le temps, absorbés dans des cas qu'ils ne comprenaient pas bien ou plus simplement distraits. Rathbone en vint à déduire que, selon toute probabilité,

Phillips avait eu pleine conscience des agissements de Cleo et de ses motivations. En conséquence, soit il avait été partie prenante dans l'entreprise, soit il s'était contenté de fermer les yeux. Malgré sa formation de juriste et ses années passées au service de la justice, Rathbone se prit à admirer cet homme et il décida de ne pas pousser ses investigations plus avant.

Sept heures avaient sonné lorsqu'il atteignit le poste de police, et il se vit contraint de demander au sergent de garde l'adresse personnelle de Robb.

Il trouva la maison sans peine et fut accueilli avec une parfaite courtoisie. Il n'en éprouva pas moins la désagréable impression de déranger. Il lui suffit d'un coup d'œil pour comprendre que Michael Robb était en train de s'occuper de son grand-père. Le vieil homme était installé dans un fauteuil au centre de la pièce, ses cheveux blancs brossés en arrière, les épaules voûtées et la poitrine creuse. Cette vision conféra une brusque réalité à la mission que Cleo s'était donnée et à laquelle elle se dévouait corps et âme, désireuse de prendre tous les risques. Surpris, l'avocat sentit la colère l'envahir devant la situation de ce vieil homme et il se prit à pester contre sa propre impuissance face à l'indifférence d'une société qui ne savait pas et ne faisait rien. Il eut toutes les peines du monde à maîtriser sa voix.

— Bonsoir, sergent, commença-t-il. Je suis navré de vous importuner à une heure aussi tardive. Croyez bien que si j'avais pu venir à votre bureau cet après-midi, je l'aurais fait.

— Que puis-je pour vous, Sir Oliver? interrogea Michael.

Le ton était poli, mais méfiant. Rathbone appartenait à un milieu qu'il connaissait mal et à une profession à laquelle il n'était guère confronté que devant les tribunaux, où les codes de conduite étaient clairement définis pour chacun. De son côté, Rathbone avait conscience de la présence du grand-père, fatigué et affamé, qui attendait ses soins et son dîner.

— J'ai été contacté, expliqua-t-il, pour assurer la défense de Mrs. Anderson contre l'accusation de meurtre qui pèse sur elle.

— Cette affaire me désole, répondit Michael avec une évidente sincérité. Je n'ai pris aucun plaisir à procéder à cette arrestation, croyez-le. Mais je ne peux pas revenir en arrière.

— Bien sûr. Les vols commis et le chantage fournissaient un mobile pour le meurtre de Treadwell.

— C'est de Cleo Anderson que vous parlez ? lança le vieil homme.

Le visage de Michael se crispa et il lança un regard de reproche à l'avocat.

— Oui, grand-père, répondit-il néanmoins.

Rathbone eut la nette impression qu'il avait été tenté de mentir afin d'épargner le vieillard. Savait-il à quel point il était compromis ? Devinait-il quelle dette il avait envers Cleo Anderson ?

John Robb détailla le visiteur de la tête aux pieds.

— Et c'est vous qui allez la défendre, jeune homme ? interrogea-t-il encore. Comment se fait-il qu'un monsieur aussi bien habillé, avec un titre, en plus, se retrouve à défendre une pauvre femme sans le sou ?

À l'évidence, il se souciait trop de Cleo pour craindre qui que ce fût. Son regard délavé soutint celui de Rathbone sans ciller.

— Je ne me fais pas payer, Mr. Robb, expliqua l'avocat. Je me suis chargé de cette affaire à la demande d'une amie, Mrs. Monk. Je crois que vous la connaissez...

Il vit le plaisir irradier le visage ridé et une onde de chaleur le parcourut.

— Et, maintenant que je la connais, ajouta-t-il, je continue par égard pour Mrs. Anderson elle-même.

Michael le considérait avec appréhension. Rathbone savait ce qu'il redoutait, plus encore peut-être que lui-même. Il n'avait pas besoin d'examiner le buffet situé à l'angle de la pièce pour savoir qu'il contenait les poudres apportées par Cleo et, peut-être, par Hester. Glacé par cette pensée, il songea qu'il serait inutile de prier la jeune femme de mettre un terme à son dévouement. Il n'avait sur elle aucune autorité pour le lui interdire et doutait que Monk lui-même pût y parvenir. Aussi valait-il mieux y renoncer, ne fût-ce que pour éviter une dispute et une perte de temps et d'énergie.

Il vit Michael risquer un œil vers le buffet, puis éviter son regard.

— Alors c'est vous qui serez son avocat ? insista John Robb.

— Oui, c'est moi, répondit Rathbone.

Le vieil homme fit la moue. Sa voix était rauque et faible.

— Et qu'est-ce que vous allez pouvoir faire pour elle, jeune homme ? Attention, n'essayez pas de me mentir !

— Je ne sais pas, avoua Rathbone. Je suis convaincu qu'elle a pris les médicaments. En revanche, je ne crois pas qu'elle ait tué Treadwell, même s'il la faisait chanter. Je pense qu'il existe un élément d'une grande importance auquel nous n'avons pas encore songé. C'est cet élément que je vais tâcher de découvrir.

— C'est pour cela que vous êtes venu ici ?

— Oui.

— Dans ce cas, allez-y, continuez à parler, tous les deux. Moi, je peux attendre pour dîner.

Il se tourna vers son petit-fils.

— Il faut que tu l'aides. Nous mangerons plus tard.

— Merci, fit Rathbone, reconnaissant. Toutefois, je me sentirais plus à l'aise si vous faisiez ce que vous avez à faire comme si je n'étais pas là. Je crois avoir remarqué un vendeur de tourtes en venant, tout près d'ici. Me permettez-vous d'aller en acheter trois, de sorte que nous puissions manger ensemble tout en discutant ?

Michael hésita, mais la mine réjouie de son grand-père dut le convaincre d'accepter.

Rathbone revint quelques minutes plus tard avec les

trois meilleures tourtes qu'il eût pu trouver, enveloppées dans un papier journal qui les tenait au chaud. Ils les dégustèrent ensemble, accompagnées de thé. En tant qu'officier de police chargé de l'affaire, Michael avait le devoir de recueillir des preuves à soumettre au tribunal. Quelques années plus tôt, il eût même risqué des poursuites pour arrestation abusive, au cas où le procès eût conclu à l'innocence de l'accusée. S'il n'avait pas les moyens de payer l'amende, c'était la prison qui l'attendait. Malgré tout, le jeune homme paraissait aussi désireux que son grand-père de disculper Cleo Anderson.

Pour John Robb, il était évident que si Cleo avait assassiné Treadwell, c'était que celui-ci le méritait. Et si la loi la condamnait, c'était que la loi était mauvaise et devait être contournée. Mû par l'espoir plus que par le réalisme, il ne doutait pas des capacités de Rathbone à agir dans ce sens.

Michael ne chercha pas à le contredire. Son désir d'épargner de nouvelles souffrances au vieil homme était si manifeste que Rathbone en fut bouleversé.

Lorsqu'il repartit, à la tombée du jour, il n'avait rien appris qui lui fût d'une quelconque utilité. Le sergent n'avait fait que confirmer tout ce qu'il savait déjà. Il marcha d'un pas vif dans l'air tiède du soir envahi de relents de crottin, de parfums d'herbe sèche et de poussière qui montaient de la lande toute proche. Par moments, un délicieux fumet de viande et d'oignons frits se dégageait d'une charrette de marchand ambulant. On entendait un orgue de Barbarie dans le lointain, ainsi que des cris d'enfants.

Il héla le premier cab qui passa à sa hauteur et lui donna son adresse, pour changer aussitôt d'avis et le diriger vers Primrose Hill.

Il faisait presque nuit lorsqu'il arriva. Il remonta l'allée familière, goûtant par avance au bien-être en perspective bien qu'il n'eût aucune certitude quant à la présence de son père chez lui.

Il flottait une agréable odeur d'herbe tondue et des ombres profondes l'enveloppaient tandis qu'il contournait la maison, puis traversait la pelouse. La lumière brillait dans le bureau. Henry Rathbone n'avait pas pris la peine de tirer les rideaux et Oliver l'aperçut, installé dans son fauteuil.

Plongé dans sa lecture, le vieil homme n'entendit pas son fils approcher. Il avait les jambes croisées et suçait le tuyau de sa pipe, éteinte comme toujours.

Oliver frappa au carreau.

Henry releva la tête et la joie s'afficha sur son visage dès qu'il reconnut son fils. Il lui fit signe d'entrer.

L'atmosphère familière fit à Rathbone l'effet d'un baume bienfaisant. Contre toute attente, il sentit son sentiment d'impuissance s'estomper, bien qu'il n'eût encore rien dit. Il prit place dans un large fauteuil face à son père et se mit à l'aise.

Pendant un long moment, aucun des deux hommes ne parla. Henry continuait à sucer sa pipe vide. Au-dehors, dans l'obscurité, un oiseau hulula et les branches du chèvrefeuille ondulèrent dans la brise. Un papillon de nuit heurta la vitre.

— Je suis sur une nouvelle affaire, déclara enfin Oliver. Une affaire qu'il m'est impossible de gagner.

Henry sortit la pipe de sa bouche.

— Dans ce cas, tu as dû avoir une bonne raison de l'accepter... ou du moins une raison qui t'a paru bonne au départ.

— Je ne crois pas que c'était une bonne raison.

Suivant un penchant naturel, Oliver parlait d'un ton pédant. Son père lui avait enseigné la précision et il ne cherchait jamais à se dérober lorsqu'ils discutaient. C'était sur cette franchise que reposait leur amitié.

— Je n'avais pas le choix. Ce n'est pas la même chose.

Henry sourit.

— C'est tout à fait différent, concéda-t-il.

— C'est Monk qui me l'a demandé, précisa Oliver.
Henry hocha la tête.

— Il y avait un impératif moral, se justifia Oliver, peu désireux de laisser supposer que Monk — et moins encore Hester — pût avoir sur lui un quelconque ascendant.

— Je vois. As-tu l'intention de m'expliquer de quoi il s'agit ?

— Bien sûr.

Oliver croisa les jambes et rechercha une position confortable. Il exposa les accusations émises à l'encontre de Cleo Anderson et de Miriam Gardiner, puis se tut pour laisser réfléchir son père. Dehors, il faisait tout à fait nuit. La lune dessinait une tache lumineuse sur l'herbe, juste devant le pommier qui s'élevait à l'extrémité de la pelouse.

— Et tu pars du principe que cette Cleo Anderson n'a pas tué le cocher ? dit enfin Henry. Même avec d'éventuelles circonstances atténuantes... peut-être au terme d'une lutte dans laquelle il aurait trouvé accidentellement la mort ?

Oliver réfléchit. À la vérité, il avait cru Cleo sur parole lorsqu'elle avait affirmé ne rien savoir du meurtre. Et il continuait à la croire.

— Oui, répondit-il. Je pars sur cette base. En ce qui concerne les vols de médicaments, elle n'a jamais nié. Mais je ne sais pas du tout comment elle s'y prenait et je n'ai pas cherché à tirer au clair ce volet de l'affaire.

Henry se garda de tout commentaire.

— De quelle façon Monk se trouve-t-il mêlé à cette histoire ? s'enquit-il.

Rathbone répondit à la question de façon détaillée.

— Et comment va Hester ?

Henry portait une affection toute particulière à la jeune femme et Oliver n'ignorait rien du secret souhait qu'il avait eu de voir son fils la prendre pour épouse. L'avocat s'était même demandé si la considération d'Hester à son égard n'était pas alimentée par cet attachement mutuel et un désir inavoué de la jeune femme d'entrer dans une famille susceptible de lui apporter ce sentiment de sécurité qu'elle n'avait pas trouvé chez ses parents à elle.

C'était le sujet de conversation que redoutait Oliver, un sujet qu'il avait évité le plus longtemps possible, au point d'en arriver à espacer ses visites à Primrose Hill, préférant rencontrer son père en des lieux peu propices aux conversations intimes. À présent, il se trouvait au pied du mur.

— Hester se porte comme un charme, répondit-il d'un ton qu'il voulait détaché. Bien sûr, elle est très inquiète pour cette infirmière, tant sur le plan personnel que pour le principe, ajouta-t-il, sentant le rouge enflammer ses joues.

Henry hocha la tête.

— J'imagine que son feu habituel la consume !

Il ne fit aucune allusion aux motifs qui avaient incité Oliver à accepter ce qui se présentait comme un cas désespéré. Toutefois, il était la seule personne au monde devant laquelle l'avocat éprouvait toujours le besoin de s'expliquer, même quand il ne lui demandait rien.

— C'est une cause importante ! plaida-t-il avec fougue.

Il regardait son père, silhouette mince légèrement voûtée aux cheveux gris, et se demanda ce qu'il éprouverait si Henry avait été soldat ou marin plutôt que mathématicien, et s'il se retrouvait à présent malade, solitaire et livré au désespoir, trop pauvre pour pouvoir payer les soins médicaux nécessaires et privé de la dignité du vieil âge. Cette idée lui fut si pénible qu'il en eut l'estomac noué. En réalité, la bataille qu'il livrait concernait John Robb, mais aussi Henry et tous ceux que la maladie ou l'âge affectaient ou affecteraient bientôt.

— C'est un combat qui ne concerne pas un individu en particulier ! poursuivit-il. Il ne concerne pas seulement Cleo Anderson, ou même Hester... Il ne s'agit pas d'avoir gain de cause pour se faire plaisir ! Si nous acceptons cette injustice sans nous battre avec toute notre énergie, avons-nous une quelconque valeur humaine ?

Henry le considéra gravement.

— On peut en douter, répondit-il à mi-voix. Mais ce n'est pas la passion qui te permettra de gagner, Oliver. La passion est une excellente force motrice, et même la meilleure qui soit. Elle pousse à ne pas baisser les bras. Le refus de l'injustice a permis de rétablir bien des torts, et c'est l'une des principales puissances créatrices dans une société civilisée.

Il secoua la tête.

— Toutefois, pour éviter de remplacer un ennemi par un autre, même en toute bonne foi, tu dois employer ton intelligence. Tu dis être sûr que Mrs. Anderson et Mrs. Gardiner mentent. Tu ne peux te présenter devant le tribunal sans savoir au moins ce qu'est ce mensonge et pourquoi elles y ont recours, au risque de finir entre les mains du bourreau. Leur motivation doit être extrêmement forte.

— Je sais, acquiesça Oliver. Et crois-moi, je me suis beaucoup creusé la cervelle pour tenter de comprendre.

— Toutes deux ont-elles la même motivation ?

— Même cela, je l'ignore !

Henry demeura pensif, les coudes posés sur les bras du fauteuil, les doigts croisés.

— J'imagine que tu les as prévenues toutes les deux que c'est non seulement leur propre vie qui est en danger, mais aussi celle de l'autre. Elles doivent donc avoir une raison très puissante de dissimuler la vérité. D'après ce que tu m'as dit, il est possible que Mrs. Gardiner soit la seule à connaître cette raison. Pourquoi une femme accepterait-elle d'aller au gibet pour un crime qu'elle n'a pas commis ? Seulement si l'alternative à cette mort lui paraît pire encore.

— Qu'est-ce qui pourrait être pire que de mourir pendu ?

— Je ne sais pas. C'est cela que tu dois découvrir.

— La mort d'une personne que l'on aime? suggéra Oliver, autant pour lui-même que pour son père.

— Lucius Stourbridge serait-il coupable? demanda Henry.

— Je l'ignore. Je ne vois pas ce qui aurait pu le pousser à tuer sa propre mère, ou Treadwell.

— Pour Treadwell, on peut aisément imaginer un cas de figure, déclara pensivement Henry. L'homme a pu menacer Mrs. Gardiner, ou menacer d'empêcher leur mariage. C'était un maître chanteur, tout est possible avec un tel individu. En revanche, il m'est plus difficile d'imaginer une situation qui aurait amené Lucius à assassiner sa propre mère...

— J'ai eu beau réfléchir, je n'ai pas réussi moi non plus à me figurer une raison.

— Il serait extraordinaire que les deux meurtres n'aient aucun lien entre eux, poursuivit Henry, les sourcils froncés. Qu'ont-ils en commun?

— Treadwell lui-même, et Miriam Gardiner.

— Et aussi quelque chose que l'on ne soupçonne pas, ajouta Henry. Il faut toujours inclure l'éventualité d'un facteur que l'on n'a pas envisagé, peut-être un élément que nous ne pouvons connaître. Il semble bien que ce soit le cas dans cette affaire. Procède de façon logique, élimine tout ce qui est impossible, puis examine ce qui te reste, même si cela te paraît inconcevable. J'ai l'impression, Oliver, que cette affaire pourrait bien repousser les limites de la compassion dont tu es capable et t'obliger à donner davantage que tu n'avais prévu. Je suis désolé. Je comprends que tout cela ne soit pas très facile pour toi, d'autant qu'Hester est impliquée.

— Qu'elle soit impliquée ou non ne change rien! protesta l'avocat.

Dès que ces mots eurent franchi ses lèvres, il comprit qu'ils étaient mensongers et que Henry le savait aussi bien que lui. Il était toutefois trop tard pour les retirer. Henry eut un imperceptible mouvement de tête.

— Cela ne change rien au fond du problème, se reprit Oliver.

Ce qu'il eût aimé évoquer en réalité, sa solitude, son regret d'avoir tenu entre ses mains un trésor qu'il avait ensuite laissé échapper parce qu'il répugnait à s'abandonner à ses passions, tout était présent, là, dans le silence qui planait entre eux. Henry connaissait suffisamment son fils pour le comprendre sans qu'il eût besoin de parler, et lorsqu'ils se trouvaient ensemble, mentir était inconcevable. Henry savait aussi bien que son fils que la présence d'Hester faisait au contraire toute la différence du monde sur les sentiments que lui inspirait l'affaire, et qu'il continuerait à se battre malgré ce qu'il pourrait perdre en matière de réputation, d'amour-propre et d'argent.

Henry souriait et Olivier comprit qu'il l'approuvait.

Ils restèrent ensemble encore une demi-heure, silencieux, puis Oliver se leva pour partir. Henry le raccompagna jusqu'à la grille d'entrée, dans l'obscurité chargée de senteurs d'herbe humide, admira le reflet du clair de lune sur les arbres du verger, puis rentra.

Dès le lendemain, Oliver devrait entamer la préparation d'une défense délicate et tenter de découvrir pour quel hideux secret Miriam Gardiner était prête à mourir.

Et s'il y parvenait, où irait sa loyauté ? Vers Miriam, ou vers la vérité ?

Tandis qu'il marchait vers le carrefour, il sentit des forces lui revenir. Il avait dû affronter certains mensonges et était résolu, désormais, à ne plus les laisser gouverner sa vie.

CHAPITRE X

Cinq semaines plus tard, Cleo Anderson et Miriam Gardiner comparaissaient devant le tribunal, accusées d'association de malfaiteurs et de meurtre. La salle d'audience était bondée, les curieux serrés sur les bancs ne pouvaient remuer d'un cheveu. De temps à autre résonnaient le grincement du cuir d'une chaussure, une toux que l'on tentait d'étouffer ou une exclamation vite réprimée.

Une fois le silence établi et l'acte d'accusation lu, Robert Tobias engagea les hostilités. Rathbone avait déjà eu plusieurs fois affaire à lui par le passé, et il avait aussi souvent perdu que gagné. Tobias était un peu plus petit que la moyenne. Malgré ses soixante ans, il avait gardé la sveltesse de sa jeunesse. S'il n'avait jamais été beau au sens classique du terme, son intelligence et la profondeur de sa voix ne laissaient pas indifférent et le rendaient aussi intimidant qu'attirant. Plus d'une femme du monde s'était laissée aller à flirter avec lui, désireuse de prendre un peu de bon temps, pour s'apercevoir bientôt qu'elle était tombée amoureuse et en souffrir amèrement. Car Tobias était veuf et il entendait conserver sa liberté.

Il sourit à Rathbone et appela son premier témoin, le sergent Michael Robb.

Rathbone suivit ce dernier des yeux tandis qu'il gravissait les quelques marches menant à la barre des témoins et faisait face au tribunal. Il semblait malheureux et extraordinairement jeune. Malgré ses vingt-cinq ans, il avait le regard chagrin d'un enfant envoyé au cathéchisme contre son gré.

D'un pas nonchalant, Tobias vint se placer au centre de l'espace vide, juste devant le témoin. Il avait le jury à sa gauche, tandis qu'à sa droite le juge trônait dans son fauteuil d'apparat, sur fond de bois ciré et de velours rouge.

— Sergent Robb, commença-t-il d'un ton courtois, toute cette affaire est extrêmement pénible. Aucun homme honnête ne prend plaisir à imaginer que deux femmes, surtout si l'une d'elles est jeune et agréable à regarder, tandis que l'autre se dévoue pour les malades...

D'un geste à peine esquissé, il désigna le banc des accusés et poursuivit :

— ... puissent être capables de comploter en vue de commettre un crime crapuleux. Fort heureusement, ce n'est ni à vous ni à moi qu'il incombe de déterminer si c'est bel et bien ce qui s'est passé.

D'un mouvement élégant, il se tourna vers les jurés, devant lesquels il s'inclina légèrement.

— C'est une responsabilité terrible pour ces douze hommes de bien et je ne les envie guère. Le devoir de rendre justice pèse un poids très lourd, et il faut beaucoup de force, de courage et d'honnêteté pour se montrer à la hauteur.

Rathbone fut tenté d'interrompre ce morceau de flatterie éhontée, mais Tobias en eût été trop heureux. Il resta donc assis et esquissa un bref hochement de tête, comme s'il partageait cet avis.

— De vous, reprit le procureur à l'adresse de Robb, nous n'exigeons qu'une chose : un exposé précis et détaillé des faits que vous connaissez. Pourrions-nous commencer par la découverte du corps de James Treadwell ?

Toute l'attention du public se concentra sur Robb. Rathbone se demanda si les jurés avaient perçu comme lui l'aversion du jeune homme pour ce rôle qu'on l'obligeait à jouer. Se figureraient-ils que cette réticence tenait au crime commis ou comprendraient-ils, comme lui, qu'elle provenait de la connaissance profonde d'une tragédie complexe où le bien et le mal se trouvaient inextricablement mêlés ?

Comment jugeait-on une affaire ? En suivant son instinct ? Son intelligence ? À partir de son expérience de la vie ? De ses émotions ? Comment interprétait-on des faits ? Que de fois l'avocat avait-il entendu deux personnes décrire la même succession d'événements et en tirer des conclusions opposées !

Avec une simplicité presque enfantine, Robb expliqua qu'il avait été appelé après la découverte d'un homme mort. Celui-ci avait apparemment succombé à un coup porté à la tête.

— Vous en avez aussitôt déduit qu'il s'agissait d'un meurtre ? demanda Tobias d'un ton surpris et avec une évidente satisfaction.

Il jeta un coup d'œil à Rathbone, comme s'il s'attendait à une interruption, et dut interpréter le silence de l'avocat comme un renoncement à tout espoir de gagner le procès.

Robb prit une profonde inspiration.

— D'après l'état de ses vêtements, maître, répondit-il, je n'ai pas pensé un instant qu'il ait pu tomber de voiture ou être heurté par un attelage qui ne l'aurait pas vu.

— Belle perspicacité ! Vous avez donc estimé dès le départ que l'affaire était grave ?

— La mort est toujours une affaire grave, rétorqua Robb.

— Bien sûr. Mais le meurtre revêt une gravité qu'un accident de diligence n'a pas. C'est une chose sombre et terrifiante, une violation de notre ordre moral le plus profond. Un accident est tragique, mais la malchance en est seule responsable. Un meurtre est un acte maléfique !

— Sauf votre respect, maître, répondit Robb en rougissant jusqu'aux oreilles, je croyais que vous et moi n'étions pas ici pour juger, mais simplement pour établir des faits. Si vous n'y voyez pas d'inconvénient, je préférerais m'en tenir à cette consigne.

Un murmure parmi le public salua ses paroles.

Rathbone s'autorisa un sourire ou, plutôt, ne parvint pas à le réprimer.

Tobias maîtrisa sa mauvaise humeur à la perfection, mais au prix d'un effort. Rathbone le comprit en voyant sa veste élégante se tendre soudain sur ses épaules.

— Au temps pour moi ! lança-t-il avec entrain. Tenons-nous-en donc aux faits bruts. Pourriez-vous décrire cet homme que vous avez trouvé mort ? Était-il jeune ou vieux ? En bonne santé ou malade ? Faites-nous le voir à travers vos yeux, sergent Robb. Faites-nous ressentir ce que vous avez ressenti tandis que vous étiez sur ce trottoir, à regarder cet homme qui, peu de temps auparavant, était plein de vie, d'espoirs et de rêves et pour lequel tout s'est brutalement arrêté. Emmenez-nous avec vous ! conclut-il en étendant les bras.

Robb le contempla d'un œil morne. Pas une fois il n'avait dirigé son regard vers les deux femmes assises dans le box des accusés, blêmes et immobiles. Il n'avait pas non plus cherché à reconnaître, au-delà de Tobias et de Rathbone, d'autres visages familiers parmi le public : ceux de Monk ou d'Hester, par exemple.

— Il avait un physique assez commun. Il est difficile de dire s'il était grand, étant donné qu'il était allongé. Il avait des cheveux raides, des mains assez fortes et calleuses, comme s'il était habitué à tenir des rênes...

— Aucune trace de lutte ? interrompit Tobias. Pas d'ecchymoses ou de coupures suggérant qu'il se soit battu pour tenter de se défendre ?

— Je n'en ai pas vu. J'ai seulement remarqué sur les paumes de ses mains, ses avant-bras et ses genoux des écorchures qui suggéraient qu'il avait rampé.

— J'interrogerai évidemment le médecin légiste, mais je vous remercie pour cette observation. Où ce malheureux se trouvait-il exactement, sergent ?

— Dans l'allée qui sépare les numéros cinq et six de Green Man Hill, près de la lande de Hampstead.

— Et où semblait-il se diriger ?

— Vers le numéro cinq.

— Est-ce à cet endroit qu'il avait été tué ?

— Je ne crois pas, non. Il semblait avoir rampé sur une certaine distance. Les genoux de ses pantalons étaient déchirés et sales.

— Sur quelle distance ? Pouvez-vous le dire ?

— Non. Au moins quarante ou cinquante mètres, peut-être davantage.

— Je vois. Qu'avez-vous fait ensuite, sergent Robb ?

Étape par étape, Tobias fit retracer au témoin la découverte de la voiture et des chevaux et les présomptions quant à leur lien avec le mort. Puis Robb raconta la visite de Monk, qui recherchait un cocher répondant au signalement de l'homme trouvé mort.

— Comme c'est intéressant ! s'exclama Tobias d'un ton victorieux. Vous avez donc emmené ce Mr. Monk voir le corps ?

— Oui, maître.

— A-t-il pu l'identifier ?

— Non, maître. Mais il est allé chercher deux messieurs de Bayswater qui ont affirmé qu'il s'agissait de James Treadwell, qui avait été leur cocher.

— Quel était le nom de ces messieurs ?

— C'était le major Harry Stourbridge et son fils, Mr. Lucius Stourbridge.

Il y eut un brouhaha dans l'assemblée. L'attention était à son comble. Plusieurs personnes se redressèrent sur leur banc.

— Ce même Lucius Stourbridge qui est le fils de Mrs. Verona Stourbridge et qui devait épouser Mrs. Miriam Gardiner ?

Le mouvement s'intensifia dans le public. De la galerie, deux femmes se penchèrent en avant pour mieux observer le box des accusés.

— Oui, maître, répondit Robb.

— Quand James Treadwell a-t-il été vu vivant pour la dernière fois, et par qui ? enchaîna le procureur.

À contrecœur, Robb raconta comment Miriam avait déserté la petite fête donnée en son honneur, exposa la duplicité de Monk dans cette affaire et décrivit les recherches que le détective et lui-même avaient menées séparément pour retrouver la jeune femme. Rathbone ne put rien objecter pour l'arrêter.

— C'est très intéressant, affirma Tobias d'un ton solennel. Et Mrs. Gardiner vous a-t-elle donné une explication satisfaisante de sa fuite et la raison de cette conduite pour le moins étrange ?

— Non, maître.

— Vous a-t-elle dit qui avait tué James Treadwell ? Je suppose que vous lui avez posé la question ?

— Bien sûr, mais non, elle ne m'a donné aucune réponse, sinon que ce n'était pas elle qui l'avait tué.

— L'avez-vous crue ?

Rathbone se leva à demi. Le juge lui jeta un coup d'œil. Tobias sourit.

— Peut-être pourrais-je reformuler ma question. Sergent Robb, avez-vous arrêté Mrs. Gardiner pour le meurtre de James Treadwell ?

— Oui.

Le procureur haussa les sourcils.

— Mais vous ne l'avez pas inculpée pour ce meurtre !

Le visage du policier se crispa en une expression malheureuse.

— Elle est accusée de complot...

— Que cette terrible tragédie vous attriste est une réaction très louable, déclara Tobias en l'observant. Toutefois, vous paraissez plus qu'attristé, vous semblez réticent, comme si vous accomplissiez votre devoir à contrecœur. Comment cela se fait-il, sergent Robb ?

Rathbone se mit à réfléchir très vite. Devait-il objecter que cette question était hors de propos, trop personnelle ?

Il avait eu l'intention d'exploiter la très haute opinion que le policier se faisait de Cleo pour invoquer des circonstances atténuantes. À présent, Tobias lui volait ce témoignage. Pouvait-il s'y opposer maintenant et aborder lui-même le sujet par la suite ? Le moment venu, son adversaire ne se priverait pas d'émettre une objection à son tour.

Impuissant, il resta immobile et s'appliqua à demeurer impassible.

— Sergent ? insista Tobias.

Robb releva le menton et lui rendit son regard.

— En effet, j'éprouve des réticences, maître. Mrs. Anderson est bien connue dans notre quartier pour les visites qu'elle fait aux malades, surtout aux plus âgés et aux plus pauvres d'entre eux. Jour et nuit, elle allait les soigner, alors qu'elle travaillait en même temps comme infirmière à l'hôpital. Elle n'eût pas été plus attentionnée s'il s'était agi de sa propre famille.

— Mais vous l'avez tout de même arrêtée pour meurtre !

Robb serra les mâchoires.

— J'y ai été contraint. Nous avons découvert que Treadwell la faisait chanter...

Cette fois, Rathbone se leva.

— Votre Honneur...

— Oui, oui, acquiesça le juge en pinçant les lèvres. Maître Tobias, vous savez ce que je vais vous dire. Si vous avez des preuves à nous présenter, faites-le de la façon adéquate.

Le procureur s'inclina en souriant. Il savait qu'il n'y avait pas matière à s'inquiéter. Il refit face à Robb.

— Cette haute considération que vous nourrissez à l'égard de Mrs. Anderson, sergent, vous vient-elle seulement d'une rumeur ou est-elle alimentée par une expérience personnelle ?

— J'estime cette femme parce que je la connais personnellement, déclara Robb d'un ton misérable. Elle venait régulièrement voir mon grand-père, qui vit avec moi.

Tobias hocha la tête d'un air pensif, comme s'il pesait ses prochaines paroles, se demandant ce qu'il dirait et ce qu'il laisserait dans l'ombre. Rathbone se tourna vers les jurés. Un homme d'un certain âge qui considérait Tobias d'un air entendu attira son attention : le juré se tourna ensuite vers Robb, le visage empreint de pitié.

Le procureur ne demanda pas si Cleo avait apporté des médicaments au grand-père du sergent. Ce n'était pas nécessaire. Les jurés avaient déjà compris et sans doute eussent-ils mal accepté de voir Robb mis dans l'embarras. Tobias se révélait un excellent juge de la nature humaine.

Ainsi Rathbone se retrouvait-il, une fois de plus, impuissant.

Tobias passa le reste de la journée à soutirer à un Robb réticent l'exposé de l'affaire telle qu'elle se présentait. Le policier raconta comment, avec l'aide involontaire de Monk, il avait découvert les vols de médicaments, la pauvreté de Cleo et le chantage exercé par Treadwell. Tout cela constituait un mobile pour un crime que toute l'assistance ne comprenait que trop bien. Les jurés suivaient les débats, attentifs et sombres, secouant parfois la tête, affichant autant la pitié que le reproche.

À n'en pas douter, les choses changeraient lorsque Miriam entrerait en scène. Rathbone le savait tout comme il savait que la nuit succéderait au jour, mais il ne pouvait ni protester ni argumenter pour modifier le cours des événements. Tobias se conformait aux règles du jeu et sa tactique paraissait irréprochable. L'avocat devait donc se contenter d'endurer, et d'espérer.

Le deuxième jour ne fut pas plus encourageant. Robb acheva son témoignage et Rathbone fut invité à l'interroger, mais il n'avait aucune question à lui poser. Certes, garder le silence pouvait suggérer qu'il avait déjà déposé les armes sans même avoir fait mine de combattre, comme s'il ne croyait pas en l'innocence de ses clientes et ne nourrissait aucun espoir pour elles. Cependant, Tobias avait abordé tous les aspects de l'affaire sur lesquels Robb avait son mot à dire et l'avocat ne trouvait rien à remettre en cause. Toutes les révélations du policier étaient correctes et ne donnaient pas lieu à des interprétations plus favorables. Lui faire répéter ce qu'il avait déjà dit apparaîtrait comme inutile et renforcerait de surcroît l'impression générale du jury. Rathbone se leva.

— Je vous remercie, monsieur le juge, mais maître Tobias a déjà posé au sergent Robb toutes les questions importantes. Il serait abusif de ma part de faire perdre son temps à la cour en obligeant le sergent à répéter son témoignage.

Il se rassit. Tobias sourit et le juge eut un hochement de tête malheureux. Il semblait trouver l'affaire pénible et il était clair qu'il eût cédé sa place avec joie. Toutefois, il fallait que justice fût faite. La justice représentait, depuis toujours, sa raison de vivre.

Tobias convoqua alors le pasteur de l'église de Hampstead, un homme cordial que cet environnement mettait mal à l'aise, mais qui apporta son témoignage avec conviction. Il connaissait Cleo Anderson depuis trente ans et jamais il n'eût imaginé la voir un jour sur le banc des accusés d'un tribunal. Il s'excusa d'exprimer son incrédulité, ajoutant qu'en tout état de cause son sacerdoce lui faisait faire jour après jour l'expérience de la fragilité humaine.

Tobias acquiesça.

— Et depuis combien de temps connaissez-vous Miriam Gardiner ? interrogea-t-il.

— Depuis son arrivée à Hampstead.

Encouragé par un Tobias plein de prévenance, le pasteur raconta les circonstances dans lesquelles Cleo avait adopté Miriam qui, devenue adulte, avait épousé Mr. Gardiner.

— Un instant ! l'interrompit le procureur. Pourriez-vous nous décrire ce Mr. Gardiner, s'il vous plaît ? Son âge, son aspect physique, son statut social et sa situation financière ?

Le pasteur parut surpris.

Rathbone ne le fut pas. Il connaissait l'objectif de Tobias : mettre en évidence la loyauté réciproque de Cleo et Miriam. Une fois mariée à un chef d'entreprise prospère, Miriam avait fait profiter sa bienfaitrice, devenue une véritable mère pour elle, des avantages qu'elle en tirait. Le procureur s'y attela avec brio, faisant émerger l'image d'une femme et de sa fille vivant dans une grande pauvreté et très attachées l'une à l'autre, jusqu'au jour où Miriam avait trouvé l'époux idéal, certes bien plus âgé qu'elle, mais gentil et manifestement dévoué.

Ce n'avait pas été une grande histoire d'amour, mais un bon mariage qui avait apporté à Miriam ce qu'une jeune fille dans sa situation pouvait espérer de mieux. En épousant par amour un garçon de son âge et de sa condition, elle n'eût certes pas bénéficié d'un tel confort matériel ni vécu dans un tel climat de sécurité.

Tobias parvint donc à ses fins avec une grande délicatesse. Là encore, Rathbone ne trouva aucune raison de le contredire.

Miriam avait-elle fait bénéficier Cleo de sa bonne fortune ?

— Naturellement ! répondit le pasteur. Toute fille aimante eût agi de la sorte !

— Naturellement, acquiesça Tobias, avant de laisser l'assistance méditer ce dernier point.

Dès la fin de la séance, Rathbone alla trouver Miriam. Seule dans sa cellule, elle avait le visage fermé et le regard sombre. Elle ne lui demanda pas pourquoi il n'avait rien dit durant les deux jours de procès déjà écoulés et il supporta mal ce silence. Il n'avait aucune idée de ce à quoi elle s'était attendue et de l'image qu'elle se faisait de la situation. Il était si simple pour lui, rompu qu'il était au déroulement des audiences et percevant le sens caché du moindre non-dit, de penser que les autres comprenaient les choses aussi bien ! Il eût aimé offrir à la jeune femme une certaine paix de l'esprit en la laissant ignorer la gravité des enjeux du procès, mais il ne pouvait s'offrir ce luxe.

Il s'apprêtait à lui poser la question classique sur son état d'esprit et à lui offrir les habituelles paroles d'encouragement lorsqu'il se ravisa : une telle entrée en matière serait vide de sens et leur ferait perdre un temps précieux, en creusant encore le fossé qui les séparait, à supposer que cela fût possible. La franchise, sa franchise à lui, était leur seul atout.

— Mrs. Gardiner, il faut que vous me disiez la vérité. Je suis resté silencieux jusque-là parce que je n'avais aucune arme à brandir contre Tobias. Lui-même en a parfaitement conscience, mais si je m'étais lancé dans une épreuve de force avec lui, le jury l'aurait compris lui aussi. Pour le moment, les gens s'imaginent que j'attends mon heure. En réalité, j'avance à l'aveuglette. Je ne sais pas s'il connaît des choses que j'ignore. Ni ce qu'il pourrait découvrir, ce qui est pire...

Miriam se détourna à demi de lui.

— Rien. Il n'y a rien qu'il puisse découvrir.

— Il peut découvrir qui a tué Treadwell ! protesta-t-il avec aigreur.

Le temps où il veillait à prendre des gants était révolu. La corde se profilait déjà, menaçante, non seulement pour Miriam, mais aussi pour Cleo.

Avec lenteur, elle lui fit face de nouveau.

— J'en doute, Sir Oliver. Même si je révélais moi-même le nom de l'assassin, personne n'y croirait. Et je ne le ferai pas. Croyez moi, cela causerait bien plus de souffrances que de bienfaits. De toute façon, je n'ai pas la moindre preuve et tous les éléments de l'affaire, comme vous l'avez dit, parlent contre moi.

Il faisait chaud, voire étouffant, dans la cellule, et pourtant Rathbone sentit son sang se glacer.

— Mon métier consiste à convaincre, rétorqua-t-il. Je me charge d'amener le jury à vous croire.

Tout en prononçant ces paroles, il comprit que Miriam s'était déjà renfermée en elle-même. Elle ne l'écoutait plus.

— Laissez-moi au moins essayer! plaida-t-il encore, un accent désespéré dans la voix.

— Cela me désole que vous refusiez de me croire, murmura-t-elle. Mais je vous assure que la vérité ferait souffrir beaucoup de monde, et sans aucune utilité. Au moins, acceptez le fait que j'ai longuement et intensément réfléchi avant de prendre ma décision. Je sais très bien que je vais être pendue. Je ne me fais aucune illusion, je ne compte pas sur un miracle pour me sauver. Et vous-même n'avez cherché ni à me mentir ni à me rassurer contre toute raison. Je vous en sais gré.

Il interpréta cette gratitude comme une rebuffade, propre à lui rappeler à quel point il s'était montré inefficace jusque-là. Dans ce procès, il ne serait rien d'autre qu'un pantin, seulement présent pour répondre aux exigences de la loi qui réclamait un avocat pour chaque accusé. Le ministère public n'avait aucun besoin d'appeler Tobias pour le représenter, pensa-t-il. Un procureur débutant eût tout aussi bien fait l'affaire.

Il s'aperçut qu'il tremblait et croisa les mains.

— Il n'y a pas que vous qui allez être pendue, dit-il. Mrs. Anderson également!

— Je sais, répondit Miriam d'une voix tremblante. Mais que puis-je faire?

Elle releva vers lui ses yeux noyés de larmes.

— Je témoignerai que j'étais présente et que ce n'est pas elle qui l'a tué, si vous voulez. Mais pourquoi me croirait-on? Tout le monde pense que nous sommes des conspiratrices et que, dans ces conditions, il est logique que je la protège. Je ne peux pas prouver qu'elle n'était pas là, comme je ne peux pas prouver qu'il ne la faisait pas chanter ou qu'elle n'a pas pris les médicaments! De cela, elle est bel et bien coupable!

Elle disait vrai. Rathbone choisit ses mots avec soin, résolu à porter un coup assez douloureux pour la décider enfin à parler.

— Quelqu'un a assassiné Treadwell, déclara-t-il. Si ce n'est ni vous ni Cleo, la seule personne pour laquelle, selon moi, vous seriez prête à mourir est Lucius Stourbridge.

Les yeux de la jeune femme s'agrandirent et le peu de couleur qu'il lui restait encore déserta son visage. Elle était trop horrifiée pour parler.

— Que vous acceptiez la potence pour l'épargner, poursuivit l'avocat, c'est votre affaire. Mais cela justifie-t-il que vous entraîniez Cleo Anderson avec vous dans la mort ? Mérite-t-elle que vous lui fassiez cela ?

Elle se retourna violemment vers lui. Ses yeux lançaient des éclairs et ses lèvres étaient tendues en une grimace d'une telle férocité qu'il fut presque effrayé face à cette femme petite et amaigrie, enfermée entre les quatre murs de sa cellule.

— Lucius n'a rien à voir avec tout ça ! s'écria-t-elle. Je ne cherche pas à défendre le meurtrier de Treadwell ! Si je pouvais le voir pendu, je vous jure que je ferais le nœud coulant de mes propres mains, que j'ouvrirais moi-même la trappe et que je ne perdrais pas une miette du spectacle !

Elle s'interrompit et prit une profonde inspiration, peinant à retrouver son souffle.

— Seulement je ne peux pas ! ajouta-t-elle dans un murmure. Que Dieu me vienne en aide... Il n'y a rien... rien que je puisse faire ! Maintenant sortez, et laissez-moi au moins à ma solitude, puisqu'il ne peut être question de paix de l'âme...

D'autres interrogations se bousculaient dans l'esprit de Rathbone, mais la fureur et le désespoir le laissèrent à court de mots. Il s'en voulut de ne pouvoir aider cette femme, non pour préserver sa réputation ou son honneur, mais simplement pour soulager cette souffrance dont il était témoin et qu'il ressentait presque dans sa chair. Miriam ne se trouvait qu'à un pas de lui, mais il existait un abîme entre ce qu'elle vivait et ce qu'il comprenait, et il n'avait aucune idée de la façon dont il pourrait le franchir. Tous deux évoluaient dans des mondes différents et Rathbone ne savait même plus ce qu'il ressentait : était-ce de la colère ? La crainte qu'elle ne fût coupable ? Ou qu'elle ne le fût pas, et qu'il échouât dans son rôle de défenseur, laissant les mécanismes de la loi la broyer sans rien pouvoir pour la sauver ? Ou était-ce de l'admiration pour cette femme chez laquelle, sans raison apparente, il discernait une grande noblesse, quelque chose de beau et de puissant ?

Il sortit et retrouva la rue sans ressentir ni la chaleur qui régnait ni l'animation caractéristique des fins d'après-midi. Le brouhaha formé par les voix, les roues et les harnais, ne l'atteignait pas. Il arrêta un cab et donna l'adresse de Monk à Fitzroy Street. Il songea à peine à la réticence qu'il éprouverait à pénétrer dans le logement qu'Hester partageait avec Monk. Cela était devenu secondaire, il s'occuperait de ses propres blessures une autre fois.

— Je l'ai suppliée ! s'exclama-t-il, arpentant la pièce où le détective recevait ses clients.

Monk se tenait debout près de la cheminée, bien que l'on n'eût pas allumé de feu étant donné la douceur du temps. Hester était assise au bord du grand fauteuil, très droite, les yeux posés sur lui, concentrée.

— Elle sait qu'on va la pendre et elle refuse de livrer l'assassin de Treadwell !

Il écarta les bras en un mouvement brusque, manquant de percuter le dossier du second fauteuil.

— Lucius Stourbridge, déclara sombrement Monk. C'est la seule personne pour laquelle elle ne craindrait pas de mourir... En dehors de Cleo, bien sûr.

— Non, ce n'est pas lui, rétorqua Rathbone. J'ai émis moi aussi cette hypothèse. Elle l'a rejetée avec fureur ! Une fureur dirigée contre moi, et non contre l'assassin !

Elle a affirmé qu'elle pendrait de bon cœur le coupable de ses propres mains, si cela était possible, mais que personne ne la croirait si elle avouait la vérité. Elle n'a rien voulu me révéler de plus.

Monk le contempla, stupéfait. Si l'avocat était surtout venu chercher ici une réponse, il n'en éprouva pas moins une brève satisfaction de voir le détective aussi dérouté que lui-même.

D'un même mouvement, les deux hommes se tournèrent vers Hester.

— Cela nous laisse soit Harry Stourbridge, soit Aiden Campbell, déclara celle-ci d'un ton pensif. J'imagine que Treadwell aurait très bien pu faire chanter le major. Il travaillait pour la famille depuis plusieurs années et c'est toujours lui qui conduisait la voiture. Peut-être Harry Stourbridge se rendait-il dans des lieux qu'il ne souhaitait pas voir dévoilés et était-il prêt à payer pour que le secret soit gardé ?

— Et le frère, Campbell ? suggéra Rathbone.

Monk secoua la tête.

— Très improbable. Ce monsieur habite quelque part dans le Wiltshire. Il n'est venu que pour assister à la célébration des fiançailles. J'ai vérifié, et d'après les domestiques, il n'a eu pratiquement aucun contact avec Treadwell. Il disposait de sa propre voiture et de son cocher, et personne ne l'a jamais vu approcher des écuries durant son séjour. Treadwell, quant à lui, n'a jamais foulé le sol du Wiltshire, il n'a d'ailleurs jamais quitté Londres si l'on en croit sa tante, la cuisinière. Pour ce qui est du meurtre de Mrs. Stourbridge, le frère et la sœur étaient extrêmement liés, tout le monde s'accorde sur ce point, et depuis l'enfance.

— Même s'ils s'adorent, un frère et une sœur peuvent se quereller à l'occasion, fit remarquer l'avocat.

— Certes, reconnut Monk avec mauvaise humeur en baissant les yeux vers le pare-feu étincelant sur lequel il avait posé son pied. Mais un individu qui a assez de sang-froid pour abattre un maître chanteur afin de ne plus devoir le payer ne va pas tuer une sœur qui représente son seul lien avec une fortune de l'importance de celle des Stourbridge. Maintenant qu'elle est décédée, il n'a plus aucun droit sur cet argent. Il n'est pas particulièrement proche de Harry ni de Lucius. Ils s'entendent bien, mais je doute que le père et le fils continueront à lui témoigner la même générosité que Verona.

C'était encore une impasse. Hester se mordit la lèvre.

— Alors nous devons chercher du côté du major Stourbridge. Même si l'idée ne nous plaît pas, si c'est lui qui a tué, nous devons le savoir.

— L'hypothèse semble plausible, admit Rathbone en enfonçant les mains dans ses poches, pour les retirer aussitôt.

C'était une habitude qu'il avait appris à combattre dans son enfance : cela donnait une allure négligée et déformait les vêtements. Il se tourna vers Monk.

— C'est exact, acquiesça ce dernier, non pour approuver l'idée soumise par Hester, mais pour se charger de cette enquête avant que Rathbone ait eu le temps de le lui demander. Il est vrai que j'aurais dû explorer cette piste avec plus de ténacité. Je ne me suis pas penché avec assez d'attention sur la famille Stourbridge.

— Je vois mal ce que vous pourriez découvrir en un jour ou deux, remarqua Rathbone, défaitiste. Je vais devoir retourner au tribunal les mains vides ! Je n'ai aucun suspect à offrir au jury, sinon un ou des « individus non identifiés » ! Personne ne voudra croire cela alors que Cleo et Miriam avaient de parfaits mobiles et présentent toutes les apparences de la culpabilité !

— Elles sont peut-être coupables, lui rappela Monk. Ou au moins l'une d'entre elles, qui aurait comploté avec une tierce personne...

— Une personne de la maison Stourbridge ? interrogea Rathbone avec sarcasme. Dans ce cas, la coupable serait nécessairement Miriam. Mais dans quel but, pour l'amour du ciel !

— Je n'en sais rien ! répliqua Monk, mécontent. Mais il existe de toute évidence un élément critique qui nous échappe... ne serait-ce que la raison pour laquelle ces deux femmes préfèrent mourir pendues que dire la vérité ! Nous avons intérêt à découvrir de quoi il s'agit, et vite !

Le regard d'Hester passa de Monk à Rathbone.

— Combien de temps pensez-vous pouvoir faire durer le procès, Oliver ?

— J'ai l'impression que nous passons notre temps à lui demander de pousser la chansonnette pendant que nous nous évertuons à découvrir le point crucial ! intervint amèrement le détective. Je me mettrai au travail demain à la première heure, mais je ne sais même pas où chercher !

— Et moi ? demanda Hester, s'adressant plus à Rathbone qu'à son époux. Que puis-je faire ?

— J'aimerais pouvoir vous répondre, confessa l'avocat. Cleo reconnaît avoir dérobé les médicaments. Nous ne pourrons pas minimiser ce fait, sinon montrer à qui elle destinait le fruit de ses larcins, et pour cela, nous disposons déjà de tous les témoins nécessaires. Nous avons des dizaines d'hommes et de femmes prêts à jurer sur l'honneur que c'est une infirmière efficace, attentionnée, dévouée, sobre et honnête sur tous les plans, en dehors du fait qu'elle volait l'hôpital. Il y a même des gens qui viendront jurer qu'elle était chaste, pudique et propre sur elle. Mais cela ne nous avancera à rien. Elle n'en payait pas moins Treadwell, qui la saignait à blanc. Les seuls repas corrects qu'elle prenait étaient ceux de l'hôpital ou ceux que lui offraient les personnes qu'elle soignait à domicile. Même ses vêtements lui venaient de ses patients décédés !

Au supplice, Hester ne répondit rien.

— Je dois rentrer chez moi maintenant, reprit l'avocat au bout d'un moment. Peut-être qu'après une bonne nuit de sommeil j'aurai l'esprit assez clair pour imaginer quelque chose.

Une fois sorti, il prit soudain conscience de sa solitude. Il allait se glisser seul entre ses draps, tandis que Monk s'endormirait en tenant Hester dans ses bras. Le clair de lune de cette nuit d'automne ne comportait pour lui rien de magique...

Tobias était de fort belle humeur lorsqu'il convoqua son premier témoin le lendemain matin, mais il prit soin de ne pas manifester sa satisfaction. Il était trop intelligent pour s'aliéner le jury par une attitude fanfaronne, qui eût semblé déplacée. Assis à la table de la défense, Rathbone jugea toutefois ce souci inutile. Comme les choses étaient parties, Tobias ne pouvait perdre, quel que fût son comportement.

Ni Hester ni Monk n'avaient pris place parmi le public. Callandra Daviot était absente elle aussi. N'ayant pas encore témoigné, la famille Stourbridge n'avait pas été autorisée à assister à l'audience, afin d'éviter que ceux qui les précéderaient à la barre n'influencent leurs réponses.

Tobias appela tout d'abord le palefrenier de la maison de Bayswater. Celui-ci prit grand soin de préciser son rôle exact parmi les domestiques et de souligner que sa réputation était sans tache. Il ne laissa à Rathbone aucune possibilité de remettre en question ni son honnêteté ni ses dons d'observation.

L'avocat n'en fut d'ailleurs pas mécontent. Il n'avait pas d'argument utile à avancer et n'entendait pas noircir la personnalité de ce garçon plutôt attachant. Un tel exercice lui eût mis à dos les jurés, qui s'offensaient vite de voir malmener une personne appelée comme simple témoin et qui ne pouvait avoir aucun lien avec le crime. L'unique avantage qu'aurait donc cette audition pour la défense serait de faire gagner du temps.

Le palefrenier apprit à l'assistance que Treadwell avait souvent raccompagné Miriam de Bayswater à son domicile, de même qu'il était souvent venu la chercher chez elle, à Hampstead. À deux ou trois reprises, au début de l'idylle, il lui avait également délivré des messages et des présents envoyés par Lucius. Par la suite, celui-ci allait les lui porter en personne. Il ne faisait donc aucun doute que Treadwell connaissait l'adresse de la jeune femme et qu'il avait passé beaucoup de temps dans le quartier qu'elle habitait.

Tobias convoqua ensuite le tenancier de l'auberge locale, le *Guillaume IV*, située à l'angle de High Street et de Church Lane. L'homme jura que Treadwell avait souvent fait halte dans son établissement pour boire un verre, jouer aux fléchettes ou aux dominos, engager parfois des paris ou lier conversation avec des habitués. Oui, il posait de nombreuses questions. À l'époque, le tenancier avait estimé qu'il enquêtait pour son employeur, puisque ce dernier courtisait une femme du quartier.

Le propriétaire de *La Fiasque*, à l'autre extrémité de High Street, déclara à peu près la même chose, ainsi que deux habitués du *Garçon aveugle*, situé un peu plus loin. Dans cette dernière auberge, Treadwell avait manifesté beaucoup de curiosité, s'informant sur Miriam Gardiner et Cleo Anderson. Oui, il dépensait sans compter, comme si, pour lui, l'argent n'était pas un problème.

— Quel genre de questions posait-il ? s'enquit Tobias d'un ton anodin.

— Quelle était la réputation de Mrs. Gardiner, répondit l'homme. Si elle était honnête, si elle buvait, ce genre de choses, quoi...

— Et si elle était chaste ? insista Tobias.

— Oui. Ça aussi.

— N'avez-vous pas trouvé cela un peu impertinent de la part d'un cocher ?

— Si... Quand je l'ai entendu poser toutes ces questions, je me suis pas gêné pour lui dire que Mrs. Gardiner était peut-être la meilleure femme de tout le quartier... que c'était une belle plante sur laquelle des vauriens de son espèce ne méritaient même pas de poser les yeux !

Il jeta un regard gêné au juge.

— Je m'excuse, monsieur le juge, mais c'est ce que j'ai dit...

— Vous a-t-il expliqué pourquoi il posait toutes ces questions ?

— Non ! D'ailleurs, je ne l'ai plus jamais revu après ça ! rétorqua le témoin d'un ton satisfait.

Il tourna la tête vers le box des accusés et décocha un large sourire aux deux femmes. Miriam tenta de le lui rendre, mais ses lèvres remuèrent sans succès sur son visage blême. Cleo acquiesça de la tête, simple marque de reconnaissance qu'exigeait la courtoisie, mais qui venait du fond du cœur.

— Vous seriez heureux de voir Mrs. Gardiner se remarier et vivre heureuse, elle qui avait perdu son premier époux si jeune ? demanda Tobias d'un ton badin.

— Ah oui, j'ai été très content d'apprendre qu'elle avait trouvé quelqu'un, c'est pas des blagues ! Et tous les gens qui la connaissent étaient comme moi !

— Connaissiez-vous feu Mr. Gardiner ?

— Je l'avais vu passer deux ou trois fois. Il avait l'air d'être un type bien.

— Tout à fait. Mais beaucoup plus âgé que son épouse... ou plutôt, que sa veuve.

Le visage du témoin s'assombrit.

— Qu'est-ce que vous essayez de dire ?

Tobias esquissa un haussement d'épaules.

— Qu'est-ce que Treadwell avait essayé de dire ?

— Mais rien du tout ! s'exclama l'homme, sans plus dissimuler sa colère.

— Vous ne l'aimiez pas ? insista le procureur.

— Pas du tout !

— Vous n'avez pas de sympathie pour les maîtres chanteurs ?

— Aucune ! Pas plus que tout homme digne de se tenir la tête haute et de respirer l'air que le bon Dieu nous envoie ! Ces gens-là, c'est de la saleté !

Tobias hocha la tête.

— Un sentiment que partagent de nombreuses personnes, conclut-il en levant ostensiblement les yeux vers le box des accusés.

Rathbone avait compris dès le départ son stratagème, mais il était impuissant à l'arrêter.

— Bien sûr, enchaîna Tobias, il se pouvait fort bien que Treadwell ait posé toutes ces questions sur Mrs. Gardiner par loyauté envers son maître, Mr. Stourbridge, afin de lui éviter un mauvais mariage. Cette idée vous est-elle venue à l'esprit ? Peut-être n'avait-il pas la moindre intention de faire chanter qui que ce fût ?

Rathbone se leva enfin.

— Votre Honneur, le témoin n'est pas en mesure de savoir pourquoi Treadwell posait des questions et, de toute façon, son opinion n'a aucune valeur. À moins que maître Tobias ne cherche à insinuer que ce monsieur ait pu tenir un rôle dans le meurtre de Treadwell ?

Une réaction bruyante monta de l'assistance, tandis que l'un des jurés relevait vivement la tête.

— Tout à fait, acquiesça le juge. Maître Tobias, ne mettez pas votre démonstration en péril en poussant trop loin. Je suis sûr que vous avez établi ce que vous souhaitiez avec ce témoin. Nous avons bien compris que James Treadwell s'est renseigné dans le quartier pour connaître la personnalité et la réputation de Mrs. Gardiner. Est-ce tout ce que vous souhaitiez amener à notre connaissance ?

— Pour le moment, oui, monsieur le juge.

Tobias remercia le témoin et se tourna vers Rathbone, à qui il céda la place d'un geste.

Là encore, l'avocat ne pouvait rien soutirer d'autre du témoin. Ce dernier avait déjà établi sans équivoque l'admiration que lui inspirait Miriam et montré qu'il soutenait la jeune femme. Pour lui, Treadwell n'avait eu que ce qu'il méritait. Cela n'aiderait ni Miriam ni Cleo de l'entendre réitérer cette conviction.

— Je n'ai pas de question à poser au témoin, déclara l'avocat.

Plusieurs domestiques de la maison Stourbridge se succédèrent ensuite à la barre pour rapporter les événements qui s'étaient déroulés le jour de la fête et le départ inexpliqué de Miriam avec Treadwell. La bonne qui avait tout vu raconta l'événement avec simplicité et d'un air profondément malheureux.

Face à elle, Rathbone saisit enfin l'occasion de parler qui lui était donnée. Il s'approcha de la barre des témoins et leva les yeux vers la jeune fille.

— Miss Pembroke, commença-t-il avec un large sourire, vous avez fort bien raconté la scène à laquelle vous avez assisté. Vous deviez avoir une vue directe sur Mrs. Gardiner : il n'y avait personne entre elle et vous, n'est-ce pas ?

— Non, maître. Je la voyais très bien.

— Vous avez dit qu'elle vous avait semblé sur le point de s'évanouir, comme si elle avait subi un choc intense. Puis, lorsqu'elle s'est reprise, elle a tourné les talons et elle est partie, ou plutôt elle a couru du jardin vers l'écurie. Est-ce exact ?

— Oui, maître.

Le juge fronça les sourcils. Rathbone s'empressa d'enchaîner.

— Quelqu'un lui a-t-il parlé ? Lui a-t-on passé quelque chose ?

— Vous voulez dire un verre, maître ? Non, je n'ai vu personne.

— Non, je songeais plutôt à un message, quelque chose qui aurait pu expliquer le choc, et même la terreur que vous nous avez décrite.

— Non. Personne ne s'est approché d'elle. Et je ne crois pas qu'elle tenait un verre à la main.

— En ce qui concerne le verre, vous ne vous souvenez plus très bien, mais vous êtes sûre, en revanche, que personne n'est venu lui parler ou lui passer quelque chose ?

— Oui, sûre.

— Avez-vous une idée de ce qui a pu la faire fuir comme cela ?

Tobias se leva pour protester.

— Non, déclara aussitôt le juge. Miss Pembroke possède un bon sens de l'observation. Elle peut très bien avoir compris ce qui s'est passé. J'ai souvent remarqué que les domestiques en savent beaucoup plus long que nous ne le pensons, ou que nous aimerions pouvoir nous le figurer.

Il se tourna vers le témoin.

— Savez-vous ce qui a causé le départ de Mrs. Gardiner, Miss ? lui demanda-t-il. Si vous pouvez répondre, c'est le moment et le lieu pour le faire, quitte à dévoiler quelque chose qui vous aurait été dit sous le sceau du secret.

— Non, monsieur, je ne sais rien, je vous assure. Mais jamais de ma vie je n'ai vu quelqu'un d'aussi épouvanté que Mrs. Gardiner ce jour-là. On aurait dit qu'elle avait vu un mort-vivant !

— Savez-vous où se trouvait Treadwell pendant la réception ? interrogea Rathbone.

— À l'écurie, maître, comme d'habitude.

— Ainsi, Mrs. Gardiner est allée vers lui ? Ce n'est pas lui qui est venu la trouver ?

— Forcément.

— Merci. Je n'avais pas d'autres questions à vous poser.

— Mais moi, j'en ai encore ! s'écria Tobias en se levant. Vous étiez sur la pelouse, mêlée aux invités en votre qualité de bonne, n'est-ce pas ?

— Oui, maître. Je portais un plateau de citronnade. Parkin s'occupait du champagne.

— Est-il facile de porter un plateau chargé de verres ?

— Quand on a l'habitude, ça va. C'est un peu lourd, c'est tout.

— Et vous proposiez de la citronnade aux invités dont les verres étaient vides, c'est bien cela ?

— Oui.

— Vous ne regardiez donc pas Mrs. Gardiner tout le temps ?

— Non.

— Bien entendu. Dans ces conditions, n'aurait-elle pas pu recevoir un message, soit oral, soit écrit, sans que vous ne le remarquiez ?

— Si, peut-être...

— Peut-on supposer, Miss Pembroke, que c'était le moment idéal pour trouver Treadwell seul et inoccupé, et que Mrs. Gardiner savait qu'il serait disponible pour l'emmener en voiture ? Peut-on supposer, Miss Pembroke, qu'elle connaissait suffisamment bien le fonctionnement de la maison pour le savoir, de sorte qu'elle aurait projeté d'aller le rejoindre et de se faire conduire dans un endroit désert où elle imaginait qu'ils pourraient accomplir ensemble ce que bon leur semblait, sûrs de ne pas être vus, et où elle avait l'intention, avec l'aide de sa mère adoptive, de se débarrasser une bonne fois pour toutes de l'homme qui les faisait chanter toutes les deux ?

Rathbone se leva d'un bond, mais les protestations moururent sur ses lèvres.

Tobias haussa les épaules.

— Je demande seulement si c'est possible ! précisa-t-il d'un ton innocent. Miss Pembroke possède un excellent sens de l'observation. Elle le sait peut-être !

— Non, je ne sais pas ! protesta la jeune fille. Je ne sais pas ce qui s'est passé, je vous jure !

— Votre loquacité me semble avoir débouché sur la plus grande confusion, fit remarquer le juge, acide, à Tobias, avant de se tourner vers le jury. Vous noterez, messieurs, que nous n'avons pas eu de réponse à cette question et vous en tirerez vos conclusions. Sir Oliver, souhaitez-vous ajouter quelque chose ?

Rathbone déclina l'invitation, mais Tobias se montra intarissable. Sa belle voix remplissait la salle d'audience et rares étaient les regards qui ne se portaient pas sur sa personne. Il appela à la barre la femme de chambre de Verona Stourbridge, qui avait surpris Miriam assise devant la coiffeuse de sa maîtresse. La domestique livra un témoignage accablant en racontant que la jeune femme avait essayé des bijoux et lu le journal intime de Mrs. Stourbridge.

— Savez-vous ce qu'il y avait dans ce journal ? interrogea le procureur.

Les yeux de la servante s'agrandirent d'horreur.

— Bien sûr que non ! s'écria-t-elle, d'un ton où perçait le ressentiment contre l'individu qui osait suggérer une telle indiscrétion.

— Bien sûr que non, répéta-t-il plus calmement. On ne lit pas le journal intime de quelqu'un sans y avoir été invité. Mais je me disais que Mrs. Stourbridge avait pu se confier à vous. Les dames sont parfois très proches de leur femme de chambre.

L'intéressée parut rassérénée.

— Eh bien... En fait, je sais qu'elle écrivait des choses qu'elle pensait. Elle aimait bien relire ce qu'elle avait écrit il y a longtemps, quand elle était en Égypte. D'ailleurs, elle l'a fait la veille de... de sa mort... pauvre femme !

Des larmes lui étaient montées aux yeux et Tobias lui laissa le temps de se ressaisir avant de continuer, veillant à bien faire comprendre aux jurés toute l'importance de ce témoignage.

Il poursuivit en faisant émerger un portrait de Miriam vue comme une femme douce, charmante, docile, bataillant pour s'adapter à un foyer au statut social bien plus élevé que le sien et à la fortune indiscutablement plus importante. C'était une description innocente et touchante, jusqu'au moment où le procureur se tourna vers le jury.

— Une femme charmante luttant pour s'améliorer ? lança-t-il avec un sourire. Pour plaire à l'homme qu'elle aime... et qu'elle a rencontré au hasard d'une promenade sur la lande de Hampstead ?

Son visage s'assombrit, il étendit les bras et ses épaules s'affaissèrent brusquement.

— Ou une femme intelligente et vénale, dotée d'un joli visage et qui saisit entre ses griffes un homme plus jeune qu'elle ? Une femme d'une discipline à toute épreuve qui déploie tous ses charmes et toutes ses facultés, qui étouffe ses humeurs et ses désirs, pour séduire cet homme et faire un mariage qui lui procurera, à elle, mais aussi à sa mère adoptive, une existence luxueuse qu'elles n'auraient pu espérer étant donné leur rang social ?

Il s'accorda à peine le temps de reprendre son souffle, soucieux de ne pas laisser Rathbone l'interrompre.

— Une femme innocente prisonnière d'un abominable concours de circonstances ? poursuivit-il. Ou une créature calculatrice surprise par un cocher tout aussi manipulateur et cupide, qui a vu là une occasion de s'enrichir, mais n'a pas évalué la détermination de la femme à laquelle il avait affaire et n'a jamais reçu l'argent promis en échange de son silence sur le passé — un passé dans lequel lui-même, qui sait ? avait pu être l'amant de cette femme ! Peut-être même était-ce par l'intermédiaire de ce cocher que Mr. Stourbridge et Mrs. Gardiner s'étaient rencontrés, et non par le plus pur des hasards ? Au lieu de l'argent qu'il attendait, donc, tout ce que cet homme obtint, ce fut une mort violente dans la pénombre des arbres de la lande !

Rathbone éleva la voix afin d'interrompre ce flot de paroles, sans même faire mine de s'en remettre au juge.

— Treadwell était à l'évidence un scélérat, lança-t-il d'un ton cinglant, mais ni vous ni moi n'avons démontré qu'il était simple d'esprit ! Pourquoi, pour l'amour du ciel, pourquoi serait-il venu menacer Miriam Gardiner de révéler des infamies passées — infamies qui restent hypothétiques dans la mesure où ni vous ni moi n'avons découvert la moindre faille dans sa réputation ! — avant le mariage ?

Il écarta les mains, comme saisi de stupéfaction.

— Elle n'avait pas encore d'argent pour le payer !

Alors qu'il suffisait d'attendre la célébration du mariage, en faisant tout, bien au contraire, pour s'assurer que la cérémonie ait bien lieu !

Le ton se fit sarcastique.

— Si, comme vous l'avez suggéré, il avait même manigancé la rencontre avec Mr. Stourbridge, il eût vraiment fallu qu'il fût un imbécile pour saboter son propre travail juste au moment où celui-ci allait porter ses fruits !

La remarque était valide, mais elle n'avait pas le poids psychologique des accusations de Tobias. Le mal était fait. Les jurés garderaient sans doute à l'esprit l'image d'une femme calculatrice et pleine de duplicité qui était parvenue à entraîner son ancien amant dans un lieu sombre, en vue de le tuer d'un coup violent à la tête.

— Était-ce le hasard, conclut Tobias d'une voix à la fois rageuse et empreinte de pitié, si cet homme a utilisé ses dernières forces à ramper jusqu'à l'allée de Cleo Anderson ? Ne s'agissait-il pas plutôt d'une tentative désespérée d'incriminer ses meurtriers ? Messieurs, je vous laisse méditer cette question !

Au moment où la séance fut levée, Miriam et Cleo pouvaient s'estimer condamnées.

Rentré chez lui, Rathbone passa la soirée à faire les cent pas dans sa bibliothèque, résistant à la tentation de se rendre chez Monk pour voir si celui-ci avait progressé. Tant de fois, déjà, les deux hommes s'étaient trouvés confrontés ensemble à des énigmes qui leur semblaient inextricables ! Il pouvait en dresser la liste sans aucune omission. Dans cette affaire toutefois, l'avocat ne détenait aucune arme et ne savait même pas ce qu'il devait croire lui-même ! Il ne se sentait pas prêt à accepter la culpabilité de Cleo ou de Miriam, et encore moins des deux femmes ensemble. Mais il voyait si peu d'autres solutions plausibles... sinon l'implication de Lucius ou d'Henry Stourbridge. Et si tel était le cas, il n'y avait rien d'étonnant à ce que Miriam fût acculée à la résignation : Rathbone lui-même ne parviendrait pas à en convaincre la cour !

Tout reposait désormais sur les épaules de Monk. Encore fallait-il que ce dernier sût où chercher... et qu'il récoltât des preuves à l'appui de ses découvertes. Rathbone devrait tout faire pour prolonger le procès au-delà des trois journées prévisibles dans le meilleur des cas. Deux semblaient une estimation plus probable.

Il élabora donc toutes sortes de tactiques visant à gagner du temps, autant de stratagèmes qui lui semblaient tout juste bons à faire reculer l'échéance.

Harry Stourbridge fut le premier témoin de l'audience suivante. Tobias lui témoigna déférence et compassion, non seulement pour la perte de son épouse, mais pour ses désillusions face à Miriam Gardiner.

La salle s'était vidée. Pour le public, l'affaire avait perdu de son intérêt dans la mesure où l'on estimait en connaître déjà le dénouement. Sans son parfum de scandale, elle était devenue simplement sordide. C'était l'été, le soleil brillait et il y avait bien mieux à faire que de rester enfermé dans une salle à écouter des répliques attendues.

Harry Stourbridge semblait vieilli de dix ans. C'était un homme qui évoluait à travers un cauchemar auquel il ne voyait pas d'issue.

— Je suis désolé de vous contraindre à endurer une telle épreuve, commença Tobias avec bienveillance. Je m'efforcerai de l'écourter au maximum et je suis sûr que maître Rathbone fera de même. Je vous en prie, ne laissez pas la compassion ou la loyauté influencer vos réponses. Ici, seule la vérité nous fera avancer.

Stourbridge ne répondit rien. Il se tenait très droit, tel un officier face à une cour martiale, attentif et digne.

— Nous en savons déjà suffisamment sur cette partie de croquet que Mrs. Gardiner a quittée de façon précipitée. Je ne vous ennuierai donc pas avec cela. Je dirigerai plutôt votre attention sur la mort tragique de Mrs. Stourbridge. J'ai besoin de vous interroger sur les relations qui existaient entre votre épouse et Mrs. Gardiner. Croyez-moi, je ne le ferais pas si je pouvais l'éviter.

Là encore, Stourbridge resta de marbre et Rathbone s'aperçut que son silence irritait quelque peu le procureur.

— Quelle opinion Mrs. Stourbridge a-t-elle eue de Mrs. Gardiner la première fois que votre fils a amené celle-ci à Cleveland Square ?

— Elle a trouvé que c'était une jeune femme charmante.

— Et lorsque votre fils vous a fait part de son intention de l'épouser ?

— Nous avons été heureux l'un comme l'autre qu'il éprouvât des sentiments profonds envers une femme qui semblait lui rendre cet amour.

Tobias pinça les lèvres.

— N'avez-vous pas estimé regrettable que cette femme soit plus âgée que lui et provienne d'un milieu social quelque peu éloigné du vôtre ? Comment imaginiez-vous que vos amis l'accueilleraient ? Comment, le moment venu, parviendrait-elle à tenir le rôle de maîtresse de maison dans l'immense propriété que vous possédez dans le Yorkshire ? Cet aspect des choses ne préoccupait-il pas votre épouse ?

— Bien sûr que si, reconnut Stourbridge. Mais au bout de quelques semaines, quand nous avons commencé à bien connaître Mrs. Gardiner, nous nous sommes dit qu'elle assumerait très bien son rôle. Elle avait une sorte d'aisance naturelle qui l'aiderait. Et puis, il était évident que Lucius et elle s'aimaient et cela suffisait à notre bonheur.

— Et la question de la descendance, de l'héritier qu'il faudrait à votre fortune et à vos propriétés ? Sans héritier, tous vos biens passeront à votre frère ou à ses enfants, n'est-ce pas ?

— En effet.

Harry Stourbridge prit une profonde inspiration, les bras rivés le long du corps comme un soldat en parade.

— Dans tout mariage, la question de la descendance est aléatoire. On se contente d'espérer. Jamais je n'ai songé à choisir une épouse à mon fils. Je préfère le voir heureux que père de dix enfants nés d'une femme qu'il n'aimerait pas...

— Mrs. Stourbridge partageait-elle votre optique ? Les femmes tiennent généralement beaucoup à avoir des petits-enfants. C'est chez elles un besoin profond...

Il laissa la phrase en suspens, afin de permettre aux jurés de s'en remettre à leur expérience.

— Je ne pense pas que mon épouse ait eu un tel souci, rétorqua sèchement Stourbridge.

Rathbone eut le sentiment que derrière ces quelques mots se dissimulaient bien d'autres choses. Harry Stourbridge était un homme discret qui répugnait à voir son intimité exposée ainsi en place publique. Il limitait ses réponses au strict minimum, sans rien ajouter tant qu'il n'y était pas contraint.

Pas à pas, Tobias lui fit décrire les visites de Miriam à Cleveland Square, le comportement de la jeune femme, son charme et sa volonté d'apprendre. Il apparaissait à tous que le major avait apprécié sa future bru sans réserve et la trahison dont elle s'était rendue coupable, non seulement vis-à-vis de son fils, mais envers lui-même, l'en ébranlait d'autant plus. Il semblait encore incapable de se rendre à l'évidence.

Durant l'interrogatoire, Rathbone observa à la dérobée le banc des accusés. Le chagrin marquait le visage de Miriam, qui endurait une torture à laquelle elle ne pouvait échapper. Elle devait demeurer immobile et garder le silence.

Jamais, en revanche, les jurés ne se hasardaient à regarder les deux femmes. Le supplice qu'endurait Harry Stourbridge les absorbait tout entiers. En étudiant leurs expressions, Rathbone y découvrit respect et pitié. Chez un ou deux d'entre eux, il lui sembla qu'une identification s'opérait, comme si le juré s'imaginait à la place du témoin et se demandait s'il eût réagi de la même façon, éprouvé les mêmes sentiments. Il songea en passant que ces hommes étaient peut-être veufs, ou pères de garçons tombés amoureux de femmes de condition inférieure. L'avocat n'avait pas eu son mot à dire dans le choix des jurés. Pour se voir sélectionnés, ceux-ci devaient de toute façon être maîtres de maison, à la tête de fortunes conséquentes, d'un niveau social élevé et, bien entendu, de sexe masculin. Dans le jury, toute identification à Miriam ou à Cleo demeurait donc inconcevable.

En début d'après-midi, Tobias déclara d'un ton calme et digne qu'il n'appellerait pas Lucius Stourbridge à comparaître, précisant qu'il répugnait à infliger une nouvelle épreuve à ce jeune homme qui n'avait que trop souffert.

Approbateurs, les jurés hochèrent la tête. Ils ne lui eussent pas pardonné une autre attitude. À sa place, Rathbone eût agi de même.

Tobias convoqua donc son dernier témoin, Aiden Campbell. Celui-ci apporta son témoignage d'une voix faible, avec retenue et sincérité.

— Oui, elle avait beaucoup de charme, affirma-t-il d'un ton triste. Je crois qu'à la maison tout le monde l'aimait.

— Y compris votre sœur, Mrs. Stourbridge ?

La question demeura sans réponse.

Campbell était très pâle et les cernes qui soulignaient ses yeux ressemblaient à des contusions. Il se tenait très droit à la barre, mais tremblait légèrement et devait s'interrompre de temps à autre pour se racler la gorge. À n'en pas douter, il se trouvait en proie à une émotion profonde et semblait sur le point de perdre contenance.

Tobias se confondit en excuses : il n'avait pas le choix, il était contraint de le soumettre à cet interrogatoire, certes extrêmement pénible après la perte dramatique subie.

— Je comprends, répondit Campbell en se mordant la lèvre. La justice exige que nous menions à son terme ce douloureux processus. Je suis sûr que vous veillerez à ne pas le prolonger inutilement.

— Bien sûr, acquiesça Tobias. Pouvons-nous commencer par évoquer les quelques jours qui ont précédé le décès de votre sœur ?

Sans élever la voix et avec toute la brièveté possible, Campbell raconta la dernière visite de Miriam à Cleveland Square après sa première détention, une fois disculpée du meurtre de Treadwell. Selon lui, la jeune femme se trouvait alors en état de choc. Elle était si profondément affectée qu'elle quittait à peine sa chambre. Lorsqu'elle le faisait, elle semblait toujours être dans une transe. Elle se montrait polie, mais rien de plus. Elle évitait Lucius, qu'elle n'autorisait même pas à lui prodiguer des paroles de réconfort dans la terrible détresse que lui inspirait l'arrestation de Cleo Anderson.

— Vous semblait-elle dévouée à Mrs. Anderson ? insista Tobias.

— Oui.

On ne lisait que la tristesse dans l'expression de Campbell.

— C'est assez naturel. Apparemment, Mrs. Anderson l'avait élevée comme sa propre fille. Elle eût été ingrate de ne pas se soucier du sort de cette femme. Cet attachement nous inspirait d'ailleurs le plus grand respect.

— Bien sûr, acquiesça Tobias. Continuez, je vous prie.

Avec réticence, Campbell s'exécuta. Il décrivit le dîner du dernier soir, la conversation sur l'Égypte, puis la séparation des convives dès la sortie de table.

— Mrs. Gardiner n'avait pas dîné avec vous ?

— Non.

— Dites-nous, Mr. Campbell : votre sœur vous a-t-elle parlé, ce jour-là ou auparavant, des sentiments que lui inspiraient le meurtre de Treadwell et les accusations formulées contre Mrs. Gardiner ?

Campbell secoua la tête.

— Si vous me demandez si je sais ce qui s'est passé, et pourquoi, la réponse est non. Mais quelque chose semblait effectivement attrister Verona. Elle n'était pas elle-même. Tous les domestiques vous le diront.

Ces derniers avaient en effet affirmé la même chose, ce que Campbell ne pouvait savoir puisqu'il avait été tenu à l'écart.

— Je suis convaincu qu'elle avait découvert quelque chose...

Altérée par l'émotion, sa voix se fit rauque.

— C'est une opinion personnelle, je n'ai aucune preuve concrète, mais je suis persuadé qu'avant de mourir elle connaissait l'assassin de Treadwell et les raisons exactes qui l'avaient conduit au meurtre. Je pense que c'est pour cela qu'elle est remontée seule dans sa chambre. Elle voulait sûrement réfléchir à ce qu'elle allait faire. Ce désir de solitude lui fut fatal, ajouta-t-il en fermant les yeux. Je donnerais n'importe quoi au monde pour qu'elle soit restée au salon...

Il avait dit fort peu de chose, n'avait apporté aucune révélation ni accusé personne, mais son témoignage était accablant. Un seul coup d'œil aux jurés suffisait pour s'en convaincre.

Rathbone renonça à l'interroger. Il n'avait rien à faire préciser, aucune affirmation à mettre en doute, aucune piste à explorer. On était vendredi soir et il lui restait deux jours pour tenter d'élaborer une forme de défense, sans aucun élément sur lequel s'appuyer... à moins que Monk n'eût du nouveau à offrir. Et le détective n'avait pas donné signe de vie...

En quittant la salle d'audience, il envisagea une visite à Miriam, afin de tenter une fois de plus de la raisonner. Il y renonça, cependant. C'était une perte de temps. Quelle que fût la vérité, la jeune femme l'avait déjà convaincu qu'elle préférait endurer le gibet plutôt que de la dévoiler.

Il prit donc un cab et se fit conduire à Primrose Hill. Il

n'espérait pas que son père lui offrirait des réponses, mais, au moins, il passerait à ses côtés une soirée paisible qui apaiserait les plaies de cette semaine désastreuse et lui rendrait des forces pour les jours à venir, qui s'annonçaient plus dramatiques encore.

CHAPITRE XI

Tandis que Rathbone, au désespoir, regardait défiler les témoins dans la salle d'audience, Monk entamait des investigations sur la vie de Treadwell. Il avait déjà posé toutes les questions possibles et imaginables dans la maison de Cleveland Square et ses environs et n'avait rien appris qui, de près ou de loin, pût le faire progresser. Treadwell était un homme très ordinaire.

Le détective résolut donc d'explorer le quartier de Kentish Town, où le cocher avait grandi. Il avait du pain sur la planche et peu d'espoir de succès, au point qu'il commençait à se demander si, en fin de compte, Miriam Gardiner n'avait pas commis les crimes dont on l'accusait et si la pauvre Cleo Anderson ne se trouvait pas entraînée contre son gré dans cette tourmente par amour pour l'enfant qu'elle avait secourue. Ainsi l'infirmière s'était-elle refusée à s'avouer que, derrière la créature charmante et apparemment vulnérable que Miriam semblait être, se dissimulait une femme cupide et calculatrice qui, pour parvenir à ses fins, ne reculerait pas devant le crime. L'amour rendait parfois aveugle. Aucune mère n'était disposée à discerner le mal chez son enfant et le fait que Cleo n'était pas la génitrice de Miriam ne changeait rien à l'affaire.

Tout à coup, la pitié que Miriam inspirait jusque-là à Monk se mua en colère et il songea au chagrin qu'éprouverait Cleo lorsque, confrontée à la réalité, elle ne pourrait plus se voiler la face.

Il sillonna Kentish Town, passant d'une taverne à l'autre et questionnant les gens avec toute la discrétion possible dans le très court laps de temps qui lui était imparti. À deux reprises, on le trouva trop curieux et on le repoussa sans ménagement. Il sortit et recommença plus loin, redoublant de prudence.

À la tombée du jour, la fatigue se faisait sentir dans tout son corps. Par souci d'économie, il rentra chez lui en omnibus. Il ne se faisait aucune illusion sur l'efficacité de son travail, mais tenait à continuer tant qu'il subsistait un espoir de découvrir la vérité. Certes, Lucius Stourbridge s'était montré disposé à le rémunérer : une semaine plus tôt, il était revenu à Fitzroy Street pour implorer le détective de poursuivre ses investigations. Monk avait refusé l'argent dans la mesure où il n'était pas certain, loin de là, de parvenir à atteindre un résultat. Le jeune homme était déjà trop troublé et le laisser espérer eût dénoté une cruauté pour laquelle Monk se fût méprisé lui-même.

Lorsqu'il referma la porte d'entrée derrière lui, Hester le dévisagea sans lui poser la moindre question. Ce tact, qui ressemblait fort peu à la jeune femme, lui en dit long sur sa propre déception.

Le deuxième jour se révéla plus fructueux. Les pérégrinations de Monk l'amenèrent à se rapprocher de Hampstead, où il découvrit une taverne que fréquentait régulièrement Treadwell. Là, le détective en vint par hasard à aborder un homme qui avait gagné au jeu contre le cocher, mais n'avait pas été payé sur le moment. À présent, Treadwell était mort et la dette ne pouvait plus être acquittée.

— Il faut bien qu'il y ait un garant ! s'emporta l'homme, dont les yeux injectés de sang lançaient des éclairs. Y a donc pas de loi dans ce pays ? C'est tout de même pas normal qu'il suffise de casser sa pipe pour se retrouver libéré de ses dettes !

Monk adopta un ton docte.

— Eh bien, décréta-t-il avec sérieux, en règle générale, c'est aux héritiers que l'on s'adresse dans ces cas-là. Seulement, je me demande si Treadwell en avait...

— Tu parles ! rétorqua l'autre, dégoûté. Ce zigoto-là, il allait pas s'embarrasser de marmaille ! C'était pas le genre...

— Vous prenez un verre ? proposa le détective.

Peut-être perdait-il son temps, mais aucune autre piste ne s'offrait à lui.

— C'est pas de refus. Ça pourra pas me faire de mal. Reece.

Il lui tendit la main, non sans l'avoir au préalable frottée à son pantalon.

Il fallut un moment à Monk pour comprendre que son interlocuteur était en train de se présenter. Il saisit la main tendue et la serra.

— Monk, fit-il sur le même ton.

— Eh ben, allons-y ! lança Reece avec entrain. Pour moi, ce sera une pinte de mild.

Lorsque les deux bières furent sur la table, Monk reprit la conversation.

— Il vous devait beaucoup d'argent ?

— Pas qu'un peu ! s'exclama son interlocuteur avant d'avaler une longue gorgée de bière. Ça faisait pas loin de dix livres !

Monk demeura bouche bée. La somme correspondait à six mois de salaire d'une femme de chambre !

— Ça vous en bouche un coin, hein ? ajouta l'autre avec satisfaction. Il jouait gros, le Treadwell !

— Et il perdait gros ! renchérit le détective. Cela ne pouvait pas lui arriver souvent de perdre des sommes pareilles ! Est-ce qu'il gagnait aussi ?

— De temps en temps. Parce qu'il faut dire que ce gars-là, il se refusait jamais rien : l'alcool, les femmes, les courses, ça y allait ! Alors forcément, ça devait lui arriver de gagner, sinon... Mais tout ça ne me dit pas qui c'est qui va me les rendre, mes dix livres...

— Ce que j'aimerais tout de même bien savoir, c'est d'où il tirait tout cet argent ! déclara Monk avec fougue. Ce n'était pas son métier de cocher qui lui rapportait ces sommes-là !

— Aucune idée, marmonna Reece.

Il semblait tout à coup se désintéresser de la conversation. Il vida son verre et tourna vers Monk un visage plein d'espoir.

Le détective lui commanda une autre bière.

— Alors comme ça, il était cocher ? reprit l'homme, pensif. Dans ce cas, il devait avoir des rentrées ailleurs. J'aimerais bien savoir où, moi aussi...

Une idée déplaisante effleura soudain l'esprit de Monk. Selon Hester, la quantité de médicaments qui avaient disparu de l'hôpital, en particulier la morphine, était considérable. Et si les produits dérobés n'allaient pas exclusivement aux malades nécessiteux ? Après tout, n'existait-il pas des dizaines de personnes dépendantes, prêtes à payer très cher pour éviter la sensation de manque ? On comprendrait sans peine que Cleo Anderson en eût vendu une certaine quantité dans le but de pouvoir payer Treadwell, à moins qu'elle ne lui eût simplement fourni la marchandise, à charge pour lui, ensuite, de trouver des acheteurs. Même si cette hypothèse ne lui plaisait guère, Monk ne pouvait la chasser d'un revers de main.

Il passa le reste de la journée à chercher à quoi Treadwell occupait son temps libre et découvrit que le cocher dépensait effectivement sans compter. Tous les quinze jours toutefois, il disposait de plusieurs heures dont l'emploi demeurait obscur. Le détective en vint à la conclusion que ce temps était consacré à la revente des drogues ou à la collecte de rançons auprès d'autres victimes qu'il faisait chanter.

En fin de soirée, Monk rendit visite à Cleo à la prison.

Il se présenta comme l'assistant de Rathbone, conscient qu'il n'avait aucune preuve à produire à l'appui de cette affirmation. Le gardien, qui l'avait vu à plusieurs reprises en compagnie de l'avocat, ne lui fit aucune difficulté, d'autant que Cleo lui inspirait sans doute une compassion qui l'incitait à fermer les yeux.

Si l'infirmière manifesta sa surprise de voir entrer le détective, aucune lueur d'espoir ne vint toutefois illuminer son regard. Elle semblait à bout de forces : ses joues s'étaient creusées, sa peau paraissait grise et elle se tenait voûtée. Monk eut peine à la reconnaître et l'émotion le saisit à la gorge.

Face à cette malheureuse, la colère qu'il éprouvait le disputait au sentiment d'injustice. Surpris par la violence de sa réaction, il songea que s'il échouait dans cette affaire, il en porterait longtemps les stigmates. Peut-être même se le reprocherait-il toute sa vie.

Il se refusa à formuler la moindre parole de réconfort : il n'avait pas de temps à perdre en encouragements dénués de fondement.

— Savez-vous si Treadwell faisait chanter d'autres personnes que vous ? lui demanda-t-il, une fois assis en face d'elle, de façon à être entendu sans avoir à élever la voix.

— Non. Pourquoi ? Vous pensez que ces personnes-là pourraient l'avoir tué ?

L'espoir perçait presque dans sa voix, mais l'infirmière n'osait s'y abandonner.

— C'est une possibilité à prendre en compte. C'est pourquoi j'ai besoin de savoir quelles sommes vous lui versiez exactement. J'ai pu me faire une idée assez précise de ce qu'il a dépensé au cours des deux ou trois mois qui ont précédé sa mort. Si c'est de vous que vient tout cet argent, vous avez dû être acculée à dérober de la morphine pour la revendre, en plus de celle que vous fournissiez à vos patients.

Son interlocutrice se raidit et ses yeux s'élargirent de colère.

— Jamais je n'aurais fait une chose pareille ! protesta-t-elle avec véhémence. Et sachez aussi que je n'en ai pas non plus livré un seul gramme à cet individu !

— Nous devrons le prouver, insista-t-il. Avez-vous gardé des traces écrites des salaires que vous versait l'hôpital, des quantités de médicaments que vous avez prises et des personnes à qui vous les avez distribuées ?

— Mais non... Bien sûr que non !

— Mais vous connaissez tous les patients auxquels vous avez fourni les remèdes ?

— Oui...

— Dans ce cas, inscrivez-moi leurs noms là-dessus, commanda-t-il en lui tendant une feuille et un crayon. Écrivez les noms, adresses, ainsi que le traitement fourni, avec sa durée.

Elle le dévisagea quelques instants. Puis, avec application, lentement, elle s'exécuta.

L'exercice aurait-il une quelconque utilité ? se demanda Monk. Ou visait-il uniquement à meubler le temps et à se convaincre que l'on œuvrait pour sauver cette femme ? Que pourrait-on obtenir avec des listes ? Qui prêterait l'oreille, qui se soucierait de simples hypothèses ? Le tribunal n'agréait que les preuves irréfutables. Dans les esprits, la culpabilité de Miriam et de Cleo était déjà établie et il faudrait démontrer par A plus B aux jurés qu'ils faisaient fausse route, peu désireux qu'ils étaient de réviser leur jugement.

Cleo acheva la liste. Celle-ci comptait dix-huit noms.

— Je vous remercie.

Il l'examina un court instant, puis la glissa dans sa poche.

— Combien gagnez-vous à l'hôpital ?

— Sept shillings par semaine, répondit-elle avec un accent de fierté dans la voix, comme si, pour une infirmière, il s'agissait d'un bon salaire.

Monk tressaillit. Un brigadier de police touchait trois fois cette somme !

— Pour combien d'heures de travail ?

La question avait franchi ses lèvres malgré lui.

— Douze à quinze heures par jour.

— Et combien donniez-vous à Treadwell ?

Elle baissa la tête et ses épaules s'affaissèrent.

— Cinq shillings par semaine, murmura-t-elle d'une voix lasse.

Une rage froide s'empara de Monk et le submergea. L'envie lui prenait soudain de frapper, comme si cet acte concret et violent pouvait défaire le passé et empêcher qu'une telle infamie se reproduisît, pour Cleo ou pour quiconque. Cependant, il n'avait personne contre qui diriger sa hargne. Le seul coupable était mort. Il ne restait que la victime, bouc émissaire à qui il incomberait de payer le prix du crime.

— Il dépensait beaucoup plus que cela, déclara-t-il à voix basse, les dents serrées. J'ai besoin de savoir d'où lui venait son argent.

Elle secoua la tête.

— Je ne sais pas. Moi, il venait me voir et je le payais. Il ne m'a jamais parlé de quelqu'un d'autre. Il n'y avait pas de raison qu'il le fasse...

Monk fut tenté de lui redemander si elle n'avait pas donné de la morphine à revendre à Treadwell, mais il savait que la réponse resterait la même. Il se leva et prit congé, furieux de ne pouvoir ni formuler la moindre promesse ni lui donner d'espoir.

Parvenu à la porte, il hésita. Ils n'avaient pas parlé de Miriam et il était dommage de partir sans l'avoir fait. Mais quelle question poser ?

Elle le regardait, attentive.

Il se sentit contraint de dire quelque chose.

— Est-il possible qu'il ait aussi fait chanter Miriam ? interrogea-t-il.

— Non ! répondit-elle. Miriam n'a jamais rien fait de mal ! Elle n'avait aucune raison d'acheter son silence !

— Même pour vous protéger ? insista-t-il.

Elle baissa les yeux sans rien dire. Il était évident qu'elle ne connaissait pas la réponse à cette question.

Monk hocha la tête.

— Je comprends, dit-il.

Il frappa plusieurs coups contre la porte pour appeler le gardien.

Sur le chemin du retour, il ne cessa de tourner et de retourner le problème dans sa tête.

— Il avait une autre source de revenus, expliqua-t-il à Hester lorsqu'ils se retrouvèrent à la table du dîner. Miriam, peut-être... Auquel cas notre problème reste entier.

— Et si ce n'était pas elle ? suggéra Hester. Si nous parvenions à démontrer qu'une autre personne était en cause ? Dans ce cas, il faudra bien que la cour prenne ce nouvel élément en considération !

— Les jurés ne s'en soucieraient pas, répliqua doucement Monk, guettant la déception sur le visage de son épouse. Ou alors, il faudrait que nous amenions la personne en question devant le tribunal, avec la preuve qu'elle se trouvait dans les environs de la lande de Hampstead ce jour-là, toute seule. Et il ne nous reste que deux jours avant la reprise du procès.

— Qu'avons-nous d'autre ? interrogea la jeune femme d'une voix que le découragement rendait plus aiguë.

— Rien... reconnut-il.

— Dans ce cas, il faut tenter quelque chose ! Je ne supporte pas de rester ici à ne rien faire ! Que savons-nous ?

Ils travaillèrent ensemble jusqu'à une heure avancée de la nuit, notant par écrit tous les éléments que Monk avait recueillis sur les allées et venues de Treadwell au cours des trois mois précédant le meurtre. En relisant ces données, il fut facile de repérer les lacunes dans son emploi du temps.

— Nous devons découvrir ce qu'il faisait exactement de ces heures-là, déclara Hester. Je suis sûre qu'il y a, chez les Stourbridge, quelqu'un qui doit pouvoir nous mettre sur la voie.

Monk songea que retourner à Cleveland Square représenterait une pure perte de temps, mais il ne protesta pas. Il n'avait rien de plus utile à accomplir, de toute façon. Autant, dans ces conditions, s'acquitter jusqu'au bout de cette formalité.

— Connais-tu la quantité exacte de médicaments volés ? s'enquit-il, ajoutant avant qu'elle n'ait eu le temps de secouer la tête : ou pourrais-tu le calculer si tu le voulais ?

— Moi, non, mais je pense que Phillips pourrait le faire, si c'est utile. Penses-tu vraiment que cela servirait à quelque chose ?

— Peut-être pas, mais qu'avons-nous de mieux ?

— Bon. J'irai interroger Phillips à l'hôpital demain. Et je rendrai également visite à tous les malades de ta liste pour vérifier leur traitement. Quant à toi, essaie de lever les inconnues qui subsistent dans l'emploi du temps de Treadwell.

Elle le fixa droit dans les yeux, le défiant de répondre que tout cela ne servait à rien et qu'il n'y avait plus d'espoir. Il savait, au ton cassant qu'elle avait employé, à la colère qu'il devinait en elle, qu'elle agissait à l'aveuglette. Et contre tout espoir.

Le lendemain matin, Monk se rendit de bonne heure à Bayswater afin de tenter une fois de plus de recueillir au moins de vagues indications sur les lieux où le cocher avait pu se rendre et sur les personnes qui avaient pu lui verser les sommes considérables qu'il dépensait. Il mena son enquête sans précipitation, soigneusement, en s'attachant aux moindres détails. Il ne voulait pas parvenir au terme de ses investigations avec, pour seul résultat, une chose qu'il savait déjà : qu'il venait de perdre son temps sans faire avancer d'un pouce la cause de Cleo Anderson et de Miriam Gardiner.

Hester, pour sa part, se rendit à l'hôpital. Bien que l'on fût samedi, elle savait qu'elle y trouverait Phillips. Le seul jour de congé de l'apothicaire était le dimanche, dont il ne prenait souvent que la matinée. Pendant une bonne demi-heure pourtant, elle le chercha sans succès. Elle finit par aborder trois étudiants en médecine qu'elle trouva en pleine conversation.

— Formidable ! disait l'un d'eux. Savez-vous que nous avons beaucoup de chance dans cet hôpital ? Mon cousin, lui, fait ses études à Lincoln et il me dit qu'ils doivent parfois patienter des semaines avant de disposer d'un cadavre à disséquer. Et pour apprendre, tous les schémas du monde ne vaudront jamais un macchabée en chair et en os !

— C'est vrai, acquiesça le deuxième. Et Thorpe est un professeur extraordinaire. Ses explications sont si limpides !

— Il faut dire qu'il n'en est pas à sa première dissection ! reprit le premier. Il a dû en pratiquer des centaines au cours de son existence...

— Excusez-moi ! intervint Hester d'une voix forte. Sauriez-vous où se trouve Mr. Phillips ?

— Phillips ? C'est le roux, c'est ça ? Celui qui bégaie ?

— Phillips, l'apothicaire ! répliqua Hester, réprimant son agacement avec peine. J'ai besoin de lui parler.

Le premier étudiant fronça les sourcils et l'observa de plus près.

— Ce n'est pas normal que vous ayez besoin de médicaments, dit-il. S'il y a un malade qui...

— Ce n'est pas de médicaments que j'ai besoin ! rétorqua la jeune femme d'un ton sec. Je veux parler à Mr. Phillips. Savez-vous où il est, oui ou non ?

— Il est en bas, à la morgue, répondit l'un des deux autres. Le nouvel assistant a eu un malaise et Phillips est descendu lui donner un remontant. Il doit y être encore.

— Merci, répondit Hester. Merci beaucoup.

Elle se hâta dans le couloir jusqu'à l'entrée latérale,

puis descendit l'escalier qui menait à la chambre froide, où l'on conservait les corps avant l'arrivée des pompes funèbres.

— Bonjour, Mrs. Monk, lança Phillips en l'apercevant. Que puis-je faire pour vous ?

— Je suis heureuse de vous avoir enfin trouvé !

Elle considéra un instant le jeune homme qui, très pâle, était assis par terre, les jambes étendues devant lui.

— Ça va mieux ? s'enquit-elle.

Il hocha la tête, visiblement honteux.

— Notre petit Jake a eu la peur de sa vie ! expliqua Phillips avec un sourire. Il a vu un cadavre remuer et il a manqué s'évanouir. Personne ne lui avait jamais dit que les corps expulsent les vents. Les gaz ne s'arrêtent pas, mon garçon, sous prétexte que vous êtes mort !

Jake se releva et se passa une main dans les cheveux, puis il mit un peu d'ordre à sa tenue afin d'aller reprendre son travail.

Hester jeta un coup d'œil aux tables. Deux cadavres gisaient sous des draps écrus.

— On en a nettement moins ces derniers temps, lança Phillips en suivant son regard.

— Tant mieux ! approuva-t-elle.

— Non... Non, je ne parle pas des patients qui meurent ici, mais des cadavres que l'on fait venir pour les dissections. Le vieux Thorpe est furieux. Il n'arrive plus à en obtenir.

— D'où viennent-ils ?

— Dieu seul le sait ! De déterreurs de cadavres, sans doute ! répondit-il avec un sourire.

Manifestement peu sensible à l'humour noir, Jake le dévisagea, bouche bée.

— C'est vrai ? demanda-t-il enfin d'une voix enrouée. Des genres de... de pilleurs de tombes ?

— Mais non, bien sûr. Je plaisante, mon petit Jake. Ne te fais pas plus bête que tu ne l'es ! répondit Phillips er secouant la tête. Allez, retourne travailler !

Le garçon s'exécuta, docile. Phillips se tourna vers Hester.

— Que se passe-t-il, Mrs. Monk ?

L'humour avait déserté son visage.

— Vous avez parlé à Cleo Anderson ? ajouta-t-il. Pouvons-nous faire quelque chose pour elle, à part espérer un miracle ?

— Travailler à en fabriquer un, suggéra-t-elle avec gravité.

Elle tourna les talons et s'engagea dans l'escalier. Il gravit les marches derrière elle. Ce fut seulement lorsqu'ils se trouvèrent à l'extérieur qu'il lui demanda de plus amples explications.

— Cleo n'était pas la seule victime du maître chanteur qu'était Treadwell, nous en sommes presque sûrs, déclara-t-elle en s'immobilisant près de lui. Il dépensait bien davantage que l'argent versé par Cleo, même si l'on y ajoute le salaire qu'il gagnait comme cocher.

L'espoir illumina le visage de Phillips.

— Vous voulez dire qu'il pourrait exister d'autres suspects ? Mais comment faire pour les découvrir ?

Il posa sur elle un regard confiant, sûr qu'elle possédait la réponse à cette question.

— Je ne sais pas, avoua Hester. Pour le moment, il faut commencer par prouver que ces personnes existent.

Elle hésita un instant, observant son interlocuteur.

— Si vous étiez obligé de... commença-t-elle. Non, je veux dire, si vous le vouliez vraiment, pourriez-vous calculer la quantité exacte de médicaments qui ont disparu de votre stock, disons durant les quatre mois qui ont précédé la mort de Treadwell ?

— Peut-être... À condition d'avoir une bonne raison de le faire... répondit-il, sur ses gardes. J'en serais incapable si je n'en comprenais pas l'intérêt.

— Sans certitudes, nous ne pourrons rien tenter, expliqua-t-elle, très sombre. Épargner à Cleo une inculpation pour vol ne l'avancera à rien si on la pend pour meurtre

Phillips blêmit comme si Hester l'avait giflé, mais il ne détourna pas les yeux.

— Que ferez-vous de plus ? demanda-t-il d'une voix à peine audible. J'aime beaucoup Cleo, vous savez. Elle vaut bien une dizaine de ces porcs prétentieux parqués dans leurs bureaux lambrissés de chêne !

Il n'avait pas besoin de nommer Thorpe. Hester partageait son sentiment et il le savait. Il la considéra, plein d'espoir.

— Je ne le sais pas vraiment. Peut-être pas grand-chose, admit-elle. Mais si je sais quelle quantité de produits il manquait et si cette quantité correspond exactement à ce qu'elle a distribué à ses patients, j'aurai la preuve que Treadwell avait une autre source de revenus.

— Mais bien sûr que les quantités correspondent ! Vous ne pensez tout de même pas qu'elle lui fournissait des drogues pour qu'il les revende !

Il était indigné, presque furieux.

— Si un maître chanteur me prenait tout mon salaire en ne me laissant que deux shillings par semaine pour vivre, je serais peut-être tentée de le payer en nature ! argumenta la jeune femme.

Il parut se rendre à l'évidence. Ses lèvres se serrèrent pour ne plus former qu'une ligne fine et dure.

— Je suis bien content que quelqu'un ait réglé son compte à ce saligaud, marmonna-t-il d'un ton haineux. J'espère maintenant que nous réussirons à prouver que la pauvre Cleo n'y est pour rien, sans pour autant aller accuser une autre malheureuse victime dans son genre... Alors comment allons-nous nous y prendre ?

— Dites-moi exactement quelle quantité de remèdes a disparu durant les mois qui ont précédé le meurtre, avec le plus de précision possible.

— Cela ne nous dira pas quelles étaient les autres victimes...

— Mon époux est en train d'enquêter sur les allées et venues de Treadwell. Cela pourra nous donner des indications.

Il l'observa de plus près.

— Votre époux a des compétences en la matière ? s'enquit-il, sceptique.

— De très hautes compétences, répondit Hester avec fierté. Il n'y a pas si longtemps, c'était le meilleur enquêteur de la police londonienne.

— Ah bon ? Et qui est le meilleur, maintenant ?

— Je n'en ai pas la moindre idée. Mon époux a quitté la police. Il n'a pas pu se faire à la discipline. Et il n'a jamais pu souffrir la vanité non plus, surtout quand elle est doublée d'ignorance.

Phillips sourit.

— Je vous donnerai la liste que vous me demandez, promit-il, reprenant son sérieux. Je la ferai le plus précise possible, si cela vous rend vraiment service.

— Cela nous rend vraiment service.

Elle passa le reste de la journée, jusque tard dans la soirée, à se traîner de maison en maison, la liste de Monk à la main, celle de Phillips dans sa poche. Elle avait l'habitude de voir des personnes malades ou blessées. Cela avait été son métier plusieurs années durant. Elle avait vécu l'horreur des champs de bataille et les épidémies qui décimaient les rangs de l'armée.

Pourtant, en pénétrant dans ces maisons dénuées de confort où l'on avait tout vendu pour pouvoir acheter de quoi manger et se chauffer, elle entra de plain-pied dans un univers de souffrance, et trop souvent de solitude, qui lui déchira le cœur au-delà de ce qu'elle s'était imaginé. Ces hommes étaient bien plus âgés que les soldats qu'elle avait soignés en Crimée et leurs blessures remontaient à de longues années. Elles avaient été infligées dans des guerres qu'Hester n'avait pas connues et, cependant, la jeune femme se sentit projetée plusieurs années en arrière. Elle sentit resurgir de vieilles émotions qui, par instants, lui donnaient l'impression d'être oppressée et de manquer d'air.

Partout où elle entrait, les vieillards s'efforçaient de masquer leur pauvreté et contraignaient leur corps affaibli par l'âge et par les souffrances à se lever pour lui offrir l'hospitalité. Face à une telle dignité, Hester dut bien souvent ravaler ses larmes. Elle marchait sur les traces de Cleo Anderson, essayant d'apporter un peu de réconfort, mais sans y parvenir, puisqu'elle ne disposait pas des moyens nécessaires.

Outre la pitié et l'admiration, la rage, aussi, bouillait en elle. Nul ne devrait avoir à mendier quelque chose qu'il avait plus que gagné, songeait-elle.

Elle éprouva quelque répugnance à questionner les malades sur leurs traitements. Tous, ou presque, savaient que Cleo Anderson était en prison et risquait sa vie, et Hester ne pouvait que leur dire la vérité. Tous, sans exception, furent heureux de lui apporter leur aide, aussi minime fût-elle. Ils ouvrirent les buffets et sortirent les sachets de poudre, indiquant à la jeune femme les quantités exactes de remèdes qu'ils avalaient jour après jour.

Hester eût donné cher pour pouvoir leur promettre que leur participation sauverait Cleo, mais la seule chose qu'elle avait à offrir était l'espérance.

Il était dix heures moins le quart lorsqu'elle rentra chez elle, et elle trouva Monk dévoré d'inquiétude à son sujet. Elle remarqua qu'il avait troqué ses chaussures contre des pantoufles.

— Où étais-tu ? demanda-t-il.

Elle s'approcha et posa la tête sur son épaule. Il la prit dans ses bras et la tint enlacée, la joue sur sa tempe. Il était inutile à la jeune femme d'expliquer l'émotion qui l'étreignait. Il n'avait eu qu'à la regarder pour comprendre.

— Ce n'est pas normal, murmura-t-elle au bout de quelques minutes, toujours serrée contre lui. Comment pouvons-nous manquer de cœur à ce point ? Quand nous sommes en danger, nous faisons appel aux plus braves des hommes et nous les sacrifions sans compter, des pères, des frères, des époux et des fils... Et puis, dix ans plus tard, une génération plus tard, tout ce que nous désirons, c'est oublier. Comment pouvons-nous nous comporter ainsi ?

Il ne chercha pas à répondre. Ils demeurèrent un long moment silencieux.

— As-tu découvert quelque chose ? s'enquit-elle enfin en se redressant pour l'observer.

— Je n'en suis pas sûr, répondit-il. Voudrais-tu du thé ?

— Oui.

Elle se dirigea vers la cuisine, mais il lui barra le chemin.

— Non, c'est moi qui vais te l'apporter, affirma-t-il avec un sourire. Je ne vais tout de même pas te demander de me servir maintenant ! Même si j'ai sans doute marché au moins autant que toi aujourd'hui...

Reconnaissante, elle s'assit et retira ses bottines. C'était une sorte de luxe, une chose qu'elle ne pouvait faire que chez elle. Et elle se réjouit à la pensée qu'elle se trouvait ici chez elle, que cet appartement était son foyer et qu'elle le partageait avec l'homme qu'elle aimait.

Lorsqu'il revint avec le thé et qu'elle en eut siroté quelques gorgées, elle lui demanda de nouveau ce qu'il avait appris.

— Treadwell avait des amis assez particuliers, répondit-il.

Il goûta son thé et le trouva, pour sa part, brûlant.

— L'un des hommes avec lesquels il jouait de l'argent était croque-mort. Treadwell travaillait pour lui de temps en temps.

— Assez pour récolter les sommes dont nous cherchons l'origine ?

Elle ne savait pas si elle préférait une réponse positive ou négative à cette question.

— Cela m'étonnerait, répondit-il. Il se contentait de conduire un chariot, sans doute parce qu'il s'y connaissait en chevaux et qu'il connaissait les routes. Il devait considérer cela comme un service qu'il lui rendait, parce qu'ils étaient amis. Il semble que cet homme lui permettait d'assister à des combats de coqs et à des courses de chiens auxquels il n'aurait pas eu accès autrement. Ils fréquentaient en outre les mêmes maisons closes.

Hester haussa les épaules.

— Cela ne nous avance guère, n'est-ce pas ?

Monk fronça les sourcils.

— Je me demandais comment Treadwell avait pu découvrir que Cleo volait l'hôpital.

Elle allait repousser la question en arguant qu'il s'agissait d'un détail sans importance, lorsqu'elle comprit ce que le détective voulait dire.

— En tout cas, pas par Miriam ! répondit-elle avec conviction.

— Par l'un des patients de Cleo, alors ? Comment Treadwell, cocher du major Stourbridge à Bayswater, gros joueur et amateur de femmes à Kentish Town, a-t-il pu être averti de vols de morphine et autres drogues dans un hôpital de Hampstead ?

Elle demeura pensive, les yeux posés sur lui, tandis qu'enfin un minuscule frisson d'excitation la parcourait.

— Parce que, quelque part dans la chaîne des événements, il a croisé le chemin de Cleo ! Obligatoirement ! Mais où ?

Elle poursuivit, comptant chacune des étapes sur les doigts de sa main :

— Les patients tombent malades et vont à l'hôpital. Là, Cleo fait leur connaissance parce qu'elle travaille comme infirmière.

— Ce qui n'a rien à voir avec Treadwell, conclut-il. Sauf si l'un des patients a un lien de parenté ou d'amitié avec lui... ou avec une personne qu'il connaît bien.

— Ce sont des malades âgés qui habitent à proximité de l'hôpital, souligna Hester. La plupart d'entre eux vivent seuls, les plus chanceux ont un fils ou une fille, ou encore un petit-fils, comme John Robb.

— Toute la famille de Treadwell habitait Kentish Town, affirma Monk. Je m'en suis assuré. Son père est décédé et sa mère s'est remariée avec un homme de Hoxton.

— Et aucun des malades n'a le moindre lien avec Miriam Gardiner, poursuivit-elle. Donc, il ne les a pas rencontrés en conduisant Miriam dans la voiture des Stourbridge.

Elle leva un deuxième doigt.

— Cleo leur rend visite chez eux et sait quel traitement il leur faut. Elle vole les remèdes à l'hôpital. Au fait, je suis persuadée que l'apothicaire était au courant et qu'il fermait les yeux. Il a du cœur et... un petit faible pour Cleo.

Elle eut un sourire.

— En fait, il l'adore, rectifia-elle. Il la considère comme une sainte. Je pense que Cleo est la seule personne qui parvient à l'impressionner ! Fermin Thorpe, en tout cas, en est loin !

La scène de la morgue lui revint en mémoire à cette évocation. Elle sourit encore.

— Ce matin, raconta-t-elle, Phillips a fait marcher le nouvel employé de la morgue en affirmant que Thorpe achetait les corps destinés aux dissections à des déterreurs de cadavres ! Le pauvre garçon était épouvanté !

— Des déterreurs de cadavres ? répéta Monk d'une voix lente.

— Oui... Des pilleurs de tombes qui récupèrent les corps que l'on vient d'enterrer pour les vendre à des établissements hospitaliers où...

— Je sais bien ce qu'est un déterreur de cadavres ! coupa le détective.

Il se pencha en avant, les yeux brillants.

— Es-tu sûre qu'il s'agissait d'une plaisanterie ?

— Eh bien... Il est vrai que ce n'est pas très drôle, admit-elle avec un haussement d'épaules. Mais Phillips est comme cela... Un peu... désabusé. Je l'aime bien... En fait, il m'est très sympathique. C'est l'une des rares personnes de l'hôpital en qui j'aie confiance...

Elle s'arrêta brusquement, comprenant tout à coup ce qu'avait insinué son époux.

— Tu veux dire que... Oh, William ! Tu crois que Thorpe les achetait vraiment à des pilleurs de tombes ? Mais alors, c'est lui, l'autre victime du chantage ? Seulement... comment Treadwell a-t-il pu le savoir ?

— Treadwell ne faisait pas nécessairement chanter Thorpe, répondit-il en saisissant la main d'Hester. Il était ami avec ce croque-mort ! Quoi de plus simple que de vendre quelques corps ? Cela expliquerait ces trajets qu'il acceptait de faire durant son temps libre. Il allait livrer des cadavres à Fermin Thorpe... Et en dégageait un joli profit pour lui-même !

— Formidable ! s'exclama Hester avec un délicieux soupir de soulagement.

Ce n'était qu'une minuscule lueur d'espoir dans l'obscurité, mais c'était la première.

— Au moins, cela permettra à Oliver d'instiller le doute dans les esprits. Et même si Thorpe n'est pas coupable, ajouta-t-elle avec un sourire, je ne serai pas fâchée de le voir terrorisé et embarrassé à l'extrême devant le juge... Cela ne me gênera pas le moins du monde, crois-moi !

— J'en suis sûr. Mais n'allons pas trop vite en besogne...

— Pourquoi ? Nous n'avons pas de temps à perdre !

— Je sais. Toujours est-il que Treadwell n'a peut-être jamais fait chanter Thorpe. Peut-être l'argent lui venait-il seulement de la vente des cadavres ?

— Dans ce cas, laissons Thorpe en apporter la preuve. Cela sera fort intéressant à regarder !

Les yeux de Monk s'agrandirent très légèrement.

— Tu exècres vraiment cet homme, n'est-ce pas ?

— Je le méprise, répondit-elle avec fougue. Il fait passer sa vanité avant le soulagement de ses patients qui, pleins de confiance, s'en remettent à lui !

Il sourit.

— Je ne cherche pas à le dédouaner de quoi que ce soit. Je veux simplement l'utiliser à bon escient. J'ignore encore comment, mais je sais qu'il ne nous sera donné qu'une seule chance, et je veux garder mes munitions pour la cible qui servira le mieux Cleo... et Miriam.

— Je comprends... Oui, bien sûr. Mais n'attends pas trop pour t'en servir.

— Non, promit-il. Crois-moi, je le ferai.

Le dimanche matin, Monk retourna à l'entreprise de pompes funèbres en vue d'obtenir des précisions sur la nature exacte des services que rendait Treadwell et tenter de découvrir si celui-ci avait bel et bien, moyennant rétribution, livré des cadavres au North London Hospital.

Hester, quant à elle, acheva ses visites aux malades de la liste de Cleo. Elle doutait que cette tâche eût une quelconque utilité, mais se faisait un devoir de l'accomplir jusqu'à son terme. Elle avait résolu d'achever sa tournée par John Robb. Elle ne l'avait pas vu depuis une semaine et savait qu'il serait bientôt à court de morphine. L'état du vieil homme se dégradait, ses douleurs augmentaient et Hester ne pouvait rien faire pour lui. Phillips l'avait laissée prendre quelques doses de morphine et elle avait acheté une bouteille de sherry. Certes, il était illogique de donner davantage à John Robb qu'aux autres, mais la logique n'avait aucun effet sur ses sentiments.

Elle le trouva seul, engoncé dans son fauteuil, assoupi, mais il se redressa en l'entendant pénétrer dans le salon. Jamais elle ne l'avait vu aussi pâle et les yeux aussi enfoncés dans leurs orbites. Elle avait soigné trop de mourants pour s'illusionner sur le temps qu'il lui restait à vivre.

— Bonjour ! lança-t-elle d'une voix qu'elle voulait pleine d'entrain, tout en s'asseyant en face de lui. Je suis désolée d'être restée si longtemps sans venir. Je cherchais un moyen d'aider Cleo, et je crois que, cette fois, nous sommes sur la bonne voie.

Tandis qu'elle prononçait ces mots, elle eut conscience de déformer la réalité, mais sans doute Robb ne vivrait-il pas assez longtemps pour s'en apercevoir.

Il sourit et releva la tête.

— C'est la meilleure nouvelle que vous pouviez me donner, ma fille. Je me fais du souci pour elle, vous savez. Avec toutes les bonnes actions qu'elle a faites, voilà ce qui lui arrive maintenant... Si seulement je pouvais l'aider moi aussi ! Mais j'ai l'impression que mon intervention ne ferait qu'aggraver sa situation...

— Ne vous en faites pas, personne ne vous demandera d'intervenir, assura-t-elle.

La dernière chose que ferait le ministère public, elle n'en doutait pas, serait d'appeler à la barre des vieillards comme John Robb pour leur faire confirmer que Cleo leur fournissait des médicaments. Face à de tels témoins, le bien-fondé de la mission que s'était donnée l'infirmière apparaîtrait comme évident à tous et, dès lors, les sympathies iraient à l'accusée.

Pour sa part, Hester eût été ravie d'exposer ce scandale aux yeux du public, mais à condition que ce ne fût pas aux dépens de Cleo. Jusqu'à présent, elle n'avait pas trouvé le moyen d'y parvenir.

John Robb la fixa d'un œil scrutateur.

— C'était pour moi qu'elle volait les remèdes, n'est-ce pas ? interrogea-t-il.

— Elle suivait beaucoup de malades, répondit Hester. Dix-huit en tout. Mais vous étiez l'un de ses préférés. Tout comme vous êtes le mien, conclut-elle avec un sourire.

Il eut une moue ravie, comme si la jeune femme flirtait avec lui. Son plaisir était manifeste.

— Mais certains de ces médicaments, c'était pour moi qu'elle les prenait, pas vrai ? insista-t-il.

— Oui. Pour vous, et aussi pour d'autres.

— Et vous, maintenant, comment vous les procurez-vous ? Je préfère encore m'en passer que de vous attirer des ennuis..

— Je le sais bien, mais n'ayez aucune crainte. C'est l'apothicaire lui-même qui m'a fourni ceux-ci.

Elle déformait encore la réalité, mais qu'importait ?

— Je vais vous préparer du thé, ajouta-t-elle, et nous bavarderons un peu tous les deux. J'ai aussi apporté du sherry... Il ne vient pas de l'hôpital, celui-là, mais de chez moi, précisa-t-elle en se levant. Inutile de le couper avec du lait, cette fois. Nous le verserons dans le thé : cela nous mettra du baume au cœur.

— Bonne idée ! acquiesça-t-il. Après, on parlera. Vous m'expliquerez comment faisait Florence Nightingale pour affronter les généraux et les obliger à faire ses quatre volontés. Vous racontez si bien les histoires, ma fille !

— D'accord !

Elle gagna l'angle de la pièce qui faisait office de cuisine, remplit la bouilloire et la posa sur le poêle. Lorsque l'eau parvint à ébullition, elle prépara le thé et ajouta une bonne dose de sherry dans l'une des tasses. Elle laissa la morphine sur l'étagère. Ainsi Michael la trouverait-il ce soir, à son retour. Elle revint avec les deux tasses de thé et tendit au vieil homme celle qui contenait le sherry.

Il commença à boire à petites gorgées.

— Allez, ma fille, expliquez-moi comment on s'y prend pour mener un général par le bout du nez ! Et parlez-moi aussi des choses qui ont changé pour vous depuis la guerre, de ce que vous faites mieux aujourd'hui qu'autrefois, grâce à votre expérience de là-bas...

Hester entreprit donc de lui raconter mille et une anecdotes dont elle se souvenait, de petites victoires sur la bureaucratie qu'elle rendait aussi amusantes que possible, les agrémentant avec force détails, parfois inventés.

Il termina son thé et reposa la tasse.

— Continuez, fit-il. J'aime le son de votre voix, ma fille. Vous me ramenez des années en arrière...

Elle chercha d'autres histoires à raconter. Souvent, elle en modifiait la fin pour la rendre heureuse, imaginant des rebondissements, bref, déformant allègrement la réalité.

De temps à autre, Robb l'interrompait par une question. Il faisait chaud et l'on se sentait bien dans la pièce inondée de soleil, aussi Hester ne fut-elle pas surprise de voir le vieil homme fermer les yeux. C'était l'heure de la sieste et, bien sûr, elle ne s'en offusqua pas. Dans son sommeil, Robb souriait encore de la dernière anecdote.

Elle se leva et s'approcha de lui pour vérifier s'il était bien installé. Alors seulement, elle remarqua à quel point il était immobile. On n'entendait plus sa respiration laborieuse, ni le râle émis par les poumons chaque fois que l'air y pénétrait.

Les larmes coulaient déjà sur ses joues lorsqu'elle posa les doigts sur le cou du vieil homme et ne décela pas de pouls. C'était ridicule. Elle eût dû se réjouir pour lui, mais fut incapable de faire autre chose que s'asseoir pour pleurer, envahie d'un chagrin profond. Cet homme était devenu son ami et elle l'avait aimé de tout son cœur.

Elle s'était rincé le visage et installée dans le fauteuil, en face du vieillard, lorsque Michael Robb rentra du travail.

Comme à son habitude, il se dirigea droit vers son grand-père. Il ne semblait pas avoir remarqué le moindre changement. Hester s'interposa.

Alors, il vit son visage et s'aperçut qu'elle avait pleuré. Il pâlit.

— Il est parti, murmura-t-elle. J'étais là, je lui parlais. Nous avons raconté de vieilles histoires, nous avons ri un peu. Il s'est endormi.

Elle fit un pas de côté pour laisser Michael découvrir son grand-père et le demi-sourire qui flottait encore sur ses lèvres.

Le jeune homme courut s'agenouiller auprès de lui et lui prit la main.

— J'aurais dû être présent, articula-t-il d'une voix brisée. Je regrette ! Je regrette tellement...

— Si vous étiez resté en permanence à son chevet, comment auriez-vous pu le nourrir ? demanda Hester. Il en avait conscience. Et il était très fier de vous ! Il se serait senti terriblement coupable s'il vous avait vu négliger votre travail à cause de lui.

Michael se pencha en avant, le visage baigné de larmes. Ses épaules tremblaient.

Hester se demanda s'il fallait s'approcher de lui et le toucher, si un tel geste le réconforterait ou, au contraire, lui paraîtrait déplacé. Son instinct lui dictait de prendre le jeune homme dans ses bras ; il semblait si jeune, si seul... La raison, en revanche, lui commandait de le laisser vivre son chagrin sans intervenir.

Ce fut l'instinct qui prit le dessus. La jeune femme s'assit par terre et le tint dans ses bras, tandis qu'il sanglotait.

Une fois le premier choc passé, Michael se releva et alla se laver le visage avec l'eau de la cruche, puis il remit la bouilloire à chauffer. Sans rien dire, il prépara du thé.

— C'est à vous, ce sherry ? s'enquit-il en désignant la bouteille.

— Oui. Servez-vous, si vous voulez.

Il en versa une généreuse rasade dans les deux tasses et en tendit une à Hester.

— Je vous remercie, articula-t-il avec peine. Je sais que c'est pour lui, et non pour moi, que vous faisiez cela, mais je vous suis reconnaissant.

Il s'interrompit, sur le point d'ajouter quelque chose. Elle attendit en buvant quelques gorgées de thé.

— Je suis désolé pour Mrs. Anderson, lança-t-il abruptement.

— Je sais.

— Tous ces médicaments qu'elle volait, elle les distribuait aux vieillards et aux malades...

Ce n'était pas une question.

— Oui. Je pourrais le prouver s'il le fallait.

— Y compris à mon grand-père...

Cela aussi était une affirmation.

— Oui.

Elle soutint son regard sans ciller. Le policier semblait vulnérable et infiniment malheureux.

— Elle le faisait parce qu'elle le voulait, ajouta-t-elle. Elle pensait qu'il fallait le faire...

Il se tourna vers l'étagère.

— Mais il y a encore de la morphine ici, remarqua-t-il.

— Ah bon ?

— Au nom du ciel ! Soyez prudente, Mrs. Monk !

Hester lisait une véritable appréhension sur le visage de Robb. Elle sourit.

— Ce ne sera plus nécessaire. Est-ce que ça va aller, vous ?

— Oui. Oui, ça ira. Merci.

Elle hésita un instant, puis sortit. Dehors, le soleil se couchait et l'animation battait son plein dans la rue.

CHAPITRE XII

Le dimanche soir, Rathbone n'y tenait plus. Demeurer dans l'incertitude lui était devenu insupportable et il souhaitait au moins partager avec d'autres son anxiété et son sentiment d'impuissance. Il se rendit à Fitzroy Street.

— Des déterreurs de cadavres ! s'exclama-t-il, incrédule, lorsque Hester lui eut exposé leurs soupçons concernant les revenus complémentaires de Treadwell.

— Pas tout à fait, rectifia Monk. En fait, les corps n'ont jamais été enterrés. Treadwell et son complice les prenaient simplement dans la chambre froide des pompes funèbres pour les livrer à l'hôpital.

Il était assis près du feu, dans le grand fauteuil. Septembre tirait à sa fin et il ne faisait pas vraiment froid, mais les flammes possédaient un pouvoir réconfortant. Dans l'autre fauteuil, Hester, très pâle, se tenait penchée en avant en s'entourant de ses bras. Elle avait raconté la mort de John Robb à son époux, en termes simples et dénués de regrets, consciente qu'il s'agissait d'une délivrance pour le vieil homme. Pourtant, Monk comprenait l'immense chagrin que lui inspirait cette disparition.

— Cela leur épargnait des efforts inutiles, expliqua-t-il à Rathbone. Pourquoi enterrer des corps qu'il faudra ensuite récupérer, opération qui comporte des risques, alors qu'il suffit de mettre quelques briques dans les cercueils ?

— Et c'était Treadwell qui assurait les livraisons ? Vous en êtes certain ?

— Oui. S'il le fallait, je pourrais faire témoigner plusieurs personnes qui ne laisseraient subsister aucun doute.

— Mais faisait-il chanter Fermin Thorpe ?

Le visage de Monk s'assombrit.

— Je l'ignore. En tout cas, je n'en ai aucune preuve et, malheureusement, cela me paraît fort improbable. Pourquoi l'aurait-il fait ? Il tirait un joli profit de ce trafic et n'avait aucun intérêt à dénoncer Thorpe.

Rathbone acquiesça. Le raisonnement était imparable.

— Nous n'avons donc toujours rien qui puisse servir de base à la défense. Je ne sais même pas par quoi commencer...

Hester secoua la tête d'un air désolé.

— Non, répondit Monk. Ces nouvelles données nous permettront sans doute de convaincre Thorpe de retirer sa plainte pour vol, ce qui n'est pas pour me déplaire, mais c'est tout. En ce qui concerne les meurtres, nous en sommes toujours au même point. Nous ne pouvons plus compter que sur votre talent.

Il posa sur Rathbone un regard franc et empreint de respect. En d'autres temps, l'avocat eût savouré cette dernière réplique. À présent, il songeait seulement qu'il eût tout donné pour pouvoir se convaincre qu'il méritait cette confiance.

Le lundi matin, à sept heures, Rathbone pénétrait dans la cellule de Miriam, introduit par une gardienne ensommeillée et hostile.

La porte claqua derrière lui et Miriam releva la tête. Elle n'était plus que l'ombre d'elle-même.

— Je pars au combat les mains nues, commença Rathbone d'emblée. Je sais que vous préférez sacrifier votre propre vie au bout d'une corde plutôt que de dénoncer l'assassin de Treadwell et de Verona Stourbridge... Mais êtes-vous sûre qu'entraîner Cleo avec vous dans la mort soit la meilleure façon de récompenser cette femme de tout ce qu'elle a fait pour vous ?

Miriam parut sur le point de défaillir. Les mots eurent peine à franchir ses lèvres.

— Je vous l'ai dit, Sir Oliver, même si vous saviez, personne ne vous croirait. Je pourrais tout vous raconter, mais cela ne ferait qu'occasionner de nouvelles souffrances. Ne croyez-vous pas que si j'entrevoyais la plus infime chance de réussite, je serais prête à faire n'importe quoi pour sauver Cleo ? Elle est la personne que j'aime le plus au monde... avec Lucius. Je sais bien que je lui dois tout, inutile de me le rappeler sans cesse ! Si je pouvais être pendue deux fois pour lui épargner ce sort atroce, je n'hésiterais pas ! Et si vous parvenez à la sauver, sachez que je vous en resterai à jamais reconnaissante. Je veux bien avouer le meurtre de Treadwell, si cela sert à quelque chose.

Il ne douta pas une seconde de sa sincérité. Cette femme mourrait dans la dignité et le cœur léger si elle savait Cleo hors de danger. Loin de prouver l'innocence de cette dernière, cela signifiait seulement que Miriam aimait sa mère adoptive et que, peut-être, elle estimait le meurtre justifié à la lumière des mauvaises actions de Treadwell.

— Je vais faire mon possible, promit-il à mi-voix. Je ne suis pas sûr que ce soit suffisant.

Elle ne répondit pas, mais lui sourit faiblement.

Le procès reprit devant un auditoire clairsemé.

Rathbone avait déjà gagné sa place lorsqu'il vit entrer Hester. Celle-ci força le passage en murmurant quelques paroles précipitées à l'huissier, puis s'élança vers la table de la défense sans attendre la fin de la réponse.

— Qu'y a-t-il ? s'inquiéta Rathbone. Il s'est passé quelque chose ?

La jeune femme avait le visage soucieux. Elle se pencha vers lui pour lui parler à l'oreille.

— Je suis allée voir Cleo ce matin, souffla-t-elle. Elle sait que Miriam marche droit vers le gibet et que nous n'avons plus aucun espoir de la sauver si nous continuons d'ignorer la vérité. Cleo ne connaît cette vérité qu'en partie, mais elle ne veut pas perdre Miriam. Et même si celle-ci risque de ne jamais le lui pardonner, Cleo est prête à révéler ce qu'elle sait.

— Et que sait-elle ? pressa Rathbone. Quelle est cette vérité qu'elle connaît ? Pour l'amour du ciel, Hester, expliquez-moi ! Je n'ai rien !

— Convoquez-la à la barre. Demandez-lui de vous raconter sa première rencontre avec Miriam. Elle pense que l'explication se situe là... dans un événement si terrible que Miriam ne peut ou ne veut pas s'en souvenir. De toute façon, il n'y a plus rien à perdre à présent...

— Merci !

Sur une impulsion, l'avocat se leva à demi et déposa un baiser léger sur la joue de la jeune femme, indifférent aux regards du juge et de l'assistance tout entière braqués sur eux.

Tobias émit une petite toux et sourit.

Le juge fit claquer son marteau.

Hester rougit violemment. Lorsqu'elle gagna sa place, elle affichait néanmoins une expression amusée.

— Êtes-vous prêt, Sir Oliver ? interrogea le juge, courtois.

— Oui, monsieur le juge. J'appelle Mrs. Cleo Anderson à la barre.

Une rumeur d'intérêt parcourut le public et plusieurs jurés modifièrent leur position, plus par embarras que par inconfort physique.

Un garde escorta l'intéressée du banc des accusés à la barre des témoins. Une fois en haut des marches, Cleo se redressa avec difficulté et, d'une voix faible et hachée, énonça son nom et son adresse. Puis elle attendit la première question de l'avocat. Son angoisse était palpable. Pas une fois son regard ne glissa vers Miriam.

Si Rathbone détestait ce qu'il s'apprêtait à faire, il ne s'en lança pas moins dans la bataille avec fermeté.

— Mrs. Anderson, depuis combien de temps habitez-vous dans votre maison de Green Man Hill ?

À l'évidence, l'infirmière comprit le bien-fondé de la question, ce qui ne sembla pas être le cas de Tobias. Celui-ci ne chercha pas à dissimuler son agacement.

— Une trentaine d'années, répondit Cleo.

— Vous y viviez donc déjà lorsque vous avez rencontré Mrs. Gardiner ?

— Oui.

La réponse n'avait été qu'un murmure. Le juge se pencha en avant.

— S'il vous plaît, Mrs. Anderson, parlez plus fort. Les jurés ont besoin d'entendre vos réponses.

— Je vous prie de m'excuser, monsieur le juge. Oui, j'habitais déjà là.

— Quand avez-vous rencontré Mrs. Gardiner exactement ?

Tobias se leva.

— C'est de l'histoire ancienne, monsieur le juge. Si cela peut aider Sir Oliver tout en faisant gagner du temps à la cour, sachez que le ministère public a concédé que Mrs. Anderson a recueilli Mrs. Gardiner alors que celle-ci sortait tout juste de l'enfance et qu'elle s'est occupée d'elle avec dévouement depuis ce jour. Nous ne contestons pas ce fait et n'avons aucun besoin de le voir démontré.

— Je vous remercie, cher confrère, intervint Rathbone avec une courtoisie étudiée, mais tel n'était pas mon objectif. Si vous êtes aussi soucieux que vous l'affirmez d'épargner du temps à la cour, je me permets de vous suggérer de ne pas m'interrompre sans une bonne raison.

Quelques éclats de rire nerveux retentirent çà et là dans l'assistance. Au moins deux des jurés sourirent.

La colère marqua le visage de Tobias, qui se domina aussitôt.

Rathbone reprit l'interrogatoire.

— Mrs. Anderson, pourriez-vous s'il vous plaît nous exposer les circonstances de votre rencontre ?

Cleo s'exécuta, non sans peine. Il était clair que ces souvenirs lui étaient pénibles et leur évocation apparaissait comme un acte de désespoir.

Rathbone, de son côté, ignorait où le mèneraient ces questions qu'Hester l'avait prié de poser. Il n'avait pas d'autre choix et s'en remettait à la jeune femme les yeux fermés.

— C'était un soir de septembre, le 22, je crois. Il y avait du vent, mais il ne faisait pas froid.

Elle déglutit, la gorge sèche, et fut prise d'une quinte de toux. À la demande du juge, l'huissier lui apporta un verre d'eau. Elle en but quelques gorgées, puis continua.

— Josh Wetherall, un vieux voisin qui habitait à deux maisons de chez moi, est venu frapper à ma porte. Il m'a dit qu'il y avait sur la route une jeune fille, une enfant, qui criait, qui avait l'air d'avoir perdu la tête et qui avait du sang partout. Il était affolé, le pauvre homme, et ne savait pas quoi faire.

Elle prit une longue inspiration. Dans la salle, nul ne bougeait. Tobias lui-même gardait le silence, malgré l'exaspération que reflétait son visage.

— Bien sûr, je suis tout de suite allée voir ce que je pouvais faire, poursuivit Cleo. N'importe qui aurait réagi comme moi, mais Josh savait que j'étais infirmière et il a dû penser que j'étais mieux placée que les autres pour me rendre utile.

— Et l'enfant ? demanda Rathbone.

Cleo agrippa la barre placée devant elle.

— Josh avait raison. Elle était dans un état épouvantable...

— Pourriez-vous nous la décrire ? interrogea l'avocat, soucieux d'orienter son témoin et indifférent à l'attitude de son adversaire, qu'il devinait prêt à objecter. Nous avons besoin de la voir telle que vous l'avez vue, Mrs. Anderson.

Elle le couvrit d'un regard implorant. Elle répugnait manifestement à rappeler ces souvenirs et tout son être s'y refusait.

— Nous avons besoin de nous la représenter telle que vous l'avez vue, Mrs. Anderson, insista l'avocat. Croyez-moi, je vous en prie, c'est important.

Il mentait. En réalité, il ignorait si ce détail revêtait un quelconque intérêt, mais, au moins, il avait capté l'attention du jury.

À la barre, Cleo tremblait.

— Elle était hystérique, répondit-elle dans un souffle.

Le juge eut un mouvement d'impatience, mais il se ravisa et renonça à intervenir.

Dans la salle d'audience, on n'entendait plus aucun bruit.

D'un signe de tête, Rathbone indiqua à son témoin qu'elle pouvait poursuivre.

— Jamais je n'avais vu quelqu'un d'aussi terrorisé, affirma Cleo, non à l'intention de Rathbone ou de la cour, mais comme si elle formulait à voix haute un souvenir imprimé en elle comme une marque indélébile. Elle était couverte de sang, elle avait le regard fixe, mais je ne suis pas sûre qu'elle voyait quoi que ce soit... Elle titubait et se cognait partout. Pendant plusieurs heures, elle n'a rien pu dire. Elle cherchait son souffle et tremblait comme une feuille. J'aurais préféré la voir pleurer.

Elle s'arrêta de nouveau, instaurant un silence que personne ne vint troubler. Tobias lui-même ne bougeait pas.

— Quelles étaient ses blessures ? interrogea enfin Rathbone.

À ces mots, Cleo sembla revenir à la réalité. Elle posa les yeux sur lui comme si elle venait de se rappeler sa présence.

— Quelles étaient ses blessures ? répéta l'avocat. Vous avez dit qu'elle était couverte de sang et, manifestement, elle avait vécu une expérience dramatique.

— Nous ne savons pas comment c'est arrivé... répondit Cleo d'un ton embarrassé. Enfin, pas vraiment. Pendant des jours, elle n'a prononcé aucune parole cohérente. La pauvre enfant était si terrifiée que personne n'osait la brusquer, bien sûr ! Elle restait allongée dans mon lit, recroquevillée sous les couvertures, et, de temps en temps, elle se mettait à sangloter comme si son cœur se brisait. Elle était si effrayée dès qu'un homme s'approchait d'elle que nous avons renoncé à faire venir un médecin.

— Mais ses blessures ? insista Rathbone. D'où provenait le sang ?

Cleo fixa un point au loin.

— Elle ne portait qu'une longue chemise de nuit de coton. Il y avait du sang partout, des épaules jusqu'en bas. Elle avait des hématomes et des griffures...

— Oui ?

Pour la première fois, Cleo tourna les yeux vers Miriam. Les larmes coulaient sur ses joues.

Le mot « non » se dessina sur les lèvres de Miriam, qui semblait vaciller au bord d'un gouffre de désespoir.

— Mrs. Anderson ! s'exclama Rathbone avec dureté. D'où provenait le sang ? Si vous êtes vraiment innocente et si vous pensez que Mrs. Gardiner l'est aussi, seule la vérité pourra vous sauver. Il ne vous sera pas donné d'autre occasion de la révéler. Après le verdict, il ne vous restera plus que quelques journées et quelques nuits très courtes — trop courtes — entre les murs d'une cellule, puis ce sera la corde et, enfin, le jugement de Dieu.

Tobias se leva avec humeur. Rathbone le défia du regard.

— Contestez-vous la véracité de mes affirmations, maître Tobias ? interrogea-t-il sèchement.

Furieux, Tobias le dévisagea sans répondre.

— Maître Tobias ? pressa le juge.

— Non, bien sûr... concéda le procureur, avant de se rasseoir.

— Je répète, Mrs. Anderson, reprit Rathbone, d'où

provenait le sang ? Vous êtes infirmière, vous devez avoir quelques notions d'anatomie, même rudimentaires. Ne nous dites pas que vous n'avez pas soigné cette pauvre enfant terrifiée et ensanglantée. Vous ne vous êtes tout de même pas contentée de lui fournir du linge propre !

— Bien sûr que je l'ai soignée ! protesta Cleo, la voix entrecoupée de sanglots. La pauvre petite venait d'accoucher... alors qu'elle n'était encore qu'une enfant elle-même ! Elle avait mis au monde un mort-né, c'est sûr...

— C'est ce qu'elle vous a dit ?

— Oh non, elle délirait. Ses paroles n'avaient pas de sens. Elle ne savait pas ce qu'elle disait. Elle avait beaucoup de fièvre et nous n'étions pas sûrs de pouvoir la sauver. Les femmes meurent souvent à cause de la fièvre au sortir de couches, surtout quand cela s'est mal passé. Et Miriam était trop jeune, bien trop jeune, pauvre amour...

Rathbone avançait à tâtons dans une obscurité totale. Jusque-là, l'histoire était tragique, certes, mais n'avait pas le moindre rapport avec les morts brutales de Treadwell et de Verona Stourbridge. À moins, bien entendu, que Treadwell n'eût fait chanter Miriam au sujet de l'enfant. Mais Lucius eût-il réellement vu cet épisode d'un mauvais œil s'il l'avait appris ? Une telle tragédie l'eût-elle incité à annuler le mariage ? À moins que ses parents ne l'eussent obligé à renoncer à Miriam ?

Pour le moment, l'avocat n'avait pas fait progresser sa cause d'un iota. Il n'avait donc rien à perdre à poursuivre l'interrogatoire.

— Vous lui avez tout de même demandé ce qui s'était passé, non ? interrogea-t-il sombrement. Qu'a-t-elle répondu ? Ne fût-ce que pour pouvoir satisfaire la justice de notre pays, vous avez dû lui réclamer des explications ! Et la famille de la jeune fille ? Qu'a-t-elle fait, Mrs. Anderson, de cette enfant blessée et hystérique dont l'histoire restait pour vous obscure ?

Le visage de Cleo se ferma. L'infirmière posa sur Rathbone un regard plein de défi.

— Je n'ai rien dit à la police. Qu'aurais-je pu dire ? Rien ! Je lui ai demandé son nom, bien sûr, et si elle avait une famille, qui allait s'inquiéter et la rechercher. Elle m'a dit qu'elle n'avait personne, et qui étais-je, moi, pour la contredire ? Elle m'a dit qu'elle avait huit frères et sœurs et que ses parents l'avaient placée comme domestique dans une bonne maison.

— Et l'enfant ? interrogea Rathbone à contrecœur. Quel genre d'homme faut-il être pour engrosser une fillette de douze ans ? Car elle devait avoir douze ans au moment de la conception. Cet homme l'a-t-il abandonnée ?

Cleo était devenue livide et Rathbone n'osa pas regarder Miriam. Il ne parvenait même pas à se figurer ce que la jeune femme devait endurer en cet instant, contrainte d'écouter sans intervenir, face aux jurés et au public qui ne se gênaient pas pour la dévisager. L'avocat se demanda si elle tournerait les yeux vers Lucius, Harry Stourbridge ou Aiden Campbell, assis au premier rang. Elle vivait à n'en pas douter ses pires instants depuis le début du procès. Mais pour lui permettre de survivre, pour permettre à Cleo de survivre, cette étape était nécessaire.

— Mrs. Anderson ?

— Il ne s'est jamais soucié d'elle, répondit celle-ci à mi-voix. Elle m'a dit qu'il l'avait violée, plusieurs fois. C'est de cette façon qu'elle s'était retrouvée enceinte.

L'un des jurés étouffa un juron. Un autre frappa de son poing fermé la barrière qui délimitait le box. Il dut se faire mal, mais l'indignation l'empêcha de rien sentir.

Lucius bondit sur ses pieds, mais se rassit aussitôt. Sans doute ne savait-il que dire.

— Mais l'enfant était mort-né, déclara Rathbone au milieu du silence.

— Je crois, oui, acquiesça Cleo.

— Et que faisait Miriam, seule sur la lande, dans un tel état ?

Cleo secoua la tête, comme pour refuser la vérité, la chasser.

Tobias la regardait fixement. Gênée par cette insistance, l'infirmière tourna vers Rathbone un visage implorant. Elle était embarrassée pour Miriam, non pour elle-même. L'avocat en eût donné sa main à couper.

— Qu'a-t-elle dit ? demanda-t-il.

Cleo baissa les yeux. Lorsqu'elle parla, sa voix était à peine audible.

— Qu'elle s'était enfuie de la maison en compagnie d'une femme, que cette femme avait tenté de la protéger et qu'elle avait été assassinée... Là, sur la lande...

Abasourdi, Rathbone accusa le coup. Il avait imaginé bien des éventualités, mais pas celle-là. Il lui fallut un moment pour rassembler ses esprits. Malgré lui, il jeta un coup d'œil à Miriam.

La jeune femme avait fermé les yeux. Sans doute avait-elle conscience que tous les regards pesaient sur elle et elle ne pouvait plus se cacher qu'à l'intérieur d'elle-même. On lisait une intense douleur sur ses traits, une douleur à la limite de l'intolérable, mais point de surprise. Elle avait su à l'avance ce que révélerait Cleo. Ce fut cette évidence qui poussa Rathbone à ne pas mettre en doute le témoignage de l'infirmière.

Il se tourna vers Hester et s'aperçut que l'étonnement de la jeune femme était identique au sien.

Alors, il posa la question que la salle entière attendait.

— Et le corps de cette femme a-t-il été retrouvé, Mrs. Anderson ?

— Non.

— Vous ne l'avez pas cherché ?

— Si, bien sûr. Tout le monde s'y est mis. Tous les gars du quartier.

— Mais vous ne l'avez pas retrouvé ?

— Non.

— Et Miriam n'a pas pu vous y conduire ? Là encore, je présume que vous le lui avez demandé ?

— Bien sûr qu'on le lui a demandé ! s'indigna Cleo. Elle nous a dit qu'il était près d'un chêne, mais la lande est remplie de chênes. On a cherché pendant toute une semaine, mais comme on n'a rien trouvé, on en a déduit que la petite avait dû perdre la tête, avec tout ce qui lui était arrivé. On s'imagine toutes sortes de choses lorsqu'on a la fièvre, alors quand on vient de perdre un enfant en plus ! Surtout à cet âge-là !

Le mépris qu'elle portait à l'avocat transparaissait dans chaque mot qu'elle prononçait et Rathbone en fut peiné, malgré sa conviction de ne faire que son devoir.

Assis à sa table, Tobias secouait la tête.

— Vous avez donc conclu qu'elle avait inventé au moins cette partie de son expérience... de son cauchemar... Et vous n'avez plus insisté ?

— Oui, c'est ça. Il lui a fallu des mois pour se remettre de tout ça, et quand elle a commencé à aller mieux, on était tellement contents qu'on n'a plus abordé le sujet. Pourquoi l'aurait-on fait, d'ailleurs ? Personne n'est jamais venu réclamer qui que ce soit. On avait déjà demandé à la police si quelqu'un avait été porté disparu...

— Et Miriam ? Avez-vous dit à la police que vous l'aviez trouvée ? Après tout, elle n'avait que treize ans !

— Évidemment ! Mais comme personne n'était venu signaler sa disparition, ils ont été contents que j'accepte de m'occuper d'elle !

— Et elle est donc restée avec vous ?

— Oui. Elle a grandi et elle est devenue une belle jeune fille.

Cette fois, la fierté perçait dans sa voix et l'on ne pouvait douter de son amour pour Miriam.

— Quand elle a eu dix-neuf ans, Mr. Gardiner a commencé à lui faire la cour. Tout doucement, avec beaucoup de gentillesse. On savait qu'il était bien plus âgé qu'elle, mais cela ne dérangeait pas Miriam, et c'était ça le plus important. S'il pouvait la rendre heureuse, c'était l'essentiel.

— Ils se sont donc mariés ?

— Oui, un peu plus tard. Et il a été un très bon mari pour elle.

— Mais il est mort ensuite ?

— Oui. C'était très triste. Il est mort jeune. Il a eu une attaque et il est parti en quelques jours. Il lui a beaucoup manqué.

— Jusqu'à ce qu'elle rencontre Lucius Stourbridge ?

— Oui... Mais c'était trois ans après.

— Elle n'avait pas eu d'enfants avec Mr. Gardiner ?

— Non, répondit Cleo avec tristesse. Elle n'a pas eu cette bénédiction. Le bon Dieu seul sait pourquoi. Cela arrive, et plus souvent qu'on le croit.

Tobias se leva.

— Monsieur le juge, déclara-t-il, affectant une lassitude exagérée, nous avons écouté avec une grande indulgence le récit de la vie de Mrs. Gardiner, et bien que nous compatissions de tout cœur avec elle pour les expériences terribles qu'elle a vécues étant enfant — que ces expériences soient vraies ou imaginaires —, elles n'ont de rapport ni avec la mort de James Treadwell ni avec celle de Verona Stourbridge. Sinon qu'elles ont pu fournir des bases de chantage à l'odieux Treadwell. Si cet homme avait eu connaissance de l'accouchement de Mrs. Gardiner, il a pu penser que la famille Stourbridge serait moins encline à accueillir cette jeune femme...

Le juge esquissa une moue de dégoût, mais Tobias avait raison et il le savait.

— Sir Oliver ? fit-il. Il semble en effet que vous ayez fait progresser la thèse de maître Tobias davantage que la vôtre. Avez-vous d'autres points à souligner avec votre témoin ?

Rathbone n'avait aucune idée de ce qu'il pouvait encore dire. Il se sentait désespéré.

— Oui, monsieur le juge, si vous le permettez.

— Eh bien, allez-y, mais faites en sorte que cela ait un lien avec les faits que nous examinons ici.

Oui, monsieur le juge.

Il se tourna vers Cleo.

— Étiez-vous convaincue qu'elle avait été violée, Mrs. Anderson ? Ou pensiez-vous peut-être que c'était une fille perdue et que...

— Mais elle avait treize ans ! protesta Cleo, furieuse. Douze quand ça s'est passé ! Bien sûr que je l'ai crue quand elle m'a dit qu'elle avait été violée ! Elle était à moitié morte de terreur !

— De qui avait-elle peur ? De l'homme qui l'avait violée, neuf mois plus tard ? Mais pourquoi ?

— Parce qu'il a essayé de la tuer !

Rathbone feignit la surprise.

— Elle vous a dit cela ?

— Oui !

— Et qu'avez-vous fait alors ? Il y avait un homme, quelque part sur la lande, qui avait violé cette jeune fille que vous aviez recueillie, puis qui avait tenté de l'assassiner... Et vous ne l'avez jamais retrouvé ? Au nom du ciel, pourquoi ?

Tremblante, Cleo cherchait son souffle. Rathbone craignit d'être allé trop loin.

— Quand elle m'a dit qu'elle avait été violée, murmura Cleo dans un souffle, je l'ai crue. Mais, Dieu me pardonne, pour ce qui était de cet homme qui voulait la tuer, j'ai pensé qu'elle se faisait des idées, que son bébé mort l'avait rendue folle, la malheureuse...

— Jusqu'au jour où... ? fit Rathbone, élevant la voix. Jusqu'au jour où vous l'avez vue arriver de nouveau affolée, proche de l'hystérie, terrifiée ! Et cette fois, il y avait bel et bien un cadavre près de la lande : celui de James Treadwell ! Qui fuyait-elle, Mrs. Anderson ?

Il régnait le silence le plus complet. Un juré toussa et ce bruit fit l'effet d'une explosion.

— Était-ce James Treadwell ? lança Rathbone pour inciter Cleo à réagir.

— Non !

— Alors qui ?

Le silence plana de nouveau. Le juge se pencha en avant.

— Si vous voulez que l'on vous croie quand vous dites que ce n'était pas James Treadwell, Mrs. Anderson, vous devez nous donner le nom de la personne qu'elle fuyait.

Cleo déglutit convulsivement.

— Aiden Campbell.

Elle n'eût pas obtenu plus d'effet si elle avait lancé une bombe dans la salle d'audience.

Pendant un moment, Rathbone demeura paralysé.

Un grondement sourd monta du public.

Les jurés s'agitèrent, discutant entre eux, incapables de se maîtriser.

Le juge fit claquer son marteau et réclama le retour au calme.

— Monsieur le juge ! lança l'avocat d'une voix forte. Puis-je demander une suspension de séance afin de m'entretenir avec ma cliente ?

— Vous pouvez, acquiesça le juge, avant de frapper de nouveau la table. La séance reprendra après le déjeuner, à deux heures précises.

Rathbone quitta le tribunal dans un brouillard et marcha sans rien voir jusqu'à la salle où Miriam Gardiner avait été conduite.

La jeune femme ne tourna même pas la tête lorsqu'il entra. Le gardien alla se poster à l'extérieur.

— Était-ce vraiment Aiden Campbell qui vous terrorisait ? demanda-t-il.

Immobile, elle ne dit rien.

— Pourquoi ? insista-t-il. Que vous avait-il fait ?

Un nouveau silence accueillit sa question.

— Était-ce lui qui vous avait agressée la première fois ? ajouta-t-il d'une voix rendue plus forte par l'impuissance. Pour l'amour du ciel, répondez-moi ! Comment voulez-vous que je vous aide si vous ne me parlez pas ? Vous allez mourir ! Pendue !

— Je sais, répondit-elle enfin.
— Et Cleo Anderson aussi !
— Non. Je dirai que c'est moi qui ai tué Treadwell. Je le jurerai à la barre. On me croira, parce qu'on a envie de me croire. Personne ne tient à condamner Cleo.

Elle disait vrai et il le savait aussi bien qu'elle.
— Vous allez affirmer cela sous serment ?
— Oui.
— Mais c'est un mensonge !

Cette fois, Miriam se tourna et soutint son regard.
— Ça, vous ne le savez pas, Sir Oliver. Vous ne savez pas ce qui s'est passé. Si je dis que c'est moi qui l'ai tué, contredirez-vous votre propre cliente ? Il faudrait être fou ! C'est ce que les gens veulent entendre ! Ils me croiront.

Il la dévisagea, momentanément vaincu. Il avait le sentiment que si elle avait eu un reste de chaleur en elle, elle lui aurait souri. Il savait que s'il ne la convoquait pas lui-même à la barre, elle demanderait au juge la permission de s'exprimer, et cette permission lui serait accordée. Il était impossible de lui faire changer d'avis.

Il sortit pour aller prendre un repas qui lui parut mauvais. Le pain avait un goût de poussière, le vin eût tout aussi bien pu être du vinaigre.

Rathbone n'avait guère d'autre choix qu'appeler Aiden Campbell à la barre. S'il s'y refusait, Tobias le ferait à sa place. Mieux valait donc prendre les devants afin de conserver un minimum de maîtrise sur le débat.

L'auditoire était en effervescence. Le bruit avait dû courir pendant la pause déjeuner, car, à présent, tous les bancs étaient occupés et l'on avait même refusé du monde.

Le juge rappela le public à l'ordre et Rathbone se leva.
— Monsieur le juge, j'appelle Aiden Campbell à la barre.

Campbell était blême, mais posé. Il avait eu deux heures pour préparer sa comparution et faisait à présent face à Rathbone, haute silhouette rigide, portrait tragique de sa sœur morte et de son neveu Lucius qui, assis près de son père, avait l'aspect d'un fantôme. De temps à autre, il observait Miriam. Pas une fois, cependant, Rathbone ne vit celle-ci lui renvoyer son regard.

— Mr. Campbell, commença l'avocat dès que l'on eut rappelé au témoin qu'il restait sous serment, une extraordinaire accusation a été formulée contre vous. Êtes-vous prêt à répondre à ce...

— Bien sûr ! coupa Campbell avec un empressement qui en disait long sur son impatience à prendre la parole. J'avais espéré de tout mon cœur que les choses n'en arriveraient pas là. J'ai tout fait pour que ces révélations ne soient pas rendues nécessaires, pour le bien de ma famille et par souci de décence. J'estime qu'il faut enterrer les vieilles tragédies. Quand elles resurgissent dans le présent, elles ne peuvent que faire souffrir des innocents.

Il s'était tourné vers Lucius en prononçant ces derniers mots.

— Mrs. Anderson, reprit Rathbone, a déclaré sous serment que Miriam Gardiner lui a dit que c'était vous qu'elle fuyait lorsqu'elle a quitté la fête de Cleveland Square. Est-ce la vérité ?

Campbell eut une expression peinée.

— Oui, répondit-il avec un mouvement de tête contrarié. Je ne saurais vous dire à quel point je regrette de devoir expliquer cela ici. Je connaissais effectivement Miriam Gardiner... sous le nom de Miriam Speake, celui qu'elle portait quand elle avait douze ans. Elle travaillait comme bonne dans la maison que j'habitais à l'époque, près de Hampstead.

Une vague d'agitation parcourut l'assemblée. Puis chacun retint son souffle. Campbell poursuivit, tourné vers Harry Stourbridge et son fils.

— Je suis navré, déclara-t-il avec ferveur. Je ne puis

vous le dissimuler davantage. Oui, Miriam a vécu sous mon toit pendant environ dix-huit mois. Bien sûr, elle m'a reconnu à la fête et elle a dû craindre que je ne la reconnaisse également et que je vous raconte tout ce que je savais d'elle.

— Manifestement, ce n'est pas ce que vous avez fait, observa Rathbone, soucieux de ramener l'attention de Campbell sur la cour. Pourquoi cela aurait-il effrayé Mrs. Gardiner au point de la faire fuir, sous l'effet de la terreur plutôt que de l'embarras ? Il est certain que le major Stourbridge et son épouse avaient déjà compris qu'elle provenait d'un milieu social différent du leur. Était-ce si dramatique ?

Campbell soupira, puis demeura un long moment sans répondre. Rathbone attendit, tout comme l'ensemble de l'auditoire, qui semblait suspendu à ses lèvres.

— Mr. Campbell... s'impatienta le juge.

L'intéressé se reprit.

— Oui, monsieur le juge. Croyez bien que je suis profondément peiné d'avoir à le dire, mais Miriam Speake était... une débauchée. Même à l'âge de douze ans, elle n'avait aucune conscience morale.

Harry Stourbridge avait sursauté. Lucius se leva à demi de son siège, mais ses jambes se dérobèrent sous lui.

— Je suis navré ! répéta Campbell. Elle était ravissante... très attirante pour quelqu'un d'aussi jeune... et malgré la répugnance que m'inspire un tel aveu, je dois dire qu'elle semblait très expérimentée...

De nouveau, le public s'agita.

Écœurés, plusieurs jurés secouaient la tête. Pour Rathbone, il ne faisait aucun doute qu'ils croyaient le témoin sur parole. L'avocat se tourna légèrement vers Miriam, qui s'était couvert le visage de ses mains, comme si elle ne pouvait endurer davantage ce qu'elle entendait.

En convoquant Aiden Campbell à la barre, Rathbone avait privé la jeune femme du frêle espoir qu'il lui restait encore de s'attirer la bienveillance du jury. Il lui semblait s'être empalé sur son propre poignard. Tous les regards s'étaient tournés vers lui : on attendait la suite. Hester devait être furieuse. Peut-être le prenait-elle en pitié pour son incompétence. L'idée de cette pitié lui parut insoutenable.

Tobias, pour sa part, secouait la tête, pris de compassion à l'égard de ce confrère qui était en train de se noyer dans une tempête qu'il avait lui-même provoquée.

Campbell attendait. Rathbone devait ajouter quelque chose. De toutes les répliques qu'il imaginait, aucune ne pourrait, de toute façon, aggraver la situation. En d'autres termes, il n'avait plus rien à perdre, et plus rien à redouter.

— C'est là votre opinion, Mr. Campbell ? Et vous croyez que Mrs. Gardiner, aujourd'hui respectable veuve qui a passé la trentaine, a tellement été terrifiée par la perspective de vous voir exposer ce triste tableau de son enfance et ruiner les projets de bonheur qu'elle partageait avec votre neveu...

— Cette hypothèse n'a rien de déraisonnable ! intervint Tobias. Quel homme n'irait pas dire à une sœur qu'il aime que son fils unique s'apprête à épouser une bonne à tout faire doublée d'une dévergondée ?

— Mais il ne l'a pas fait ! s'exclama Rathbone. Justement, il n'en a parlé à personne ! Nous venons d'ailleurs de l'entendre adresser des excuses à son beau-frère parce qu'il a été contraint de le faire aujourd'hui !

Il se retourna vivement.

— Pourquoi, Mr. Campbell ? Si l'accusée a bel et bien été la femme — je devrais plutôt dire « l'enfant » — que vous nous avez décrite, pourquoi n'en avez-vous pas averti votre famille ? Si ce que vous dites est vrai...

— Ce que je dis est vrai, assura gravement le témoin. L'état dans lequel l'a trouvée Mrs. Anderson et qu'elle nous a décrit tout à l'heure cadre malheureusement tout à fait avec ce que je sais d'elle.

Il saisit la rambarde placée devant lui et la serra,

comme dans l'espoir de faire cesser les tremblements qui le parcouraient. Il eut peine à trouver sa voix pour poursuivre.

— Elle avait séduit l'un de mes valets, un brave garçon qui n'a pas pu lui résister. La tentation a été trop forte pour lui. J'ai songé un moment à le renvoyer, mais son travail était irréprochable et il éprouvait une honte sincère après ce manquement à la vertu. Je n'ai pas eu le cœur de le détruire.

Il s'interrompit quelques instants. Rathbone attendit.

— Je ne le savais pas à cette époque, reprit-il non sans difficulté. Mais elle était enceinte. Elle s'est fait avorter.

Une femme poussa un petit cri et il y eut un mouvement de foule dans l'assistance. Apparemment, quelqu'un avait eu un malaise.

Le juge fit claquer son marteau, mais ce rappel à l'ordre demeura sans effet.

Dans le box des accusés, Miriam s'était brusquement levée, mais les deux gardes qui l'entouraient la contraignirent aussitôt à se rasseoir.

Rathbone lança un coup d'œil du côté du jury. Sur tous les visages, il ne lisait que consternation et mépris.

Le juge fit de nouveau résonner son marteau.

— Silence ! s'écria-t-il avec mauvaise humeur. Sinon, je ferai évacuer la salle.

Rathbone croisa le regard de Tobias. Ce dernier eut une moue prétendument désolée.

Une fois le calme rétabli, Campbell reprit la parole sans laisser à l'avocat le temps de poser une nouvelle question.

— Ce devait être pour cela qu'elle saignait lorsque Mrs. Anderson l'a trouvée, errant près de la lande.

Il secoua la tête, comme pour nier ce qu'il s'apprêtait à dire, afin de tenter d'en réduire la dureté.

— Au début, je n'ai pas voulu la chasser elle non plus. Elle était si jeune... Je pensais qu'elle avait commis une faute, mais qu'elle était encore...

Il s'interrompit et haussa les épaules. Puis il releva la tête vers Rathbone.

— Seulement elle a continué. Elle excitait les hommes, flirtait avec eux, les dressait les uns contre les autres... Elle se délectait de ce pouvoir qu'elle possédait sur eux. Je n'ai pas eu d'autre choix que de la renvoyer.

Un murmure d'approbation parcourut la salle, accompagné d'un sentiment de colère. Deux ou trois jurons furent proférés et deux jurés échangèrent des commentaires à voix basse, avant de relever la tête ensemble vers le banc des accusés. La condamnation se lisait sur leurs visages.

Un journaliste écrivait avec frénésie.

Tobias sourit à Rathbone sans dissimuler le sentiment de victoire qui l'habitait. Il ne réclamait aucune indulgence lorsqu'il perdait, mais n'en accordait pas non plus quand il remportait une bataille.

— J'aurais réellement préféré ne pas avoir à raconter tout cela, répéta Campbell. J'ai hésité à en parler tout de suite à Harry parce que je n'étais pas totalement certain qu'il s'agissait de la même personne. Cela paraissait incroyable et, bien sûr, elle avait beaucoup changé en vingt-trois ans. En fait, je n'ai pas voulu croire que c'était elle... Vous comprenez? Je suppose que je me suis rendu à l'évidence quand j'ai constaté qu'elle m'avait reconnu elle aussi.

Il ne restait plus rien à ajouter pour Rathbone, plus rien à demander. Pas un instant il n'avait imaginé un tel résultat, et sans doute Hester éprouvait-elle les mêmes désillusions que lui. Il se rassit, consterné.

D'une démarche assurée, Tobias gagna aussitôt le centre du prétoire. Une victoire remportée sur Oliver Rathbone devait être savourée, même après un combat aussi ridiculement facile.

— Mr. Campbell, il ne me reste plus guère de questions à vous poser, déclara-t-il. Vous nous en avez révélé bien plus que nous ne l'aurions imaginé. Je pense que cette remarque vaut aussi bien pour mon confrère, ajouta-t-il en se tournant vers Rathbone, que pour moi-même ! Toutefois, je souhaite clarifier certains détails restés flous... pour le cas où Mrs. Gardiner s'aviserait de témoigner à son tour et de proférer des accusations contre vous, dans la veine suggérée par Mrs. Anderson... qui, d'ailleurs, était peut-être tout aussi ignorante que nous-mêmes des exploits de jeunesse de sa protégée !

Campbell ne répondit pas. Il attendait une question.

— Mrs. Gardiner s'est enfuie quand elle s'est rendu compte que vous l'aviez reconnue... c'est du moins votre vision de la chose, n'est-ce pas ?

— Oui.

— L'avez-vous suivie ?

— Non, bien sûr que non ! Je n'avais aucune raison de le faire.

— Vous êtes resté à la fête ?

— Pas spécifiquement à la fête. Disons que je suis resté à Cleveland Square. J'étais bouleversé par cette histoire. Je me suis promené un peu dans le parc. J'avais besoin d'être seul pour penser à ce que j'allais faire... et à ce que je dirais à la famille quand on découvrirait qu'elle était partie.

— Et qu'avez-vous décidé, Mr. Campbell ?

— De garder le silence. Je savais que la vérité ferait souffrir tout le monde. Toute la famille éprouvait une grande affection pour Miriam. Lucius en était éperdument amoureux, comme un garçon jeune et idéaliste peut l'être. Je pense que c'était son premier amour...

— Je comprends, dit Tobias. Seul Dieu est à même de juger si votre décision a été la bonne, mais je comprends tout à fait les raisons qui vous ont poussé à la prendre. Je regrette, mais je dois vous interroger encore sur un sujet.

— Oui ?

— Le cocher, James Treadwell. Pourquoi pensez-vous que Mrs. Gardiner soit partie avec lui ?

— C'était le domestique de la maison qu'elle connaissait le mieux, répondit Campbell. Je crois qu'il l'avait déjà raccompagnée plusieurs fois à Hampstead. Je n'irais pas jusqu'à dire qu'il y avait autre chose entre eux...

— C'est très charitable de votre part, souligna Tobias. Surtout avec ce que vous savez de la façon dont elle se comportait autrefois avec les domestiques de sexe masculin !

Campbell serra les lèvres, mais demeura silencieux.

— Dites-moi, poursuivit Tobias, comment cet odieux cocher a-t-il appris que Mrs. Anderson volait des médicaments à l'hôpital ?

— Mais je n'en ai aucune idée ! se récria Campbell, surpris, avant de saisir le sens caché de la question.

Il secoua alors la tête.

— Non, reprit-il. Non, je ne crois pas que Miriam le lui ait dit ! Elle était intrigante, manipulatrice, cupide... mais non... Ou alors, elle en a parlé sans réfléchir, sans imaginer l'exploitation qu'il ferait de cette information.

— Accordons-lui le bénéfice du doute... Quoi qu'il en soit, à la lumière de ces nouvelles données, ne pouvons-nous pas supposer que le meurtre de Treadwell a été pour elle une revanche idéale ? interrogea le procureur sans sourciller. Son mariage avec Lucius Stourbridge est désormais impossible, puisqu'elle sait que vous ne le permettrez jamais. Treadwell est en train de ruiner sa mère adoptive et bienfaitrice. Dans sa rage et sa défaite, dans son désespoir même, elle s'en prend à lui et le frappe. Quoi de plus naturel ?

— Vous devez avoir raison, concéda Campbell.

Tobias se tourna vers le juge.

— Monsieur le juge, déclara-t-il, nous avons entendu suffisamment de tragédies pour la journée. Si la cour le permet, j'aimerais suggérer une suspension de séance jusqu'à demain. Peut-être Sir Oliver voudra-t-il présenter de nouvelles pièces à conviction pour tenter un ultime sauvetage. Pour ma part, je n'ai plus rien à ajouter.

Le juge interrogea Rathbone du regard, mais il tenait déjà son marteau à la main.

L'avocat ne possédait plus ni armes ni volonté de combattre.

— Certainement, monsieur le juge, dit-il sans conviction. Faites, je vous en prie.

Rathbone venait de franchir la porte de la salle d'audience lorsque l'huissier le rattrapa

Il réprima un soupir de contrariété. Il n'avait envie de parler à personne. Il goûtait l'amertume d'une défaite qu'il avait lui-même provoquée. Plus que tout, il redoutait une rencontre avec Hester, dont il ne voulait pas voir la déception.

— Qu'y a-t-il ? s'enquit-il avec brusquerie.

— Je vous prie de m'excuser, Sir Oliver, mais Mrs. Anderson demande à vous parler. Elle dit que c'est très important.

Il existait une perspective pire encore que celle de retrouver Hester : avouer à Cleo Anderson qu'il ne pouvait plus rien pour elle. Il prit une inspiration. Il était impossible de se dérober. Si un avocat avait coutume de célébrer les victoires avec ses clients, ne devait-il pas affronter les défaites avec le même sens des responsabilités, et tout au moins sans lâcheté ni faux-fuyants ?

— Bien sûr, répondit-il. Merci, Morris.

Il avait à peine parcouru quelques mètres qu'Hester le rattrapait. Il se demanda ce qu'il pourrait lui dire, mais ne trouva rien. Il n'y avait ni réconfort à offrir, ni nouvel angle d'attaque à suggérer.

Elle marcha à ses côtés sans parler.

Il lui jeta un coup d'œil reconnaissant. Il n'avait pas vu Monk. Sans doute le détective était-il occupé d'une manière ou d'une autre.

Cleo attendait debout dans la petite pièce réservée aux entretiens. Elle s'avança vers eux dès que Rathbone eut refermé la porte.

— Il ment, affirma-t-elle en considérant les nouveaux venus à tour de rôle.

L'avocat sentit l'embarras l'envahir. À quoi bon protester maintenant, d'autant qu'il n'avait pas la force d'entamer une discussion. Tout était terminé.

Il secoua la tête.

— Je comprends que vous ayez envie de croire à...

— Cela n'a rien à voir avec ce que j'ai envie de croire ou de ne pas croire ! protesta-t-elle. J'ai vu Miriam ce jour-là ! Elle n'avait pas avorté ! La grossesse était allée jusqu'à son terme.

Elle semblait furieuse de l'incompréhension que manifestait l'avocat.

— Je suis infirmière ! reprit-elle. Je connais la différence entre une femme qui sort de couches et une autre qui a perdu son enfant ou s'est fait avorter en début de grossesse. L'enfant est né... Mort ou vivant, mais il est né. D'ailleurs, la pauvre petite avait du lait...

Elle déglutit, ajoutant avec tristesse :

— Si vous saviez comme elle a pleuré cet enfant...

— Ainsi, Campbell a menti ! intervint Hester en s'approchant d'elle. Mais pourquoi ?

— Pour ne pas dire ce qu'il lui a fait ! rétorqua Cleo avec conviction. Il a dû la violer, et quand elle s'est retrouvée enceinte, il l'a chassée !

Son regard passa d'Hester à Rathbone.

— Pendant des mois, il n'a peut-être même pas remarqué son état ! Qui regarde les servantes, surtout quand ce ne sont que des enfants ? Peut-être qu'il s'était déjà lassé d'elle... qu'il était passé à la suivante ? Ou alors, il pensait qu'elle avait avorté, et tout à coup, il a remarqué qu'il n'en était rien ! Alors pour éviter le scandale...

— Il n'y aurait pas eu de scandale, objecta tristement Hester. Si elle avait été assez stupide pour affirmer que l'enfant était de lui, il aurait suffi à Campbell de le nier. Ce ne serait pas elle que l'on aurait crue... et dans le cas contraire on ne s'en serait pas beaucoup soucié... Cela ne justifiait absolument pas d'aller jusqu'à commettre un meurtre !

Le visage de Cleo se crispa, mais elle n'abandonna pas.

— Et le corps ?

— Quel corps ? demanda Rathbone, dérouté. Celui du bébé ?

— Non. Celui de la femme !

Rathbone demeurait en proie à une totale confusion.

— Quelle femme ?

— La femme qui a été assassinée sous les yeux de Miriam la nuit où son enfant est né ! La femme de la lande !

— Mais qui était cette femme ?

— Je n'en sais rien ! On n'a jamais trouvé son corps. Il a dû le cacher quelque part.

Excédé, Rathbone poussa un soupir. Il trouvait la discussion absurde et inutile. Il songea qu'il se devait d'y introduire un peu de bon sens, sans pour autant passer pour un donneur de leçons auprès de cette femme qui se trouvait sans doute confrontée à la prise de conscience la plus douloureuse de toute son existence. Cleo allait devoir subir une disgrâce qu'elle n'avait pas méritée et une mort qu'il ne pouvait lui épargner.

— Écoutez, déclara-t-il, vous avez dit vous-même que Miriam était hystérique. Ne croyez-vous pas qu'en réalité c'était de la mort de son enfant qu'elle parlait ? Était-ce une fille ?

— Je ne sais pas. Elle ne me l'a pas dit. Elle semblait si... si sûre qu'il y avait une femme... une femme à laquelle elle était attachée... qui l'avait aidée, qui l'avait même aimée... Je...

Elle se tut, trop affectée pour poursuivre.

— Je suis désolé, murmura Rathbone avec douceur. Vous avez eu raison de me parler du bébé. Si Campbell a menti, nous allons au moins pouvoir nous servir de cet élément. Même si nous ne faisons que sauver la réputation de Miriam, je suis sûr que cela lui mettra du baume au cœur.

Il s'interrompit, furieux contre lui-même : il faisait des

promesses inconsidérées, parlait à tort et à travers. À la vérité, ce détail aurait-il une quelconque importance pour Miriam au seuil de la mort ?

Il frappa deux coups à la porte pour pouvoir sortir. Dès qu'ils furent à l'extérieur, il se tourna vers Hester, qui ne lui laissa toutefois pas le temps d'exprimer ses regrets.

— Si cette femme a vraiment été assassinée, son corps doit être encore là-bas...

— Mais, Hester... Elle délirait ! Tout le sang qu'elle avait perdu l'avait sans doute affaiblie et elle était totalement bouleversée par la mort de son bébé !

— Peut-être ! Mais peut-être aussi a-t-elle vu cette femme se faire tuer sous ses yeux ! persista Hester. Si le corps n'a jamais été trouvé, c'est qu'il est toujours là-bas, sur la lande...

— Depuis vingt-deux ans ! s'exclama-t-il, ironique. Sur la lande de Hampstead ? Pour l'amour du ciel...

— Pas en plein air ! Enterré... Caché quelque part !

— S'il a été enterré, personne ne le retrouvera plus.

— Peut-être n'a-t-il pas été enterré, s'obstina-t-elle. Peut-être est-il dissimulé quelque part, à l'abri des regards.

— Mais, Hester...

— Je vais aller chercher le sergent Robb pour voir s'il peut m'aider à le retrouver.

— Mais voyons, ce n'est pas possible ! Après tout ce temps, il n'en reste plus rien...

— Je veux au moins essayer ! Imaginez qu'il y ait vraiment eu une femme assassinée... Et que Miriam n'ait dit que la vérité.

— Ce n'est pas le cas !

— Mais si ça l'est ? Miriam est votre cliente, Oliver ! Vous devez lui accorder le bénéfice du doute. Votre rôle consiste à partir du principe que tout ce qu'elle dit est vrai, jusqu'à preuve du contraire !

— Elle avait treize ans, elle venait de mettre au monde un enfant mort, elle était seule et affolée...

— Je vais voir le sergent Robb. Il m'aidera à chercher, même s'il n'y croit pas un instant, ne serait-ce que pour Cleo. Il a une dette envers elle, une dette qu'il ne pourra jamais rembourser, et il le sait.

— Et je ne doute pas un instant que s'il venait à l'oublier, vous vous chargeriez de le lui rappeler !

— Il ne l'oubliera pas !

— Mais pourquoi ne demandez-vous pas plutôt l'aide de Monk ? hasarda Rathbone par défi, alors qu'elle avait déjà tourné les talons.

— Il enquête encore sur Treadwell et sur les cadavres, lança-t-elle par-dessus son épaule.

Il soupira. La jeune femme était déjà loin et il se retrouvait seul, ne sachant que faire, sinon tenter de découvrir une façon honorable d'affronter le tribunal le lendemain matin.

Michael Robb se trouvait seul dans la pièce où, jusqu'à une période récente, son grand-père passait toutes ses journées. Le grand fauteuil était resté à sa place, comme si le vieil homme pouvait revenir s'y installer à tout moment. Sans lui, le logement semblait vide.

— Mrs. Monk ! s'exclama Robb en découvrant la jeune femme sur le seuil. Que se passe-t-il ? Quelque chose ne va pas ?

— Rien ne va, rétorqua-t-elle.

Elle pénétra dans la pièce, mais refusa le siège que lui proposait son hôte.

— Cleo risque la condamnation si nous ne prouvons pas d'une façon ou d'une autre que Miriam est elle aussi innocente. Et le seul moyen d'y parvenir consiste à trouver le cadavre de la femme...

— Quelle femme ? Attendez ! Que s'est-il passé au tribunal ? Je n'y étais pas.

À mots précipités, Hester lui rapporta le témoignage de Cleo, puis les dénégations d'Aiden Campbell et la version fournie par ce dernier.

— Il faut retrouver la femme dont Miriam a parlé ! conclut-elle. Celle qui a été assassinée. Cela prouverait qu'elle dit la vérité ou, tout au moins, cela obligerait le ministère public à ouvrir une enquête !

— Mais son cadavre est resté vingt-deux ans dans la nature ! objecta Robb, incrédule. À mon avis, il ne doit pas subsister grand-chose !

— Vous avez une meilleure idée ?

— Non, mais...

— Dans ce cas, aidez-moi ! Nous devons fouiller la lande !

Le sergent n'hésita guère. À son expression, Hester voyait qu'il estimait l'entreprise sans espoir, mais se sentait seul et coupable vis-à-vis de Cleo, qui l'avait aidé de la plus belle façon qui fût et pour laquelle il ne pouvait rien. En silence, il alla chercher une lanterne et suivit Hester au-dehors. Le soir tombait.

Ils marchèrent côte à côte jusqu'à Green Man Hill, où habitait Cleo Anderson avant son arrestation, et se postèrent devant la maison de l'infirmière, face à la lande. Il faisait presque nuit et les lourdes silhouettes des grands arbres se détachaient sur un ciel d'automne encore clair.

— Par où devons-nous commencer, à votre avis ? s'enquit Robb.

Elle lui fut reconnaissante de ce « nous » dans lequel il s'incluait, refusant de faire sentir à la jeune femme que lui-même n'était venu que par politesse.

— Cela n'a pas pu se passer très loin d'ici, déclara-t-elle en balayant du regard le paysage de verdure qui s'ouvrait devant eux. Dans l'état où elle se trouvait, Miriam n'a pas pu courir bien longtemps. Cependant, si cette pauvre femme a vraiment été tuée, l'assassin quel qu'il soit n'a pas commis son meurtre en bordure de route. Car les choses n'ont pas pu se dérouler dans le silence. Sans doute y a-t-il eu d'abord une altercation, des accusations, des menaces, que sais-je ! Miriam était présente, elle a tout vu. Elle a dû hurler...

Il la dévisageait à la lueur de la lanterne. Elle le vit hocher lentement la tête.

— L'assassin, quel qu'il soit, n'a pas pu la suivre, reprit-elle, implacable. Il devait craindre d'être aperçu. Avant tout, il lui fallait se débarrasser du corps.

— Mrs. Monk... Êtes-vous sûre de croire à toute cette histoire ? l'interrompit le sergent.

La question était judicieuse. En effet, le doute avait commencé à s'insinuer sérieusement dans l'esprit d'Hester. Toutefois, la jeune femme refusait de lâcher prise.

— Bien sûr ! répliqua-t-elle. Et nous allons le prouver ! Si vous veniez de commettre un crime en présence d'une jeune fille qui s'était enfuie, en hurlant sans doute, comment feriez-vous pour dissimuler le corps assez vite pour que, si des gens entendaient les cris et s'avisaient d'accourir sur les lieux, ils ne trouvent rien du tout ?

Les yeux du jeune homme s'élargirent de surprise. Il ouvrit la bouche pour protester, mais y renonça aussitôt et se mit à réfléchir. Puis il s'engagea sur l'herbe de la lande et marcha jusqu'aux premiers arbres, avant de promener son regard autour de lui. Hester l'avait suivi.

— Eh bien, je n'aurais pas le temps de creuser une tombe, répondit-il enfin d'un ton pensif. Le sol est dur et bourré de racines. Et puis, la terre retournée serait facile à repérer.

Il fit encore quelques pas, toujours escorté de la jeune femme.

Un bruit éclata soudain au-dessus de leurs têtes, sorte de grand froissement qui fit tressaillir Hester. Un oiseau de nuit venait de prendre son envol.

— C'est une chouette, murmura Robb.

La jeune femme voulut suivre des yeux le volatile, mais il avait disparu.

— Où est-elle allée ?

— Dans un autre arbre, sans doute...

Il leva la lanterne et entreprit d'examiner le tronc le plus proche. Puis il passa au suivant et continua ainsi de longues minutes. Hester se tenait près de lui. La lumière dessinait autour d'eux des ombres mouvantes un peu inquiétantes. La jeune femme se félicita de ne pas être venue seule. Elle imaginait sans peine ce qu'avait dû ressentir Miriam en cet endroit, alors qu'elle venait de perdre son enfant et d'assister au meurtre d'une femme qui lui était chère. Comment s'étonner qu'elle eût presque perdu l'esprit lorsque Cleo l'avait recueillie ?

— Nous devons continuer à chercher ! s'exclama Hester avec détermination. Il faut épuiser toutes les possibilités. S'il y a un corps sur cette lande, nous le trouverons.

Elle fit quelques pas en empoignant sa jupe à deux mains pour marcher plus commodément.

— Vous dites que vous ne l'auriez pas enterrée, poursuivit-elle. Il n'a pas pu la laisser n'importe où, il ne voulait pas que quelqu'un la découvre. Et il l'a si bien cachée qu'on ne l'a effectivement jamais retrouvée. Mais où ?

— Dans un arbre, répondit Robb, formel. C'est la seule possibilité. Il n'y a pas d'autre endroit !

— En haut d'un arbre ? Mais quelqu'un aurait fini par la remarquer ! protesta-t-elle. Et puis, les corps pourrissent et...

— Je sais ! coupa le sergent en secouant la tête, comme pour chasser les images indésirables.

Il souleva la lanterne pour la tenir en hauteur devant eux et poursuivit son exploration. Une belette frôla les jambes d'Hester, qui aperçut un instant le pelage brillant.

— Les animaux ont dû détruire le corps, non ?

— Au bout d'un moment, oui.

— Cela s'est passé il y a plus de vingt ans. Que peut-il rester aujourd'hui ? Des os ? Des dents ?

— Des cheveux. Et peut-être des vêtements. Des bijoux, des boutons, des souliers aussi.

Hester tressaillit. Il l'observa d'un air inquiet, baissant la lumière au-dessous de son visage pour ne pas l'éblouir.

— Vous vous sentez bien, Mrs. Monk ? s'enquit-il avec bienveillance. Je peux continuer seul si vous le souhaitez. Je vous ramène chez vous et je reviens un peu plus tard. Je vous promets de chercher...

Elle sourit.

— Je n'en doute pas ! Mais n'ayez crainte, je vais bien, merci. Avançons un peu !

Il hésita encore un instant, puis se mit en marche.

D'un pas lent, ils parcoururent ensemble une cinquantaine de mètres, attentifs à leur environnement, cherchant un endroit qui eût pu servir de cachette. Hester avait le sentiment croissant de perdre son temps et, plus grave, celui de Robb. Elle avait cru à l'histoire de Miriam parce qu'elle le voulait, pour Cleo, non parce qu'elle l'estimait crédible.

— Sergent Robb... commença-t-elle.

Il se tourna vers elle et le rayon de la lampe éclaira un instant les branches basses d'un arbre sur leur droite.

— Qu'est-ce que c'est que ça ?

Hester suivit son regard.

— Un vieux nid, répondit-elle.

Il approcha la lumière et observa l'objet, à un mètre au-dessus d'eux.

— Qu'y a-t-il ? demanda Hester, curieuse. C'est intelligent, n'est-ce pas, cette façon qu'ont les oiseaux d'entremêler les brindilles. D'autant qu'ils n'ont que leur bec...

Il lui tendit la lanterne.

— Tenez-moi ça une minute, s'il vous plaît. Je voudrais le voir de plus près.

— Le nid ?

La jeune femme lui obéit néanmoins et tint la lampe comme il le lui demandait.

Robb escalada les branches basses pour parvenir au niveau du nid, qu'il observa un long moment.

— Qu'y a-t-il ? interrogea Hester.

Il baissa la tête vers elle. Son visage apparaissait comme un masque blême dans le rayon de lumière.

— Des cheveux, répondit-il d'une voix tremblante. De

longs cheveux, en grand nombre. Tout le nid a été consolidé avec des cheveux. Il doit y avoir un arbre creux tout près d'ici. Passez-moi la lampe et ne regardez pas !

Elle sentit un frisson glacé la parcourir. Un instant plus tôt, elle n'y croyait plus, et voilà qu'ils approchaient peut-être du but !

— Oui, murmura-t-elle. D'accord...

Il fallut quinze minutes au jeune homme pour repérer l'arbre au tronc creux, foudroyé au cours d'un orage et désormais sec. Il était plus proche de la route que le nid, mais un mur de branchages en dissimulait l'orifice. Peut-être avait-il été plus facile de le remarquer vingt-deux ans plus tôt.

— J'ai trouvé, lança Robb d'une voix enrouée en revenant vers la jeune femme. Ce n'est plus qu'un squelette, mais il reste des lambeaux de vêtements.

Il cligna des yeux. Il tremblait et son teint paraissait gris-jaune à la lueur de la lampe.

— D'après l'état du crâne, elle a dû être assassinée d'un grand coup à la tête... Comme Treadwell... et comme Mrs. Stourbridge.

CHAPITRE XIII

Rathbone dormit très peu. Vers minuit, un messager se présenta chez lui, porteur d'une lettre d'Hester.

Cher Oliver,

Nous avons trouvé le corps. Il semble que ce soit une femme aux cheveux gris. Elle a été tuée d'un grand coup à la tête, exactement comme les deux autres victimes. Je suis au poste de police avec le sergent Robb. Nous ne savons pas qui est la femme. Je préviens William, bien sûr. Je serai au tribunal demain matin pour témoigner. Vous DEVEZ m'appeler à la barre!

Bien à vous,
Hester

Il se recoucha, mais sans parvenir à trouver le sommeil. Une heure plus tard, il alla se préparer une boisson chaude, qu'il but dans son bureau, puis il fit les cent pas en essayant en vain d'élaborer une stratégie pour le lendemain. En fin de compte, il retourna au lit et sombra dans un sommeil de plomb.

Il s'éveilla au matin avec la sensation d'avoir dormi à peine quelques minutes. Il avait une migraine et la bouche sèche. Son valet lui servit le petit déjeuner, mais Rathbone se contenta d'un toast et d'une tasse de thé avalés à la hâte. Il arriva en avance au tribunal, désireux de se concentrer avant le début du procès, mais gaspilla ce temps en conversations dont il ne tira aucun bénéfice.

Tobias, pour sa part, semblait d'excellente humeur. Lorsqu'il croisa Rathbone dans le couloir, il lui souhaita bonne chance, un large sourire aux lèvres.

De nouveau, le public avait déserté la salle et les rares spectateurs n'étaient venus que pour assister au dénouement prévisible et savourer la vengeance. Seuls Lucius et Harry Stourbridge, assis au premier rang, faisaient exception. Même de loin, on remarquait la solidarité qui les unissait. La même angoisse les habitait tous deux et ils la partageaient en un compagnonnage silencieux.

Le juge ouvrit la séance.

— La défense a-t-elle d'autres témoins à présenter, Sir Oliver ?

— Oui, monsieur le juge. J'appelle Mrs. Hester Monk à la barre.

Le juge haussa les sourcils, mais n'émit aucune objection.

Tobias releva la tête pour suivre d'un œil étonné l'entrée d'Hester.

Rathbone esquissa un léger sourire.

La jeune femme monta à la barre, manifestement fatiguée, mais confiante, et commença par saluer Cleo et Miriam d'un signe de tête. Puis elle se tourna vers Rathbone et attendit.

L'avocat s'éclaircit la gorge.

— Mrs. Monk, étiez-vous présente hier lorsque Mrs. Anderson a rapporté la stupéfiante histoire que lui avait racontée Miriam Gardiner à l'époque où elle l'a recueillie, hystérique et en sang, en bordure de la lande, il y a vingt-deux ans de cela ?

— Oui, Sir Oliver.

— Ce témoignage vous a-t-il incitée à entreprendre quelque chose ?

— Oui. Je suis partie à la recherche du corps de la femme qui avait été assassinée en présence de Miriam.

Tobias émit un son plein de dérision, à mi-chemin entre la toux et le bougonnement.

Le juge se pencha en avant, interrogateur.

— Sir Oliver, êtes-vous sûr que ce détail ait une quelconque importance à ce stade du procès ?

— Oui, monsieur le juge, il a une importance considérable, assura l'avocat avec satisfaction.

Enfin, il ressentait au fond de lui une chaleur, le sentiment de pouvoir se lancer dans la bataille. À coup sûr, il allait parvenir à chasser cette équanimité qui, depuis le début, n'avait pas quitté le visage de Tobias.

— Dans ce cas, faites-en la preuve, commanda le juge.

— Oui, monsieur le juge. Mrs. Monk, avez-vous trouvé un corps ?

L'assistance était silencieuse, mais non captivée. Rathbone n'avait guère l'impression de bénéficier de l'attention des jurés.

— Oui, Sir Oliver.

À ces mots, Tobias sursauta violemment, puis se redressa sur son séant. Un mouvement parcourait le public, parsemé d'exclamations. Le juge s'adressa directement à Hester.

— Vous ai-je bien entendue, madame ? Vous avez dit avoir découvert un corps ?

— Oui, monsieur le juge. Bien sûr, je n'étais pas toute seule. J'avais emmené avec moi le sergent Michael Robb. En réalité, c'est lui qui a découvert le corps.

— Mais ce que vous nous affirmez est très grave ! s'inquiéta le magistrat, les sourcils froncés. Où se trouve le corps à présent et que pouvez-vous en dire ?

— Il est à la morgue de Hampstead, monsieur le juge, où j'ai été autorisée à l'examiner parce que je suis infirmière.

— Vous... Vous êtes infirmière ? répéta-t-il, incrédule.

— Oui, monsieur le juge. J'étais en Crimée.

— Dieu du ciel !

Il reprit sa position initiale dans son fauteuil et s'adressa à Rathbone :

— Sir Oliver, je vous laisse procéder. Mais auparavant, je réclame le plus parfait silence dans la salle. La première personne qui émet le moindre son indésirable sera expulsée sur-le-champ !

— Je vous remercie, monsieur le juge, fit l'avocat, avant de se tourner vers Hester. À quel endroit exactement avez-vous découvert le corps, Mrs. Monk ?

— Dans un arbre creux de la lande de Hampstead, répondit-elle. Nous avons pris la maison de Mrs. Anderson, à Green Man Hill, comme point de départ et nous avons cherché dans ses environs une cachette qui aurait pu abriter un corps, en partant du principe que l'histoire racontée à l'époque par l'enfant qu'était Mrs. Gardiner était vraie.

— Qu'est-ce qui vous a conduits à aller fouiller cet arbre creux en particulier ? La lande comporte des milliers d'arbres !

Un silence complet régnait dans l'auditoire. Nul ne bougeait.

— Nous avons remarqué un nid d'oiseau consolidé avec de nombreux cheveux de femme, expliqua Hester, sur une branche basse. Nous avons mené nos recherches tout autour, et nos efforts ont fini par être récompensés. Le sergent Robb a grimpé dans les arbres, ce qui lui a permis de s'apercevoir que ce tronc-là était vide. En vingt ans, la végétation a beaucoup poussé tout autour. À l'époque, il devait être plus facile à repérer.

— Et le corps ? s'enquit Rathbone. Que pouvez-vous nous en dire ?

Hester déglutit. De toute évidence, cette vision lui avait laissé un souvenir pénible. Elle agrippa la rambarde et prit une profonde inspiration.

— Ce n'était plus qu'un squelette, dit-elle. Les vêtements étaient presque inexistants. De la robe, il ne subsistait que les boutons, et il y avait aussi les armatures de... des sous-vêtements. Les bottines étaient très abîmées, mais il en restait suffisamment pour qu'elles soient reconnaissables. En revanche, tous les boutons étaient intacts et attachés à ce qu'il y avait encore de cuir. Ils m'ont paru originaux, et de bonne qualité.

Toujours immobile, elle faisait un effort visible pour conserver son sang-froid.

— À en juger par les cheveux que nous avons retrouvés, enchaîna-t-elle, il semble que la femme était âgée de quarante ou cinquante ans à sa mort. Nous avons remarqué une cavité importante au niveau du crâne, comme si on l'avait frappée avec un objet lourd.

— Merci, fit Rathbone. Vous devez être épuisée et bouleversée par l'expérience.

Elle acquiesça. Rathbone fit signe à Tobias.

Celui-ci se leva et s'avança en secouant un peu la tête, puis prit la parole d'une voix douce. Il était bien trop rompu à l'art oratoire pour ne pas user de la plus grande courtoisie avec ce témoin, qui s'était acquis la sympathie du public.

— Mrs. Monk, permettez-moi de louer votre courage, votre dévouement et votre ténacité à traquer la vérité. C'est une très noble cause dont vous semblez ne jamais vous lasser.

Hester ne décela pas le moindre sarcasme dans ce discours. Elle resta néanmoins sur ses gardes.

— Je vous remercie, fit-elle.

— Dites-moi, Mrs. Monk, avez-vous trouvé, sur le corps de cette malheureuse, quelque chose qui puisse nous révéler son identité ?

— Pas que je sache. Le sergent Robb est en train d'effectuer des recherches pour tenter d'en apprendre davantage.

— À partir de quoi ? Des restes de vêtements accrochés au squelette ?

— Ça, c'est à lui qu'il faudra le demander.

— S'il estime qu'il existe un lien quelconque entre cette tragédie et l'affaire qui nous occupe ici et qu'il nous en donne l'occasion, croyez bien que je le ferai, acquiesça le procureur. Mais pour vous, ce lien existe. Dans le cas contraire, vous ne seriez pas venue en parler devant cette cour. D'où vous vient une telle conviction, Mrs. Monk, en dehors de votre désir de protéger l'une de vos collègues ?

Hester sentit le rouge lui monter aux joues. Si elle avait imaginé un seul instant pouvoir bénéficier de la bienveillance de Tobias, les choses devenaient claires à présent.

— Parce que nous l'avons découverte à l'endroit où Mrs. Gardiner avait dit que le meurtre s'était déroulé, répliqua-t-elle d'un ton sec.

— Vraiment ? fit Tobias en haussant les sourcils. J'ai pourtant cru comprendre, en écoutant le témoignage de Mrs. Anderson, que Mrs. Gardiner — ou Miss Speake, comme elle se nommait alors — était totalement hystérique et parlait de façon incohérente. Au point que Mrs. Anderson avait cessé de croire qu'il y ait eu une femme, un meurtre, et un corps à trouver !

— S'agit-il d'une question ? lança Hester.

— Non. C'est une simple observation. Vous avez donc découvert ces ossements quelque part sur la lande de Hampstead, dans un arbre non identifié. Tout ce que nous savons, c'est que cet arbre se situe à proximité de Green Man Hill. Avons-nous les moyens de déterminer depuis combien de temps le corps se trouvait là ? À son état, il semble évident qu'il y est resté au moins une dizaine d'années. Mais est-il impossible qu'il ait été là depuis vingt-cinq ans ? Ou trente ? Ou même plus de cinquante ans, Mrs. Monk ?

Elle soutint le regard faussement ingénu du procureur sans ciller.

— Je ne suis pas qualifiée pour vous répondre, maître Tobias. Il vous faudra interroger le sergent Robb, ou même le médecin légiste. Quoi qu'il en soit, mon époux examine actuellement les bottines. Il pense que celles-ci pourraient nous fournir une indication. Les boutons sont ornés d'un dessin particulier, voyez-vous.

— Votre époux est-il expert en boutons de bottines pour dames ? s'enquit le procureur, ironique.

— Il est expert en analyse d'indices dont il déduit des faits, rétorqua-t-elle d'un ton glacial. Il saura à qui s'adresser.

— Je vous crois sur parole. Et je ne doute pas que les boutons de bottines l'inspireront, ajouta-t-il, sarcastique. Pour notre part toutefois, nous nous en tiendrons aux éléments concrets dont nous disposons et dont nous tenterons de tirer des conclusions raisonnables. Mrs. Monk, existe-t-il, à votre connaissance, un élément qui prouve que l'infortunée dont vous avez retrouvé le corps a un lien effectif avec les meurtres de James Treadwell et de Mrs. Verona Stourbridge ?

— Oui ! Vous avez établi que lorsqu'elle a été retrouvée, à l'âge de treize ans, Miriam Gardiner était en proie à la folie et qu'elle avait donc raconté une histoire fausse. Pour tirer cette conclusion, vous avez argué du fait qu'aucun corps de femme n'avait jamais été retrouvé sur la lande de Hampstead. Eh bien maintenant, il y en a un ! La jeune Miriam ne mentait pas, et elle n'avait pas non plus perdu la raison ! Un meurtre a bel et bien été commis sur la lande. Sachant qu'elle en avait parlé, il me semble raisonnable de supposer que, comme elle l'a affirmé, elle en a été le témoin.

— Il y a le corps d'*une* femme, rectifia Tobias. Rien ne prouve qu'elle soit morte assassinée, même si je veux bien admettre que l'hypothèse soit envisageable. Toutefois, nous ne savons pas qui était cette femme, ce qui lui est arrivé, et encore moins à quelle époque le drame a eu lieu. Je suis conscient de votre souci de blanchir la vertu de Mrs. Gardiner, Mrs. Monk. Et cette charité est tout à votre honneur, de même que votre loyauté. Mais cela n'affranchit absolument pas l'accusée des charges qui pèsent sur elle.

Il étendit les mains pour signifier que le débat était clos, puis sourit et regagna sa place.

Rathbone se leva.

— Mrs. Monk, vous étiez près de cet arbre de la lande de Hampstead, où vous avez fait votre macabre découverte. Vous connaissez donc les lieux, alors que nous ne pouvons que les imaginer. Dites-nous, existe-t-il une possibilité quelconque pour que cette femme, après avoir reçu d'une manière ou d'une autre ce terrible coup sur la tête, se soit introduite elle-même à l'intérieur de l'arbre ?

— Mais non ! s'exclama Hester. Bien sûr que non !

— Elle a donc été assassinée, son corps a bien été dissimulé ensuite à l'abri des regards et les faits ont eu lieu il y a assez longtemps pour que la chair ait eu le temps de se décomposer et la majeure partie des vêtements de pourrir ?

— Oui.

— Cette femme a été tuée d'un violent coup sur la tête, manifestement de la même façon que James Treadwell et que la malheureuse Mrs. Stourbridge ?

— Oui.

— Merci, Mrs. Monk. Je crois, ajouta-t-il en se tournant vers le juge, que cet élément de preuve apporte une grande crédibilité au témoignage initial de Mrs. Gardiner et que, dans l'intérêt de la justice, nous devons découvrir qui était cette femme assassinée et si sa mort est, oui ou non, liée aux meurtres dont Mrs. Anderson et Mrs. Gardiner sont aujourd'hui accusées.

Le magistrat lança un regard à Tobias. Celui-ci s'était déjà levé.

— Oui, monsieur le juge, bien sûr, dit-il. Mr. Campbell vient de m'informer qu'il souhaite revenir à la barre, afin d'apporter de nouveaux éclaircissements qui, espère-t-il, pourront aider la cour. Sachant que ce qui vient d'être dit risque d'instiller dans les esprits une suspicion quant au rôle qu'il a joué, il aimerait avoir la possibilité de s'exprimer.

— Cela me semble en effet souhaitable, approuva le juge. Je vous en prie, faites revenir Mr. Campbell.

Aiden Campbell semblait épuisé lorsqu'il gravit les marches mais, en l'observant, Rathbone ne décela chez lui aucun signe d'inquiétude. Il fit face à la cour d'un air infiniment triste, mais confiant, et sa voix était ferme lorsqu'il répondit aux questions du procureur.

— Non, je n'ai pas la moindre idée de l'identité de cette infortunée, ni du nombre d'années depuis lequel elle se trouvait là. D'après ce qui a été dit du corps et des vêtements, il semble que cela fasse au moins dix ans.

— Avez-vous une idée de la façon dont elle a trouvé la mort, Mr. Campbell ? insista Tobias.

— Non, aucune. Mais la description de la blessure faite par Mrs. Monk évoque malheureusement ce qu'ont subi Treadwell et...

Il s'interrompit et, cette fois, l'émotion parut le submerger.

— ... et ma pauvre sœur... acheva-t-il dans un souffle.

— Je vous en prie, prenez le temps de vous remettre, Mr. Campbell, fit Tobias, prévenant. Voudriez-vous un verre d'eau ?

— Non, je vous remercie, ça va aller... Je vous présente mes excuses, conclut-il en se redressant. Ce que je voulais dire, c'est que le décès de cette femme a peut-être un rapport... Je pense qu'il pouvait s'agir, par exemple, d'une infirmière qui aurait eu connaissance des vols de médicaments survenus à l'hôpital. Peut-être menacait-elle de tout révéler aux autorités, ou peut-être s'est-elle essayée au chantage...

Il était inutile d'en dire davantage. Chacun avait compris.

— Tout à fait, acquiesça Tobias en le remerciant d'un signe de tête.

Il adressa un sourire aux jurés, puis regagna sa table.

Le public, silencieux, observait à présent Rathbone.

Pensif, celui-ci balaya la salle des yeux. Il fallait gagner du temps, trouver une nouvelle idée et tenter de paraître assuré.

Il croisa le regard de Harry Stourbridge qui, très pâle, le considérait avec espoir. Près de lui, Lucius semblait absent.

Une agitation soudaine se fit sentir parmi le public lorsque la porte de la salle s'ouvrit. Tous les visages se tournèrent dans cette direction.

Monk était là. Il adressa un léger signe de tête à Rathbone.

— S'il reste un peu de temps avant la pause du déjeuner, monsieur le juge, déclara aussitôt l'avocat, j'aimerais appeler Mr. William Monk à la barre. Je pense qu'il nous apporte de nouveaux éléments sur l'identité de cette femme dont on a trouvé le corps la nuit dernière.

— Faites, je vous en prie, répondit le magistrat sans dissimuler son intérêt. Nous sommes tous impatients d'entendre ce qu'il a à nous dire.

Au milieu d'un brouhaha révélateur de l'état de fébrilité de l'auditoire, Monk traversa la salle et monta les marches du box. Tous les regards étaient fixés sur lui. Même Tobias s'était redressé sur son siège, le visage inquiet, les mains posées devant lui sur la table.

Rathbone s'éclaircit la gorge avant de commencer. Lorsqu'il posa la première question, il s'aperçut que sa voix tremblait un peu.

— Mr. Monk, avez-vous mené des investigations pour tenter de découvrir des informations relatives à une femme dont le corps a été retrouvé sur la lande de Hampstead la nuit dernière ?

— Oui, j'ai commencé mon enquête dès que j'ai été informé de la découverte, vers une heure du matin, répondit le détective.

En effet, il semblait avoir passé une nuit blanche. Sa tenue était comme toujours impeccable, mais il n'était pas rasé et la fatigue se lisait sur ses traits.

— Avez-vous appris quelque chose ? enchaîna Rathbone.

À entendre son cœur battre avec violence dans sa poitrine, il craignit que son appréhension ne fût perceptible par tous.

— Oui. J'ai pris les boutons des bottines et un peu de cuir des semelles, qui étaient fort peu usées. Il s'agissait de boutons très originaux, dont la fabrication s'est étalée sur une période assez courte. Ce n'est pas une preuve absolue, mais il semble extrêmement probable que cette femme ait été tuée il y a vingt-deux ans. Il est indiscutable que la mort n'a pas pu se produire avant, et comme les chaussures étaient presque neuves, il semble que cela ne soit pas très longtemps après non plus. Si vous posez la question au médecin légiste, il vous dira qu'il s'agit d'une femme de quarante-cinq à cinquante ans, de taille et de constitution moyennes, aux cheveux longs et gris. À un certain moment, cette femme s'est cassé un os du pied mais, à sa mort, la fracture était totalement réparée. Elle a été tuée d'un coup unique et très puissant à la tête, par une personne qui était droitière et qui lui faisait face. Ah oui... elle possédait une dentition parfaite... ce qui est peu commun à cet âge.

Dans le tribunal, la tension était si palpable que lorsqu'un spectateur éternua, la femme qui se trouvait derrière lui poussa un cri, aussitôt réprimé.

Dans le box du jury, chacun fixait Monk comme si rien d'autre n'existait.

— Est-ce le même médecin légiste qui a examiné les corps de Treadwell et de Mrs. Stourbridge ? interrogea Rathbone.

— Oui.

— Et pense-t-il que les coups ont été infligés par la même personne ?

Tobias ne laissa pas Monk répondre. Il bondit.

— Monsieur le juge, ce témoin n'a aucune compétence médicale...

— C'est exact, acquiesça le magistrat. Nous nous en tiendrons ici aux témoignages directs, Sir Oliver. Si vous estimez que son avis peut avoir valeur de preuve, il ne fait aucun doute que le médecin légiste se rendra disponible pour venir témoigner devant cette cour. Pour ma part, j'avoue que je serais fort curieux de connaître la réponse à cette question.

— Je l'appellerai très certainement, assura l'avocat.

À cet instant, l'huissier s'approcha de lui et lui tendit une feuille de papier.

— Je vous prie de m'excuser, monsieur le juge, ajouta Rathbone, avant de prendre connaissance du message.

La femme ne pouvait pas faire chanter Cleo, puisque celle-ci ne volait pas de médicaments à l'époque. L'apothicaire peut le prouver. Appelez-moi à la barre.

Hester.

La cour attendait.

— Monsieur le juge, puis-je rappeler Mrs. Monk à comparaître, afin de déterminer si, oui ou non, Mrs. Anderson pouvait être victime d'un maître chanteur informé des vols de médicaments il y a vingt-deux ans ?

— Est-elle à même de fournir un témoignage sur ce sujet ? s'étonna le juge. Elle était enfant, à l'époque !

— Elle a eu accès aux archives de l'hôpital, monsieur le juge.

— Dans ce cas, appelez-la, mais je demanderai sans doute que ces archives soient portées au dossier de la défense.

— Avec tout le respect que je vous dois, monsieur le juge, la cour a accepté le fait que des médicaments ont été volés à l'hôpital pendant plusieurs mois sans que Mr. Tobias ait eu à fournir aux jurés les registres de l'hôpital. Pour lui, un simple témoignage a été suffisant.

— Monsieur le juge, protesta Tobias, qui s'était levé, Mrs. Monk a indéniablement manifesté un certain parti pris dans ce procès. On ne peut guère la qualifier d'impartiale !

— Je suis persuadé que les archives pourront être obtenues, concéda Rathbone, contrarié.

— Merci, monsieur le juge, fit Tobias avec un sourire.

— Néanmoins, déclara le magistrat, nous entendrons le témoignage de Mrs. Monk. Sir Oliver, appelez-la, je vous prie.

Hester s'installa à la barre et s'entendit rappeler qu'elle avait juré de dire la vérité, et rien que la vérité. Elle avait étudié les registres de l'apothicaire jusqu'à trente ans plus tôt, c'est-à-dire depuis l'embauche de Cleo comme infirmière, et les chiffres des remèdes achetés et des prescriptions aux patients correspondaient parfaitement.

— Ainsi, à l'époque où cette pauvre femme a été assassinée, il n'y avait aucune raison de faire chanter Mrs. Anderson pour des vols de médicaments commis à l'hôpital ? fit confirmer Rathbone.

— Tout à fait, approuva Hester.

Tobias se leva alors et marcha vers elle.

— Mrs. Monk, vous semblez disposée à aller extraordinairement loin pour démontrer l'innocence de Mrs. Anderson, alors que rien ni personne ne vous y oblige. Je ne puis m'empêcher de vous soupçonner de mener une croisade. Vous le faites soit par zèle, avec à l'esprit l'objectif inavoué de réformer le système des soins aux malades et de rehausser l'image des infirmières dans notre pays — et je convoquerai bientôt le Dr. Fermin Thorpe, directeur de l'hôpital, pour venir en témoigner —, soit, ce qui est moins flatteur, par désir d'attirer l'attention sur votre personne, c'est-à-dire par pur orgueil, et peut-être pour meubler votre temps, sachant que vous n'avez pas d'enfants à élever.

Le procureur venait de commettre une erreur tactique. Il s'en aperçut dès qu'il eut achevé, mais il était trop tard.

— Bien au contraire, répliqua Hester avec un froid sourire, je n'ai pour ma part rapporté que des faits concrets. C'est vous qui cherchez à investir ces faits d'une charge émotionnelle, parce qu'à l'évidence vous n'aimez pas que l'on vous prouve que vous avez tort, ce que j'ai peine à comprendre dans la mesure où nous savons tous que lorsqu'un procureur accuse ou défend un individu, c'est à la suite d'une demande extérieure, et non par désir de vengeance personnelle. C'est du moins l'idée que je me fais de votre métier. Ai-je tort ?

Il y eut un bruissement dans la salle. Quelques rires nerveux éclatèrent. Tobias rougit.

— Soyez sûre que ma véhémence n'a rien de personnel, madame, lança-t-il d'un ton sec. Je prends ma mission à cœur, voilà tout !

— Eh bien, il en est de même pour moi, répliqua Hester. Et mes sentiments ne sont pas moins honorables que les vôtres, maître, à cette différence près que la justice n'est pas ma profession.

Elle s'en tint là, laissant l'auditoire tirer ses propres déductions. Le juge estima opportun d'intervenir.

— Si vous n'avez pas d'autre question, maître Tobias, déclara-t-il, je vais suspendre le procès en attendant l'identification du cadavre. Ensuite, nous pourrons examiner les registres de l'hôpital, afin de déterminer la quantité précise de drogues volées et les dates de ces vols.

Le marteau percuta la table avec un claquement sec. Il n'y avait rien à ajouter.

Monk avait quitté le tribunal avant le second témoignage d'Hester afin de regagner le poste de police de Hampstead. Il était devenu impératif de découvrir l'identité de la femme assassinée. Pour cela, le seul point de départ possible était le témoignage de Cleo Anderson et le lien qui existait entre Miriam et Aiden Campbell.

— Mais pourquoi ment-il ? interrogea Robb d'un ton chargé de doute, tandis que les deux hommes se mettaient en route sous le haut soleil. Pourquoi ? Même à supposer qu'il ait séduit ou violé Miriam, ce n'était qu'une servante et ce n'aurait été ni la première ni la dernière fois qu'un maître abuse de sa bonne ! Même en allant jusqu'à imaginer que la morte de la lande était la cuisinière ou la gouvernante de sa maison et qu'elle savait tout, avait-il réellement besoin de la tuer pour autant ?

— Soit, mais il faut bien qu'il y ait un coupable ! fit Monk. Et nous ne savons pas par où débuter. Où avez-vous dit que Campbell vivait à l'époque ?

Robb répéta l'adresse.

— Mais il a déménagé moins d'un an plus tard pour s'installer dans le Wiltshire. Il n'est pas sûr que nous trouvions encore quelqu'un qui l'ait connu et qui sache ce qui s'est passé...

— Peut-être aurons-nous de la chance ! Quelques domestiques ont dû partir avec leur maître, bien sûr, mais il y en a toujours qui préfèrent rester dans leur quartier et y rechercher du travail, ou même entrer au service des nouveaux propriétaires de la maison vendue. Certaines personnes sont très attachées aux lieux

— C'est de l'autre côté de la lande, précisa le sergent. Voulez-vous prendre un cab ?

Il devait se hâter pour suivre le rythme de Monk.

— S'il en passe un, concéda Monk sans ralentir le pas. Mais si cette femme ne faisait pas partie de la maison, qui pouvait-elle être ? Quels liens avait-elle avec Miriam ? Était-ce une domestique qui travaillait ailleurs, ou une amie ?

— À l'époque, personne n'est venu signaler de disparition, fit remarquer Robb. Ce n'était pas quelqu'un du quartier, sinon, ses proches l'auraient réclamée.

— Alors personne n'a remarqué son absence ? s'étonna le détective. Dans ce cas, ce n'était ni une voisine ni une domestique des environs. Tout cela devient très curieux.

Ils ne dirent plus rien jusqu'à leur arrivée. En vingt-deux ans, la maison avait changé deux fois de propriétaires, mais l'une des petites bonnes de l'époque travaillait encore là, tenant désormais le rôle de gouvernante. Sa maîtresse ne vit aucune objection à laisser Robb et Monk lui parler. Au contraire, elle parut heureuse de pouvoir apporter sa contribution à l'enquête.

— Oui, j'étais fille de cuisine à l'époque, confirma la

gouvernante. Miriam, elle, avait été engagée comme bonne à tout faire. Elle n'était pas bien vieille, la pauvre...

— Vous l'aimiez bien ? s'enquit Monk.

— Oh oui... Oui. On riait bien, toutes les deux. On se racontait des histoires, on rêvait à l'avenir... Et puis, elle est tombée enceinte. Je crois qu'elle a fait une fausse couche, malgré tous les bons soins qu'on lui donnait. C'est normal, elle était jeune, tout de même. Elle n'avait que douze ans quand ça lui est arrivé... Ensuite, je n'ai plus jamais eu de nouvelles d'elle.

— Tous les bons soins qu'on lui donnait ? répéta Robb, surpris. Vous voulez dire que quelqu'un s'est occupé d'elle ?

— Ah oui ! Elle avait une sage-femme à domicile.

— Comment savez-vous que c'était une sage-femme ? intervint Monk.

— Ben, parce qu'elle le disait ! Elle a habité ici plusieurs mois. Je le sais parce que c'était moi qui lui préparais ses repas et qui les lui montais dans la chambre, sur un plateau.

— Vous l'avez vue ? la pressa le détective.

— Oui, pourquoi ? Mais un jour, elle est partie, et je ne l'ai plus jamais revue.

Monk se sentit envahi d'un sentiment de victoire mêlé d'horreur.

— Comment était-elle ? Essayez de vous rappeler, Miss Parkinson, et soyez aussi précise que possible. Sa taille, ses cheveux, son âge...

Les yeux de son interlocutrice s'agrandirent.

— Pourquoi ? Elle a fait quelque chose de mal ?

— Non, pas du tout ! Je vous en prie... décrivez-la !

— Oh, elle n'avait rien de spécial... Mais je dois dire qu'elle n'était pas vilaine à regarder, au contraire. Elle avait des cheveux gris, mais je ne crois pas qu'elle avait plus de quarante-cinq ans. À l'époque, elle me paraissait vieille, mais à quinze ans, on trouve que les gens sont vieux dès qu'ils ont dépassé trente ans !

— Elle était grande ?

Elle réfléchit un instant.

— À peu près comme moi. Ni grande ni petite.

— Merci, Miss Parkinson. Merci infiniment.

— Mais elle va bien ? s'enquit la gouvernante en fronçant les sourcils.

— Non. J'ai bien peur que ce soit son corps que l'on a découvert sur la lande.

— Pas possible ! Oh, mon Dieu, c'est affreux...

C'était un cri du cœur. La tristesse transparaissait autant sur son visage que dans sa voix.

Monk, prêt à partir, se ravisa.

— Vous n'auriez pas, par hasard, remarqué les souliers qu'elle portait, n'est-ce pas, Miss Parkinson ?

Elle tressaillit.

— Ses souliers ?

— Oui. Ses bottines...

Ses yeux s'éclairèrent.

— Ah si, justement ! C'étaient des bottines très élégantes, avec des jolis boutons. Je n'en avais jamais vu des comme ça ! Je les avais remarqués parce que quand elle s'asseyait, elle remontait toujours ses jupes et les rabattait sur le côté. Oh, quelle horreur ! C'est vraiment terrible, ce que vous me dites là... Peut-être que Mrs. Dewar me laissera aller à l'enterrement, parce qu'il n'y aura personne, sinon !

— Vous vous rappelez son nom ? demanda encore Monk en retenant son souffle.

Elle plissa le visage dans un intense effort de concentration.

— Je crois que ça commençait par un D, murmura-t-elle au bout d'un moment. Il faut que je réfléchisse...

Les deux hommes patientèrent en silence.

— Bailey ! lança-t-elle triomphalement. Mrs. Bailey. Désolée, je croyais que c'était un D, mais là, je suis sûre que c'était Bailey.

Ils la remercièrent et sortirent, forts d'une nouvelle énergie.

— Je vais aller voir Rathbone, déclara Monk dès qu'ils furent dans la rue. Quant à vous, tâchez de retrouver la famille. Il ne devait pas exister beaucoup de sages-femmes du nom de Bailey il y a vingt-deux ans. Il y a nécessairement des gens qui l'ont connue. Commencez par les médecins et les hôpitaux. Envoyez des messages dans tous les quartiers, même assez éloignés. On a dû la faire venir de loin puisqu'à Hampstead personne n'est venu la réclamer.

Robb ouvrit la bouche pour protester, mais se ravisa. Cette mission n'avait rien d'impossible, et elle contribuerait peut-être à prouver l'innocence de Cleo Anderson.

Le procès reprit le lendemain matin. Rathbone convoqua à la barre le médecin légiste, qui confirma les dires d'Hester concernant la mort d'une femme sur la lande. Un cordonnier affirma sous serment qu'il reconnaissait les boutons des souliers et produisit un reçu indiquant qu'il avait vendu des bottines à une certaine Flora Bailey, vingt-trois ans plus tôt. Miss Parkinson vint donner une description de la femme qu'elle avait connue, boutons inclus.

La cour admit donc que le corps était bien celui de Flora Bailey et que celle-ci avait été tuée d'un violent coup à la tête qui pouvait évoquer un meurtre.

Rathbone reconvoqua Aiden Campbell à la barre. Ce dernier était pâle et semblait en proie à un mélange de tristesse et de colère. Il affronta l'avocat avec une lueur de défi dans les yeux.

— J'espérais vraiment ne pas avoir à dire cela, déclara-t-il d'un ton dur. Oui, je connaissais Mrs. Bailey. J'ignorais qu'elle était décédée. Elle n'était pas sage-femme, comme le pensait ma naïve fille de cuisine, mais avorteuse.

Comme un seul homme, le public poussa une exclamation horrifiée. Levant les yeux vers le banc des accusés, Rathbone vit la stupéfaction marquer le visage de

Miriam, aussitôt suivie de colère. Il se tourna alors vers Harry Stourbridge, raide et silencieux, et vers Lucius, qui semblait abasourdi.

— Une avorteuse ? répéta-t-il d'une voix lente et distincte.

— Oui, confirma Campbell. Je le regrette, mais c'est la vérité.

Rathbone haussa légèrement les sourcils.

— Vous tenez l'avortement pour une pratique répugnante ?

— Bien sûr ! N'est-ce pas l'opinion de toute personne civilisée ?

— J'imagine que oui, si l'enfant est sain et la mère en bonne santé, acquiesça Rathbone. Alors dites-nous, Mr. Campbell, pourquoi avez-vous permis à cette femme de séjourner chez vous... avec des repas apportés par la fille de cuisine ?

Campbell hésita, puis leva les mains devant lui.

— Si... si cela a vraiment eu lieu... c'était sans que j'en aie connaissance. Les domestiques... peut-être ont-ils... Je ne sais pas, moi... peut-être ont-ils été pris de pitié... À supposer que cela se soit vraiment produit ! conclut-il plus fermement.

Rathbone céda ensuite sa place à Tobias, qui prit brièvement la parole.

— Cette femme a-t-elle séjourné chez vous avec votre consentement, Mr. Campbell ?

— Bien sûr que non !

La séance fut suspendue pour le déjeuner.

Juste avant la reprise, la famille de Flora Bailey arriva au tribunal. Rathbone convoqua le frère à la barre, un médecin respecté, qui livra le premier témoignage de l'après-midi devant une salle à nouveau comble.

— Docteur Bailey, commença Rathbone, votre sœur a passé un certain temps sous le toit de Mr. Aiden Campbell, juste avant sa disparition. Le saviez-vous ?

— Non, maître, je l'ignorais. Je savais juste qu'elle

avait été appelée pour une mission qu'elle considérait comme très importante, mais dont elle ne pouvait rien me dire. Elle m'a seulement raconté que la future maman était une très jeune fille, presque une enfant, et que la personne qui l'avait engagée tenait à ce que la mère et le bébé reçoivent les meilleurs soins. L'enfant était très désiré, malgré les circonstances. Mais c'est tout ce qu'elle m'a dit.

— L'enfant était désiré ? répéta Rathbone, surpris.

— C'est ce que ma sœur affirmait.

— Et quand il est né, était-il en bonne santé ?

— Je n'en sais rien. Je n'ai plus jamais revu ma sœur.

— Je vous remercie, docteur Bailey. Puis-je vous présenter tous mes regrets pour les circonstances qui vous amènent ici ?

— Merci, fit sobrement le médecin.

— Docteur Bailey, une dernière question : que pensait votre sœur de l'avortement ?

— L'avortement ? Elle était contre ! répondit aussitôt Bailey. Elle s'y opposait de toute son âme, quelle que fût la pitié que lui inspiraient ces femmes qui avaient déjà une kyrielle d'enfants et ne pouvaient ni les nourrir ni les élever, ou encore celles qui n'étaient pas mariées et qui avaient été agressées ou séduites. Elle ne parvenait pas à accepter l'idée que l'on puisse avorter. C'était une question de principes religieux pour elle.

— Elle n'aurait donc pas pratiqué d'avortement elle-même ?

— Jamais ! s'exclama Bailey, dont le visage s'était soudain coloré sous l'effet de l'émotion. Si vous mettez ma parole en doute, maître, je puis vous donner les noms d'une dizaine de médecins qui vous diront la même chose de ma sœur !

— Je ne mets pas votre parole en doute, docteur. Je voulais simplement vous entendre déclarer cela devant la cour. Je vous remercie de votre patience. Je n'ai plus de questions.

Tobias se souleva un instant de son siège, mais se rassit sans rien dire. Pour la première fois depuis le début du procès, le regard qu'il lança à Rathbone était plein de doute, voire d'appréhension.

L'auditoire attendait, silencieux. Nul ne vit Harry Stourbridge se lever. Ce fut seulement lorsqu'il prit la parole que tous les regards se tournèrent vers lui.

— Monsieur le juge, déclara-t-il en s'éclaircissant la voix. J'ai assisté à la majeure partie de ce procès et écouté chaque témoin avec la plus grande attention. Je crois à présent avoir compris ce qui s'est passé. C'est une affaire dramatique, mais je me dois de la révéler, car si je ne le fais pas, une ignoble injustice sera commise. Deux femmes seront pendues alors qu'elles sont innocentes.

Le silence qui régnait rappelait le calme qui précède un orage.

— Si vous pensez détenir des informations importantes pour ce procès, il est indéniable que vous devez revenir à la barre, major Stourbridge, répondit le magistrat. Sachez que vous êtes toujours sous serment.

— J'en suis conscient, monsieur le juge.

Stourbridge traversa lentement l'espace qui le séparait de la barre des témoins et gravit les marches. Le juge lui fit signe de parler. Alors, d'une voix rauque, brisée, réticente, il commença :

— Je viens d'une famille extrêmement fortunée, qui possède des propriétés et des terres suffisamment rentables pour entretenir tous ses membres. Toutefois, ces biens sont inaliénables, et l'ont toujours été depuis des générations. Je les ai hérités de mon père et ils passeront à mon fils.

Il s'interrompit pendant quelques longues secondes, comme s'il tentait de recouvrer des forces. Il n'y avait pas un bruit dans la salle. Chacun comprenait que le témoin qui s'exprimait était un homme qui se débattait, en proie à de violentes émotions.

— Si je n'avais pas eu de fils, reprit-il avec peine,

d'une voix tremblante, tous mes biens seraient passés à mon frère cadet.

Il s'arrêta de nouveau, s'efforçant de se reprendre :

— Mon épouse a eu les plus grandes peines à porter un enfant, poursuivit-il enfin. Chaque fois qu'elle concevait, une fausse couche suivait quelques semaines plus tard. Nous avions presque abandonné espoir lorsqu'elle est venue me rendre visite en Égypte, où je servais dans l'armée. C'était une région dangereuse, tant par les combats qui s'y déroulaient que par les maladies qui y sévissaient. J'avais très peur pour elle, mais elle était déterminée à me rejoindre.

À présent, les mots se succédaient avec une plus grande fluidité. Chacun était attentif. Nul ne bougeait.

— Elle est restée plus d'un mois. Elle semblait très heureuse d'être là. Puis elle est repartie en bateau sur le Nil jusqu'à Alexandrie. Vous savez, j'ai eu beaucoup de temps pour réfléchir à ce qui s'est passé, pour tenter de comprendre pourquoi mon épouse avait été assassinée. C'était une femme d'une grande générosité qui n'avait jamais heurté quiconque.

Il s'arrêta de nouveau. Il semblait écrasé de chagrin.

— Et je me suis également demandé pourquoi Miriam, que chacun de nous aimait tant, lui aurait voulu du mal. Je me suis efforcé de me souvenir de la conversation du dîner qui a précédé ce drame. Verona avait parlé de l'Égypte et de son voyage de retour sur le Nil. Lucius lui a posé des questions sur une excursion qu'elle avait alors prévu d'effectuer, et elle lui a expliqué que, malgré son vif désir de visiter certains sites, elle avait dû y renoncer, car elle ne s'était pas sentie très bien. Elle a assuré que cela n'avait aucune importance, qu'elle avait l'habitude d'avoir des malaises et que celui-là avait passé comme les autres.

Livide, il dirigea son regard vers son fils.

— Je suis désolé, lui dit-il d'une voix enrouée, avant de refaire face au juge. Hier soir, je suis allé dans la chambre de mon épouse. Je voulais lire ce qu'elle avait écrit à cette date dans son journal. Elle y racontait ses douleurs, sa détresse, puis se souvenait tout à coup des mots rassurants de son frère Aiden, qui lui avait promis que tout irait bien si elle gardait courage et ne disait rien à personne. Et c'est exactement ce qu'elle a fait.

Sa voix se brisa et il conclut dans un souffle :

— Hier soir, j'ai enfin compris...

Rathbone retenait sa respiration, les yeux rivés sur le visage bouleversé de Stourbridge.

— Lorsqu'elle est arrivée en Angleterre, elle m'a écrit pour me dire que, durant son séjour, elle avait conçu et qu'elle se sentait en grande forme. Elle espérait que, cette fois, elle parviendrait à porter l'enfant jusqu'au terme de la grossesse. La nouvelle m'a rendu fou de bonheur, pour elle plus encore que pour moi.

Parmi le public, une femme étouffa un sanglot. Rath bone observa Miriam : à l'effroi qui se lisait sur son visage, on eût dit qu'elle contemplait la mort.

Harry Stourbridge ne la regardait pas plus qu'il ne voyait Lucius ou Aiden Campbell. Il semblait rivé à une vision du passé à laquelle lui seul avait accès.

— Le moment venu, j'ai appris que l'enfant était né, un beau garçon, mon fils, Lucius. J'étais l'homme le plus heureux de la terre. Peu de temps après, je suis rentré en Angleterre et je l'ai vu. Il était très beau et il ressemblait trait pour trait à mon épouse.

Il ne put continuer. Il lui fallut un long moment pour reprendre le contrôle de sa voix. Lorsqu'il se remit à parler, celle-ci n'était plus qu'un murmure rauque.

— Je l'ai beaucoup aimé. Et je continue de l'aimer. La réalité ne peut... ne peut rien changer à cela. Cet amour restera à jamais le même.

Il prit une profonde inspiration, suivie d'un soupir douloureux.

— Seulement, je sais que Lucius n'est pas mon fils, pas plus que celui de mon épouse...

Ces paroles firent l'effet d'un coup de tonnerre. Les jurés demeurèrent figés. Le juge lui-même s'agrippa aux accoudoirs de son fauteuil.

Rathbone avait les lèvres sèches et son cœur battait la chamade. Harry Stourbridge se tourna vers Lucius.

— Pardonne-moi, souffla-t-il. Je t'ai toujours aimé, et je t'aimerai toujours. C'était, ajouta-t-il en s'adressant cette fois à la cour et à tout le tribunal, le bébé que le frère de mon épouse, Aiden Campbell, a eu du viol de cette petite servante de douze ans, Miriam Speake, afin que je puisse avoir un héritier et que sa sœur ne se voie pas privée de ma fortune au cas où je viendrais à mourir à l'étranger, au combat ou de maladie. Mon épouse s'est toujours montrée généreuse envers son frère.

Il y eut un sourd grondement de fureur dans la salle d'audience.

Aiden Campbell bondit sur ses pieds, mais ne trouva pas de mots pour nier ce qui se lisait sur tous les visages.

D'un même mouvement, deux huissiers s'approchèrent de lui pour le maîtriser en cas de nécessité.

Stourbridge poursuivit son monologue comme s'il n'avait rien vu. Il ne voulait pas laisser son récit inachevé.

— Il a tué la sage-femme pour qu'elle ne parle pas et tenté d'assassiner aussi la mère, mais celle-ci, éperdue, folle de douleur, a réussi à lui échapper. Peut-être n'a-t-elle jamais su que son bébé avait survécu... jusqu'à cette fête de fiançailles où elle a vu Aiden Campbell brandir un maillet de croquet. Alors, je pense que les souvenirs ont resurgi à sa mémoire et ce qu'elle a compris l'a tellement terrifiée qu'elle n'a pu que fuir, et garder le silence. Elle a préféré risquer sa propre vie plutôt que de révéler à quiconque, mais surtout à Lucius, qu'il était tombé amoureux de... de sa propre... mère.

Cette fois, il ne pouvait plus articuler le moindre son. En dépit de tous ses efforts, les larmes s'étaient mises à rouler sur ses joues.

Dans le tribunal, le bruit s'amplifia comme le ronflement de la marée montante. Pitié et colère submergeaient l'auditoire.

Les huissiers s'étaient encore rapprochés d'Aiden Campbell, tant pour pouvoir le retenir que pour assurer sa protection.

Rathbone se sentit pris de vertige. Dans un semi-brouillard, il vit Hester et, juste derrière elle, Monk, tout aussi choqué que son épouse.

Il releva les yeux vers Miriam. Alors il n'eut plus le moindre doute sur la véracité des déductions de Stourbridge. Tout était inscrit sur son visage, dans son regard, sur ses lèvres, dans la position de son corps.

Il se tourna vers le témoin.

— Je vous remercie, dit-il doucement. Personne, ici, ne peut prétendre savoir ce que vous a coûté ce récit. J'ignore si maître Tobias aura des questions pour vous. Moi, je n'en ai aucune.

Tobias se leva, ouvrit la bouche pour parler, mais n'en fit rien. Il jeta un coup d'œil au jury, puis au magistrat.

— Il me semble, monsieur le juge, que, dans l'intérêt de la vérité, il nous manque encore quelques détails. Aussi dramatique que soit cette histoire, il y a...

Il s'interrompit, concluant son discours d'un vague geste d'impuissance.

— Je pense, monsieur le juge, reprit Rathbone, que Mrs. Gardiner n'a désormais plus rien à protéger. Si je l'appelle à la barre, elle sera peut-être disposée à nous révéler le peu de choses que nous ignorons encore.

— Mais certainement, acquiesça le magistrat. À condition qu'elle ait la volonté... et la force de le faire.

Il se tourna vers Harry Stourbridge, resté à la barre.

— Je vous remercie, monsieur, pour votre honnêteté. Nous n'avons plus de questions à vous poser.

Tel un homme évoluant sous l'eau, Harry Stourbridge descendit les marches, puis s'immobilisa au milieu de la salle. Alors il leva les yeux vers le banc des accusés, où

Miriam était debout. Il y avait sur son visage une bonté qui imposait le silence à l'auditoire tout entier, une compassion et une gratitude que, même dans sa profonde angoisse, elle ne pouvait que voir.

Il attendit qu'elle l'eût rejoint, tandis que le garde s'effaçait devant elle, comme s'il comprenait que son rôle s'arrêtait là.

Miriam s'arrêta devant Harry Stourbridge. D'une main hésitante, celui-ci lui toucha le bras, si légèrement qu'elle dut à peine le sentir. Il lui sourit. Alors elle posa la main sur celle du major, puis se remit en marche vers la barre des témoins. Une fois en haut, elle se retourna pour faire face à Rathbone et à la cour.

— Mrs. Gardiner, commença Rathbone avec douceur, je comprends à présent pourquoi vous préfériez aller au gibet pour un crime que vous n'aviez pas commis, plutôt que de voir Lucius Stourbridge apprendre la vérité sur sa naissance. Mais cela n'est plus possible désormais. Tout comme Aiden Campbell ne peut plus nier sa responsabilité ni vous accuser. Je ne vous demanderai pas de revivre un passé qui doit être douloureux au-delà de tout ce que l'on peut imaginer, mais au nom de la justice, vous devez à présent révéler au jury ce que vous savez de la mort de James Treadwell et de Verona Stourbridge.

Miriam esquissa un très léger hochement de tête.

— J'ai quitté le terrain de croquet en courant, commença-t-elle d'une voix blanche. Au début, je ne réfléchissais pas, je voulais seulement m'éloigner de cette maison, être seule... pour tenter de comprendre ce qui m'arrivait, quels souvenirs étaient remontés ainsi... et savoir s'il était possible que tout cela fût vrai. Je refusais de le croire...

Elle s'arrêta quelques instants.

— Mais bien sûr, c'était vrai... J'ai couru jusqu'aux écuries et j'ai supplié Treadwell de m'emmener. Je lui ai donné mon médaillon en guise de paiement. Il était cupide, mais pas foncièrement méchant. Je lui ai demandé de me conduire sur la lande de Hampstead, sans lui dire pourquoi. En fait, je voulais retrouver l'endroit où la pauvre Mrs. Bailey avait été tuée, avec l'espoir que tous mes souvenirs resurgiraient ainsi avec plus de précision. Et pour savoir si l'éclair de lucidité que j'avais eu à la fête n'était pas, en fait, le signe que je perdais soudain la raison.

Quelqu'un toussa dans la salle et ce bruit fit sursauter plusieurs personnes.

— Aiden Campbell a dû s'apercevoir que je l'avais reconnu, poursuivit Miriam. Lui aussi s'est souvenu, et sans doute a-t-il compris où j'étais allée. Il s'est lancé à notre poursuite et nous a retrouvés près de l'arbre où était dissimulé le corps de Mrs. Bailey. Pour me tuer, toutefois, il lui fallait supprimer d'abord Treadwell. Il lui a asséné sur la tête un coup qui l'a pris par surprise. Je me suis sauvée. Je connaissais la lande bien mieux que lui, parce que j'avais longtemps vécu à proximité, et puis le désespoir me donnait des ailes. Le soir tombait, il faisait sombre, j'ai réussi à lui échapper. Après cela, je ne savais plus ni que faire ni où aller. Finalement, au petit matin, j'ai frappé à la porte de Cleo... Elle m'a réconfortée, comme la première fois. Mais cette fois-ci, même à elle, je ne pouvais pas dire ce que je savais.

— Et la mort de Verona Stourbridge, après que vous avez été relâchée et confiée à la garde de la famille Stourbridge ? interrogea Rathbone.

Elle posa les yeux sur lui.

— Je ne pouvais rien dire à personne...

— Nous le comprenons. Mais que savez-vous de la mort de Verona Stourbridge ?

— Je pense qu'elle a toujours cru que Lucius était... un enfant abandonné. Elle a dissimulé la vérité au major Stourbridge, mais sans avoir conscience de la façon dont le bébé avait été conçu et était né. Elle ne songeait qu'à son propre malheur, qu'à son désespoir de ne pas pouvoir donner de fils à son époux. Je suis à présent certaine qu'elle n'ignorait pas que le bébé était d'Aiden, mais qu'elle ne savait rien de mon existence. Bien sûr, elle a dû interroger son frère, mais malgré tout l'amour qu'il lui portait, il ne pouvait lui avouer la vérité.

Sa voix se brisa lorsqu'elle poursuivit :

— Ils avaient beau être très proches, elle risquait de le répéter un jour... d'y être contrainte... ne fût-ce que pour expliquer...

Malgré elle, son regard se dirigea pour la première fois vers Lucius, assis au premier rang, le visage ruisselant de larmes.

— Je suis désolée, murmura-t-elle. Je suis vraiment... vraiment désolée...

Rathbone se tourna vers la cour.

— Monsieur le juge, dit-il, est-il nécessaire de prolonger ceci davantage ? Ne pourrions-nous pas suspendre la séance une heure, avant de conclure ? Je n'ai plus de questions à poser, et je ne puis croire que maître Tobias ait envie de poursuivre.

Tobias se leva.

— Je suis tout à fait d'accord, monsieur le juge, dit-il. Le peu qu'il nous reste à faire pourra se régler au terme de la suspension de séance. Que le major Stourbridge et sa famille soient assurés de ma profonde sympathie.

— Très bien.

Le claquement de marteau du magistrat fut suivi d'un silence total. Puis, peu à peu, les spectateurs se levèrent et quittèrent lentement la salle.

Rathbone se tourna vers Hester et Monk, qui venaient vers lui. Il se sentait épuisé et endolori, comme s'il venait de courir un marathon. Juste derrière le couple, il aperçut un individu à la tignasse noire mal peignée et dont la barbe partait dans toutes les directions. L'homme resplendissait, visiblement ravi, les yeux brillants.

Hester souriait elle aussi.

— Vous avez réussi l'impossible, déclara Monk en tendant la main à l'avocat.

Rathbone la saisit et la garda quelques instants dans la sienne.

— Reste maintenant le problème des médicaments volés, rappela-t-il.

— Non, il n'y a plus de problème de ce côté-là ! intervint Hester. Mr. Phillips ici présent, l'apothicaire de l'hôpital, est parvenu à convaincre Fermin Thorpe qu'il ne manque rien à l'inventaire. Les pertes constatées tiennent au gaspillage et à quelques fautes d'inattention dans les écritures. Il n'y a pas eu le moindre vol. Nous avons fait fausse route en mentionnant une telle hypothèse.

Incrédule, Rathbone dévisagea l'apothicaire avec un intérêt mêlé d'admiration.

— Comment diable avez-vous réalisé ce tour de force ? souffla-t-il.

— Jamais encore mon travail ne m'avait procuré une telle satisfaction, affirma Phillips avec un large sourire. Appelons cela un échange de bons procédés... ou, si vous préférez, un tour d'escamotage !

Monk se tourna vers Hester, les sourcils froncés.

La jeune femme lui décocha un sourire radieux et parfaitement innocent.

— Eh bien, toutes mes félicitations, Mr. Phillips ! s'exclama Rathbone, reconnaissant. Je vous suis très obligé.

Cet ouvrage a été imprimé par

FIRMIN DIDOT

GROUPE CPI

Mesnil-sur-l'Estrée

pour le compte des Éditions 10/18
en mars 2003

Imprimé en France
Dépôt légal : avril 2003
N° d'édition : 3484 - N° d'impression : 63427